啄木鸟·红色侦探系列

命运如丝

东方明 魏迟婴 著

群众出版社

·北京·

目　录

　　1931年冬，江西苏区政府筹措了一笔一百二十两黄金的特别经费，秘密运往上海临时中央。不料，在运送途中，特别经费神秘失踪。事后，苏区和上海中央保卫机关同时启动了对此案的调查，但因条件所限，最终成为一桩历史悬案。新中国成立后，根据中央要求，上海市公安局成立"历史悬案调查办公室"，对时隔十八年的特别经费失踪案重新进行调查。当年负责接力运送特别经费的七位地下交通员的去向成为调查的焦点，专案组侦查员沿着特别经费的运送路线一路寻找线索的过程中，不仅经受了智力、意志甚至生死的考验，更接受了一场特殊的精神洗礼……

　　前途无量的年轻医生、医院里的外科精英半夜值班时突然精神失常，警方怀疑是受到了严重惊吓。可案发现场属于侦探小说中所谓的"密室"，受害者又是独自一人，是谁、又是用什么手段把他吓疯的呢？受害人已无法说出真相⋯⋯改革开放初期入警的小邹参与侦破的第一个案子，就是这样一桩离奇的无头案。多年之后，让我们跟随老刑警的讲述，一探子夜惊魂背后的秘辛。

命运如丝

一、"悬办"

这是萧顺德有生以来遭遇的最大的一桩蹊跷事：明明昨天中共上海市委组织部谭处长跟他谈话时说得很清楚的，让他去上海市人民政府公安局充实干部处领导班子，待到他今天拿着市委组织部的介绍信前往市局报到时，扬帆副局长跟他见了面，说了几句话，这事儿就不见影子了！

要说扬帆，跟萧顺德也算得上半个熟人，皖南事变后扬帆担任新四军军法处长时，萧顺德就是军部警卫团的连指导员。尽管没有直接的工作关系，可是天天抬头不见低头见，再怎么着也混了个脸熟。萧顺德从华东军区教导团政治部主任位置上转业到地方，也是扬帆亲自给他打电话发出邀请，他才决定来公安局的。

可是，今天萧顺德见到扬帆后，扬帆只是礼节性地寒暄了两句，谈到工作安排时只说了句"你的具体工作岗位组织上还没决定，你先去'悬办'吧"，就算结束了。

萧顺德走出扬帆办公室时，有一种脑子里被灌进了一勺糨糊的感觉。下了楼，站在被市局大楼团团包围着的大院子里，看着不时进进出出的美制吉普车，他有点儿不知所措。

萧顺德这年二十九岁，参加革命已有十一个年头。他是上海浦东人，出生于周浦镇上的一个书香门第家庭，自幼聪颖。旧时教育界对特别优秀的学生实行"跳级"制度，萧顺德在小学、初中时各跳级一次，十二个学年他只读了十年就完成了，然后就考进了交通大学。在交大，他接触到了中共地下党。当时，抗日烽火已经遍地燃起，大一还没读完，装了一脑袋进步思想的萧顺德拿着上海地下党组织出具的介绍信，去皖南投奔新四军。

新四军对前来投奔的热血青年的安排是有讲究的，如果之前在地方上加入了地下党、地下团组织，说明已经受过革命斗争考验，可以作为可靠分子使用。比如扬帆，1939 年初，他以作家、记者身份组织并率领"上海人民慰问第三战区将士演剧团"前往皖南新四军军部进行慰问演出，演出结束后，他留下来参加了新四军。此前两年，他就已在北平加入了中共地下党，且是北大学生领袖，因此一参军就担任新四军教导总队文化队政治指导员，没多久又调去当了副军长项英的秘书，接着就军法处科长、副处长、处长一级级晋升上去了。而像萧顺德这样的，接触地下党还不到一年，基本上没为党做过工作，出身也不是无产阶级，那就只好分门别类下基层。萧顺德在连队当文化教员，也发枪，部队跟日本鬼子、伪军、土匪开打时，跟战士一样参加战斗。萧顺德经受了这种特殊考验，命也算大，经历皖南事变，前有日军封江、后有国民党军队追杀，他竟然安然无恙。于是就被任命为警卫部队的连指导员，当时他已入党一年有余了。

连指导员是八路军、新四军最基层的政治工作者，通常也是我军各级政治军官的第一个台阶，此后的七年内，萧顺德从这个台阶一级级晋升到华东军区教导团政治部主任。教导团的级别要比部队其他团大一级，因此他这时已经是副旅级干部了。初解放时干部很缺，一个副旅级干部转业到上海公安系统，当个分局长应该是没有问题的，如果在局机关，弄把处长交椅坐坐也很正常。昨天市委组织部谭处长跟他谈话时明确说过，萧顺德是去充实市局干部处领导班子的，那么，再不济也该是副处长了。可是，今天扬帆副局长却说工作岗位还没决定，让他先去"悬办"。这个变故太突然，萧顺德没有思想准备。他是做政治思想工作的，形成了凡事都先要从政治上去考虑的职业习惯，现在当然也得从政治方面去考虑。

刚考虑了个开头，从二楼窗口里伸出一颗前出廊后出檐的硕大脑袋，居高临下用山东口音喊道："喂！下面院子里有一位萧顺德同志吗？萧顺德！"

萧顺德抬头朝那人看着，马上被对方的目光锁定："是你吧？来207室。"

上楼时萧顺德还寻思，那大头会不会是干部处的领导，正等着他去报到呢？来到207室门口才知道自己猜错了，那扇栗色的橡木门上贴着一张白纸，上书"悬办"两字。可此时此刻，萧顺德还不知"悬办"

是公安局的什么部门。

大头自我介绍，原来是"悬办"主任杨宗俊。这杨主任比较有趣，没忘了在后面加上一句："我的头比较大，同志们另外赏了我个别名'杨大头'。"

萧顺德是个性格严肃的人，不擅长开玩笑，没接这个话茬儿，跟办公室其他三人点点头算是打过招呼，继而直截了当问："对不起，我还不知道咱们这个'悬办'是个啥部门哩，能不能给我介绍一下？"

此话一出，周围人脸上都露出惊奇的神色。杨宗俊说："老萧你还没去过干部处啊？扬帆局长的秘书打电话说你到了，我还以为你已经去过干部处了呢！"

他这一说，萧顺德才意识到自己被刚才的突然变故弄昏了头，竟然连去干部处报到都忘记了。杨宗俊把新沏的一杯茶端到他面前，说不着急，喝杯茶抽支烟休息一下，等吃过午饭，下午再去报到也不迟。萧顺德暗忖这是什么话，还有组织性纪律性没有？不过他表面上还是保持着微笑，说我还是先去干部处走一趟，把一应报到手续都办了吧。说着，就出门而去。

再次回到 207 办公室，萧顺德已经清楚"悬办"是一个什么部门了。

1927 年至 1949 年这二十二年里，中共地下党在国民党白色恐怖下遭受过难以计数的损失。由于条件限制，仅对其中部分案件进行了调查，大多数都成为悬案。但是，中共并没有忘记这些案件，早在抗战前，中共中央在一个文件中就表明了对此的态度：一俟时机成熟，所有案件都将被彻底调查，挖出幕后策划人和台前执行者，哪怕他们逃到天涯海角也必须一一缉拿，送上审判席！

中华人民共和国成立后，中共中央随即就着手布置落实当年中央文件中的构想。中央人民政府公安部及解放军等相关情报部门接到中央通知，要求清理各自所掌握的相关材料后上报。

1949年11月上旬，中央人民政府公安部及中央有关部门联名向华东局、东北局、华北局、中南局下辖之公安情报部门发出文件，要求对被列入件内的发生于建国前我党我军各个历史阶段的若干起尚未侦破的悬案进行调查。据资料记载，上述中央诸部门在1949年11月至1958年10月这九年里，一共下发过十三批此类文件，在此期间各地破获的重大历史悬案多达上千起。

由于历史原因，中央分发给华东局的案件调查量比较多，而在华东局所辖范围内，又以上海居多。中共上海市委、上海市人民政府经过研究，决定责成上海市公安局组建一个临时部门专门负责此项工作，这个部门的名称唤作"历史悬案调查办公室"，简称"悬办"。

刚才，干部处顾处长在向萧顺德介绍"悬办"时说："萧顺德同志，根据局党委的决定，分派你去'悬办'，具体干什么工作，杨宗俊主任会告诉你的。"

萧顺德一听就知道这里面有问题了。听这位顾处长介绍，"悬办"只是个临时部门，按级别来说最多团级而已（后来知道，杨宗俊主任两个月前从山东调来上海时，其职务不过是青岛市公安局下面的一个分局长，副团级），而自己是副旅级别，按照通常情况来说，即使安排他去"悬办"当个正主任一把手，组织上谈话时还得说句"委屈你啦"，多少抚慰几句，而眼前这位顾处长没这样客套，这就意味着，他这次去"悬办"，不是当官，而是打工。

于是，萧顺德就觉得自己的心脏像被什么东西堵住了似的，闷得慌。不但慌，还有疑惑：从昨天市委组织部谭处长告诉他来市公安局干部处充实领导班子，到今天市局干部处顾处长让他去"悬办"听杨大头的安排，中间还不到二十四小时。党的组织工作是一桩极为严肃的事情，组织上一旦作出决定，不可能朝令夕改。除非一种情况——你具有某种特长，而某部门因某种意外突然出现空缺，你的特长正好适宜顶替这个空缺，组织部门才会改变决定。即使在这种情况下，组织部门也会象征性征求一下你的意见，至少要提前告知，一般不会这样突然袭击。况且，萧顺德寻思，"悬办"是纯侦查案子的部门，自己却并无侦查方面的特长，组织上把他调过来干什么呢？

当然，还有一种可能，就是组织上发现某个即将被安排到重要岗位上的同志有比较严重的历史或者现行问题，因问题还未查明，所以不适宜安排到原定的岗位上，也不便安排到其他相同级别的职位上，就打发到某个临时部门，待问题查清再作计议。可萧顺德想来想去，自己并无历史或者现行问题。他的家庭出身虽非劳动人民，但也不是地主资本家、帮会恶霸、反动军官之类，而且，当年他赴皖南参加新四军不久，他的全家已在日军对浦东的一次轰炸中全部罹难，房子自然也成了废墟。此刻，他本人已经算是无产阶级了，社会关系也简单清白，根本不存在上述情况。

尽管如此，萧顺德暗暗告诫自己：要相信组织，无论怎样安排，都是党委集体决定的，之所以如此决定，肯定是有原因的，无论如何自己都要好好干。

见萧顺德回来了，杨宗俊给在场几位每人发了一支香烟，屋里顿时烟雾缭绕。在袅袅的烟雾中，杨宗俊向萧顺德介绍了另外两位同志——"悬办"副主任黄祥明和内勤兼材料员小许。然后，就说到了对萧顺德的安排：这次北京下达给华东局的案件中，分派到上海市公安局调查的有六起，根据局领导的指示，"悬办"将组建六个专案组，每组负责调查一个案件；萧顺德是第三专案组的组长。

杨宗俊也没象征性地征求一下萧顺德的意见，甚至没看他一眼，自顾往下说："市局就这么点儿地方，没有房间安排给专案组做办公室了，只好向下面的分局借用办公室作为驻地，第三组的驻地在北站分局。老萧，一会儿派辆车送你过去。"

尽管刚才萧顺德已经进行过自我告诫，可是听说这个决定后，他还是忍不住开口了："我的档案组织上肯定是看过的，从来没有干过侦查工作。杨主任你看，像我这种情况，能够领导一个专案组去侦破历史悬案吗？我知道，作为党员，不应该跟组织讨价还价，可我这会儿如果不跟领导说清楚，正式开展侦查工作后说不定就会出问题，那就是对革命事业不负责任，是对人民的犯罪。"

杨宗俊一边听一边频频点头，观其脸上的神情，似是也透露着些许无奈。待萧顺德说完，他朝黄祥明、小许使了个眼色，那二位立刻出门。杨宗俊走到萧顺德身边，轻轻叹了口气："老萧，你的工作安排是市局党委交代下来的，我没法儿改变。我想，领导肯定是知道你的经历的，你说是不是？你是老同志了，资历比我老，革命工作的经验也比我丰富，能力那更是强得多，所以我也就不说大道理了。我相信，凭着你老萧对革命事业的忠诚，一定能够胜任专案组长的岗位。"

萧顺德自是无话可说。同时暗忖，这个安排透着蹊跷，难道组织上有什么用意吗？不过，即便有，他一时半刻也无法参透。那就别多想了，眼下，既然让他当专案组长，那他这个组里自然要有几个组员吧？杨宗俊告诉他，"悬办"已经把侦查员的人选定下来了，这两天就通知他们来报到，不过还没考虑具体怎么分派。"要不这样吧，你负责的第三组连你一共是六个人，我把即将调来的全部侦查员的名单给你看看，你可以自己挑选。"

萧顺德接过名单，粗粗浏览了一遍，发现上面没有他的姓名，倒是有杨宗俊、黄祥明和许光一（小许）的名字，这说明制作这份名单时，组织上还没决定让他来"悬办"。名单后面的日期是 1949 年 11 月 22 日，也就是昨天。如此看来，那个导致他从干部处处长或副处长位置下降到"悬办"一个专案组长的决定，还真是刚刚作出的。

其实，在一份除姓名、性别之外没有任何其他内容的名单上挑人是没有意义的，但这是杨宗俊的好意，萧顺德就随手勾出了五个名字：庄敬天、钟梦白、彭倩俪、马麒麟、李岳梁。这五人中，有两个熟人：庄敬天和钟梦白，其中小庄还曾是他的部属。彭倩俪是女性，萧顺德想到查案子有时可能需要女性出面，所以选择了她。

杨宗俊挺痛快，说这五个人明天上午就去北站分局驻地报到。

这次被调到"悬办"，山东小伙儿庄敬天倒是挺高兴的。小庄是条一米八的大汉，二十三岁，1947 年参军，上海战役时是萧顺德担任团政委的步兵团的一名副排长。上海解放后，组织上安排他转业到嵩山分局当了一名便衣刑警。这天早上，他从住宿处步行前往北站分局报到，一路走着，还兴冲冲地哼着家乡小调，没想到马上就要当众出一回洋相。

行至距北站分局一箭之地的一条小马路口时，庄敬天看见前面聚着一群人，一个三十来岁的女人扯着尖嗓门儿在说着什么。听下来，这女人是受了站在她面前的两个男青年的欺负。她在马路对面的点心店排队买油条时，觉得肩上的小包动了一下，低头一看，外侧已被划开了一道口子，急忙打开查看，所幸未曾被窃。暗松一口气后，眼睛一扫，便疑上了排在她后面的那个男青年，二话不说一把揪住了就叫"抓小偷"。男青年一脸无辜地辩称自己与划包无涉，还主动把自己的衣兜一个个翻得底朝天，确无刀片。女人不肯罢休，油条也不买了，揪着对方不放。

点心店的老板出来了，说二位你们有什么过节请挪个地方计较去，我这门前要做生意的。于是，女人就揪着男青年穿过马路，在拐角处驻步继续争辩。不知从哪里又冒出了一个男青年，为前一位帮腔。庄敬天过来时，争辩已升级为吵架了。

庄敬天听明白是怎么回事后，就分开人群挤到中间，说三位你们这么吵是吵不出结果来的，还是去分局让民警给解决吧。这句话是引火烧身，二青年立刻把矛头指向庄敬天，指着他骂骂咧咧，飞溅的唾沫星子直喷脸面。庄敬天火了，一把抓住那个后出场的帮腔分子，说我看你小子不像个善主儿，没准儿划包的就是你也难说，你敢像他那样把衣兜翻个底朝天让大家看看吗？

后来知道，还真让庄敬天给说着了，这二位真是扒窃同伙，前一位划包被发觉后，趁女人检查是否丢失了什么东西的空当儿，迅速把刀片转移给后一位，此刻刀片就在他口袋里藏着呢。如此，他当然要拒绝翻兜儿。庄敬天更认定这二人必有问题，一手揪住一个："二位，这事儿还是去分局解决吧，不远，就在前面。"

对方怎么肯去分局？两人挣扎不脱，便动了手。庄敬天身高架大力不亏，幼时练过拳术，在部队又接受过擒拿格斗训练，以一敌二对付这种小混混儿自是不在话下。使他难堪的一幕就是在他把两个扒手撂倒后发生的——他正准备将两个扒手扭送公安局，忽然觉得身后有异，急往旁边一闪，让过了一个三十五六岁、穿黑色皮夹克的汉子的偷袭。对方偷袭失手，似是微微一愣。庄敬天二话不说便反击，哪知正中对方下怀，他要的就是贴身近战。庄敬天还没明白是怎么回事，两条胳膊已被缠住，然后，脚下挨了个绊子，连同对手一起跌翻。对方往下的招术庄敬天就更不懂了，不用拳掌，只是在翻滚扭打中，用灵活的四肢像蛇缠猎物似的控制他的手脚关节，最后竟然把他如同钉子钉木板那样牢牢地

"钉"在地上，仰面朝天，动弹不得！

"皮夹克"用身体压着庄敬天："把他的手脚绑起来！"两个同伙正要动手，围观人群中有人喊"解放军来了"。话音甫落，"皮夹克"连同两个扒手立刻作鸟兽散，庄敬天这才获得了解脱。他爬起来不无狼狈地拍打着衣服上的灰土时，眼光忽然扫到了人群外一张戴着玳瑁架眼镜的白净脸，心里不由得"咯噔"一下，暗道：倒霉，怎么正好让他看见了这场"好戏"。

白净脸不但与庄敬天相识，他的名字也已经被萧顺德勾进了第三专案组——钟梦白。庄敬天埋怨："小钟，你小子怎么这等没眼色，看见我遭难也不救驾！"

钟梦白解释："不是我没眼色，我根本没认出被压在地上动弹不得的是哪位，我还以为是流氓打架哩！"

"就是流氓打架你也得站出来啊！你是光荣的人民警察，街头打架你有责任阻止。我刚才就是为阻止扒手犯罪才挨了'皮夹克'的暗算嘛。"

"那你吃了亏，为什么不喊一声'我是警察'呢？你喊一声，围观群众也会帮你啊。"

庄敬天不以为然："请注意，我是便衣警察，这身份是不能在社会上公开亮明的。"

"我也是便衣警察呀！"

钟梦白跟庄敬天同龄，虽然没穿过军装，可是他的经历要比庄敬天复杂些。他是上海本地人，1946年考入复旦大学国文系，在学校接触进步思想，大二时被发展为地下团员。1948年因起草"反饥饿"游行的传单稿上了国民党当局的黑名单。不久，内线获得情报称，上海市警察局长、"保密局"大特务毛森亲自圈定的对全市各大学大逮捕的名单中有钟梦白，组织上于是通知钟梦白"即刻撤离"。根据组织安排，钟梦白立即去了浦东，从奉贤渡海前往浙东四明山游击队。

这时国共武装斗争的胜负趋势已经甚为分明，中共浙东地下武装力量时不时袭击县城、城镇，或者剪除敌枭、恶霸，每次行动前都准备告示，行动后公开张贴，广泛宣传，展开政治攻心战。但游击队缺乏这方面的人才，每每只好临时征用当地教书匠、账房先生之类的笔杆子代书，于保密工作不利。因此，钟梦白的到来被游击队领导视为天上掉落的一个宝，不但安排小灶，还派了四个短枪警卫昼夜护卫。

钟梦白在四明山过了半年不是首长胜似首长的日子，因上海战役即将开始奉命返沪，隐蔽于浦东乡下，参加上海地下党迎接解放的工作。上海战役打响后，钟梦白奉命在萧顺德担任政委的那个步兵团驻地三官镇协助军方做群众工作，他跟时任警卫部队副排长的庄敬天就是那时结识的。一次敌机袭击三官镇，为救护在野战医院帮忙的一个当地姑娘，钟梦白负伤。伤好时，上海已经解放。组织上把他分派去了上海市公安局，先是在秘书科做文字工作。钟梦白过惯了四明山那段大爷样的日子，对整天蹲办公室不习惯，强烈要求下基层，两个月前调到了邑庙分局搞情报，也是一名便衣警察。他跟庄敬天多日未联系，后者并不知道他已经去了邑庙分局。

两人一起走到北站分局门口，这才弄清楚原来都是去"悬办"报到的。庄敬天说："梦白老弟啊，当初你在三官镇为了救那姑娘挨了子弹，还是我把你背到野战医院的，军医说幸好送得快，否则失血过多人就没了，当时我还给你输了血。所以啊，你是三官镇那个叫俞什么的闺女的救命恩人，我呢，是你的救命恩人。"

钟梦白不解地瞅着他："你说这话是什么意思啊?"

"我的意思就是，从现在起，我们在一个锅里吃饭了，你得尊重我，就像尊重领导一样——没准儿我被任命为专案组长什么的也难说！我可是立过三次功的，再说原本就是排长，大小也是个干部嘛，组织上不会不考虑的。"

钟梦白提醒："副排长算不上干部。"

庄敬天说："再怎么着，副排长管的人比专案组长要多，我当个组长还算是大材小用降级了呢。反正既然在一起工作了，你处处都得听我的，明白了？那好，庄领导的第一道命令是：不准把一号机密向任何人透露！"

一席话把钟梦白说得直翻白眼；"啥叫一号机密？"

"就是刚才的事嘛，这是老子的奇耻大辱，回头我得刻苦练武，找到那小子报一箭之仇！"

二、失踪的"特费"

"悬办"主任杨宗俊走进了位于北站分局的第三专案组办公室，这是北站分局特地腾出的一个原准备留给即将到任的分局政委的套间，是全局最好的一个办公室。杨宗俊一出现，萧顺德立即把他迎进里间。在外间聊天的庄敬天、钟梦白、彭倩俪、马麒麟、李岳梁等人都知趣地压低了声音。

庄敬天朝专案组唯一的女侦查员彭倩俪打个手势："小丫头，怎的这么没眼色？快上茶！"

彭倩俪赶紧手忙脚乱找茶杯茶叶。

这些人中，侦查员马麒麟年龄最长。他今年四十三岁，浙江宁波人氏，少年时来沪在米行学生意，几年下来干活儿干出了一身力气。十九岁那年，法租界巡捕房向社会公开招聘，老板怂恿他去应试，竟然一下子给法国人看中了。马麒麟在法捕房干了七年，又跳槽去了公共租界巡捕房干刑警。太平洋战争爆发后，公共租界被侵华日军占领，巡捕房被汪伪政权接管，改称警察局。马麒麟拒绝留用，宁愿摆小摊头谋生。抗战胜利后，这才重新回到被国民党政权接收的警察局，重干刑警老本行。上海解放后，军管会对旧警察进行甄别，留用了一部分，马麒麟就是其中一个。

人说干刑警的都是人精，这话不无道理。马麒麟就是一个人精，所以，尽管他只读过五年书，嘴上也讲不出一套套大道理小道理，可内心却是清澈如镜，他知道自己是留用人员，要想保牢饭碗，除了兢兢业业干活，还得谨小慎微，不但大大小小各级领导，甚至像庄敬天、钟梦白、彭倩俪这些跟他的子女年岁相仿的"新鲜血液"，也不能得罪。

李岳梁也是留用警察，不过他的情况跟马麒麟不同，1944年，他还在汪伪政权的警察局干刑警时就加入了中共地下党。这么些年来，虽谈不上建功立业，也做了不少工作。军管会对旧警察进行甄别，对李岳梁的结论中就有"能够完成党组织交办的任务，为革命事业作出了贡献"云云。他同样是一个人精——组织上根据他的资历、能力，量才录用，派他去榆林分局下面的一个派出所当副所长，他立刻装病住进了医院。领导于是知道他不想当官，就让他在市局当了一名普通刑警。这使李岳梁很满意，用他的话说："以我这点儿不入流的业务水平，做一名小刑警，也该知足啦。"

这时候，彭倩俪沏好一杯茶，端进里间，出来时带上了门。在外间的几个人悄声嘀咕，专案组刚成立，"悬办"主任大驾光临，是不是要交代什么工作？

果然，在里间，杨宗俊落座后客套了几句，问是否需要增添些什么办公用品，个人方面是否有什么困难需要组织上帮助解决的，之后，就说到了正题："我来三组，还有一件事，就是下达你组承担的调查任务。"

尽管萧顺德对于即将接受的任务的难度已经有了思想准备，可此刻从杨宗俊嘴里说出来，依然让他感到震惊——

1931年冬，江西苏区中华苏维埃政府根据上海党中央的指令，筹措了一百二十两黄金秘密运送上海党中央总部。这是有史以来中共最高领导机构向苏区政府下达的拨款指令中金额最大的一笔，要求的时间也很紧，所以这笔黄金被称为"特别经费"，简称"特费"。当时，从中华苏维埃驻地瑞金到上海市之间，除了苏区控制的不大的一块地盘，大部分地区处于国民党的白色恐怖之中，而且江湖险恶，土匪强盗、窃贼骗子多如牛毛。于是，怎样把"特费"从江西苏区安全运抵上海就成为一个极为重要的问题。为此，上海党中央与苏区方面专门启用了一套新密码，通过电台进行了沟通，最后决定由苏区方面的中央政治保卫局和上海这边的中央保卫机关共同负责"特费"运送一应事项。至于这两个机构是如何进行沟通的，因材料不足，现在已经不知道了。

1931年11月6日，苏区方面的交通员携带"特费"动身。按照党中央的指令，"特费"必须在一个月内运抵上海。可是，一个月过去了，"特费"却不见踪影。上海党中央与苏区方面频繁沟通，最后得到的结果是："特费"凭空消失了！

这次行动的失利，给党的事业造成了重大损失。当时，党中央就下令对此进行调查，江西苏区的政治保卫局、上海这边的中央保卫机关都派出了调查人员，分赴"特费"运送时途经的地区进行秘密调查，为此还有同志被捕牺牲。由于当时政治条件的限制和调查渠道的原因，那次调查虽然了解到了一些情况，但未能破解"特费"凭空消失之谜，最终成为一桩历史悬案。

这起悬案，在中央人民政府公安部及中央有关部门联合下达给中共中央华东局指定调查的六起案件中排名第三，因此负责承办该案的专案组也相应称为第三专案组。

萧顺德听着，自然有些坐立不安。这不能怪他沉不住气，试想，发生于1931年的案子，涉及地域如此广泛，这个时段又经历了国共之间、军阀之间、中日之间的兵荒战乱，政权更迭，人口迁移，现在让人怎么调查？

杨宗俊知道他心里是怎么想的，微笑着问道："老萧，怎么样，有困难吗？"

萧顺德暗忖，即使让我这个至今连公安局有哪几个部门都说不上的大外行调查一桩普通的刑事案件，面前的障碍恐怕也不是简单到用"困难"两字说得清的，更何况是这等大案甚至是悬案、死案！明明晓得我从来没有干过这一行，一下子把这么重的一副担子压到我的肩膀上，这不是等同于把一个从来没下过水的生手扔到黄浦江里，还让他必须游到对岸吗？不过，他并没有发牢骚。凭他长期从事政治工作的经验，凡是组织上下达的任务，不管是否有条件完成，都得接受，然后，努力去做，还要做到最好。不会游泳也得下黄浦江，周围不是有几个会游泳的跟着他吗，向他们学习吧。

这样想着，萧顺德脸上也露出了笑容："现在还没想到有什么困难，如果在接下来的工作中遇到了，我们自己无法解决的话，再向领导提出吧。"

上下级之间的谈话结束。萧顺德把杨宗俊送走，返回办公室时，庄敬天等五人已经坐好了等候他安排工作。

萧顺德取出一包香烟，刚要拆开了散一圈，马麒麟已经站起来，嘴里说着"抽我的"，掏出香烟给萧顺德、李岳梁、庄敬天每人递了一支，接着，手上像变戏法儿似的倏地亮出了一个美国白铜打火机，正要往萧顺德跟前凑，被后者摆手制止，自己划火柴点燃了。

抽了两口烟，萧顺德说："同志们，刚才'悬办'杨主任来下达了我们三组的调查任务……"刚说到这儿，他突然改了主意，"这事儿回头再说吧，现在我想出去一下，今天放假，李岳梁同志留下值班，其余四位同志可以自由活动，不过要跟老李说清楚自己的去向，以便有事随时可以联系上。"

这番话说得大伙儿面面相觑，人人都在心里嘀咕，这位听说来头不小的领导这是怎么啦？马麒麟最先反应过来，表示他可以留下和老李一起值班，万一有事也可以跑个腿什么的。萧顺德点点头，随手把桌上那包还没拆的烟递给马麒麟："老马你留着抽吧。"又转脸看着庄敬天、钟梦白、彭倩俪，"你们三位呢？"

庄敬天和钟梦白对视一眼，后者微微点头，于是便说："我和小钟想去浦东，跟三官镇上的林道士说说跟他拜师学武术的事儿。"

"学武？"

钟梦白说："林道士武艺高超，寻常七八条汉子近不了他的身呢。"

萧顺德点点头："小庄你去拜师可以，但不能搞封建迷信那一套仪式，你是共产党员、人民警察，要注意影响！"

"明白！"

彭倩俪在一旁说："我长这么大还没去过浦东呢，我跟小庄、小钟一起去。"

"也好，小彭，你代表我们三组把把关，让小庄同志注意维护形象。"

昨天，庄敬天、钟梦白到北站分局"悬办"第三专案组报到后，钟梦白见庄敬天老是提不起精神的样子，猜测必是先前跟那几个扒手较量时吃了亏的原因。他对庄敬天说："你在三官镇待过，听说过那里有个林道士吗？"

庄敬天摇头。钟梦白告诉他，这林道士不但会武术，还是一方高手，腿功尤为了得，号称"浦东第一腿"。听说当年杜月笙老家的祠堂落成典礼时，林道士还受邀登台表演。于是，庄敬天就说要跟林道士学艺，请钟梦白相帮牵线搭桥，钟梦白一口答应下来。

钟梦白敢大包大揽，那是因为他在上海战役中负伤后，曾在三官镇野战医院住院治疗，出院后又去镇上俞家休养过一个多月。俞家就父女两个，父亲俞衡友原是镇上的钟表匠，抗战期间跟活跃在浦东的中共游击队朱亚民部联系密切，还加入了中共地下党；解放战争时期，老俞在党组织的安排下做过一些掩护同志、收集情报、转送物资之类的机密工作；解放后，俞衡友担任三官镇镇长。

钟梦白救的小俞姑娘，就是俞镇长的女儿俞毓梅。去年初夏，上海战役揭开序幕时，小俞刚刚过了十七岁生日，她在上海市区一家教会办的护士学校读二年级。战役爆发前，护校放三天春假，俞毓梅回家后，父亲说马上要打仗了，你就不要回市区了，在镇上待着。

没几日，国共双方正式开打，国民党军队对于上海外围守卫甚为顽固，解放军伤亡颇多。住在三官镇以及镇外乡下老百姓家的解放军，通常是一家住一个班或两个班，白天睡觉，黄昏用过餐后集合出发，次日黎明返回时，常常伤亡过半，甚至整个班都没能回来。这种情况下，三官镇上的解放军野战医院的救护任务之重可想而知，俞衡友便让女儿去野战医院帮忙。钟梦白为救俞毓梅负伤后，住院半月，但还需要休养，俞衡友就让人把小伙子抬到自己家里。

这时，上海已经解放，俞衡友担任三官镇镇长，工作繁忙，就让女儿照料钟梦白，还请来他的老友、镇外三友观的林道士每天两次给钟梦白气功推拿，疗治内伤。林道士跟小伙子很有缘分，一段时间相处下来，竟然看中了钟梦白，说小钟是一块学武当内家拳的好料，你就不要走了，待在三官镇上工作，跟我练内家拳吧。可钟梦白天生对武术没有兴趣，为此，林道士甚为遗憾。

被分派到公安局后，钟梦白已经两个星期没来三官镇了。今天突然出现，而且还带来了两个同志，这使已在镇上新办的卫生所当护士的俞毓梅惊喜不已。她立刻向所长请了假，给镇政府打了个电话通知了父亲，又请卫生所煎药房送药的小张骑了自行车前往镇口三友观告知林道士，这才兴高采烈地把客人往家里领。

彭倩俪帮着俞毓梅杀鸡宰鱼准备午饭时，林道士来了。这个老道年届五旬，身形高瘦，两肩耷拉着，双手笼在袖中，头发略有花白，颔下一把稠密的山羊胡。人虽消瘦，却不显单薄，每走一步都稳稳当当的。他是南汇人氏，姓林，名曾逸，少年时父母双亡，流浪在外，跟苏州一个道士学了七年武当功夫。后来游走江湖，又拜名师学过北派潭腿，三十岁回浦东，进了三官镇外的三友观，直到现在。

落座后，钟梦白介绍了庄敬天的情况。庄敬天上前行鞠躬礼，说我想拜您老为师，学些拳脚功夫。林道士答应得很痛快，说既是小钟荐来的，必是信得过的。况且还是民警，自是懂法守法的，我也不多问了。

庄敬天遂取过向李岳梁借了钱买的一条香烟、两瓶酒，双手奉上，又恭恭敬敬行了三个鞠躬礼，口称师父，算是正式成了林道士的弟子。不过，此刻他心里有些许忐忑：听说这武林拜师光鞠躬不顶事，非得磕头才有用，我这会儿拜师不磕头，师父不知是否会见怪？

席间，林道士问庄敬天："刚才小钟说你练过武，几时学的？在哪里学的？学了几年？练的是什么拳？师父是谁？"

庄敬天一一回答："十二岁那年在家乡学了三年少林拳，师父是村里的老人，听说以前在少林寺待过。"

"你练给我看看。"

庄敬天起身来到院子中间，虎虎生风地打了一套。钟梦白和彭倩俪没见庄敬天打过拳，当下鼓掌叫好。庄敬天对钟梦白说："老弟你这就没劲了，你又不是不晓得昨天那事儿，还喝什么彩？"

彭倩俪听着觉得奇怪，便问："昨天怎么啦？发生了什么事情啊？"

钟梦白想起庄敬天让他保密的话头，便把眼睛看着外面，不吭声。彭倩俪见状，越发好奇，盯着庄敬天反复打听。庄敬天叹口气："也罢，小钟你干脆就说出来吧。"

钟梦白就把昨天庄敬天让人家"钉"在地上动弹不得的那一幕说了一遍。再看林道士，只是手抚须髯微笑不语。俞毓梅问："逸叔，那人练的是哪门功夫，这等了得，您对付得了他吗？"

林道士说："听下来应该是柔术，这种功夫源于中国，后来流传到了日本，日本人加以改进，使之有了更强的技击能力。至于是否对付得了，我没碰到过这种对手，说不好。不过，据我所知，这种本领在技击术里好像还排不上号。既是技击，那就得以一敌几，像他那样把人'钉'在地上，只适合比武时一对一的情况，如若用于实战，他'钉'对手的时候，旁人上来冲他脑门来一记，那岂不吃大亏了？"言毕一跃而起，朝庄敬天一招手，"你来攻我。"

庄敬天没见识过林道士的本领，正想一试，当下便冲师父一拱手，脚下一动，已闪至林道士身前，挥拳便打。在场的钟、彭、俞三个还没看清林道士是怎么出的招，庄敬天那八十公斤重的身躯已经飞了出去，"扑通"一声跌翻在一堆稻草上。庄敬天大叫"邪门"。林道士说这不是邪门，是内家功夫。你好好学，刻苦练，以后不管遇上哪种功夫的对手，只要不让他近身，他就发挥不出自己的看家本领，你就有了胜算。

正说着，门外一声咳嗽，走进一个背脊微驼、满脸凹坑的麻脸小老头儿，鼻梁上架着一副镜片厚如酒瓶底的高度近视镜。这人就是俞毓梅的父亲，三官镇现任镇长俞衡友。钟梦白赶紧上前问候，又向俞衡友介绍了庄、彭，俞衡友连说"欢迎"，从怀里掏出一瓶烧酒："贵客登门，无酒不欢！只是老夫染疾在身，不敢陪饮，还望见谅！"

饭桌上，俞毓梅问钟梦白怎么这么长时间没来三官镇，钟梦白说工作比较忙，抽不出空。俞毓梅问在忙些什么事儿，钟梦白还没开口，俞衡友已经沉下脸："毓梅，小钟是公家干部，干的又是公安工作，他们是有保密规定的，你怎么可以胡乱打听？别说你了，就是小庄、小彭，同在公安局工作，如果不是执行同一桩任务，按规定也是不能互相打听的。你以后要注意，不该你知道的事情不能问。"

彭倩俪机灵，见气氛被俞衡友这番话弄得有些尴尬，立刻起身给众人斟酒："我们应该敬敬俞镇长、逸叔！"

饭后，俞衡友忙于工作，先离开了。庄、钟、彭三个坐着喝了一会儿茶，彭倩俪说时间不早了，我们也得回去了，没准儿萧组长那边还等着我们要布置任务呢。这时，俞毓梅在厨房里叫"你们哪个进来一下"，钟梦白、彭倩俪便进了厨房。

庄敬天见状，立马起身走到林道士跟前，二话不说双膝跪地连磕了三个响头。林道士大感不解，说小庄你这是干什么？庄敬天迅速爬起来，顾不上拍拭膝盖上的灰尘，悄声解释："师父，我知道武林中拜师要备香案、摆酒席、磕响头，可是，一则领导有话，说这是封建迷信，不让弟子这样做；二则我是供给制干部，吃穿由公家提供，另外每月还发点儿零花钱，也就只够理个发买块肥皂什么的，实在没法儿请师父下馆子，只好留待后补。不过磕头是表明心迹，那是万万少不了的，这会儿他俩没在跟前，弟子草草补上，请师父多多包涵！"

萧顺德报到那天，市公安局就给他安排了住房。那是提篮桥区公平路上的一处日本式平房，三间带一个二十来平方米的院子。他在那里只住了两个晚上，嫌上班路远，决定今天开始就住北站分局的办公室了。待到专案组其他成员一个个正点上班，他已经把里外两间屋子打扫干净，连开水也打好了。

于是，众人集中起来，开了专案组的第一个会。萧顺德首先介绍了即将调查的案件的简单情况，随即对昨天正准备传达"悬办"主任杨宗俊下达的任务时突然刹车的原因作了说明——

昨天他忽然想到，要想完成这个任务，必须先对这起案件的历史背景有一个清晰的了解。所以，他就去外面奔波了一天，查阅了一些档案资料，浏览了旧报纸，还找了几位当时在上海滩从事党的地下工作的老同志作了了解。

要说清这起案件，先得了解一下中共党史上的"临时中央"。中共党史上曾经出现过两个临时中央：第一个临时中央诞生于 1927 年 7 月 12 日，它有着血雨腥风的背景。这年的 4 月 12 日，蒋介石公开背叛革命，首先在上海向共产党人和广大革命群众挥舞屠刀，制造了震惊中外的"四一二"反革命政变。随后，广东、江苏、浙江等省，相继发生反革命大屠杀，轰轰烈烈的大革命惨遭失败。一时间，血雨腥风笼罩全国。

中国革命到了最危急的时刻，党中央必须改组，领导权和路线问题必须解决。但在白色恐怖笼罩下，召开党代会是不可能的。7 月 12 日夜，根据共产国际执行委员会的紧急指示，在苏联顾问鲍罗廷的参与下，中共中央在汉口秘密进行了改组，由张国焘、李维汉、周恩来、李立三、张太雷组成临时中央委员会，代行中央政治局职权。同年 8 月 7 日，按照临时中央成立时的决定，中共中央在共产国际的帮助下，于汉口召开紧急会议（史称"八七会议"）。会议对临时中央的机构进一步完善，选举出以瞿秋白为首的临时政治局。

1928 年 6 月 18 日至 7 月 11 日，在莫斯科举行了中国共产党第六次全国代表大会，正式选举产生了中共中央政治局和政治局常务委员会。这样，第一个临时中央就完成了历史使命，于 1928 年 9 月 2 日结束工作。

1931 年 9 月中旬，党史上的第二个临时中央在上海诞生。组建这个临时中央的原因如下：在 1931 年 1 月 7 日召开的中共六届四中全会上，共选出中央政治局委员九人、候补委员七人，合计十六人，政治局常委为向忠发、周恩来、张国焘。到了 9 月中旬，在上海的政治局委员只有周恩来、卢福坦、陈绍禹（王明）、刘少奇四人，仅占政治局成员的四分之一，失去了"代表多数"的作用。同时，周恩来将赴中央苏区工作，陈绍禹将去莫斯科担任中共驻共产国际代表团负责人。这样一来，上海的政治局成员远远不足半数，按照党章规定，政治局已不能行使其职权。

有鉴于此，共产国际远东局指示中共成立临时中央政治局，并提出组成人员的具体建议。1931 年 9 月中旬，周恩来、王明、张闻天、秦邦宪（博古）等四人在博古家里开会商议此事，商议的结果是：由博古、康生、陈云、卢福坦、李竹声等人组成临时中央政治局，报请共产国际审批后，第二个临时中央随即投入工作。

本案发生的时间，即是第二个临时中央开展工作后不久的 1931 年初冬。临时中央作为党的领导机构，处于由国民党反动派及英、法、美帝国主义租界统治下的上海滩的白色恐怖中，所需要的经费肯定是不少的，否则，不但无法开展正常的工作，连中央机关自身的日常生活和安全都无法得到保障，更别说应付紧急情况以及组织开展群众斗争了。而当时处于地下的临时中央，在上海并无筹款渠道，只能通过两条途径解决这个难题：一是由苏区拨款，二是向共产国际申请援助。这两条途径中，通常都是以第一条为主，第二条属于辅助渠道，毕竟这是中国人自己搞的革命，哪能由外国人全部埋单？况且，共产国际拨款并非通过银行、邮局，而是安排秘密交通员从境外辗转绕道进入中国，其中曲折繁多，风险极大，所需时间少则两三月，多则半年，等米下锅不大现实。

因此，临时中央就以密电方式与瑞金的中华苏维埃政府取得沟通。这封电报由当时主持临时中央工作的博古亲自起草，要求苏区方面向中央"提供足够的财款作为中央特别经费，以供目前各项开支及作为应急备款"。

江西苏区的经济情况也不容乐观，但苏区政府还是全力支持，决定拨给临时中央黄金一百二十两（十六两老秤）。这件事的具体落实，是由时任中华苏维埃政府财政人民委员（相当于建国后的国家财政部长）林伯渠负责的。

林伯渠批了条子，让从苏区银行"按额调拨"，收上来的是一堆打土豪没收的各式各样的黄金首饰。以当时的白色恐怖形势，长途调运财款也只有黄金最为便利和安全，共产国际给中共的拨款通常也是黄金珠宝首饰。但是，这些黄金首饰零零碎碎的，不易携带，遂请金匠把首饰高温熔化后制作成十两一根的"大条"，装入一口按照金条尺寸专门制作的白铜小盒，盒口用锡焊封。

苏区政府财政部具体经办人员考虑到这笔数额巨大的经费从江西送往上海，得经由若干个地下交通员之手，这就有一个交接验核的过程。因此，交割成功后，下线还得给上线一个确认收货的凭证。这个凭证是一个银元大小的汉字，由林伯渠亲笔书写，写后请刻章店铺用经沸水反复煮过的硬木刻成一枚比象棋子薄些的印章，再破解成七件，代表着七个地下交通员。事先将凭证、锁具、钥匙送达预定交接地的地下交通站，上下线交接时，先对暗语，然后下线用钥匙打开上线的锁具确认，交割完成后下线交出凭证，上线则把他掌握的锁具交给下线。上线用凭证向组织证明他已经完成了使命，而此时已变成上线的原下线交通员则用同样的方式与下一站的交通员接头。完成使命的交通员返回后，把收条——凭证交给组织，再辗转送交苏区。

这个出自林伯渠之手作为凭证的汉字，曰"快"。至于途经的那七个地方，根据保密规定，林伯渠是不知道的，筹款、拨款是财政部的职责，运送那就是其他部门的事儿了。这种情况，以前也有过，使用的收条凭证可能是另外的汉字，或者并非汉字而是其他形式。如果运送顺利，那就可以把这些凭证撇开不问，通常都是全部凭证还没送回苏区，对方已经把顺利接收的信息传递过来了。凭证，只是在发生意外情况时才用得到。不幸的是，这次"特费"恰恰遭遇了不测。

特别经费运送线上的第一个交通员是 1931 年 11 月 6 日从瑞金启程的，按中央政治保卫局和中央保卫机关联手制定的路线，应该是这样的：瑞金——南平——福州——温州——金华——杭州——松江——上海。这条路线有些绕，但安全系数大。满打满算，用一个月时间是可以到达上海的。可是，等米下锅的临时中央从 11 月底开始发电向苏区询问，一直到 12 月 22 日，一共发了五封催询电报，还是说没有收到，也没有任何消息，苏区这边于是意识到出问题了。

最后一件凭证没有送到苏区。而上海的临时中央在 12 月 22 日的密电中也断定：运送途中发生了意外。苏区这边的中央政治保卫局遂启动调查。经林伯渠确认，已经送来的那六个凭证确是原件；刻章匠也确认是由其亲手制作。也就是说，特别经费在运送过程中，前几站南平、福州、温州、金华、杭州均无问题，事情出在松江至上海的那一段。

苏区政治保卫局试图对此事进行调查，以便弄清真相，追回那一百二十两黄金。可是，以当时的条件，想去远离江西苏区紧靠上海的江苏省松江县进行调查，那简直难比登天。不说其他，光是潜入白区的安全风险就高得难以预料。当然，还有一个办法，那就是请设于上海市区的中央保卫机关的情报人员协助调查。上海的中央保卫机关情报人员也确实进行过调查，可是，这次运送特别经费是一桩非常重要的使命，启用的交通员都是由中央个别领导直接掌握的地下同志。按照组织规定，这种秘密人员的名址，是不能透露给其他人的，这种情况下，只能由与其建立组织关系的上线向其进行调查。所以，上海方面的调查最终未能进行下去，据说还因此导致数名参与调查的地下党员被捕，其中两人牺牲。

一个圈子绕下来，已是三个月后了。中央政治保卫局只好向苏区政府打报告，要求由苏区政府出面与临时中央那位掌握秘密关系的领导联系，请其安排对此事进行调查。那位领导之前知晓特别经费未能运到中央，虽然交通线是由其提供给苏区方面的，但按照规定，提供后就不能过问苏区方面是怎样使用这条交通线的，因此并不了解其他情况。这时由中央向其交代后，方才清楚是怎么一回事，立刻布置寻找松江那位承担最后一站运送特别经费使命的秘密交通员。可是，已经找不到此人了。

特别经费未能运送到上海，造成了严重后果：致使九名被捕同志无法及时营救，被敌人杀害；使一次预先布置好为配合"一·二八淞沪抗战"的日资企业大罢工被迫流产；导致三名伤病的地下机关同志（其中一人车祸）因无医疗费用，得不到及时救治而死亡；四名烈士的家属因未能获得组织及时经济救助流落街头，最后失踪……

十八年前的调查结果，就是这样的。这些情况，被中央政治保卫局保存下来，存放于秘密设在上海租界的中央地下档案库，虽屡经转移，最终还是于1949年5月底上海解放后送往北京。此刻，这些材料的誊抄件又转到了上海市公安局"悬办"第三专案组组长萧顺德手中。

萧顺德向五位部属介绍了这起案件的基本情况后，看着大家，不吭声。李岳梁、庄敬天等五人也沉默以对，众人对这起即将开始调查的案子的复杂程度以及这个任务的艰巨程度深感震惊。

稍停，萧顺德轻咳一声，开口了："杨主任昨天临走时紧紧握着我的手说，老萧，组织上盼望你带领全组同志跨越这道难关。大家知道，我于公安工作是个大外行，因此，我虽然坚信我们能够完成这个使命，可是，我不知道我们应该怎样做才能完成。我向'悬办'报到时，承蒙杨主任关爱，特许我在'悬办'六个专案组中第一个挑选成员。在座的各位，都是我从'悬办'的侦查员名单中一个个圈选的，我相信，大家一定有能力、有信心侦破这个案子。我说得对吗？"

众人异口同声："对！"

列车驶离上海，在初冬的江南大地上飞驰。庄敬天坐在硬卧车厢侧边通道的椅子上，出神地望着窗外。

这次赴北京出差，本来是轮不上庄敬天的。那年头交通不便，经济条件有限，人们通常少有去百里之外的异地旅行的经历，更别说从上海一下子跑到北京了。因此，公职人员对于去外埠出差的积极性甚高，摊上一趟——不管是什么差使，都像是如今购买彩票中了个大奖似的。

起初，萧顺德是点名让钟梦白赴京出差的，可钟梦白对此任务竟然令人意外地显出一种不大情愿的样子。他跟庄敬天私下嘀咕："庄哥，要不你跟领导反映一下，就说我旧伤发作，不便长途出差，说不定老萧体谅部下，就会把这个差使派给你了。"

庄敬天听着先是不解，继而反应过来："你小子老实交代，是不是有谁扯你的后腿了？"

钟梦白掰不过庄敬天的反复盘问，只好实话实说，他跟俞毓梅恋爱了，最近有空就去三官镇。这个节骨眼儿出差，那这份热情就得受影响，小俞那里如果出点儿变故，那可就麻烦大了。

庄敬天"啧啧"连声："小俞姑娘这不是倒追吗？都说'男追女，一道墙；女追男，一层纸'，那还不是一追就着了？"稍停又道，"小俞的眼力有问题，她要追男人，应该先追我这样的战斗英雄嘛！"

钟梦白听着不受用了，正要反驳，彭倩俪过来说："大庄，萧组长叫你去一趟。"

被萧顺德叫去的除了庄敬天，还有李岳梁。萧顺德说："我们三个是三组的党员，根据'悬办'党总支的安排，专案组内有三个以上党员的就要组建党支部。'悬办'党总支任命我为支部书记，你们二位是否有意见？"

那二位自然没有意见。萧顺德接着说："今天我们支部第一次开会，我看就开个民主生活会吧。你们二位可以向我提提意见，我保证有则改之无则加勉……没有？那好，小庄，我可要向你提出一点了：那天你去浦东拜师，我明明关照过你不能搞旧社会封建迷信那套，要维护人民警察的形象，你答应得好好的。可是，后来呢？你还是偷偷向林道士磕了头。这事有没有？"

庄敬天暗吃一惊，寻思当时院子里只有我和林师父两个人啊，我没对别人说过，师父自然更不会透露。看来，必是小钟、小彭两人向老萧打了小报告。想着，他叹了口气："书记，这事儿是我错了，您看咋办，是不是要我作个检查？"

"检查就不用了，不过这是自由主义，以后要注意。"

庄敬天频频点头，口称"虚心接受"，随即就开始反击："老萧同志，我忽然觉得有人也犯了什么主义……对了，叫官僚主义！老萧你指派小钟去北京出差，不知你是否知道小钟最近旧伤发作，我正劝他去看伤科呢，如果他去北方受了冷，只怕那伤就发作得更厉害了！"

萧顺德不知有诈："哦？小钟他身体不好？那得赶紧去看伤科。小庄你说得对，我确实犯了官僚主义，应该在全组会上作检讨。"

庄敬天见萧顺德脸色凝重，说得那么认真，心里便有些后悔，不过话已出口，也只好将错就错，于是硬着头皮再次开口："那么，小钟他还去不去北京外调呢？"

萧顺德开口一说，不但庄敬天，就是李岳梁也觉得出乎意料。"出差名单报到'悬办'杨主任那里，是我、钟梦白、彭倩俪三个，结果让杨主任划掉了两个——我和小钟。我按照领导的指示精神，另外上报了你们二位，一报就准了。现在正好通知你俩。"

出差是好事儿，李岳梁、庄敬天都暗自高兴，至于这里面的缘故，两人压根儿就没去想，萧顺德却已经明白个中原委了。这次去北京，是向林伯渠、陈赓外调，去的同志必须政治上绝对可靠，他就在自己之外选择了钟梦白、彭倩俪，寻思这应该没有问题了。哪知，"悬办"领导把他的名字也划掉了，给出的理由是：老萧你是组长，你离开了，如果这边有什么事的话，谁来处置啊？

这个理由有点儿牵强，萧顺德就联想到他最近的一连串遭遇，说明组织上果真对他有什么看法了。当然，他知道一个党员不能对组织猜测什么，也就想想而已，然后就到此为止了。

专案组派员赴京外调之举，是全组讨论了三个多小时后选定的一个方案。之所以选定这个方案，基于一个原因：十八年前的这个悬案，焦点就是丢失的那笔"特费"。现在重新对该案进行调查，究竟是从那一百二十两黄金着手呢，还是从运送黄金的最后两个交通员着手？前者既无实施的可行性，也无可查的线索，那就只有把两个交通员作为调查本案的切入点了。那两个交通员一个是杭州的，另一个是上海的。尽管杭州的交通员已经把第六个凭证上交组织，但并不能百分之百地表明他跟该案没有关系。从理论上来说，还有另一种可能：他为了侵吞那一百二十两黄金，杀害了下线，从下线身上获取交割凭证，交给组织作为自己完成任务的证明。

这是"特费"丢失的一种可能。此外还有两种可能，其一，那个从上海前往松江的交通员拿到"特费"后，见财起意，携金而遁，从此人间蒸发；其二，上海交通员拿到"特费"后，在松江当地或者从松江回上海的过程中发生意外，丢失了"特费"，甚至丧失了性命。

对于专案组来说，要查清真相，显然是一个特大难题，十八年前留下的该案的材料实在是少而又少。不过，侦查员面前并不是没有路走，可以通过向当年参与运送"特费"的中央苏区和上海临时中央的相关同志了解情况，寻找这团乱麻的"线头"。根据案卷中保存着的简单材料得知，当年负责办理"特费"的江西苏区中华苏维埃政府财政委员林伯渠，以及上海中央保卫机关领导之一陈赓，都应该是知晓此事的。因此，专案组决定派员前往北京。

庄敬天得到了赴京外调的好差使，自是兴高采烈。此次旅行，他还有一个小心思：赴京途中要把自己向林道士磕头拜师如何被萧顺德知晓的疑团破解掉。

那天，专案组党支部会结束后，庄敬天就去找钟梦白，直截了当问钟梦白是否"出卖"了他，后者赌咒发誓予以否认。于是，他就把

"叛徒"嫌疑锁定在彭倩俪头上。

十九岁的彭倩俪是个孤儿，她的父母都是抗战初期加入中共地下党的，抗战时在上海以教书职业为掩护，做党的秘密情报工作，遭叛徒出卖，被捕后双双牺牲。彭倩俪被地下党送到一个同情中共的民主人士家，得以继续上学读书。1948年彭倩俪上高二时，加入了地下团组织。上海解放后的第十天，两个已在解放军部队中担任相当职务的彭倩俪父母生前的上级找到她，问她有什么要求。她提了两点：一是要求成为政府工作人员，二是要求加入中国共产党。前一点要求当天就满足了，刚刚挂牌的上海市人民政府公安局以特招方式安排烈士子女彭倩俪在刑侦处做了一名内勤。后一点要求就没那么便当了，入党不是一桩容易事，尤其是中共已经成为执政党，对于吸收新党员的要求就更严格了。那二位老革命告诉她，想入党，得在今后的工作中以实际行动去争取，当你达到一个中共党员的标准后，党组织肯定会吸收你的。彭倩俪于是向市公安局党委递交了入党申请书，还是刺破手指写的血书，足见其入党决心之大。

这次专案组派员进京外调，彭倩俪根本没指望轮到自己头上，哪知她竟被选上了，自然是激动不已。旅行途中无所事事，李岳梁嗜酒，便拿出自带的烧酒和一包花生米吃喝。彭倩俪觉得无趣，就凑过去跟庄敬天闲聊。庄敬天寻思这丫头来得正好，正好坐实她"出卖"俺的行为呢。不过，直截了当询问的话，彭倩俪肯定不会承认，就说小彭我正要找你聊聊呢，你那血书写得好哇！彭倩俪觉得奇怪，问你是怎么知道的？庄敬天说，俺的身份决定俺肯定会知道这种事情嘛——那时中共基层组织包括谁是党员，在群众中是不公开的，因此他说得比较含蓄，不过彭倩俪一听就明白了。庄敬天说你积极争取是对的，主动靠拢组织，向领导反映身边的情况那就更好了。

彭倩俪脸孔顿时通红，垂下了眼睑不敢正视庄敬天。庄敬天于是确认，果真是彭倩俪"出卖"了自己，不由得嘿嘿一笑。

新中国成立后，林伯渠出任中央人民政府秘书长。开国伊始，百废待兴，林老自是工作繁忙，日理万机。不过，当秘书呈上专案组报请中央有关部门出具的外调介绍信后，林老还是抽出二十分钟时间接待了李岳梁、庄敬天、彭倩俪三人。三侦查员事先被告知：不得记录，所有内容只能凭脑子记忆。

林伯渠所说的"特费"的情况跟专案组之前了解的相同。侦查员问到承担运送"特费"的地下交通员的情况，林老不无遗憾地说："如果邓发同志还在就好了。他当年是中央政治保卫局局长，运送'特费'是他亲自策划的。"

不过，林老还是向侦查员提供了一条线索，他记得瑞金方面派出的那个交通员姓秦，曾给高自立同志当过警卫员。后来的事实证明，"特费"一案最终得以圆满侦破，就是始于林伯渠提供的这条线索。

专案组的另一个外调方案却打了折扣。李岳梁三人是向中央有关部门一并呈递的向陈赓外调的报告，可是，他们却被告知时任中国人民解放军第四兵团司令员兼政委的陈赓正在广西、云南交界处指挥作战。侦查员只得向上海拍发电报报告这一变故，请示接下来是访查林伯渠所说的那个秦姓交通员呢，还是奔云南找陈赓。

当天，他们就接到了上海回电，让"访查秦某"。

接下来，李岳梁、庄敬天、彭倩俪三个就研究怎样才能找到秦某。林伯渠说那个秦某曾当过高自立同志的警卫员，看来首先要找到高自立，再看高自立是否知道秦某后来的情况。可是，三个侦查员谁也没听说过高自立这个名字，这让他们到哪里去找？讨论下来，决定去向公安部打听。

公安部接待人员也不清楚高自立是谁，但答应帮忙查询，让他们回下榻的招待所等候回音。回音倒是挺快的，也就不过大半天就等到了——

高自立同志乃是当年江西苏区的一位赫赫有名的人物。他是1925年参加革命的老一辈革命家，井冈山时期与罗荣桓、粟裕一起担任连队党代表，后来又担任红三军政委兼军委书记。中共组建中华苏维埃政府时，他是土地人民委员——相当于后来的国土资源部长。新中国成立后，高自立担任东北行政委员会冀察热辽办事处副主任。

侦查员向专案组电请获准后，随即离京前往东北行政委员会冀察热辽办事处驻地沈阳。他们还算去得及时，高自立因长期为革命操劳，积劳成疾，不到一个月之后（1950年1月9日）就去世了。当时高自立已经重病住院，医生规定不准探望，更别说外调了。侦查员向中共中央东北局公安部求助，最后得以获准递纸条向高自立调查秦某下落。

高自立看了递交的条子后答称：警卫员秦远雷，江西萍乡人，现在解放军第十三兵团任职。

解放军第十三兵团当时驻扎广西，获得专案组批准后，侦查员调头南下，直奔南宁。

三、寻找"青痣瘢"

三友观是坐落于三官镇南侧镇口长春桥畔的一座小小道观。三天前，"悬办"第三专案组从北站分局暂移三友观办公。当萧顺德宣布这个决定时，钟梦白喜出望外，差点儿当场大呼"乌拉"。他跟俞毓梅的恋爱已经升温，几乎每日一函，三五天必见一面，有时他去浦东，他工作忙走不开时，俞毓梅就到浦西北站分局来。当然，专案组办公室俞毓梅是不能进来的，甚至连分局大门也不便进入，只能在门口的接待室跟钟梦白见上一面，匆匆说上几句话，放下送来的东西就告辞了。后来，钟梦白受"潘（汉年）、扬（帆）案"的牵连，调到监狱去做狱警，回想起这一幕时，觉得这简直跟犯人家属探监差不多。现在，钟梦白跟俞毓梅就天天可以见面了。

第三专案组之所以暂移浦东，是因为萧顺德、马麒麟、钟梦白查到了一条线索——

李岳梁、庄敬天、彭倩俪赴京外调后，上海这边的三位也没闲着，萧顺德叫上马麒麟、钟梦白去市局档案室翻查档案，走访当年在上海活动过的情报人员。收到北京电报的那天上午，他们刚刚找到一位当年中央保卫机关的情报人员老简。线索，就是从老简那里获得的。

老简名叫简立平，江苏盐城人氏，十三岁逃荒来到上海滩，一个偶然的机会，认识了英国商人勃罗特，勃罗特介绍他到英租界的一家洋行工作。老简于 1928 年参加中共地下党，后来调到中央保卫机关从事情报工作，成为一名职业革命者。可是，他在革命道路上没能走到头。1936 年，由于上线被捕，老简失去了和组织的联系。为谋生计，他在法商电车公司谋了一份查票员的工作，同时指望整天在电车上转悠，能够遇到熟识的同志，好重新接上关系。可是，他的愿望落空了，这个查票员工作一直做到上海解放。1949 年 8 月，老简终于找到了当年在中央保卫机关一起工作、现在华东局社会部任职的老浦同志，老浦为他证实了那段革命历史，于是他就有了一个公职，成为一个在上海市政府招待所管理膳食的干部。

萧顺德三人在访查时，先找到了老浦。老浦说他以前不知道也没听说过"特费"案，直到 8 月间简立平来找他证明以前的经历，听简立平说起，曾于1931年底参与过一桩党组织丢失一百二十两黄金案件的调查。这是萧顺德三人连续奔波多日后获得的第一条像点儿样的线索。这时已是下午五点多，冬天黑得早，这天又是阴雨天，但萧顺德还是决定立刻去找老简了解情况。

老简自己掏钱，让招待所食堂师傅做了四菜一汤请萧顺德三人吃晚饭，线索，就是在饭桌上获得的。据老简回忆，1931年底，他接到上级下达的一项紧急任务，让他放下手头的工作，立刻着手在社会上查摸党组织丢失的一百二十两黄金的下落。上线向他交代这个任务时还说过，一个尚未查明身份的男子可能对该案知情，这个男子有一个比较明显的特征：右颊有一颗蚕豆大小的青色痣瘢。

老简决定从黄金和"青痣瘢"两方面同时着手访查。当时的情报人员各自手头都掌握着若干耳目下线，这些耳目来自江湖上的三教九流，显赫的有淞沪警备司令部的军官，落魄的则是乞丐，他们中绝大多数人都是为了钱钞，老简跟他们的关系，相当于雇佣和被雇佣。七天后，乞丐"驼背阿三"报来了一条线索，说他在浦东高桥镇发现一个右颊有颗蚕豆大青痣瘢的男子，他尾随其后，发现那人去了镇口的大圣寺，以居士名义住下了。

老简当即前往高桥镇实地查看，可是，大圣寺并无此人。老简向组织上汇报这个情况后，组织上极为重视，当即指派一名姓周的笃信佛教、同情革命的党外人士前往高桥镇，亦以居士名义入住大圣寺探听情况，但大圣寺的僧人都说并无"青痣瘢"模样的居士入住过。

除此之外，老简还告诉侦查员，据他所知，当时中央保卫机关还另外调派了几名同志去调查黄金的下落，其中有一位曾和他一起执行过几次任务，名叫花飞扬，不久又改名杨春秦，是上海本地人，当时已经成家，家住闸北鸿云里。花飞扬是中央保卫机关的一名特别受到组织上器重的情报人员，精于化装，能操多地方言，装谁像谁，说啥像啥。记得组织上交代这个任务时，领导特地点了花飞扬的名。不幸的是，花飞扬在调查期间，与一个跟他熟识的叛徒遭遇，那叛徒当时已经是国民党淞沪警备司令部侦缉大队的中尉军官，花当场被捕。后来听说，花飞扬被捕前可能已经调查到了那笔黄金的线索。组织上获悉后，通过中国济难总会进行营救，没有成功。花飞扬设法越狱，也没有成功，被敌人开枪打伤，当天即牺牲于医院。

萧顺德跟马麒麟、钟梦白对此进行了研究，认为老简提供的那个脸部有一块青色痣瘢的男子是目前唯一的线索，需要认真对待，遂决定先往高桥镇查访。可是，三人来到高桥镇上一打听，大圣寺已经没了——抗战时挨了日军的炸弹给炸毁了。

不过，庙没了，并不等于和尚也没了，萧顺德决定访查和尚的下落。这就需要高桥镇派出所相帮了。派出所除了所长、副所长是南下干部，其余民警都是本镇居民，根本用不着翻阅户口底卡，听侦查员一说要了解的内容，马上就有民警说，原大圣寺的和尚镇上还有一个，就是在大统桥畔卖香烛的老徐。

老徐随即被请到派出所，一问，说记得1931年冬天大圣寺曾经住过一个脸上有颗青痣瘢的居士，是住持大智法师的朋友。那人沉默寡言，除了在住持僧房里跟大智法师低声交谈外，从来不跟其他人说话。"青痣瘢"在寺里住了四天就离开了，他走后，寺里有些僧人还在议论说这人是个哑巴。大智法师可能听见了下面的议论，特地召集全寺僧人，告诫不能议论来本寺的外人，更别说信佛的居士了。大圣寺规矩很大，住持说的话被视为"法旨"，大智法师这么一说，从此就再也没人敢提起那个神秘的居士了。

从老徐这番陈述内容来看，大智法师跟那个"青痣瘢"的关系似乎非同一般，如果"青痣瘊"确是老简所说的"特费"案知情者的话，找到大智法师就可以了解到"青痣瘊"的情况了。马麒麟就向老徐打听："你说的大智法师后来去哪里了呢？"

老徐摇头感叹："唉，法师早在大圣寺被炸时就死了，当时我在场，他死得很惨，半颗脑袋都让弹片给削了！"

这条线索就这样断了，萧顺德自是极不甘心。返回北站分局专案组驻地，他跟两个侦查员说："老马，你对目前的情况是怎么看的？小钟，你也过来一起说说。"

马麒麟的意见是，可以扩大访查范围，从高桥镇扩大到整个浦东，这当然需要浦东三县的公安局协助了。钟梦白则认为，在扩大调查之前，应该先弄清楚那个"青痣瘊"究竟是与"特费"案无涉的寻常知情人，还是可能涉案的知情人。

萧顺德就让钟梦白往市政府招待所打电话，再次询问老简。可是，老简也说不明白。有鉴于此，钟梦白提出，扩大访查范围的同时，也应该扩大访查内容，一是查"青痣瘊"的线索，二是查黄金线索，如果"青痣瘊"是涉案人，那就有可能在作案后使用这些黄金。

萧顺德三人在高桥镇调查"青痣瘊"时，李岳梁、庄敬天、彭倩俪已经抵达广西省会所在地南宁市。

在南宁郊区的一座营房，侦查员见到了中国人民解放军第十三兵团副师长秦远雷。提起十八年前的"特费"案，秦副师长长吁了一口气："都过去那么些年头了，这案子还能查得清楚吗？"他一边说话，一边从警卫员手里接过军用皮带往腰间系，又摘下墙上挂着的手枪，看样子是要出门。其言其行似乎在向远道而来的侦查员暗示：他对外调不感兴趣。

三人中的李岳梁不善言辞，彭倩俪年轻没经验，不知如何应对这种软钉子，还是看上去傻大个儿一般的庄敬天机灵善言："报告首长，我们相信在您的帮助下，这案子肯定能查清楚。"

秦远雷似笑非笑地看着庄敬天："小伙子身体很棒啊，当过兵吗？"

庄敬天咔的一个立正，举手行了个军礼："报告首长，我叫庄敬天，山东荣成人，1947年1月入伍，11月入党。在部队期间，立过三次功。今年5月上海解放后，组织上让我转业去了上海市公安局，正在向老同志学习，积极争取再立新功！"

秦远雷笑了："小庄同志很对我的脾气，如果可能，我真想把你留在这里，成全你建功立业的理想。"

庄敬天说："报告首长，我听组织的！党指到哪里，我就奔到哪里！"

秦远雷解下皮带，连手枪一起扔到一边："你们来的不是时候，我正要去军部开会，不过说一下这件事也花不了多少时间的，就先说说吧。"

秦远雷副师长向侦查员作了以下内容的陈述——

1931年时，他是中央政治保卫局特勤科一名从事秘密工作的科员，公开身份是由中央政治保卫局秘密开在瑞金城里作为交通联络站的"望云楼"饭馆的伙计。当时中央政治保卫局对于秘密工作的分工范围比较粗，所以他干的工作也比较杂，一是接待并考察从白区来的各地中共地下党的交通员和干部；二是担任秘密交通工作，通常是接人、送人以及接送情报；三是利用跑堂身份收集情报；四是偶尔参加锄奸行动。

那年11月，秦远雷接受了一桩重要任务，组织上命其把一个沉甸甸的小包裹送往福建南平。跟以往下达任务不同的是，这次不是他的直接领导——"望云楼"掌柜程休身下达的，而是中央政治保卫局的一位不知担任什么职务的首长化装成寻常顾客来饭馆吃饭，当面向他交代了这一任务，说的很简单，大意是：组织上派你执行一项任务，把一个包裹送到南平去。注意，这个包裹极为重要，组织上对你的要求是，人在物在，丢失要掉脑袋！

秦远雷作为一名地下交通员，按照组织纪律，不知道自己运送的是什么东西；如果护送的是人员，也不知道对方的真实身份信息。因此，秦远雷事先事后都不清楚当时执行的是什么任务，甚至连那东西最后没运送到目的地也毫不知情。后来，政治保卫局邓发局长把秦远雷召去，亲自询问运送那个沉甸甸的小包裹的详细过程，他才隐隐意识到下线或者下线的下线没办好此事，可能出了什么问题。长征期间，秦远雷已经调到部队当了连长，一次跟一位和他一起参加革命其时已是红军营长的同乡闲聊，才从对方口中得知，当时他运送的是苏区政府调拨给上海党中央的一百二十两黄金。那位同乡当时在中央政治保卫局工作，参加了事后的调查，所以对此事知道得比较详细。秦远雷闻听之下，恍然大悟，说怪不得那小包裹那么沉！

那么，当时的运送过程如何呢？组织上对这项任务非常谨慎，尽管是在被称为"红都"的瑞金，还是如同在白区环境下那样小心谨慎。秦远雷出发前两天，程休身指示他在扛米包时出一次假工伤，当场还吐了几口事先含在嘴里稀释过的红药水。然后，请来瑞金城里有名的伤科郎中金倚德诊疗。估计金郎中事先已被政治保卫局的人关照过，诊脉后一口断定秦远雷"内脏受损，其状甚重"。程休身在旁边点头哈腰一口一个"金先生"央求开方施药，金郎中却起身告辞，说这个伤他治不了，得请名医解决。名医在哪里呢？金郎中说福建南平城里的李冲一应该治得了秦伙计的内伤，建议速速前往求诊。

假戏做足，真戏的帷幕才拉开。次日清晨，城门刚开，秦远雷就带了要运送的物品,骑着一匹健壮的青马悄然出发了。从瑞金到南平大约五百里地,秦远雷骑马却走了六天,因为他所走的路线都是组织上事先安排好的,实际路程肯定不止五百里。秦远雷抵达南平时是下午两点多钟,随即前往南门关帝庙与下线接头。

下线是关帝庙的庙祝。旧时的庙祝,就是管理庙宇的人。关帝庙与文庙一样,是没有僧人的,庙董会通常物色一个老实勤快、无田地房产的赤贫之人,全家可入住庙内,占用房产两间,免租耕种庙产田地若干亩,世代承袭。庙祝的职责是负责管理庙宇,上香插烛,添油掌火,门窗户牖,晨启暮闭。秦远雷事先并不知晓这个庙祝下线姓甚名谁,也不清楚对方长相如何,只知道应该对上暗语,对方的钥匙开得了他手头的锁,就把那个小包裹移交,对方则交出凭证。交接完毕,秦远雷收下凭证,话都没说一句,即刻出门上马走人,走得越远越安全。至于伤科名医李冲一那里,他不敢去麻烦——是否受了内伤,伤得多重,别说李郎中了,就是金郎中也是一搭脉就清楚了。

返回瑞金后,秦远雷把庙祝给的凭证交给程休身,这趟差就算是出完了。

那个凭证,秦远雷直到此刻也不知道是什么东西。彭倩俪在纸上写了一个大号的"快"字,圈出了起笔的那个"点",秦这才顿悟。至于那个庙祝的容貌,秦远雷说记得对方年约三十,肤色黝黑,中等身材,眼睛比较大,再多的特征就说不出了。

傍晚,李岳梁挂通了上海长途,向刚从浦东回到北站分局的萧顺德汇报了上述调查情况,萧顺德指示他们可直接去南平,向那个以庙祝身份为掩护的地下交通员调查;然后,老萧说了说调查"青痣癖"之事,告知经向"悬办"请示获准,三组暂时移往浦东三官镇三友观办公。

次日,李岳梁、庄敬天、彭倩俪离开南宁,前往福建南平。抵达南平后，在当地公安局的帮助下，很顺利地找到了当年的庙祝、如今的县委副书记赵鸿洲，获得了运送"特费"第三个交接点也即福州那个下线交通员的情况。

李、庄、彭三人离开南平前往福州调查的时候，上海这边，钟梦白正觉得心血管被什么异物堵住了似的，又闷又慌。

第三专案组暂移三友观已四天，通常是留下一人值守，其余两人则分跑浦东各个乡镇，跟乡镇政府分工兼管治安工作的民兵负责人谈话，布置查找"青痣瘢"的线索。

专案组抵达三友观的当天，三官镇镇长俞衡友已经通知镇卫生所，让俞毓梅前往三友观给侦查员做做烧饭烧水打扫卫生之类的杂事。萧顺德不知这是俞毓梅的主意，婉拒，但捱不过俞衡友的再三坚持，说本来应该镇政府派人过来的，可镇政府抽不出人，正好小俞说最近卫生所比较空闲，可以请假，就让她过来了。萧顺德这才接受，但提出卫生所扣除的薪水由专案组补上。俞衡友说老萧这就见外了，我女儿的命都是你的部属小钟同志救下的，难道还不该趁这个机会小小地表示一下谢意？俞衡友把话说到这份儿上了，萧顺德只好让步，最后双方达成的意见是：俞毓梅来三友观帮忙，专案组不付薪水，但一日三餐就吃专案组的，不必支付伙食费了。

送走俞衡友，萧顺德就向马麒麟、钟梦白说了"一人值守，二人外出"的决定。钟梦白心里犯了嘀咕，寻思留下值守的最佳人选肯定是老萧，我是没份儿的。自己整天跑在外面，等到晚上回到三友观时，只怕小俞已经回家了。这不是比在北站分局还惨吗？连情书都没法儿传递啊！

没想到，老刑警马麒麟竟像是猜到钟梦白的心思似的，随即开口道："那是不是让小钟留下来，这边没有电话，'悬办'也好，外调的李岳梁他们也好，如果有事找我们，是要打到镇政府的。这种跑来跑去的事，让年轻人承担比较利索。萧组长你看呢？"

萧顺德点头："我也是这么想的。"

于是，钟梦白和俞毓梅就有了充裕的接触时间。"悬办"和外调的李岳梁他们似乎也很体谅他，这四天里竟然没打来过一个电话。从未恋爱过的钟梦白后来回忆这四天跟俞毓梅的交往接触，觉得是他人生中幸福指数最高的四天。

可是，这种梦幻般的幸福状况没有持续下去。第五天拂晓时分，俞毓梅就慌慌张张直奔三友观，说父亲突然发病，大口吐血，已经送卫生所抢救了。卫生所医生说俞镇长病情危重，这边只能注射止血针，必须送叶家花园的医院才有望救得过来，镇政府已经在召集民兵，用门板把父亲往渡口抬了。

萧顺德马上说，小钟你腿快，立刻去镇政府给"悬办"打电话，那里是昼夜有同志值班的，请他们立刻叫一辆救护车在渡口接应，俞镇长一上岸，立刻送叶家花园。钟梦白一边答应着，一边已经像离弦之箭般射出了大门。

本来，钟梦白是想陪同俞毓梅一起去叶家花园的，尽管萧顺德没有发话，但他宁愿冒着违纪之险也要尽这层心意。可是，俞毓梅坚决拦住了他，说小钟你的工作重要，不能离开。记着，不管我们的关系发展到什么程度了，都应以革命事业为重。你回三友观吧，叶家花园那里有我一人照应就可以了，我是护士，知道怎么护理病人。

因为担心俞毓梅那边的情况，整整一天，钟梦白失魂落魄的，简直到了茶不思饭不想的程度。傍晚，奔波了一天的萧顺德回来见到钟梦白这副模样，不禁一个激灵，把马麒麟扯到一旁悄声问道："老马，小钟这是怎么啦？他也生病啦？"

马麒麟说："萧组长您没看出来，小钟已经跟小俞姑娘恋上啦！"

萧顺德"嗯"了一声，回想起最近钟梦白的表现，不住摇头："看来我犯了官僚主义啊！"

马麒麟其实早就看出钟俞之恋了，所以萧顺德一说留下一人值守，他马上提议让钟梦白留下来。现在，他还想为钟梦白进言，便壮着胆子道："萧组长，恕我直言，小钟曾经救过小俞，两个年轻人这样交往也是情有可原的。"

萧顺德说："年轻人恋爱是一桩再正常不过的事情，公安局虽然是准军事化机关，可是没有哪个文件规定民警谈恋爱要像部队那样搞一刀切，只要不影响工作就是了。唉，怪不得俞镇长大力支持小俞姑娘来这儿给专案组打杂，他肯定是知晓女儿心思的。"

然后，萧顺德作出了一个富于人情味的决定：以取材料为名，派钟梦白回北站分局，顺便代表专案组去叶家花园探望一下俞镇长。

马麒麟感叹道："我在法国人、英国人的巡捕房干过，在国民党警察局也干过，接触的洋人华人上峰不计其数，哪个也没像老萧您这样体恤下属，这就是共产党呀！"

钟梦白听了萧顺德的安排，不无感动。次日，钟梦白回了趟市区，先去北站分局专案组办公室取了材料，然后回家向父母要了五万元钞票（旧版人民币，与 1955 年发行的新版人民币的兑换比率为 10000∶1，下同），买了些礼品。他属于国家干部，享受供给制，不发薪金，遇上眼前这种要探望病人的事情，就只好向家里开口了。

俞毓梅没想到钟梦白会去医院探望，惊喜之余不无担心："你是不是溜出来的？"

"哪能呢，这是领导特批的，俞镇长的病情好转些了吧？"

叶家花园是一家治疗肺病的专科医院，从上世纪三十年代初创办伊始，直到八十年后的今天，始终是上海也是全国最权威的肺科医院。俞衡友患的是肺结核，在那个年代，患上这种毛病跟如今患了癌症差不多。不过，1949 年时，对付肺结核已经有了一种特效药盘尼西林（即青霉素），可是其价格贵若黄金。叶家花园是否给俞衡友用上了呢？没有。因为组织上的介绍信还没开过来。

建国初期实行的干部供给制，小毛病和轻伤，患者只要持相关单位的介绍信，就可以去指定的医院或卫生所治疗，如果需要住院，则须逐级上报，相关领导签批后医院才接收。如果哪位干部不幸患上了一看便知来日无多的危重疾病，那签批就要看情况了——被认为有培养前途或者曾经立过重大功劳的，多半会签批；反之，则发给一些钱钞回家休养。

那么，俞衡友属于哪种情况呢？咳血是中晚期肺结核的症状，医生检查下来，认为俞衡友的病情处于中晚期之间，如果使用盘尼西林，可以确保减轻症状甚至痊愈。当然，所需费用肯定是不菲的。这次俞衡友发病突然，先送三官镇上的卫生所抢救，然后再由镇政府的值班干部补开介绍信。根据规定，镇政府的介绍信只能在这家卫生所使用，如果转院，必须由县委书记签批。县城距三官镇几十里地，根本来不及，于是就由卫生所出具了转院证明，由镇政府盖章说明病人的身份，作为欠费住院的凭证。这当然是不符合规定的，不过叶家花园方面看了盖有三官镇政府大印的卫生所转院单，又听说是上海市公安局联系的救护车，估计这个病人有来头，就在没收一分钱的情况下收治了。不过，正规的介绍信未到，医院还不能确定治疗方案，只是采取了止血、止咳措施，又注射了营养剂，以增强病人的抵抗力。

俞毓梅一说，钟梦白就急了，说他这就回二官镇向老萧报告，请老萧出面跟县委联系。他曾听说过，县委书记是老萧以前的战友，应该说得上话。

他心急如焚赶回三官镇，在镇政府门口遇到了老萧。老萧告诉他，这个问题已经解决了，县委赵书记已经签批了介绍信。钟梦白心里一松，定定神，便对自己的处置方式感到后悔，寻思其实可以在医院先往三官镇打个电话问一下的，一着急一激动，又把小俞一个人撇在医院了。

萧顺德说："问题解决了，小钟你还愣着干吗？走吧，回三友观，我们开个会。"

刚才萧顺德去镇政府，是给"悬办"杨宗俊主任打电话汇报调查进展的。

今天一大早钟梦白去市区后，萧顺德、马麒麟去镇上吃了简单的早餐，正准备去驻军部队搭乘开往南汇的军用卡车，遇上了骑着自行车从三友观回来的镇政府通信员小孟，老远就招呼："老萧同志，有你的电话！"

电话是洋泾镇派出所顾所长打来的，说他们发现本镇有一个右颊有一块青痣瘢的男子，年龄也相仿。萧顺德遂决定和马麒麟一起前往洋泾镇。

赶到洋泾镇后，先去派出所。顾所长向他们介绍了这个人的情况——

此人名叫苏炳发，五十六岁，原籍南汇县惠南镇，在镇上经营一家南货店。苏炳发有个寄爹（干爹）住在洋泾镇，在上海法租界一家洋行做账房先生，中年丧妻，膝下无子，便把这个早在八岁时就已认下的过房儿子视为嫡子。1927年，寄爹病逝，临终请来一位法国律师见证留下遗嘱，将其在洋泾的房子留给苏炳发。那套房子位于洋泾镇上的闹市地段，次年，苏炳发就把其在惠南镇的南货店迁来了。抗战初期，苏炳发的店铺遭到日军抢劫，只好改为一家专卖花生、瓜子、香榧子、五香豆之类小吃的炒货店，夫妻俩惨淡经营，勉强支撑。好不容易熬到抗日战争胜利，苏炳发便盘算着把南货店重新开起来，遂请来匠人师傅施工。当时是隆冬时节，北风劲吹，飞雪漫天，滴水成冰，匠人师傅就在屋里生了一盆火取暖。哪知一不小心燃着了刨花、木板、油漆，酿成一场火灾，烧毁了寄爹留给苏炳发的房产，也烧毁了苏炳发重振旗鼓的发家梦。

南货店也是苏炳发夫妇的家，全部家当被烧毁了，可是人还得活下去。苏炳发就把南货店的宅基地转让，在镇口买了一间破草房栖身，余下的钱用来做小生意，自己制作了糕团、炒货沿街叫卖。过了一年，夫妇俩手头攒起一点儿钱了，就想把破草房修缮一下。然后，奇迹出现了，据说苏炳发在修缮过程中从地下挖得一罐黄金。

之所以说是"据说"，因为这事儿是苏炳发夫妇自己对外透露的。当时，他们手头钱钞有限，一个铜钿都恨不得掰两半用，只请了本镇的一个匠人师傅带了个徒弟作为小工，白天干活儿，晚上回家。师徒俩剩下的一些零碎活儿，就由苏炳发夫妇自己干完。苏炳发的财运，就是在屋后挖掘黄泥准备给匠人师傅次日捣成泥浆砌墙时撞上的。苏炳发夫妇并未声张，还是把草房修缮好。然后，一边做小生意，一边不动声色地打听镇上是否有人卖房子。一个月后，苏炳发用二十两黄金买下了位于南侧镇口的一幢前后都有院子的小楼房。至此，他们才透露了修缮草房时掘得一小罐黄金之事。至于那个罐子里一共装了多少黄金，是金块还是首饰，夫妇俩谁也不说。此后，苏炳发夫妇就不再做小生意了，也不开店，待在家里默默无闻地过日子。

萧顺德、马麒麟听着，觉得又是外形酷似又是黄金的，像是有戏，就向民警问明了地址，前往镇南口苏炳发的住处。可是，苏炳发不在家，其妻说他去市区走亲戚了。萧顺德于侦查是新手，不知往下怎么做合适，便征求马麒麟的意见。马麒麟说我们都穿着便衣，是以朋友名义来拜访的，即使他确实是"特费"案嫌疑人，也不至于立马起疑，毕竟查"青痣瘢"的通知洋泾派出所是今天上午才落实的，应该不会有泄露之虞。我建议我们还是回三官镇去，这里请顾所长安排人暗暗留心着就是。如果我们留下等候，反倒容易引起苏炳发老婆的怀疑。

　　回到三官镇，萧顺德在电话里向"悬办"主任杨宗俊说了这一情况。杨宗俊说："看来三组运气最好了，其他五个专案组都八字还没一撇哩。老萧，你们破了案，我一定为你们三组请功！"

　　钟梦白回来后，萧、马、钟在三友观后面林道士每天早晚练功的院子里开了个会，商量接下来跟苏炳发打交道时应该注意哪些问题。下午四点多，洋泾派出所的电话打过来，顾所长说苏炳发已经回家了，他派了两个同志去监视着，不会有什么问题。

　　三人直奔洋泾，没想到扑了个空。

　　顾所长把他们带到苏炳发家前面的那条巷口时，两个受命监视的民警指着那幢两层小楼悄声道："苏炳发回家后就没有离开过，看，灯还亮着！"

　　顾所长便命两个民警上前敲门，里面没有反应。顾所长不耐烦了，抬腿就是一下，院门被踢开。这时，在场六人都意识到情况有异，不约而同掏出了手枪。马麒麟是老刑警，曾多次遇到过这种情况，经验丰富，当下飞步上前，闪至楼房门侧，从斜刺里一脚把门踢开，众人一拥而入。可是，楼上楼下搜索下来，并无苏炳发夫妇的影踪。急奔后院，只见后门虚掩，显见两人已经逃走了。

顾所长大怒，目光像刀子一样盯着两个部下，那二位不敢跟他对视，低头垂脑，无地自容。萧顺德这时却是出奇的镇定，几乎不假思索就下达了指令："马麒麟和你们二位，出后门追踪；顾所长、小钟和我留在这里搜查。"

三友观前院的一间侧房——专案组的临时办公室里，放着一张矮凳，上面坐着一个年近六旬、右颊有一块婴儿巴掌大青痣瘢的老者，这，就是从洋泾派出所民警眼皮底下逃脱的苏炳发。

逃脱事件发生后，洋泾派出所顾所长连"抱歉"也没来得及对专案组长萧顺德说一声，就调集全所民警投入追逃行动。同时，他还电话联系了洋泾周边几个乡镇的公安助理，让他们立刻组织力量追缉苏炳发夫妇。经过两天两夜的努力，终于在苏炳发的出生地惠南镇乡下，把逃窜至一户亲戚家躲藏的苏炳发夫妇拿下。不料，把两人用小船押解往三官镇途中，苏炳发的妻子苏忻氏趁人不备投河，被救起来时业已昏迷，遂被送进洋泾镇卫生院。顾所长担心再出差池，决定先把苏炳发押送到三官镇。

专案组跟洋泾派出所的押解民警办完交接手续，已是晚上八点多。随即讯问，可是，一连三个多小时，萧顺德、马麒麟、钟梦白三个轮番上阵，红脸白脸，这主儿就是紧闭着嘴不吭一声。萧顺德看看已过午夜，说休息一下吧，搞点儿夜宵补充一下体力，回头再想办法。遂留下马麒麟看守案犯，他和钟梦白去后院厨房。

老萧、小钟一出门，马麒麟一跃而起。

这两天两夜，逃犯夫妇固然惶惶不安，马麒麟也是提心吊胆。尽管萧顺德没说过他一句，可他知道苏炳发夫妇的脱逃跟他出的主意是有关系的，如果当时他们不返回三官镇而是一直待在洋泾，待苏炳发回来后直接将其拿下，那就没有后来的那番折腾了。苏炳发夫妇的脱逃，还导致"悬办"领导大发雷霆，把萧顺德严厉批评了一顿，听说还要让老萧写检查。马麒麟更心慌了，暗忖萧组长这样的干部都得写检查，那对这件事应该负间接责任的我还不是会被狠狠修理一番？共产党喜欢上纲上线，没准儿还会扒了警服送集训队和那些地痞流氓一起劳动，甚至直接关进看守所接受审查，临末去提篮桥吃几年官司也难说啊！想来想去，马麒麟的满腔担忧化作一股恨意，心想待苏炳发落网后，老子得狠狠出口气。

先前对苏炳发进行讯问的间隙，萧顺德曾把马麒麟扯到外面悄声问："老马，我和小钟都是外行，你是老刑警，你看这讯问该怎样进行下去才好？"

马麒麟差点儿脱口而出，要想让这主儿开口，只有一个字——打！转念一想，老萧是个党性极强自律甚严特讲政策的干部，哪里会采纳这种建议？于是就咬住了舌头。可是，马麒麟对苏炳发的那股恨意在徒劳的讯问中已经悄然发酵，现在，萧顺德、钟梦白一离开，他终于爆发了。

马麒麟来到耷拉着眼皮像是打瞌睡的苏炳发面前，二话不说先撩了一个耳光："老小子，抬起头来看着我！你知道老子以前是干什么的吗？哼哼，老子在法捕房、英捕房、国民党警察局都干过，你土生土长在上海滩，不会不知道巡捕房、警察局的手段！想跟老子玩这套，你配？"言毕，雷公拳窝心脚，打得苏炳发倒地乱叫"救命"。

这时，"嘭"的一声门户大开，萧顺德大步而入："马麒麟，你这是干吗？"镜片后的一双眼睛闪着犀利之光，直逼老刑警，马麒麟登时住手。萧顺德转脸对跟在后面的钟梦白说，"小钟，你把人犯扶起来。"言毕转身就往外走。

马麒麟好像遭了定身法似的，站在原地发愣。钟梦白朝他使了个眼色，他才意识到该跟萧顺德走。

萧顺德在后院专案组宿舍跟马麒麟谈话："老马，你这样做不是帮倒忙吗？你这是刑讯逼供，严重违反政策，是党和政府坚决不允许的行为！你要清楚自己的身份，你已经不是法捕房、英捕房、伪警察局的包打听、旧刑警了，你是光荣的人民警察，你的一举一动一言一行都代表政府！这件事，你要深刻检查……"

萧顺德的这番话被慌慌张张冲进来的钟梦白打断："老萧，不好了！人犯口吐白沫昏过去了！"

三人赶到前院办公室，见苏炳发躺在方砖地上，右额头在刚才跌倒时磕破了，流出的鲜血遮住了脸上的那块青痣瘢。萧顺德一边摸苏炳发的脉搏，一边吩咐："把手铐去掉！"

这时，林道士闻声而来，问发生了什么事情。萧顺德说："林道士，你精通医道，看看他这是患了什么毛病。"

林道士一搭苏炳发的脉搏，微微摇头，马麒麟顿时大惊失色，暗忖这下真的要去提篮桥蹲班房了。哪知林道士缓缓开口道："不要紧，我先给他把血止住吧。"又一瞥马麒麟，"老马，麻烦你去我屋里把药柜右面第三个抽斗里的那个红布包拿来。"

马麒麟惊魂甫定，匆匆而去，片刻返回。林道士把他自己配制的中药粉末往苏炳发的伤口上撒了些许，血顿时止住了，又用白布条包扎了额头。萧顺德见苏炳发依旧昏迷不醒，便问是否需要送卫生院。林道士说："不必，交给我吧。小钟给我当帮手。"

不等萧顺德回应，他已经弯腰毫不费力地抱起苏炳发，来到院子里业已枯萎的葡萄架下，把苏炳发放在那块表面平整大如卧榻的白石上。外面寒气逼人，萧顺德穿着棉袄还不住打哆嗦，见状便说："小钟，你去拿条被子来。"

"不必！"林道士摆摆手，"用了被子我就治不了他这病了。小钟，你去打桶井水来。"

钟梦白应声而去。萧顺德、马麒麟不解其意，又不便开口询问。片刻，钟梦白提着一桶冷水过来了。林道士吩咐："把他的上衣脱了！"

"脱了？"

"对！脱了，赤膊！"

钟梦白刚把苏炳发的上衣解开，苏炳发的身体就微微颤抖起来。林道士撩了一捧冷水淋在他赤裸的胸脯上，他下意识地叫了声"哎呀"。林道士说："你还算是识时务的，要不然我把这一桶冷水全都泼在你身上。"说到这里，倏的一声暴喝，"起来！"

苏炳发应声而起，忙不迭扣上纽扣。

马麒麟恍然大悟："他妈的！装死！"

苏炳发一下石榻，钟梦白就把手铐重新给他铐上，带往屋里继续讯问。苏炳发故伎重演，还是百问不答，气得钟梦白真想重新把他弄到葡萄架下的石榻上去，连泼三桶冷水，不怕他不招。

又审了两个多小时，远处已经传来了公鸡啼鸣，苏炳发还是坚不吐口，萧顺德只好结束讯问，说大家先休息几个小时，轮流看守人犯，待天明后再作计议。

萧顺德心事重重地躺下，尽管觉得很疲惫，可是因为担心一时审不下苏炳发，过了好久方才入睡。等到他被钟梦白唤醒时，阳光已经透过窗子，把屋里照得透亮，刺得他睁不开眼睛。钟梦白之所以急着把他唤醒，是有个好消息要向专案组长报告——

上午八点半，镇政府的通信员骑车来三友观，叫专案组的人去接听电话。电话是洋泾派出所顾所长打来的，说投河被救上来的女人犯经过治疗，已经没事了。我刚才去卫生院看了看，她主动跟我说愿意交代，争取宽大处理。我这就带两个同志把她押送到三官镇来。钟梦白听着自是激动，连说"谢谢"，又连声叮嘱，这个人犯很重要，路上千万要当心，别让她又是跳河撞汽车什么的。

萧顺德一听，顿时精神抖擞，一跃而起。

苏忻氏被押进三友观后院的一间空房。这个妇人是奉贤县人氏，五十挂零，体态微胖。这几天的折腾，尤其是大冷天的跳进了冰冷彻骨的河水，让她吃了点儿苦头。好在她身体素健，不但挺了过来，连伤风感冒也没染上。此刻，她甫一见到专案组民警，误将年岁最大的马麒麟认作领导，扑通就冲老马跪下，磕头如捣蒜，嘴里一迭声乱喊："长官饶命！我交代！我坦白！"

马麒麟连忙将她扶起来。萧顺德告诉她，有话好好说，共产党办事是有章法有政策的；你态度端正，老实交代，自然会考虑从宽处理。继而命苏忻氏坐下，为防她心血来潮又来个撞墙什么的给专案组找麻烦，不得不找来一根绳子把她的手铐跟凳子拴在一起。苏忻氏向专案组作了如下内容的交代——

她有个堂弟名叫忻宝财，原是个农民。1937年初冬，日本人打到上海后，浦东地区一片混乱，有些人捡了国军败逃时扔下的枪支弹药，拉起了大小不一的武装，最先都打着抗日救国的旗号。后来跟日本兵一交手，才知道国军败得如此狼狈是有原因的，日本鬼子的武器和作战水平确实了得，民间自封了各种名目旗号的武装队伍，根本没法儿跟鬼子较量。于是，这些武装逃的逃，散的散，其中一部分投奔了共产党领导的游击队。

忻宝财当时也捡了几杆枪，凑了十几个人拉起一支"浦东抗日先锋第一支队"，自封支队长。这支队伍的名头起得太响，又是"先锋"，又是"第一"，日本人误以为乃是一个劲敌，就将其列入需要首先解决的名单之中，派重兵前往奉贤围剿。忻宝财哪敢跟人家硬碰硬，闻风即逃，一直逃到浦东最南侧的杭州湾畔。背后的日军还在步步进逼，忻宝财只好下海。

这一下海，之后八年里就再也没回到过岸上，"第一支队"摇身一变做起了海盗。忻宝财和他的那些狐朋狗党，抗日不行，当海盗倒是得心应手，多年来在杭州湾横行不法，作恶多端。横行到抗战胜利，终于歇业。歇业决定是忻宝财在迫不得已的情况下作出的，因为他这伙海盗不但抢劫寻常商船，还袭击过国民党的军需运输船和共产党游击队的海上医院，现在国民党腾出手来了，当然要把他们剪除；即使国民党不动手，只怕共产党也要找他们算账。忻宝财一伙干脆把赃金分了，各奔前程。

忻宝财身上血债累累，江湖上仇家不计其数，寻思老家奉贤肯定是不能回的，考虑再三，决定先到洋泾镇堂姐处逗留一阵，待了解清楚时势后再作决定。于是，他绕道金山前往上海市区，再摆渡过了黄浦江抵达洋泾。那时，正是苏氏夫妇倒了大霉，刚刚烧了店面不得已搬进破草房的第三天。苏忻氏一见堂弟，大吃一惊，丈夫苏炳发更是吓得浑身颤抖。这个杀人魔王的名号实在太响了，六亲不认的事儿没少做过，忻氏族内远亲近戚死于忻宝财之手的就有六人之多。忻宝财说姐姐姐夫你们不必害怕，如今兄弟已经金盆洗手了，这次我是途经洋泾，顺便来看看你们的，我要去外地做生意，最多在洋泾待两三天。说着，从携带的那包黄金首饰里拿出两枚戒指作为礼物送给姐姐姐夫。

可是，忻宝财这回失算了，他低估了姐姐姐夫对于财富的贪婪。当晚，他受到堂姐的酒肉款待后一头躺下呼呼大睡，被苏炳发一斧头劈开了脑袋，一命呜呼。他的那包黄金首饰，就落到了姐姐姐夫手里，也算是肥水没外流。

苏忻氏交代后，专案组随即提审其夫苏炳发。苏炳发初时还打算死扛，直到把其妻押来对质，方才承认他们夫妇俩共同作了这起杀人抢劫案。

专案组三人对于这个结果颇为失望，不过活儿还得干下去，就问苏炳发："你在 1931 年 12 月前后是否去过高桥镇的大圣寺？"

苏炳发想了想，点头。

那么，为什么要去大圣寺，为什么在庙里住了数日，又为什么突然离开呢？

苏炳发对此的解释是，高桥大圣寺的住持大智法师是惠南镇人，出家前名叫杜桂明。杜家跟苏家是亲戚关系，苏炳发应该管杜桂明叫表哥。两家住得近，表兄弟俩自幼就在一起玩耍。后来，杜桂明出家做了和尚，苏炳发也曾去高桥看过表兄。1931 年冬天他去大圣寺住了三四天，是因为他和妻子吵了架——他跟洋泾镇上的一个暗娼勾搭上了，被妻子发现，家里鸡飞狗跳，只好跑到大圣寺躲清静。

随即又讯问苏忻氏，所说情况与丈夫的说法相符。对于第三专案组来说，虽然侦破了这起杀人劫财案，却跟"特费"毫无关系，只得让洋泾派出所把这对夫妇带回去处置。顾所长带着两个警察过来时兴高采烈，握着萧顺德的手谢了又谢。萧顺德呢，只有苦笑。

四、烈士遗物

第三专案组的另一路侦查员李岳梁、庄敬天和彭倩俪离开福建南平，转赴福州、温州、金华三地，然后，就来到了杭州。

他们的运气还算不错，很顺利就找到了当年金华的那个中共地下交通站的秘密交通员。此人名叫葛永昌，是个四十四岁的测字先生，在金华南门兴德街上摆着一个全年无休的测字摊。一个三十年代初期就已参加革命的老党员，怎么落到这个地步呢？原因很简单，1933 年，组织上通知他，因革命工作需要，决定调你前往江西苏区，你须在某月某日的某个时段，前往某处跟一个手持当天《民国日报》的同志接头，这位同志是接应你去江西苏区的交通员。葛永昌终于盼到了去苏区公开为革命事业大干一场的机会，自然十分激动。到了约定的日子，葛永昌兴冲冲前往接头地点，可是，他没有等到那位交通员。就这样，他失去了和组织的联系。从此，他就像一只掉队的孤雁，只能自己过日子了。

金华解放后，葛永昌在街头巧遇一位当年曾在秘密工作中打过交道的同志，对方已是军管会委员。两人交谈之下，那位同志带他去军管会作了一个登记，说党和政府是不会忘记在以往艰苦岁月中曾经为革命事业作出过贡献的老同志的。正是这个登记，使专案组侦查员在金华市军管会顺利地查到了葛永昌的信息。解放后在金华军管会留下类似记载的有数十人，都是因各种意外失去组织关系的地下工作者，而他则是唯一由中央直接掌握的秘密交通员。尽管专案组侦查员不知道他的姓名，可是到军管会开口一问，对方就说这肯定是葛永昌同志了。

葛永昌告诉他们，当年他去杭州接头的那个下线交通员，姓名不知道，只记得对方是住在武林门附近一家竹行里的，年龄跟他相仿，高个子，粗眉大眼，嘴唇有点儿厚，人也因此显得有些憨厚。至于他是不是竹行的人，葛永昌就不清楚了。

李岳梁三人凭着这点儿线索，在杭州市军管会打听到了相关情况：这个地下交通员名叫刘大纯，四十六岁，他的情况跟金华的葛永昌类似，早已与党组织失去联系，解放后还是老百姓一个，在大盛竹行做店员，家住清秦街。

彭倩俪问李岳梁："老李同志，接下来我们是去大盛竹行呢，还是直接去刘大纯家？"

李岳梁说："这两处都不去，我们去区政府，请地方组织替我们联系刘大纯，这样比较可靠。"

三人遂前往区政府，公安助理给派出所打了电话，让他们通知刘大纯直接到区政府来。

半个小时后，刘大纯到了。粗眉大眼，厚嘴唇，一副憨厚模样，没错，跟葛永昌说的一样。庄敬天迎上前去跟他握手，觉得对方手上很有一把劲道，手掌表面粗糙且有厚茧，寻思这显然是在竹行干活儿时整天跟毛竹接触形成的，不由暗自感慨：这就是劳动人民的手啊！

调查开始，刚刚问了姓名年龄职业住址等常规问题，老刑警李岳梁就觉得不对劲了。这个刘大纯，一边回答问题，一双眼睛色迷迷地不住朝彭倩俪脸上、身上扫溜。

庄敬天也发现了刘大纯的异样举止，寻思这人没见过女人还是怎么的，怎么老是盯着小彭看呐？他就用手指关节叩了叩桌子："同志，接下来要言归正传了，你的回答对于我们的调查来说是非常重要的，请你仔细听，如实地向我们提供情况。"

刘大纯可能意识到自己的举止引起了人家的反感，连连点头："好的，你们问，你们问。"

可是，接下来的情况表明，刘大纯的上述回应根本就是口是心非。庄敬天问他1931年冬天是否执行过一项运送东西的任务，他的回答却是："我有点儿口渴。"给他倒了白开水，他接到手里又说："我从来不喝白开水的。"再给他沏茶，他对茶叶挑三拣四，又开口要烟抽，还说以前也有上海的同志来向他调查，请他下馆子吃了顿饭，有酒有肉；另有一次，是南京的公安同志找他调查，直接给了他十万元钞票。

李岳梁再也忍不住了，起身就往外走，片刻去而复归，身后还跟着一个人——区政府的公安助理老包。老包只朝对方看了一眼，立刻沉声问道："你叫什么名字？"

"我叫刘大纯呀！呵呵，货真价实，如假包换！"

老包气得脸色铁青，大声喝道："换你个头！来人——"两个民兵应声出现在门口，老包指着"刘大纯"，"把他绑起来，送公安局去押着，先关后审！"

庄敬天一摆手："慢！究竟是怎么回事？你到底是谁？"

此刻，"刘大纯"脸色灰白，说话没了先前那份利索劲儿，眼睛也不朝彭倩俪瞟了，嗫嚅着说出了实情——

原来这人名叫刘小纯，是刘大纯的嫡亲弟弟，铁路车辆段的钳工。要说成分，倒是无产阶级、产业工人，可其一贯做派更像是流氓无产者，吃喝嫖赌样样沾边，偶尔还过一把偷窃瘾。最近，就是因为偷了单位的一副铜轴瓦被打发回家"停工一月，深刻反省"，当然是停发薪水的。他在家里自然也不会真的"深刻反省"，但毕竟还想回单位上班，多少有所收敛。这天，他正在巷口看人下棋，户籍警骑着自行车匆匆而至，看到他便问："刘师傅，你哥在家吗？你告诉他一声，区政府请他去一趟，要快，有外调，人家等着呢。"

刘小纯一听，脑子里突然"灵光闪现"：我代替他去一趟区政府不是蛮好的嘛！刘小纯的这个"灵光闪现"倒也不是凭空一闪念，而是事出有因。之前，确实有两拨外调人员来找过刘大纯调查与"特费"案无关的其他情况，其中有一拨由于时间紧，正好要用午餐，就请刘大纯一起去了一家面馆，也就每人吃了一碗面条。这事启发了刘小纯，冒充哥哥去区政府，先给人家暗示让对方明白，他接受外调是要有进项的。在刘小纯看来，外调人员都是公家人，公家嘛，财大气粗，送条香烟给瓶老酒吃餐饭什么的，还不是牯牛身上拔根毛？至于吃了人家拿了人家，如何应对下面的调查，刘小纯想的也很简单：能胡扯就胡扯，看看扯不下去的，就以"我记不得了"来应付。

刘小纯过来时，公安助理老包正好不在，结果就让他钻了空子，冒充刘大纯见到了外调人员。老包片刻返回，听说外调人员要见的人已经来了，也就不过来看了，是他给派出所打的电话，那还会有错？哪知，不一会儿李岳梁就来了，让他去辨认，如此，这场冒名顶替的戏就穿帮了。

最终，刘小纯被老包开了张拘留证送到看守所去了。出了这么大的纰漏，老包很是过意不去，说往下我可不敢大意了，走吧，我带你们去见刘大纯，这回真是如假包换了！

接下来的调查进行得很顺利，侦查员向其了解当年去松江跑交通之事，刘大纯说那次跑交通我记得很清楚，因为那是我最后一次为组织上效力。

刘大纯1931年2月加入中国共产党，那年他二十九岁，是武林门"茂福竹行"的伙计，因为小时候上过两年私塾识得一些字，空闲时经常捧着老板订阅的《民国日报》阅读。一个干体力活儿的竹行伙计有此举动，这在当时算是比较稀罕的，引起了附近一所小学的夏校长的注意。夏校长是中共地下党，可能受了组织上的指示，就开始有意跟刘大纯接近，借给他一些进步书刊看，还时不时跟他聊聊天下时势。接触时间长了，夏校长认定他是一个富有正义感、追求进步、有为劳苦大众献身理想的青年，就发展他入了党。入党后，却没让他参加什么活动，甚至夏校长也不来找他了。他去学校，夏校长让他不必再来，以后会有组织上的同志来找他的。

过了两个月，夏校长来竹行跟老板聊天，瞅个空子交代给刘大纯两句联络暗语，让他牢牢记住。过了十几天，学校放暑假了，夏校长离开后就再也没出现过。刘大纯好生纳闷儿，一直跃跃欲试想着要为革命事业出力，却无人来跟他联系。直到当年年底，他回嘉兴老家去探望患病老父的途中，忽然有一个看上去比较时尚的中年妇女跟他对暗语，说组织上已经把他的关系转到上海了，以后上海方面有事会找他联络的。就这样，刘大纯在本人根本一无所知的情况下，成了一名由中央直接掌握的秘密人员。

之后，刘大纯一共执行过三次任务。第一次跑了趟老家嘉兴，在轮船码头接了一位从松江坐船过来的患病男子，从嘉兴坐火车把他护送到杭州，安顿在西湖畔的一家旅馆后，事儿就办完了。另一次是从杭州把一份情报送往上海，那份情报是一卷绵纸，上面一片空白，估计是用密写药水写的。上线是个富家女打扮的三十来岁的女子，当场让他把棉袄脱下来，把绵纸缠在里面。到达上海后，他住进了法租界的一家旅社，当天就有人前来取走了情报。

第三次就是跑松江了。记得之前半个多月，他收到一封南京来信，里面用暗语写着，让他从次日起的第十六天至十八天，每天中午十一点去西湖"楼外楼"前等候接头。他在第二次去"楼外楼"时，一个穿国民党军官制服的男子跟他对上了暗语。对方向他交代，一个月之内，有人会去竹行（刘大纯是单身汉，晚上住在竹行内）跟他交接一件东西。刘大纯收下这件东西后，应在次日动身前往松江，入住火车站前的"汉源栈房"，如无意外，应该很快有人来找他接头办理交接。如果三天内无人来接头，那就返回杭州，把东西藏好，组织上会另外安排人过来取。最后，那个军官把凭证、锁具、钥匙交给了他，并告知交接时的注意事项。

半个多月后，1931 年 12 月 1 日晚上七点，有人来敲竹行的门。那就是从金华过来的上线交通员葛永昌，当然，当时他是不可能向刘大纯作自我介绍的。两人对上暗语，没有任何多余的交流，迅速办理了交接手续，然后对方转身出门，融入浓浓夜色之中。

次日，刘大纯以前往青浦（当时属江苏省）探望亲戚为名向竹行老板请假，老板说你去青浦要从松江走的，正好你帮我给松江城里"大天营造行"的张老板送一封信。快到年底了，请他把7月间买的那批毛竹款结一下，最好是付现钞，不能的话就从银行转账，但必须你一起去，用你的名义划账，这样他就没法儿耍滑头，等你走后再向银行取消划出的账了。

刘大纯于晚上十一点多登上了前往上海的夜班火车，当时火车跑得慢，中途又不知何故临时停了一段时间，抵达松江已是12月3日上午七点。他在车站旁边的一个小摊上吃了早点，就去"汉源栈房"入住。

在客房里睡了一觉，醒来已是下午四点。客栈是供应三餐的，稍停，伙计送来了晚餐。饭罢踱出房间，旁边就是账房，他正跟客栈老板、账房先生打听"大天营造行"怎么走，从门外进来一个人，三十五六岁，身穿黑色棉袍，头戴黑色无檐绒线帽，一张脸被风吹得略微泛红，双手笼在袖管里，背脊微微佝偻，嘴里哈着热气，向账房打听是否有一个杭州来的竹行先生入住。账房先生一指刘大纯，说这不就是杭州来的竹行刘老板嘛！刘大纯猜到来人就是接头的下线了，当下拱手："敝人姓刘，是杭州'茂福竹行'来松江出差的，先生可是找我？"

对方冲他上下一打量，微微点头。刘大纯就邀其去房间，两人入室坐定，对上了暗语。刘大纯出示锁具，对方从怀里掏出一串钥匙，选出一把就打开了。接着，对方亮出凭证，两人迅速办理交接。整个过程也就几分钟的工夫，对方拎着小皮箱，一声不吭地出门而去。

对于刘大纯来说，这次杭州之行多少让他有点儿后怕。那个下线刚离开五分钟，警察就来盘查客栈了。那时对共产党查得很严，警察又打着趁机捞外快的主意，对外码头来的看上去稍稍有些油水的旅客很感兴趣，刘大纯竟然也入了他们的法眼，不但查了杭州武林门警署出的路条，还反复盘问来松江办啥事儿。幸亏刘大纯出示了竹行老板给"大天营造行"张老板的那封讨债信，警察仔细查看了信尾盖的那枚竹行印戳，这才没再追问下去，但还是搜查了行李。事后刘大纯每每想起那一幕，就禁不住心惊肉跳：如果下线晚来几分钟，那"货"可就玩儿完了，可能还得搭上自己的性命。

刘大纯返回杭州后的第五天，有一个顾客来竹行谈生意，要查看现货，老板就让刘大纯将其领往后院。那人见四下无人，忽然说出了暗语，刘大纯就把凭证交给了对方。至此，刘大纯的任务就算圆满完成了，同时，他的地下工作生涯也结束了——之后一直到杭州解放，再也没人来跟他联系过，他估计是掌握他这个关系的上级领导出事了。

按照组织上的规定，脱党这么长时间，他已经不是党员，早已还原成一个寻常百姓了。不过，杭州解放后他还是去找了军管会、市委，反映自己当年为党的事业效过力，正因为他的反映，这次侦查员才得以顺利打听到他这条线索。

调查结束，彭倩俪把笔录递给李岳梁过目，老李看完，又递给刘大纯："老刘请你仔细看看，还有什么需要补充的。"

刘大纯看后说没啥补充了，接着就签名按手印。李岳梁跟他握手："谢谢你！再见！"

刘大纯觉得有点儿奇怪，正要说"我和你们一起出去"，派出所长适时出现在门口："老刘，请你留一下。"

对此，彭倩俪感到不解。三人走出派出所大门，彭倩俪问："大庄，你说所长让刘大纯留一下是干吗？"

庄敬天说："我也纳闷儿呢，已是中午了，会不会留他吃午饭？"

老李看看他俩："根据规定，刘大纯目前不能自证清白，所以得对他采取软禁措施，这是'悬办'杨主任事先跟老萧同志商定了的。"

庄敬天倒抽一口冷气："妈呀，杨大头这一手真厉害！"

外调结束，庄敬天等三人回到三友观，才知道俞衡友病重住院。庄敬天对小钟说："我手头有点儿退伍金，回头我向老萧告半天假，买点儿营养品，去市里看看你老丈人。"

钟梦白一脸认真道："大庄，需要给你纠正一下，你应该说俞镇长，而不应当说什么'你老丈人'。"

庄敬天大惊："怎么，你跟小俞吹啦？"

钟梦白瞪他一眼："乌鸦嘴。我的意思是说，'老丈人'是结婚后才能说的。"

庄敬天笑道："你和小俞反正要躺一个被窝里的嘛，早说晚说都一样。如果哪天俺也谈朋友了，俺就敢人前人后一口一个'俺老丈人'，叫得他老人家不好意思了，没准儿就赶紧把闺女嫁给俺了。"

钟梦白也笑了："那你赶紧努力呀。嗯，那个小彭怎么样？你俩出了这么长时间的差，擦出点儿火花没有？"

庄敬天压低声音："这小丫头不是咱一路人，不地道！头次我来拜师，老萧不是让俺不要搞封建迷信吗，这是领导对俺的关心爱护；可是，江湖上有言：一日为师，终身为父。师父就等于是俺爹嘛，磕几个头、买点儿东西孝敬一下也是该当的。不瞒你老弟说，俺趁你和小彭不在跟前，瞅个空子还真给我师父磕了三个响头，可你猜怎么着……"

正要继续往下说，林道士从后院出来了，庄敬天赶紧起身让座。林道士对庄敬天说："这段时间你在外地出差，练功了没有？"

庄敬天恭恭敬敬："报告师父，弟子天天有空就练，不敢有一丁点儿偷懒。"

"那就好。"林道士遂拉了个架势，"来，你攻我守，试试你的下盘稳点儿了没有。"

师徒俩练习攻防格斗的时候，后院，彭倩俪唤住了从宿舍往外走的萧顺德："萧组长，这是我在出差途中写的思想汇报。"说着，递上一个没封口的信封。

萧顺德把信封放在中山装下边的口袋里，袋里已经放着工作手册、折叠起的报纸，信封的小半截露在外面。他走到前院，林、庄师徒的攻防对练进行得正酣。林道士只守不攻，庄敬天得以稍微分散注意力，一眼就瞟见了萧顺德口袋里插着的那个竖式牛皮纸信封，眼珠子滴溜溜一转，计上心来。待林道士避让他的进攻时，他假装用力过度，一个踉跄撞到萧顺德身上，趁机把那个信封从老萧口袋里扯落。他连忙捡起，在递给萧顺德的同时飞快地往信封上扫溜了一眼，信封中间那个红框里"萧组长收"几个字尽收眼底。

这时，"悬办"主任杨宗俊、副主任黄祥明忽然走进三友观，后面跟着一个佩枪的警卫员。萧顺德、庄敬天、钟梦白赶紧上前招呼，林道士则趁机悄然出门。萧顺德把杨、黄往临时办公室让，庄敬天朝钟梦白使个眼色，两人便去了后院。

钟梦白追问"拜师事件"的下文。庄敬天说："你猜怎么着？专案组党支部会上，老萧以书记名义批评俺给师父磕头了。你说这事有谁知道？是谁向老萧打的小报告？"

"你不提我还想不起来呢，那天我和小彭出来时，你不是拍过膝盖部位的灰尘吗？肯定让小彭产生了联想。"

庄敬天恍然大悟："俺这个刑警白当了，连这个漏洞都没发现。再说刚才吧，我看见老萧口袋里的那个信封上写着'萧组长收'，一看就是小彭的笔迹，我估摸又是她打小报告了，把我甚至老李这一路上的举动都给写上了……"

前院办公室里，杨宗俊、黄祥明、萧顺德正围着桌上放着的一样物件。这样物件是用医用白色胶布封住两头的两片合并在一起的透明玻璃，长两寸，宽寸许，玻璃中间夹着一块陈旧得已无法分辨原先颜色的布片，上面写着三个不甚清晰但勉强可以辨认出的黑色汉字：沐有金。

这是一件烈士遗物，黄祥明向萧顺德介绍了此物的来历——

1931 年 12 月，中央保卫机关的一名情报员小杨同志在执行任务时不幸被捕，被敌人关入看守所后，请一位即将释放的难友把他的一件夹背心带出去，送到他家，说是给他尚健在的父亲御寒。那位难友把夹背心穿在自己身上，瞒过了敌人，释放后次日就完成了小杨的委托。小杨的家属收到这件夹背心后觉得有些奇怪：时近冬至，按说应该让家里人往看守所送寒衣，怎么反倒让释放的难友把这件夹背心送回家呢？这件夹背心里是否隐藏着什么重要的东西？

小杨同志的父母、妻子把夹背心反反复复摸了又摸，里面没有异物。这也可以理解，敌人在释放人犯时，唯恐被释放者给在押者夹带东西出去，所以查得甚严。既然敌人没发现什么，家属自然也发现不了。没几天，就传来了小杨同志被敌人杀害的噩耗。小杨同志牺牲后，敌人甚至没通知家属去收尸。过了一个多月，家属才得知，小杨的遗体被送到普善山庄掩埋了，那是由上海慈善机构设立的专门掩埋倒毙于马路上的乞丐、无家可归者的地方。于是准备了一口棺材，前往普善山庄找到了小杨的坟墓，移葬于其老家闵行乡下。那件夹背心，原是准备放入棺材的，但被其妻阻止，留了下来。

小杨迁葬后没几天，有一个自称是他朋友的人登门表示慰问，留下了一些钱钞。家属估计这是小杨生前的共产党方面的朋友，但因为对方没说透这一层，家属也就没提及夹背心之事。第二年清明，家属去闵行乡下给小杨扫墓，父母想起了那件夹背心，说带去烧给儿子吧，其妻不肯。扫墓回来后，其妻寻思这件夹背心里面说不定隐藏着什么秘密，干脆拆开来检查，结果发现夹背心后侧下摆边沿里有一小块白色布片——就是此刻被保存在玻璃片中间之物。

小杨的妻子终于明白了丈夫的用意：他估计自己难逃一死，但是他有重要机密向组织上报告，就采用了这种方式传递这个机密。可是，家人并未领会他的意思，隐藏在夹背心里的谜团，直到此刻方才揭晓。小杨的妻子把这块布片缝在自己的棉袄里，原想待上次那个"丈夫的朋友"再次登门时作个试探，再决定是否交给人家。可是，那人从此再也没有来过，也没有其他人来过，她就把这块布片一直保存到上海解放。

开国大典后八九天，上海市民政局派来了一辆汽车，把他们全家接往市民政局。一位姓曾的副局长代表政府向他们宣布了小杨同志被追认为革命烈士的决定，当场颁发了烈士证和抚恤金，还承诺将在不久之后修缮烈士陵墓。

这位烈士，化名杨春秦，真名花飞扬——就是简立平提及的那位曾参与调查"特费"案的中央保卫机关情报员。

半月后，花飞扬的妻子孙福珍把那块保存了十八年的布片交给了上海市民政局。民政局记录下孙福珍的陈述内容，写了一份报告，把布片、笔录一并上交上海市军管会。不久，市军管会指派机要通信员把民政局送来的报告、笔录、布片送往上海市公安局，内附一纸军管会的意见：应对该烈士遗物进行调查，结论请报市军管会。

市公安局秘书处办有一份内部发行的油印小报，一位秘书就把此事刊登在小报上。"悬办"黄祥明副主任读到这篇短文，马上意识到这是与"特费"案有紧密关联的一条线索。在报告局领导获批后，这件烈士遗物终于到了"悬办"手里。

三官镇这边的案子已经结束，本来萧顺德是准备今天撤回北站分局三组驻地的，可是，昨晚李岳梁、庄敬天、彭倩俪三个风尘仆仆回来了，萧顺德就决定晚半天回市区，中午全组同志请林道士去镇上吃顿饭，下午再回去。现在，"悬办"二位领导送来了这块布片，从杨、黄两个的神情判断，似乎不光是送这件东西，而是要跟他商讨案情了。萧顺德遂请示二位领导，我于侦查工作是新手，要不要把三组的同志都叫来，大伙儿一起商量？杨宗俊说不用，我们三个先聊聊吧。老萧你说自己是新手不假，不过你这次出手不凡，一下子就逮了一对杀人抢劫犯，局里人都说该对你刮目相看啊！再说，有老黄在，他可是老公安了，我们先听他分析分析。

黄祥明说了一个观点：花飞扬烈士生前费了些周折从看守所送出了"沐有金"这三个字，其目的当然是想给组织上留下一条他正在调查的"特费"案的线索。据说，花飞扬同志性格沉稳，心思缜密，这条线索料想绝非泛泛。查阅敌档，里面记载着花飞扬同志是在浦东白德路渡口与叛徒劈面相遇时寡不敌众不幸被捕的，当时，他正准备从浦东摆渡回浦西，而叛徒一行则是从浦西去浦东白德路上新开的一家羊肉馆子尝新。这表明花飞扬同志之前是在浦东调查，由此推断，他从看守所送出的"沐有金"三个字，很可能也跟浦东有关。

那么，"沐有金"究竟是某个人的姓名呢，还是其他意思？这个，黄祥明就说不上了，杨、黄二人今天来三官镇，就是要跟萧顺德探讨这个问题。

萧顺德说："老黄确实厉害，又是调查又是分析，找真是自叹弗如。

在二位领导面前，我这个大外行是不该说三道四的，现在领导点名了，不说不行，也就不怕说错。我想，'沐有金'这三个字的含意，有两种可能，一种是人名，另一种是指浦东某个地名中有'沐'字的地方。如果是后者，那么据我所知，浦东只有一个地名与'沐'字相关，那就是沐家桥。沐家桥是一个乡镇，就在三官镇东南方向大约十二里处。至于浦东有没有'沐有金'这样一个人，那我就不清楚了。不过，我倾向于这三个字的意思是'在沐家桥发现黄金的线索'，而不是'一个名叫沐有金的人跟丢失的黄金有关系'。为什么这样说呢？花飞扬同志是中央保卫机关的杰出情报人员，处在已经失去自由、随时可能牺牲的情况下，如果想向组织上报告'一个名叫沐有金的人跟丢失的黄金有关系'，他不会光写一个名字。在大上海的茫茫人海中找到一个名叫沐有金的人，那是何等不易，别说处于当时白色恐怖的情况下，就是现在，我看也难！花飞扬同志理应深知这种查找之苦，怎么会给组织上出这样一个哑谜呢？"

一番话说得杨宗俊感叹不已："老萧啊，你还说你是大外行呢，凭你这番鞭辟入里的分析，足够当一个合格的侦查员了！"

萧顺德把杨宗俊、黄祥明送出三友观返回前院时，看见彭倩俪在办公室门口转悠，便问："小彭，你找我啊？"

"萧组长，刚才我给您的思想汇报您看了吗？"

萧顺德说："还没来得及看。你通知下去，我们要开个会。"

专案组其余五人听萧顺德传达了"悬办"领导亲自送来的这条线索，看了那块封在玻璃片里的布片，都议论纷纷。萧顺德没透露自己刚才已经得到领导肯定的那番分析，说请同志们都谈谈看法，这三个字是什么意思？五个侦查员七嘴八舌说下来，跟萧顺德刚才的分析基本相符。

往下，就是应该怎样开展调查了。大家的意见有了分歧，一种主张是集中力量，第三组全体人员全力追查"沐有金"；另一种主张则是兵分两路，一路留在三官镇调查"沐有金"，另一路则前往松江调查刘大纯所说的那个"黑衣人"下线的情况。萧顺德最终决定采取折中的办法，先集中力量查"沐有金"的线索，如果没有立竿见影的效果，则分兵赴松江追查"黑衣人"。

沐家桥是浦东地区的一个集镇，其实是一座被大睦江环抱的孤岛，有八座木桥与外界相连，如果从天空上俯瞰，恰似蜘蛛伸出八条细长的脚。大睦江源自黄浦江，不过二十多米宽，涨潮退潮时却是水流湍急，流至沐家桥，忽地一分为二，分别流向南北两个方向，呈半圆形流出一程，又合二为一，直奔奉贤。沐家桥就在这条巨大白练的环抱里。

已经没有人说得清沐家桥这个名称的由来。民国时，沐家桥虽是一个集镇，但在国民政府的行政区划中并无名称，只有在地方区划中才能找到其名，一个乡的规格。解放后，由于沐家桥的地理位置便于召集周边乡村人员集中，遂由乡升格为沐家桥区。

专案组先去了区政府。这个镇太小，未设派出所，治安工作由区政府公安助理统管。公安助理殷富元是个四十来岁的男子，五短身材，脸呈病态式的萎黄，一看便知是个中期血吸虫病患者。萧顺德跟他聊下来，得知此人资历不浅，他早在十年前就已经参加了中共地下党，是中共武装朱亚民部派驻沐家桥地区的地下税收员。萧顺德出示了市局的介绍信和自己的证件后，说想了解一下，大约在 1931 年底前后，沐家桥是否出现过有人发了横财这样的传闻？

殷富元说他十七岁时就去高桥镇营造行学生意了，虽然经常回沐家桥家里住两三天，但并不跟镇上人有什么交往，不了解此类情况。警方要调查的情况，看来要问问沐家桥四十岁以上的居民。他提了个建议，是不是可以召集几位土生土长的居民来开个座谈会？

萧顺德点头认可。马麒麟跟李岳梁悄悄嘀咕了几句，老李微微点头，然后补充了一点："参加座谈会的群众，不要用政治条件予以限制，只要当年在镇上兜得转的，不管他是什么人，哪怕是反革命分子都可以叫来。"

不一会儿，参加座谈会的群众来到区政府，一共十一位，清一色是四十岁以上的男性。殷富元向萧顺德解释，十八年前，像沐家桥这样的乡村集镇，妇女通常是不抛头露面的，应该不会听到此类传闻。萧顺德对此不以为然，不抛头露面，不等于听不到传言嘛。但是他也没说破，反正调查刚刚开始，只要是符合条件的人群，都要一一了解到的。

第一次座谈会上，与会者发言倒是很热烈，却没有人曾经听说过当年镇上有什么人发了横财。散会后，殷富元对萧顺德说，这是第一批，下午我再叫一批人来。萧顺德对于公安助理的主动很是满意，说可以多叫些人来，不限年龄、性别，只要是1931年时在沐家桥居住的，都可以请来。

殷富元点头，说人有的是，广泛调查没有问题，不过会议室太小，最多能容纳三十人。这样，我把合适的对象排一排班，每天上午一班，下午两班，轮流来开会；另外，我有个想法，你们一下子来了好几位同志，都泡在会议室里好像没有必要，座谈会每次只要留两个同志在场就行了，其余同志可以分头在镇上直接向居民调查，想找谁就找谁，也可以提高些效率嘛。

这其实正是萧顺德想做的，寻思这个老殷到底是老同志，尽管观念有些土，调查思路还是对头的。以他的资历和能力，窝在沐家桥当个公安助理有点儿委屈。当然，这话只能自己跟自己说说，嘴上说出来的是："谢谢老殷同志，你的建议很好，就按你说的办。"

三组在沐家桥调查了两天半，又是座谈会，又是坊间访查，却什么线索也没获得。这个结果，之前萧顺德也想到过，认为这条路如果走不通的话，那就走另一条路：扩大调查范围，把沐家桥周围六个区的公安助理请来开一个会，仿照专案组在沐家桥的做法，在各自负责的区内发动群众提供线索。

这个会由萧顺德主持。当时的区政府公安助理，相当于后来的区镇派出所所长，是公安内部的同志。老萧考虑到应该让他们觉得自己受到信任，以激发大家的工作积极性，就用三言两语把"特费"案的梗概给众人说了说，听得包括殷富元在内的七位助理瞠目结舌。

殷富元最先回过神来："一百二十两黄金，那是一个什么概念啊！这个案子如果跟我们这七个区的人有关系，这么些年头了，我想总归会露出点儿蛛丝马迹的，不愁查不到线索！"

其他六个助理也都开腔表示赞同老殷的说法。萧顺德就让殷富元介绍了沐家桥调查该案线索的经验，要求与会同志回去后和沐家桥一样开展工作。座谈会结束，已是暮色初上，专案组立刻返回三官镇驻地。

对"沐有金"这个线索调查的第四天，一大早淅淅沥沥下起了小雨。专案组众人正在吃早饭，镇政府通信员过来传达了市局的电话通知：待会儿市局有人要过来，请萧顺德同志不要离开专案组驻地。

萧顺德到门口看了看天，说外面开始刮西北风了，雨好像也下大了，今天如果再没有结果，就要考虑兵分两路了。大家就不要去沐家桥了，反正已经布置下去了，一会儿开个会再议一议。现在先政治学习吧。

上午十时许，人家正聚在办公室听彭倩俪读报，杨宗俊来了，一起来的还有两个男子，一个是年约三十四五、一脸严肃的瘦高个儿；另一个是脸上稚气未脱的二十来岁的青年，估计是前一位的助手。上次来的那个警卫员还是跟着。众人见了，不等萧顺德发话，都主动回避。

杨宗俊介绍："老萧同志，这是市委组织部的刘副主任。"

瘦高个儿跟萧顺德握手："我叫刘培源，市委组织部审干办副主任；这是小武同志，审干办工作人员。"

杨宗俊说："你们谈，我去后院看看同志们。"出门后还吩咐警卫员，"你在这里守着，任何人不准靠近！"

早上镇政府通信员传达电话通知时，萧顺德心里就嘀咕，这么恶劣的天气，市局有什么重要的事专门派人过来跟我谈？现在，眼前亮相的这位竟是市委组织部审干办副主任，他来跟我谈什么？我的历史一向清白，没有被捕过，有什么情况值得审干办领导亲自出场，还冒着风雨大老远跑来谈话？

刘培源从挎包里取出一个本子，慢条斯理地拔下了上衣口袋里的钢笔；小武则取出一沓组织部专用的记录纸。然后，谈话开始——

"萧顺德同志，今天我代表市委组织部审干办跟你谈话，你必须如实回答问题，听明白了吗？"

"明白。"

"今天的谈话非常重要，甚至可以说对你的终生都有影响，你一定要认真对待，对任何问题的回答必须真实无误，不能虚构，不能隐瞒，否则，你将承担由此产生的后果。今天的谈话，由小武同志记录，该笔录将永久保存在你的档案内。听明白了吗？"

"明白。"

套话讲过，进入正题。刘副主任问了萧顺德的个人经历，又问了一些萧顺德在交通大学和皖南新四军军部时的人际交往情况。谈话即将结束时，又貌似随意地问他是否使用过其他姓名。萧顺德说自己从未起过化名，因为他没有从事过党的秘密工作，没有必要使用化名。

刘副主任又问："那么，使用过任何笔名吗？"

"也没有，我从来不投稿，包括在中学、大学和参加新四军后的墙报、黑板报稿件。"

这次谈话使萧顺德感到非常奇怪，寻思这难道跟组织临时改变对自己的职务安排有关？想来想去没有头绪，干脆就不去考虑了。

杨宗俊、刘培源一行离开时已过中午，萧顺德没有留他们和专案组一起吃午饭，这既不合适，对方也绝对不会留下。送走他们后，彭倩俪把一份饭菜端来，语气郑重地说："萧组长，我有个情况要向您汇报，大庄同志在背后管杨主任叫'杨大头'，这不是不尊重领导嘛！"

"就这事？"萧顺德脸上露出哭笑不得的神情，想说什么又忍住了，"我知道了。小彭，你去后院叫他们四个过来，我们开个案情分析会。"

这个会只开了二十分钟，主要是把兵分两路调查之事最后确定下来，对人员分工作了安排。一声"散会"，众人拔腿就走，萧顺德把走在头里的庄敬天唤住，彭倩俪窃喜，走到门口还不时回头张望，希望能看见"好戏"。

萧顺德问："大庄，你知道我留你下来干什么吗？"

庄敬天嘿嘿一笑："俺想十有八九是要把杨主任带来的慰问品给俺分点儿尝尝。"

萧顺德也笑了："你明明看见领导是空着手过来的，还十有八九？行了，言归正传！这次你和老马、小彭去松江调查，就是一个三人小组，虽然我刚才没有宣布，但你就是小组长，你要负起这份责任。"

庄敬天却说："俺算是哪根葱？从部队转业下来不过半年多，刑警这一行的门朝哪个方向还没弄清哩，怎么当得了小组长？俺看还是让老马当吧，他是老刑警，常言道：老将出马，一个顶俩。"

"老马不合适，他是留用人员。"

"留用人员又怎么了？不是说革命不分先后吗？"

"可是还有'内外有别'呢！"萧顺德沉下脸，"我现在是代表组织跟你谈话，不是在菜市场上谈买卖，没有讨价还价之说！"

五、醉春楼遇险

庄敬天、彭倩俪出现在上海北站候车室门口，看上去像是一对恋人。马麒麟提着一口牛皮旅行箱，像个出差商人那样从容尾随，跟庄、彭佯装不识。

庄敬天看了看车票，又四顾检票口的发车牌。彭倩俪眼尖，指着另一个方向："该在那边上车。"

两人在堆放着箱子、箩筐、铺盖等行李的过道中穿行，庄敬天一边走一边不住口地招呼着"借光，请让一让"。到了拐角处，两人被一口皮箱拦住了去路。皮箱的主人是一个身高跟庄敬天差不多的外国神父，正捧着一本英文书籍在阅读，听见动静，发现自己的行李挡了人家的道，连声"Sorry"，赶紧移开了皮箱。

两人终于找到一个离检票口较近的位置坐下，庄敬天问彭倩俪："刚才那个洋鬼子说的是什么意思？"

彭倩俪闻言一笑："他说的是对不起。"

庄敬天转动着眼珠子，脸上隐隐露出难以察觉的坏笑："你是教会学校出来的，英语肯定学得很多吧？"

"那当然，教会学校有规定，一进校门就只能说英语，哪怕中国学生互相之间交谈也必须说英语。不会？不会就学嘛。不说英语是要被警告的，警告三次就开除。"

"那正好，小彭你也教教我吧，每天学一句也好。比如，大小的'小'英语怎么说？"

彭倩俪不知是计，脱口而出："Little。"

庄敬天复述了一遍，稍停又问："据说老萧是交通大学的高才生，想来英语说得也很溜，回头我也跟他讲上两句，向领导报告的'报告'怎么说？"

"Report。"

庄敬天寻思，那"小报告"就是把这两个单词连起来念了，于是死记硬背，却把那洋词儿念豁了，变成了"领头里破的"。之后若干日子里，"领头里破的"就成了彭倩俪的绰号，时不时在非正式场合被庄敬天挂在嘴上，把姑娘弄得好没面子。

列车抵达松江，三个侦查员随同下车的旅客出站。那个外国神父提着皮箱也夹杂于人群中，庄敬天、彭倩俪只顾说话没有留意，倒被落在后面的马麒麟瞟在眼里。不过，饶是老刑警眼力了得，也没有想到这个跟他们一趟车的洋鬼子，竟是来要他们性命的！

民国时，松江是江苏省管辖的一个县，解放初期江苏省被中央撤销，改为苏南、苏北两个行政专署，松江县划归苏南行署，成为行署下面的松江专区驻地。庄敬天三人抵达松江县城厢镇后，先去专区公安处联系协助事宜。如此重要的案件，自然得到公安处的积极配合，当即指令松江县公安局派专人陪同上海同行调查。松江县公安局侦查员老封随即跟庄敬天三人会合。庄敬天向老封简单介绍了案情，说从刘大纯所述的情况来看，那个不知姓名住址、职业身份的下线交通员"黑衣人"的调查难度非常大，当年刘大纯下榻的"汉源栈房"可能是唯一能获得线索的地方。

老封是松江当地人，熟悉本城情况，说"汉源栈房"早在抗战爆发那年就关门了。三个侦查员有点儿傻眼，庄敬天问："那家栈房的老板、账房什么的还能找到吗？"

"这个倒可以试试，以前曾听人说过，'汉源栈房'的老板林汉源住在南门桂花巷，要不，我领你们去南门打听打听？"

到了南门一打听，林汉源还住在桂花巷里，不过已经中风三年卧床不起了。侦查员登门询问他是否还记得十八年前那一幕，他一脸茫然，只是摇头。这也难怪，别说人家已经年届七旬中风卧床，就是健康人只怕也很难回忆得起来。在那个年代，旅馆业经营者对于隔三岔五上门的警察、保安团早就见怪不怪熟视无睹了，况且那夜并未打人抓人，缺乏让人留下印象的情节要素，记不住很正常。

庄敬天面对着躺在病榻上的林汉源，一时不知道往下该如何询问。这时，马麒麟开腔了："老人家，当时的那位账房先生如今在哪里呢？"

这个，林汉源倒是能够回答。只是他的大脑神经因中风受到损伤，影响了说话的清晰程度，他一连说了三遍，侦查员还是一头雾水。又唤来林汉源六十一岁的老伴，经老伴翻译，这才弄清他说的内容："汉源栈房"的账房先生名叫褚国宝，昆山县人，"汉源栈房"关门后，褚先生就离开松江了，不知去了哪里。

三人离开林家走出巷子，都有点儿灰心丧气。这时，先前陪同他们过来的当地刑警老封从巷子对面的一家烟纸店里出来了。老封接受协助上海刑警调查的任务时，局长再三告诫，说上海刑警手头的这个案子大得通天，老封你千万给我记住，他们让你干什么你就干什么，不该你打听的你就不要打听。因此，刚才老封陪他们到巷口后，就没有随同入内，而是待在烟纸店里等着。

马麒麟问老封是否听说过原"汉源栈房"的账房先生褚国宝，老封摇头，但是给专案组出了个主意：可以去各客栈、旅馆向老板和账房先生打听，他们是同行，或许知道褚国宝的下落。

当时他们不知道的是，一行四人离开桂花巷不过几分钟，就有一条人影闪进了林家……

三个侦查员由老封陪同着在松江城里走了一圈，跑遍了大大小小一共十七家旅馆、栈房，老板、账房一一问到，一些老人都听说过"汉源栈房"，也知道账房先生褚国宝，可是，对于褚国宝的下落，却谁都说不清楚。

回到下榻的专区招待所，庄敬天心里很是不爽，暗忖老萧抬举俺，赏了个小组长，可是一出场就没戏。这事儿往下该怎么整呐？正在犯愁，忽听隔壁房间的彭倩俪发出一声惊叫。赶紧出门查看，跟慌慌张张往外走的彭倩俪碰个正着。庄敬天不由皱眉："领头里破的，没事你瞎咋呼啥……"忽见对方手里的那张白纸，伸手一把抢过来，目光一扫，脸上不由露出惊喜的神色！

白纸上写着：欲知褚事，可于今晚六点往醉春楼见面详谈。落款是一个"潘"字。

庄敬天又看了一遍，说："这不是肥猪拱门样的好事儿吗？你叫唤什么呢？"

彭倩俪回过神来，有点儿不好意思："我在门口账房间跟老马、老封说了会儿话，拿钥匙开门进屋时，地板上什么东西也没有。等我走到窗前打开窗子，回过身来一看，地板上就有这么一张白纸了，你说这不吓人吗？"

这时，马麒麟和老封也上楼来了，看了纸条，又去看了看隔壁彭倩俩住的房间。庄敬天说："小彭的房间挨着最里侧，我在房间里待着，房门是开着的，我坐的位置又正对房门，走廊里根本没人经过，这纸条不可能是刚刚塞进去的。"

马麒麟心里已经明白，说："这张纸是从房门上方塞进去的，给毛边挂住了。小彭进门时，不可能去看房门背面，随手把门关上了；就在她开窗的时候，那张纸经她进门时一开一关的震动，从房门上脱落，所以小彭一转身就看见了。"

庄敬天觉得这个说法有理："有人主动跟我们联系提供褚国宝的下落，那不正中下怀嘛。不过，这个姓潘的是什么人？"

其实庄敬天心里已有分析，但他想起自己当着这个临时性的小组长，也算是领导了，就先不发表意见，请马麒麟先说，最好老马说的内容跟他不同，最后他才开口。没想到马麒麟说："这个姓潘的多半是先前走访过的那十七家旅馆、栈房的人，不愿意当着其他人的面向我们提供情况，就采用了这种方式。"

这个分析，跟庄敬天想的一样。他不禁颇为后悔，早知如此，还不如自己先说了。无奈之下，只得附和一句："英雄所见略同！"

彭倩俪问："那我们去不去呢？"

庄敬天脱口而出："肥猪拱门，哪有往外推的道理？老马、老封，您二位怎么看？"

马麒麟也说应该去，老封想起局长的叮嘱，对此没发表意见，只是说县局领导特地关照过，上海来的同志很辛苦，让我以县局的名义请你们吃顿便饭，即使没有这张纸条，我也要请大家去醉春楼坐一坐的。

于是，醉春楼之约就这样敲定了。只是，在场四位谁也没料到，这竟是一场死亡之约！

坐落于城隍庙前的醉春楼是松江城里一家颇有名气的饭馆，创办于清朝咸丰年间，按照现在的规矩，店家肯定要在门前挂上一块"百年老店"的铜牌，以招揽顾客。不过，当时店家不兴这一套：开饭馆，就在菜肴上见真章吧。因此，醉春楼的本邦菜很出名，但门面平常，也就一幢三开间的两层楼建筑，一楼沿街是清一色的排门板。不过，跟那个年月江南城镇上到处可见的灰头土脸、坑坑洼洼的原木排门板不同的是，醉春楼的排门板用的是清一色的南洋杉木，选择和制作时都有讲究，木纹几乎相同，一块块细细刨平，刻上编号，早晚擦拭，每年生意淡季，还要把卸下的木板涂抹三遍上等桐油保养。因此，醉春楼的排门板一年到头都清清爽爽，赏心悦目。

侦查员结束调查返回招待所前一小时，醉春楼的午市刚结束，一个穿中式棉袄、外面套藏青色罩衫的男子走进店堂，招呼伙计说要见一下老板。沈老板接待了这个操一口松江乡下口音的不速之客，这位先生自称姓潘，要订一桌当晚的上等酒席，六点开席。沈老板向对方介绍上等酒席的菜式，那人说不必，贵号信誉名闻江湖，我怎么会信不过？说罢，掏出二十万元放在沈老板面前：饭后结账，多退少补。

然后，对方就提出要看看包房。当时江南小城镇上的饭馆，不像如今那样家家都设包房，因为经济能力有限，有包房需求的顾客一年也没几桌。对于偶尔光临的需要包房的客人，通常是在大堂一侧专设一桌，旁边围以屏风。醉春楼最初也是采取这种方式，抗战时期，占据松江县城的日军宪兵司令部每有宴请，必订醉春楼；每次来醉春楼，必有特殊要求——二楼必须清场，以免席间的谈话内容泄露。二楼有十几张桌子，而日军的宴请，最多不过两桌，结账自然也按照两桌的标准。对于饭馆来说，能做到保本已经算是不错了。于是，沈老板就想出一个应付的办法，在饭馆后院专门盖一间小平房，装饰后作为包房，日军对此安排倒也并无异议。

这是当时全松江餐饮业唯一的一间真正意义上的包房，现在，这间包房被这位客户看中，说晚上的宴请就安排在这里，接着就告辞离开。沈老板唤住他，要出具预付款收据，他说不必，我信得过贵号。

下午五点多，那位潘先生又出现在醉春楼。沈老板把专门为包房提供服务的跑堂阿根叫来，说这是敝号服务最好的一位伙计，今晚就让他为您和您的朋友提供服务。潘先生点头认可，掏出一张一万元钞票作为小费赏给阿根。

来到后院包房，潘先生对阿根说："我在这里请客，也没有什么特别的要求，你只需在五点三刻前把所有的冷盆、酒水送到包房，然后到门口等候客人，把他们领进包房，再到饭馆门口等我。就这些，做得到吗？"

阿根寻思这个客人太好伺候了，自是连连点头。

潘先生抬腕看表，说："现在，你可以去厨房通知上冷菜了。"

片刻，阿根就把八个冷菜上齐了，又按照潘先生的吩咐上了两瓶茅台酒。然后，他就到饭馆门口去迎候客人。刚在门口站下，后面潘先生已经跟过来了，说我去一趟外面，包房的门我已经锁上了，这是钥匙，一会儿客人来了，你把他们领进去，给他们上茶，然后到门口来等我。

据阿根事后说，他对潘先生的这种做法有些不解，他做了二十多年跑堂，还没遇到过这样的客人。不过，这是人家客人的事，一个跑堂也就没有必要考虑那么多了。

庄敬天、马麒麟、彭倩俪、老封四人是六点整准时抵达醉春楼的，他们一说潘先生，阿根迎上前去，恭恭敬敬把他们领往后院包房。四位客人一看这等丰盛的席面，都是大觉意外。庄敬天出身山东农村贫苦家庭，参军后才吃上了饱饭。吃饱尚且不易，别说吃好了。在参加"特费"案侦查之前，他从来没下过馆子；上次外调跑了多地，他人生中才有了下馆子的记录，可那都是去面馆饺子店之类的小铺子，并非正宗的饭店。现在看到这么一桌冷菜，睁大眼睛一个个盆子轮番瞅下来，悄声问马麒麟："大冷天的，这馆子里上的菜怎么都是冷的？老马你胃不好，吃冷的行吗？"

马麒麟可是在十里洋场见惯了大世面的，他解释说："这是冷盆，一会儿还要上热菜热汤。"

庄敬天顿时惊得瞠目结舌，用同情的目光望着显然产生了同样心思而一脸忐忑的老封——乖乖，这一桌吃下来，他那县局局长还不是要拍桌子了？

阿根手脚利索地给众人上茶："潘先生马上就到，说请您几位稍候。"然后，就按照潘先生事先的关照，匆匆到饭馆大门口去了。

阿根刚到门口，潘先生就坐着一辆三轮车从西面过来了。但他没有下车，只是冲阿根招招手。待阿根上前，潘先生把一封信递给他："我还有点儿事，可能要耽搁片刻，你把这封信交给他们，就说潘先生告罪，请他们先用餐，费用已经付清了。还有，你可以通知厨房上热菜了。"

阿根去包房把信一交，转达了潘先生的话。庄敬天看着面前的美味佳肴连连摇头："好饭不怕晚，小彭你把信念一下，看这潘先生到底是什么意思？"老封起身要往外回避，被庄敬天唤住，"老封你别见外，都是自己人。"老封便再次坐了下来——幸亏他这一坐，否则回头调查时，他不知几时才能得到解脱哩！

所谓的信，其实就是一张便条，上面写着：关于褚国宝的下落，我在包房抽斗里留了一份书面材料，你们一看便知。

小彭念完，眼光转向角落里那个上斗下柜的木橱，随即站起身移步过去。她刚刚把手伸向抽斗，庄敬天倏地站起，大喝"别动"，几乎同时，他抓起面前的瓷碟扔出去，千钧一发间砸中了彭倩俪的左手腕。彭倩俪尖叫一声，右手捂住左腕，痛得泪如雨下。

马麒麟随即反应过来，起身大叫"别靠近"。老封还没有意识到面临着什么危险，坐在那里不知所措。

庄敬天的反应来自于他那双敏锐的眼睛。彭倩俪读了潘先生的便条，他的目光已经转向屋角的那口木橱，就在彭倩俪站起来想去拉抽斗时，他发现抽斗的那个圆锥状的拉手上拴着一段黑线，线的另一头伸向抽斗内，当即脑子里电光石火般地一闪念：危险！

危险随即被证实——庄敬天让所有人退出包房，叫老封去厨房取一把锋利的剪刀，剪断了抽斗拉手上的那段黑线。庄敬天毕竟是从普通战士一步步晋升起来的战斗部队排长，有着过硬的军事素质，他把黑线剪断后，犹自不敢大意，仔细查看抽斗以及下面柜门的缝隙，确认没有其他连线后，这才小心翼翼地拉开抽斗。

显现在庄敬天眼前的，是四颗并排捆绑着的手榴弹，木柄尾部的底盖已经拧开，连着引信的拉环上系着一截黑线，黑线的另一头穿过抽斗上方的缝隙，系在抽斗外面的拉手上。庄敬天倒抽一口冷气：如果刚才那个碟子没有击中小彭的手腕，抽斗拉开，别说在场四人了，只怕这屋子也会给炸塌……

六、外国神父

"悬办"第三专案组赴松江外调小组遇险差点儿全部丧生的消息让人震惊，华东公安部、上海市公安局领导下令严查。市局扬帆副局长随即召见"悬办"主任杨宗俊，代表局党委下令："悬办"立刻组建第七专案组，专门侦查松江发生的谋害外调小组案；第七组由市局抽调四名刑警组成，归第三专案组组长萧顺德领导。次日上午，华东公安部电令苏南行署公安处，该处下辖的松江专区公安处、松江县公安局全力协助"悬办"侦查该案。

当日下午，萧顺德放下正在进行的"沐有金"线索的调查，带着第七组前往松江。萧顺德一行五人抵达松江县城时，庄敬天正在松江军分区医院探望彭倩俪。昨晚庄敬天在醉春楼包房内千钧一发之际骤然出手，及时阻止了悲剧的发生，救下了包括自己在内的四条性命，可是对于在场诸人来说，并非毫发无损，彭倩俪的左手腕被他用力掷出的瓷碟砸断了骨头，随后被送往松江军分区医院治疗。

去看望彭倩俪的路上，庄敬天寻思这是去慰问伤员，应该买点儿慰问品。买什么呢？听说骨折病人喝骨头汤可以让骨头长牢，他就直奔肉庄。可到了肉庄才意识到，把骨头拿到医院去，小彭怎么吃呢？谁给她煮汤？医院伙房？恐怕没门儿，这小丫头又不是什么建立了不朽功勋的大英雄，手腕骨折在部队医院差不多是跟伤风咳嗽列为一档的，让她住院只怕也是专区公安处的特别照顾。于是，他就打消了买猪骨头的念头。但空着手去慰问总不像样子，庄敬天一边想，一边沿街浏览店铺，一转身，忽然看见一家只有半个门面的画像店迎门的那张桌子上放着一盆水仙，在纵横交错的绿叶间，开着几朵洁白的小花，花中嵌着黄金般的花蕊，散发着浓郁的芳香。庄敬天窃喜：小彭时不时露出点儿小资情调，我把这盆水仙花给她送去，大概可以应付了。

庄敬天遂上前询问价格。不料这家店的画匠却说这盆水仙不是商品，不卖。不过，从庄敬天的打扮，对方看出可能是公家人，随口攀谈了几句，得知庄敬天是上海来松江出差的，而且还当过解放军，顿生敬意，最终以一万元的价格转让了。

彭倩俪看见水仙花，自是又惊又喜："大庄，感谢你送了我这么一份好礼物。哎，你是怎么想到买水仙花的？"

庄敬天想俺这是瞎猫撞上了死耗子，正想实话实说，忽然想起自己现在算是小彭的领导，这是代表组织上来探望伤员，这一万元钞票也是从出差费用里拿出来的，这样说不是把组织不当回事吗？于是信口胡扯："本来是想买一大捧玫瑰花送你的，没想到整个松江城根本没有一家鲜花店，卖纸花的倒是有，可那是送给死人的……"

彭倩俪眼睛一亮："什么？你想送玫瑰给我？"

庄敬天没想到这丫头竟然把虚言当真，随口继续扯下去："是啊，玫瑰花多好看啊，象征着……哦，象征着什么来着？"

"象征着爱情！"

庄敬天蓦地一惊："什么，玫瑰花象征爱情？那对不起，俺乱说了！"随即正色道，"彭倩俪同志，你这次为革命光荣负伤，我代表组织上向你表示慰问。老萧下午要来松江，估计明天也会来看望你的。另外，俺要向你表示歉意，当时事发突然，俺的脑子又不大好使，扔出碟子后才意识到出手重了点儿，误伤了同志，对不起！"

"该说对不起的是我，我不该这么莽撞！昨晚，我几乎一夜没睡着，一直在回想那一幕，要不是你果断出手，我一拉抽斗，大家都完了！说对不起的应当是我，大庄，你是我的救命恩人啊！"

庄敬天不以为然："什么恩人不恩人的，这种情况，战场上发生的多哩！"

彭倩俪长长地吁了一口气："可是，对我来说，这是第二次生命的开始。"

庄敬天暗暗摇头，有文化的女人事儿就是多，明明是有惊无险嘛，怎么就"第二次生命的开始"了？如果都按这个标准，俺大庄还不知是第几次生命的开始呢，我还长得大吗？

接着，两人聊到了案子。庄敬天告诉她，基本可以确定，作案的家伙就是那个自称姓潘的主儿。据醉春楼沈老板和跑堂阿根描述，那家伙的身高大概在一米七五到一米八之间，说一口松江话，中式棉袄外面套着一件藏青色罩衫，领口微微敞开着，露出贴身穿的细彩条衬衫以及衬衫上小巧精致的铜纽扣。松江专区公安处和松江县公安局正在组织力量全城侦缉，一会儿老萧带新成立的七组过来后，估计就由七组接手调查了。

彭倩俪感慨道："真没想到，从来没上过战场的我，居然能亲身体验到这种生死一瞬间的感受。"

庄敬天觉得她无病呻吟，就岔开话题，随口闲扯。彭倩俪突然想起一件事："大庄，昨天我在客房里发现姓潘的那个家伙留的纸条时，你管我叫什么来着，'领头里破的'？什么意思，我领子哪里破了？"

庄敬天忍住笑："咱们在上海北站候车室的时候，你不是教了我两个洋文嘛，连在一起就是'领头里破的'。"

彭倩俪想纠正他的读音，转念一想似乎不对头，大庄把这两个单词串在一起，不就是"小报告"吗，明明是讽刺自己向萧组长反映情况……这大庄怎么这么可恶，居然给自己起外号！

庄敬天见彭倩俪不语，以为她还没想起昨天候车室的一幕，便进行提示："你忘啦，当时咱们还遇见了一个洋鬼子神父……"

彭倩俪忽然大叫一声："我想起来了！大庄，想炸死我们的就是那个外国神父啊！"

庄敬天一愣："不对啊，那个神父是高鼻子洋人，跟姓潘的也差得太远了吧。"

"高鼻子是可以化装的，我在读书时，学校搞文娱演出，男生经常化装洋人。还有，我记得那个神父的西服大衣里面就穿着细彩条布料的衬衫，衬衫上还有铜纽扣。我当时就觉得有点儿不对劲，神父的衬衫一般都是有白色硬领的，怎么会穿彩条衬衫呢？可当时候车室乱哄哄的，我也没想那么多……没错，肯定是他！"

萧顺德带着"悬办"第七专案组抵达松江后，先跟松江专区公安处领导见了面。松江警方根据华东公安部的指令，将七名刑警临时调拨给"悬办"第七专案组，这七名刑警并非专案组成员，工作上听从专案组长康今敏的领导。至于老封，仍如之前那样，协助第三专案组调查"特费"案。

案情分析会随即召开。会议开始前，马麒麟把庄敬天扯到外面嘀咕："大庄，这个会议，肯定是以第七专案组为主。七组侦查的是我们遇险的事情，把我俩和老封叫来参加会议，显然是把我们作为当事人了解昨天情况的。情况你都清楚，等到说完，我们就赶紧离开。"

庄敬天一怔："有这个必要吗？"

马麒麟语重心长："大庄，我觉得跟你投缘才说这些，否则，我自己找个借口离开就是了嘛。这方面，你我都要向老封学习。你看人家，昨天陪同我们走遍全城调查褚国宝，每到一家旅馆，连门都不肯进。他这是干什么？避嫌！干我们这一行的，内部一定要避嫌，这是规矩。"

庄敬天想了想，说："可是，如果我有情况要汇报呢？那不是耽误大事了吗？"

马麒麟听出了庄敬天的言外之意："难道你有线索了？"

庄敬天遂说了说彭倩俪回忆起的"外国神父"的情节。马麒麟倒抽一口冷气："那可是跟踪追杀啊！看来我们正在查的这个案子大有来头！那个外国神父，我也有点儿印象，衬衫领子下面露出的好像还真是铜纽扣。这小彭，倒还是蛮有眼力的，记性也好!"

两人正嘀咕的时候，萧顺德招呼大家开会。会议的程序诚如马麒麟所估料的，先由萧顺德介绍第七组成员，然后请第三组介绍昨天遇险的经过。庄敬天说完，又请老封作了补充。老封始终记着局长的嘱咐，话说得少而简，真正的惜言如金。说完情况，便以身体不适要去看病为名向萧顺德告假。萧顺德甫一颔首，他立马就走。

马麒麟就向庄敬天使眼色，后者起身给与会者茶杯里添水，到萧顺德面前时，悄然递上一张纸条。待庄敬天绕着会议桌一圈转下来，萧顺德说："老马、大庄二位另有事情要办，可以退席。"

两人出了会议室，马麒麟悄声问："你给萧组长的条子上写了什么?"

"我说我们获得了一条关于褚国宝的线索，得立刻去调查。"

"唉!"马麒麟一跺脚，"你这个大庄，这可是谎报案情啊! 算了，现在说什么都晚了，赶紧走吧!"

会议室里，正在热烈讨论醉春楼案件。第七专案组组长康今敏是从解放区过来的，在市局刑侦处担任副科长，侦破刑事案件方面很有一手。对于眼前这起案子，说老实话他还真觉得算不上什么难以攻克的堡垒——松江县城厢镇就是这么一个弹丸之地，案犯在不到一天的时间里活动频繁，目前可追查的线索，仅仅摆在面上的就有在专区招待所往彭倩俪的房间塞信、跟醉春楼沈老板订酒席、对跑堂阿根吩咐这吩咐那、乘坐黄包车，等等。这就像一个演员在舞台上频繁出现，演技的不足、化装的缺陷、服装的漏洞，甚至某一句唱腔跑调，难免会被台下的观众察觉。康今敏相信，只要循着案犯的活动痕迹追查下去，很快就能抓住狐狸尾巴。

另外，那四枚未曾引爆的手榴弹也是一条线索。之前，专区公安处已经请松江军分区的同志对这四枚手榴弹进行了鉴定，认定是 M24 型柄式手榴弹。这种型号的手榴弹原产于德国，1927 年蒋介石组建南京国民政府后，从德国引进生产技术，由汉阳、巩县两大兵工厂大量生产，一直使用至抗日战争中后期，才逐渐被美国制造的 MK2 式手榴弹取代。

与会刑警对此进行了讨论，认为案犯使用 M24 手榴弹作案，说明他们多半并非敌特分子，否则，就不可能使用已被淘汰的 M24，而是使用目前世界上最先进的定时炸弹、遥控毒气罐之类，如果真的使用这类武器的话，估计外调小组昨晚就难逃厄运了。而案犯盯着外调小组下手，说明他们已经意识到刑警对松江的调查对他们极为不利，甚至导致灭顶之灾。这样就有理由认为，醉春楼案件是三组正在调查的"特费"案件的"姐妹案"，醉春楼案件的作案者，应该跟十八年前"特费"案件的案犯是同一伙人，至少是同一背景。因此，破获醉春楼案件的意义不仅仅是侦破单一的一起爆炸未遂案件，还可以带出"特费"案件的线索。这也是华东公安部和上海市公安局另行组建"悬办"第七专案组独立侦查该案的用意。

第七专案组的另外三名刑警邹乐淳、吴天帆、贾木扣也非等闲之辈。邹乐淳来自市局刑侦处，三野侦察兵出身；吴天帆、贾木扣都是从山东南下过来的，之前在济南市公安局干刑警，其中贾木扣还参与破获了著名的济南飞贼案，为擒获江湖上横行十多年的飞贼"李燕子"李圣五作出过贡献，受到华东公安部的嘉奖。

七组对醉春楼案件的分析，使松江同行很是钦佩，萧顺德更是连听带记。"那么，这个案子应该如何着手调查呢？"

康今敏对如何开展侦查工作提出了以下想法——

第一，彭倩俪发现的关于"外国神父"的问题很重要，这关系到案犯是松江本地人还是来自上海，查清这一点，不但于侦破醉春楼案件有帮助，而且对厘清三组正在调查的案件必有启发。对此的调查即刻展开，会后他会给上海方面去电，请市局刑侦处协助调查关于铜纽扣衬衫的线索。

第二，不管"外国神父"与案犯"潘先生"是否同一人，都须查清案犯是怎么获悉三组在调查"特费"案件、又是怎么知晓外调小组昨天赴松江进行调查的。

第三，案犯抵达松江之后，是如何掌握外调小组的动态，准确了解到侦查员正在调查原"汉源栈房"账房先生褚国宝的下落的。

第四，案犯往彭倩俪房间塞信是其本人所为，还是由受其指使的他人所为。

第五，"潘先生"作案用的四枚 M24 手榴弹的来源。

第六，"潘先生"说一口地地道道的松江本地话，说明他是松江本地人或者曾在松江长期生活过，那么，松江这边是否有人知晓此人。

萧顺德和松江专区公安处曹副处长等人听了康今敏的这番见解，皆频频点头。萧顺德说："那就这样定了吧，老康，这个案子就请你和大家多多费心了。这个会就开到这里，我还要跟庄敬天、马麒麟同志商量一下三组的工作，谈完连夜还得回上海。"

康今敏不解："不是说好你要在松江待一两天的吗？"

"会前接到市局电话，要我明天上午八点半到市局去，今天晚上必须回上海。"

七、黑衣人之谜

俞衡友坐在临窗桌前的一张业已破旧的藤椅上，戴着老花镜，正仔细看着一份刚填写好的干部履历表。他在叶家花园住了一个多月，注射了两盒盘尼西林，身体恢复得不错，昨天刚由俞毓梅陪同着出院回家。当晚，三官镇党委金书记、副镇长漆木生等头头脑脑前来探望，金书记带来了这份干部履历表，说是县委组织部让每个干部填写的，要求五天内收齐上交。

金书记一行走后，俞衡友看了这份表格，俞毓梅以为父亲要立刻填写呢，他却没动笔的意思。俞衡友对女儿说："人老啦，有些事情年头长了，记不清楚了。这种表格要进档案的，一定得慎重，不能随便落笔，否则一旦出现差错，审干时就得费神费力向组织上解释，以后搞复查、重审什么的，只怕就说不清楚了。"

今天吃过早饭后，俞衡友就坐在桌前填写了这份表格，现在，他正在复核。俞毓梅看到了桌上的表格："哎，爹爹您填好啦！"

"毓梅，你念一遍，我听听还有没有错。"

俞毓梅拿起表格念道："俞衡友，字亮山，号履明……哎，爹爹您还有字号啊，我可从来没听您说过呀！"

俞衡友说："你的祖父祖母都是渔民，以船为家，我是出生在一条破船上的。你祖父提着一条五六斤重的鲤鱼找河边一所私塾的先生请求赐名，那先生就给我取了这个名字，还有字和号。在旧社会，只有官场、文人才使用字、号，你爹我是个钟表匠，又不用名片，也不跟那些达官贵人或者文人墨客打交道，哪里用得上，都快忘记啦！"

俞毓梅继续往下念："出生日期：清光绪二十年（1894 年）农历四月初七；出生地：江苏省奉贤县头桥乡……哎，有这样说的吗？"

"我是出生在破渔船上的，听你祖父祖母说，当时那条渔船就停在头桥乡的河面上，至于那里属于什么村庄，只怕你祖父祖母都不知道。你念下去。"

"家庭成分：渔民；个人成分：自由职业者；文化程度：初小；婚姻状况：丧偶；家庭成员：女儿俞毓梅，浦东三官镇卫生所护士；何时何地参加何种党派：1938年10月在浦东三官镇加入中国共产党，介绍人胡清扬、李吉邦；因何事受过何种奖励或者处分：无……爹，您参加革命这么些年了，怎么从来没有立过功呢？"

"你爹干的是地下工作，能够保住性命已经是上上大吉了。再说，地下工作这一行没有立功之说，只有奉献！"

"爹爹您真了不起啊！"俞毓梅由衷感叹，然后接着往下念，"个人简历——1900年至1904年，在浦东奉贤、南汇交界处的水上私塾求学，证明人：邢若平；1905年至1913年，在浦东各地打鱼，证明人：父俞龙生、母俞黄氏；1914年到1918年，在浦东及上海市区随钟表匠隋延寿学艺，证明人：隋延寿；1918年至1929年，在江苏、浙江、上海三地流动修理钟表，证明人：隋延寿、秦阿山；1930年至今，定居浦东三官镇，以设钟表摊谋生，证明人：林曾逸……"

俞毓梅正要继续往下念，门外传来钟梦白的声音："小俞！小俞在家吗？"

钟梦白是听说俞衡友出院了，特地买了礼物来探望的。跟俞衡友寒暄时，镇政府通信员来了，说金书记请俞镇长去镇政府，上级来人找您呢。

俞衡友出门后，钟梦白告诉俞毓梅："我要去松江接替小彭了，今天下午就走。"

俞毓梅顿觉惆怅："我回来了，你却要走了……"

钟梦白微叹一口气："是啊，不巧。不过，估计时间不会很长，松江出了醉春楼案件，案犯应该暴露得快些。"

"醉春楼案件？怎么回事啊？"

钟梦白用寥寥几句话简单介绍了一下，他知道保密纪律，即使是对热恋中的女友，也只能点到即止。但就是这寥寥数语，也把俞毓梅吓得花容失色："你们的工作这么危险啊！那你这次过去……我真为你担心啊！"

钟梦白故作轻松："这只是意外，应该不可能再发生了。再说大庄是员福将，运气好，人又机灵，有他在，不可能出事的，这次就是他看出了端倪，把大家救了。"

没多久，俞衡友回来了，进门时显出一种高兴而又如释重负的神态。他告诉女儿和钟梦白，自己被叫去镇政府，是上级派人来向他当面宣布一项工作调动通知：考虑到他的身体情况，经上级研究，决定调他担任新成立的七区工商界联合会主席。"这下就好啦，我总算可以轻松些了！这个镇长，哪是我挑得起的担子？"

俞毓梅问："您以后在哪里办公呢？"

俞衡友说："七区工商联办公地就设在三官镇上，横街七十三号，一会儿我要过去看一看。"

钟梦白指指桌上那份干部履历表："刚才小俞要我看俞伯伯填的这份表格，我这才知道，原来您老是1938年的老党员啊！比老萧还早了一年。哦，忘了说，老萧现在当我们那个部门的政委了。"

根据规定，"悬办"对外是严格保密的，钟梦白跟俞家父女说及时，只是以"部门"称呼。

今天上午，萧顺德准时去了市局干部处。出乎意料，找他谈话的不是干部处领导，而是政治部项主任。项主任对他很客气，一口一个"顺德同志"，对办案方面的情况只字不提，而是问他身体怎样，家属是否调来上海了。萧顺德1945年结的婚，爱人名叫侯小兰，江苏溧阳人氏，是军部医院的药剂员。婚后两年，侯小兰生下了一个女儿。这次萧顺德奉调来上海市公安局，侯小兰却还留在南京华东军区总医院工作。萧顺德原跟妻子说好，待他在上海落脚后，就向组织请求把她也调到上海，可是他的工作安排出现说不清道不明的蹊跷，这话头儿暂时就不能跟组织上提了。

一番关心后，项主任言归正传："萧顺德同志，组织上考虑要变动一下你的工作岗位，你现在是'悬办'第三专案组组长，组织上想让你担任'悬办'政治委员兼第一副主任。"

萧顺德没有思想准备，一个愣怔，继而想起前些日子市委组织部审干办刘副主任在三友观跟他作的那次谈话，寻思看来自己遭遇的那个蹊跷疑团终于得到解决了，否则组织上哪会给自己提职？按照不成文的规矩，回头"悬办"杨宗俊主任当着的党总支书记肯定也要让给政委了，那他就是名副其实的"悬办"一把手了。

项主任见萧顺德不吭声，就问他对此有什么想法。萧顺德说："既然是组织上的决定，那我服从。不过，我有个要求。"

萧顺德的要求是，仍旧保留他第三专案组组长的职务，并且申明是实职，不是挂名。他这个大外行自从参与专案调查后，对侦查工作产生了兴趣，颇有点儿不把手头这个案子侦破决不罢休的冲动，他不想半途撂挑子，要有始有终。

项主任说这件事的决定权不在上级手里，而是在你和杨宗俊主任手里，你俩是"悬办"领导，掌握着专案组长的任免权嘛。这事回头你跟杨宗俊主任去商量就是了。

杨宗俊和黄祥明对萧顺德担任"悬办"政委表现出由衷的高兴。这时"悬办"已经搬到外滩附近一幢小巧精致的独立三层洋房里，前后都有花园，有一个警卫班驻守警戒。杨宗俊把三楼位置最好的一间办公室安排给萧顺德，不过，萧顺德只进他的政委办公室看了一下，坐也没坐，立马就返回三官镇了。

在黄浦江的渡轮上，萧顺德还在想着这究竟是怎么一回事，自己的命运怎么突然就峰回路转了。这个谜团，直到五年后才解开——萧顺德因"潘扬案件"受到牵连，重新接受审查，从审查人员那里了解到，他在奉调从部队转业到上海市公安局的前一天，北京忽然转来一份一个在押的国民党"中统"高级特务的揭发材料，称当时其在上海负责高校情报工作时，手下曾有一个名叫"筱仁得"的"红旗特工"。所谓"红旗特工"，就是打着同情、支持中共的旗号接近中共地下党或者外围组织的国民党特务。这个"红旗特工"活跃于上海各大学，收集了许多情报，给学校的地下党组织造成了不小的损失。上海方面的相关领导联系到萧顺德的姓名谐音和他的大学经历，对其产生了怀疑，于是就改变了对他的工作安排。

庄敬天对于钟梦白的到来喜出望外，见面自有一番亲热。然后，和马麒麟一起，三人坐下来开始谈工作。

这两天，庄敬天、马麒麟由老封陪同着遍访松江全城，四处打听当年"汉源栈房"的账房先生褚国宝的下落，直到今天下午才获得一个靠谱的消息：抗战初期"汉源栈房"关门后，褚国宝离开松江去了金山，后来听说回昆山老家了，在其一老友入股的轧米厂觅了一份司磅员差使。庄敬天、马麒麟的辛苦总算有了效果，很是高兴，如果不是接到通知说钟梦白今天要赶来，他们没准儿就连夜奔昆山县城玉山镇了。

次日一早，天空飘着雨夹雪，冷风凄凄，寒气入骨。三人前往轮船码头，上了去昆山的客运小火轮。

到了昆山，去轧米厂一问，都说知道褚国宝其人。可是，这个司磅员已经不在了。倒不是死了，而是国民党昆山县法院给他换了个地方，送往苏州监狱去吃牢饭了。

那还是 1947 年春天的事儿，业已五十挂零步入知天命门槛且一向老实守法的褚国宝不知哪根神经搭错了，竟然卷入了一桩土匪抢劫案，据说是向沾着些许亲戚关系的一个土匪的线人提供了本地一家富户的情报，致使该富户遭受抢劫。后来，这起案子被县警察局侦破，土匪供出了老褚，他被判处五年徒刑。今年初夏江南地区解放后，人民政府对关押的犯人进行甄别，认为褚国宝属于货真价实的抢劫团伙共犯，应当留在监狱继续吃免费伙食。

事不宜迟，庄敬天、马麒麟、钟梦白转身就奔码头，上了昆山开往苏州的夜航轮船。次日上午，他们在苏州监狱见到了"汉源栈房"的前账房先生褚国宝。可是，无论怎么启发，也没法儿使他回忆起 1931 年冬天是否有一个杭州竹行的旅客入住过"汉源栈房"，更记不起那天晚上曾有一个头戴黑色绒线帽、身穿黑色棉袍、双手笼在袖管里的中年男子对那位杭州旅客有过一次短暂的拜访。

大失所望的侦查员正要离开，褚国宝忽然说了一件事：当年"汉源栈房"的旅客住店登记簿，1937 年底栈房关闭时林老板让烧了，他觉得这是自己多年来一笔一画记的，就这么烧了于情感上来说颇有些不舍，就私自留了下来。这些账簿装了满满一箱子，他都带回昆山家里了。

侦查员问明了褚家的住址，还让褚国宝写了一纸给其家人说明情况的条子。当晚，庄、马、钟宿于苏州。三人聚在旅馆房间里谈论案子，对褚国宝的那些账本不敢寄予什么希望，因为住店的是刘大纯，而不是那个穿黑色棉袍的中年男子。不过，也算聊胜于无吧，至少可以对刘大纯所说的他前往松江的日期是否准确有一个考证的依据。

次日，庄敬天三人再赴昆山，到褚家取走了那箱子账簿。当晚回到松江，在专区招待所打开箱子一看，共有二十二册，上面密密麻麻记着从1925年到1937年11月底光顾过"汉源栈房"的每个旅客的入住流水账。翻查下来，证实刘大纯所言不谬，他确实于1931年12月3日在"汉源栈房"住过一个晚上。

可是，昆山、苏州之行的价值也仅限于此。这个情况对于他们要寻找的刘大纯的下线、那个神秘的"黑衣人"并无帮助。又议了一阵，马麒麟忽然想到一个问题：据刘大纯之前与金华去杭州的那个上线交通员的交割情况来看，黑衣人也许并非松江本地人，而是事先赶到松江的，所以，他在松江应该有一个落脚点。关于这个落脚点的情况，黑衣人在与刘大纯接头时，是否露出过什么蛛丝马迹呢？

钟梦白闻言一跃而起，伸出大拇指："老马的这个分析实在是高！"

庄敬天也认为马麒麟的这个推断具有一定的合理性。如此，就有必要再去一趟杭州，向刘大纯了解这个情况。不过，没必要三个人都去。商量的结果是，庄敬天坐镇松江，钟梦白和老马立刻动身去杭州。

马麒麟、钟梦白前脚刚离开，后脚第七专案组组长康今敏的电话就打来了，问庄敬天是否有空，请去一趟他们在专区公安处的临时办公室，有事相商。

此时的康今敏，已经没了初抵松江时的那份十足的自信，他带着三个下属折腾了两天，发现醉春楼案件的侦查工作没有他之前想象的那样乐观——

为了查清"潘先生"是如何知晓外调小组正在调查褚国宝的，他们去了桂花巷林家，接触了林汉源本人以及家属，得知那天外调小组离开不到五分钟，"潘先生"就来了，掏出本子和钢笔，问刚才那几位同志说了些什么，他需要复核一下。其时松江解放不过半年有余，老百姓哪知公家人是怎样开展工作的，再说也不是什么秘密，林家人如实相告。"潘先生"记录下来，还让林汉源在本子上按了指印。

接下来在旅馆的调查表明，塞进彭倩俪房间的那张纸条也是这位"潘先生"所为，当时外调小组正遍访全城旅馆寻找褚国宝的线索，"潘先生"则佯装"访客不遇"，大模大样把纸条塞进了彭倩俪的房间。可是，关于"潘先生"其人，七组通过松江县公安局向全县各镇、区下达了协查通知，至今没有有价值的反馈。

彭倩俪说的"外国神父"，七组去上海市公安局查阅了沪上的外籍神职人员登记材料，对其中年龄、身高、体态符合条件的，逐个进行当面了解，还向其供职的教堂进行了调查，最后获得的结果是：那天全市所有外籍神职人员没有一个离开过市区。

至于对案犯在醉春楼作案时使用的手榴弹来源的调查，目前尚无线索，专区公安处和县公安局已指派专人在松江全县查摸。

康今敏和另外三位侦查员议了半天，不得要领，就想跟外调小组碰个头，讨论一下，指望能碰撞出新的调查方向。康今敏的七组虽然跟庄敬天等人都供职于上海市公安局，但互相之间不认识，更不清楚庄、马、钟的来历。以他的经验判断，这三位中破案经验应是老马最为丰富，他指望老马能过来帮七组出出主意，哪知来的却是土气未消的大个子庄敬天。询问之下，得知老马、小钟出差了，不禁有些失望，但人既然来了，而且庄敬天还是三人中的头头儿，那就还是按照原设想进行下去吧。

康今敏向庄敬天简单介绍了上述调查情况，随即提出一个问题：如果说你们三位在北站候车室遇到的那个"外国神父"就是"潘先生"，那么，这个"潘先生"是如何获知二组指派你们三位赴松江外调的呢？

庄敬天对康今敏说话中的那种咄咄逼人的语气有点儿反感，暗暗庆幸自己的领导是老萧而不是面前这位，否则可有的罪受了。至于老康提出的这个问题，他认为一点儿也不复杂，当下脱口而出："我估计他们在浦东就盯上我们了。"

康今敏大惑不解："浦东？"

根据"悬办"的规定，各专案组互相之间是不横向通气的，尽管老康的七组归三组领导，实际上属于同一个专案组，但由于侦查案件的不同，萧顺德并未向康今敏通报过三组的侦查任务。现在，老康意识到这个问题，一时进退两难——到此为止吧，等于没跟庄敬天沟通过；了解下去吧，有违规之嫌。

幸好庄敬天没打算难为他，简单介绍了之前三组在浦东的调查情况。他认为，应该是三组在浦东开展调查时惊动了案犯，刺探到外调小组即将前往松江出差的消息，就一路尾随到松江对侦查员下手了。

如此，康今敏对这个山东小伙儿便另眼相看了，心说这大个子外表粗糙，思维倒还不赖，这是一个侦查员的基本素质。想了想，他说看来这个问题我要去跟老萧谈一谈，我们七组也要兵分两路，派两个人去浦东查摸情况。

当天，康今敏就叫上侦查员贾木扣前往浦东三官镇，抵达时已经晚上八点。萧顺德出任"悬办"政委后，杨宗俊亲自跑了趟三官镇跟镇党委金书记商量，让镇政府腾出一个内有四间房的独立偏院作为第三专案组的临时驻地，那里原先就有电话，这样通讯就方便多了。

萧顺德听了康今敏的汇报，说七组其实是这边三组的一个分组，这一点，"悬办"一开始就是明确了的；而七组的侦查工作理应是在了解案件总体进展的情况下进行的，我之前也想到过，不过走得急，又想七组眼前堆着那么多线索，没准儿一两天就把醉春楼案件给一举破获了，也就没有向七组同志介绍相关情况。这是我犯了官僚主义，要检讨。接着，他把"特费"案件和第三组的侦查工作向康、贾作了介绍，临末道："看来大庄同志的估测不无道理，老康、小贾，你俩对此是怎么看的？"

康今敏的观点是：三组移师浦东后，与侦查员接触最多的是三友观林道士、原镇长俞衡友父女这三人，其中林道士跟专案组住在一个屋檐下，有零距离获悉专案组机密的便利条件；俞毓梅在跟专案组成员钟梦白谈恋爱，目前不能排除小钟在跟其的接触中无意透露侦查工作内容的可能性；俞衡友既是三官镇的镇长，又是俞毓梅的父亲，具有双重获得侦查工作内容的便利条件。因此，从理论上说，这三人应该在下一步的调查范围之内。

萧顺德对此的看法则是，这三人基本可以排除嫌疑。为什么这么说呢？先说俞氏父女，在三组移师三官镇办公的第三天，俞衡友就因肺结核突然发作被送往市区医院治疗了，直到醉春楼案件发生后的次日方才出院回到三官镇家里。这期间，他的女儿俞毓梅一直在医院陪护，父女俩没有回过浦东。小钟同志呢，是探望过一次，那是俞衡友入院伊始，当时，三组还没获得"沐有金"的线索，更没有去松江外调的计划。再说林道士，三组决定把临时办公地设在三友观前，曾通过当地党组织和浦东警方了解过他的历史情况和现实表现，这是一个历史上没有任何污点，而且在抗日战争前就已经为我地下党办过事的人，抗战时期朱亚民部队的党组织甚至打算发展他入党，但他因自己的出家人身份，婉拒了。再者，萧顺德清楚地记得，那天在三友观办公室商量去松江外调事宜时，林道士不在观里，他去镇上的茶馆喝茶了，这是他每天的习惯。

正说到这里，李岳梁从外面进来打开抽斗取东西，萧顺德说老李你别走，正好参加我们的讨论。忽然想起李、康不相识，遂给双方作了介绍，又提了提刚才的分析，让李岳梁谈谈看法。

李岳梁也认为俞氏父女、林道士三人不可能有获悉专案组信息的条件。那么，外调小组去松江之事是怎么泄露的呢？老李认为，问题有可能出在三组之前在沐家桥开的"七区公安助理联席会议"上，只有在那次会议上，为了方便往下的调查，三组向与会者简单介绍了"特费"案的案情。

那次会议是萧顺德主持的，他不用翻笔记本也记得自己在会上跟那七名公安助理说了些什么，简单提了提"特费"案没错，可分兵松江调查的话题，在那次会上却只字没提啊！

李岳梁说，我的意思并不是说参加会议的那七位公安助理有问题，而是认为他们中有人把那次会议的情况无意间向别人透露了，被涉案分子知晓，遂自己出面或者指使他人跟踪侦查员。涉案分子确实不知道三组即将赴松江的计划，但可能在跟踪过程中不知通过什么途径获悉了，于是就策划制造了醉春楼案件。

康今敏不由拍案："老李的这个分析靠谱！这同时表明，十八年前的'特费'案确实发生在松江，否则，案犯为什么一听到要去松江外调就害怕了呢？行了，萧政委，往下的调查我有方向了。"

钟梦白、马麒麟的杭州之行一来一去花了一天半时间，第二天下午四点多两人回到专区招待所时，庄敬天正在房间里整理材料，见他们进门，一跃而起，急煎煎问道："怎么样？"

钟梦白没回答，嘿嘿一笑。庄敬天眼睛一亮："晚饭我请客！咱们下馆子去！"

席间，钟梦白讲述了这次杭州之行的情况——

他们下了火车就直奔看守所，见到了正在被审查性拘留的刘大纯。

老刘觉得自己是无端被关，情绪大坏："不是都已经跟你们说过了吗？就这么点儿事，哪有那么多话值得说的？"

钟、马两人理解他的情绪，钟梦白一个劲儿说好话，老马则奉上两包"大前门"，总算把老刘哄得恢复了冷静。随后经老刑警的耐心启发，刘大纯终于回忆起一个细节：他记得十八年前那个黑衣男子在完成交接，从钱包里取交接凭证时，他无意间瞥了一眼，看见里面有一张薄薄的折拢起来的纸。

钟、马顿时来了兴趣："那是一张什么样的纸？"

刘大纯皱眉回忆："好像跟客栈账房间开给我的那张预付款收据差不多。"

当时的旅馆业，对于旅客住宿的收费方式跟如今略有不同：熟客住店，什么都不用付，离开时一并结账即可；生客住店，登记入住时就要付定钱，但那不过是意思意思，通常只相当于住宿费的 10%，表示一下诚意罢了。付钱后，店家会给旅客一纸凭证，上面写着房号、价格和预付款数额，作为离店结账时的依据。

刘大纯认为那张折拢起来的薄纸与"汉源栈房"开给他的那纸收据是一样的，也是小而薄的，也是蓝色的，应该是入住哪家旅馆的预付款凭证。

除此之外，刘大纯没能再提供更多的内容，不过这也够了。马麒麟、钟梦白在返程候车时交换了意见：按照当时地下工作的惯例，由于白色恐怖造成的出行的不稳定性，通常上下线交通员接头时都是约了数天时间的，有两三天，也有三五天甚至一周，最长的个把月也有。黑衣人跟刘大纯接头的日期也不是固定的。那天他走进"汉源栈房"时，双手笼在袖管里，空着个身子什么也没携带，这说明他应该是有临时住处的。联系到他钱包里那张薄薄的蓝纸，马、钟两人认为，他应该已经在某家旅馆登记下榻了。

庄敬天听到这里，立刻起身给马、钟杯里斟满酒："这是一条不错的线索，我们明天就对全松江的旅馆挨个儿登门拜访，一查住店的流水账，那不就能查到那个黑衣人的来路了吗？呵呵，二位有功，俺敬你们一杯！"

次日，庄敬天三人就开始访查全城旅馆。他们了解到十八年前松江城里有五家旅社——"汉源栈房"、"清福阁旅馆"、"邢天华客栈"、"九峰三泖旅社"和"大福祥旅馆"。抗战伊始，"汉源栈房"关了，就只剩下四家。松江解放后，"邢天华"也关闭了，目前就剩下三家了。侦查员向"大福祥"钱老板请教："是否有可能查到十八年前的某一天某旅客曾经下榻过哪一家旅社呢？"

钱老板摇头："可能性很小，你们到我这里来查的话，我们还保存着至少三十年的旅客入住登记，其他店家就难说了。'邢天华'肯定没了，他们关门时，邀我去喝了'散伙酒'，我亲眼看到邢老板吩咐伙计把一应账簿什么的都烧掉了。"

庄敬天听说"大福祥"还保存着当年的账簿，就请钱老板把1931年的账簿拿出来。查下来的结果是：1931年12月2日、3日两天，只有松江本城"富贵糕团店"的老板周德冲来订过一个房间。至于是给谁订的，账簿上没有记录。侦查员请钱老板问了两个当年就在"大福祥"干的老伙计，都说时隔太久，记不起了。

那么，"富贵糕团店"是否还开着呢？钱老板说还开着，老板周德冲也活得好好的，一顿能吃两大碗饭。那就去拜访那位周老板吧，问一下十八年前他给谁预订了房间。那年代外埠来的亲友一般都不多，来了以后不住在家里而要住到旅馆去，那就更少了，周老板应该还记得。

周老板很客气地接待了庄、马、钟三人，听侦查员说明来意，果然还记得十八年前向"大福祥"订房间之事，那是为了接待他的亲家——上海来的"聚财绸缎行"账房先生刘羽定。刘账房现在在哪里呢？周老板说，十二年前就因痨病不治而殁了。侦查员寻思，那位刘先生别就是跟刘大纯接头的黑衣人？就问周老板对方是什么模样。周德冲拿来了照相簿，说里面有刘先生的照片。一看，跟刘大纯所说的黑衣人大相径庭。

这样，一家旅馆就排除了，剩下还有两家——"九峰三泖旅社"和"清福阁旅馆"。次日侦查员登门调查，他们倒也像钱老板一样保留着账簿，上面的记载表明，这两家旅馆十八年前那几天生意清淡，并无客人上门。

如此，线索就断了。

八、国药号老板

七组组长康今敏和侦查员贾木扣在沐家桥泡了两天。头天，康今敏召集沐家桥等七个区的公安助理在沐家桥区政府开会。这七位之前已经参加过一次由萧顺德召集的会议了，以为这是萧组长召集的第二次会议，还是来布置协查十八年前各区是否发现过谁家意外发横财之事，就都带了记载着调查情况的笔记本。哪知，走进会议室一看，都大觉意外，等着他们的是一个秋风黑脸、不怒自威的精瘦汉子——康今敏。干公安工作的都是人精，见上次那个沉稳和蔼的老萧同志被这个一看就知道不好打交道的家伙替代，料想今天的会十有八九要开得有点儿郁闷。

康今敏锐利的目光在七人脸上一一扫过："先作个自我介绍，本人康今敏，上海市公安局刑事侦查处侦查员，奉命侦查相关案件，具体使命、权限已经通过正常组织渠道知会在座各位的领导。我还是第一次来浦东，跟各位都不认识，现在请大家作个自我介绍，从这边沐家桥开始。注意，自报来自哪个区姓什么叫什么就可以了，其他内容不必啰唆！"

七个公安助理从沐家桥区的殷富元开始依次报起，往下是高行区刘炳泉、洪村区白滨海、柏家头区周家旺、苗巷区杨富坤、西门屯区姜冲、五里泾区韩同鑫。

康今敏在工作手册上一一记下了这七人的名字，然后宣布本次会议的目的：根据调查案件的需要，请在座各位先自行报告一下是否把上次老萧同志给你们开会时布置的任务内容向其他人透露过，这个"其他人"的范围，于公而言，包括区长、书记在内的干部同事；于私来说，包括父母老婆孩子在内的所有亲朋好友。

七位公安助理意识到眼前要调查的事儿非同小可，一个个脸色都严峻起来。康今敏从殷富元问起，殷富元立刻否认，其他人的说法也都如出一辙。康今敏也预料到这种情况，从牛皮纸材料袋里取出一沓白纸，每人面前放了两张，说还要辛苦一下各位，请大家把老萧同志给你们开完会后七十二小时里接触过的所有人都一一写下来。

那时候区政府的公安助理，在当地乃是一个颇受人尊敬的职位，通常只有公安助理摆布别人，向无受别人摆布之例，而且在场七位想来都是自认没有问题的，哪有让这个不知是什么官儿的老康如此摆布的道理？柏家头区的公安助理周家旺首先憋不住了："老康同志，你是公安，我们也是公安，大家都是一条战线上的革命同志，你有什么权力像讯问犯人一样对待自己的同志？"

就像事先约好了一样，周家旺这一开口，其他六人纷纷跟进，对老康此举提出抗议，说都隔了好几天了，谁还记得清楚那几天接触了哪些人？还有人干脆指责康今敏这是犯了官僚主义，滥用职权，严重违反了政策。康今敏沉着脸一言不发听众人发泄，临末冷冷一笑："都说完了？在座的都是一条战线上的同志，这话说得没错。正因为是一条战线上的同志，我才用这种方式请大家把情况说清楚。如果我不认为各位是一条战线上的同志，那该用什么方式对待你们？在座的都是干这一行的，都清楚着呢！至于我是否犯了官僚主义、滥用职权以及违反政策，这个不需要在座各位下结论，应当是组织上下结论。眼下，我是在执行上级的指令。关于怎样调查案子，我不敢摆老资格，不过有两点请各位注意，第一，我侦破第一个杀人案时，在座各位中有的嘴上还没长毛呢；第二，你们半年前参加的为期半月的公安业务培训时的教员，管我的徒弟叫老师！好了，不扯了，你们都写吧，谁先写好谁先离开。请各位如实写，这是要逐份逐人当面核查的！"

说完，康今敏起身离去，撇下屋里七位，面面相觑，做声不得。好一阵儿，也不知是谁带的头，拔出钢笔往纸上写起来了。

往下，就是调查七人所写内容了。这桩活儿的工作量有点儿大，不过康今敏有办法，他让七名公安助理互相核查，然后再由其抽查。可是，查下来的结果是：七人中没有一个向外透露过相关情况。

这下，不单是康今敏，连萧顺德也傻了。

彭倩俪尚未痊愈，但还是咬着牙出院了，向萧顺德要求恢复上班。萧顺德不想打击她的积极性，遂安排她在三官镇政府偏院的三组驻地接接电话、整理材料什么的，晚上就住在俞毓梅家里，两个女孩子，也好有个照应。

天天住在一起，俞毓梅就发现出院后的彭倩俪经常整晚翻来覆去，似是有心事。跟钟梦白通信时提了提，小钟回信中断言，说那必是小彭恋上大庄了，让俞毓梅帮忙撮合，如若成功，定让大庄按照江南的习俗，请她吃十八只蹄髈。

于是，俞毓梅开门见山问彭倩俪是不是看上了庄敬天。彭倩俪脸色绯红，不无害羞地微微点头。俞毓梅说怎么这样巧，小钟救了我，我就看上了小钟；大庄救了你，你就对大庄动了心。这大概就是人们说的缘分吧。既然是缘分，那你就学我当初那样，赶快行动吧，给大庄写封信，不好意思直接寄给他，请小钟收转也可以呀！

经过俞毓梅的一番现身说法，彭倩俪决定采纳她的建议，搞短平快，当天就写好了一封含蓄的情书，夹在俞毓梅写给钟梦白的信里，请钟梦白转交庄敬天。可是，这封信寄出后却没有回音。不但庄敬天没回信，连钟梦白也毫无音信。两个姑娘正分析这是怎么回事时，庄敬天、钟梦白没有任何预兆地突然出现在她们面前了！

外调小组成功获得线索，从而将调查地点从松江转移至上海市区，源于庄敬天、马麒麟、钟梦白三人在招待所的一次夜谈。

"是否转换调查方向"的新观点，是老刑警马麒麟提出来的。他认为既然黑衣人入住了哪家旅馆已经没法儿调查下去了，那么，是否可以改变一下思路：也许黑衣人并未入住旅馆，而是借宿于松江城里的某户居民家里？

三位侦查员都觉得这种可能性不能排除，就决定顺着这个方向开展调查。这就需要请松江县城厢镇派出所协助了。那时开展此类工作，远比七十年后的今天便当得多：流动人口少；家家户户都有人在家；街坊邻里间的关系几近透明，谁家来过什么客人，不但户主一家记得清清楚楚，就是邻居也是回忆得起来的；最关键的一点是：派出所通过全镇各保、甲，可以比较容易地向全镇各家居民查询。

侦查员跟派出所一联系，派出所当即通知各保保长到所里参加紧急会议，所长将要查摸的情况说了说：1931 年 12 月 3 日，那天是入冬以来的第一个结冰天，谁家来过亲戚朋友，那是一个穿黑色棉袄戴黑色绒线帽的中年男子。

也就不过一天半时间，各街居委会的查摸结果就报给派出所了。这个结果使侦查员大失所望，竟是清一色的"没有查到"。

可以想见庄敬天是多么郁闷。郁闷了，就想抽支烟，一摸口袋，烟盒空了；问马麒麟、钟梦白，也都抽光了。于是他就去外面买烟，在招待所门口巧遇在松江军分区司令部当参谋的山东老乡杜复明。杜复明和庄敬天同村，比庄早参军一年，两人已经四五年没见过面了，自有一份亲热。杜复明拉着庄敬天去司令部吃个便饭，庄敬天说杜哥我还有两个同事呢，杜复明说："一起去！一起去！"

没想到，这一去，竟然获得了一条线索！

杜复明是个热情豪爽的山东汉子，让伙房给炒了几个菜，买了两瓶白酒，请庄敬天三人畅饮。众人吃着，对菜肴赞不绝口。杜复明觉得很有面子，就唤出厨师老柏来跟客人见面，说上次许司令（指时任华东军区副司令员的许世友）来松江视察，也是老柏掌勺，许司令称赞老柏的手艺，还敬了老柏一杯酒呢。那年头讲究人人平等，侦查员就请老柏入席。

席间，杜复明问起庄敬天等人此次来松江出差的事由。庄敬天说是调查一桩十八年前案件的线索，可是，调查了当时所有的旅店，还是没有头绪。这时，一旁的老柏忽然语惊四座，说我知道那年头松江这边还有一个可以住宿的地方哩，不知道你们调查过没有？

老柏是松江邻县金山人氏，早年去上海学烹饪，先后在松江、青浦、金山、嘉定的饭馆当过厨师。松江解放后，军分区司令部因为经常有接待任务，需要一名正宗厨师掌小灶，遂向社会招聘。老柏闻知后赶来应聘，与另外几个厨师各烧两道菜测试，当场被留下，现在是军分区司令部雇员。据老柏说，1930年他在上海学艺满师，放单飞的第一个码头就是松江，应新开的"应秋馆"之邀当了大厨。松江的一些国民党党政军头面人物都喜欢去"应秋馆"请客应酬，如果是在衙门或者驻地设宴，干脆就把老柏请去掌勺。

当时，松江城里驻扎的"松（江）金（山）青（浦）三县中心保安团"司令部，乃是松江各衙门中请客最多的一个。老柏去的次数多了，跟保安团司令部的那班人混熟了，对那里的情况也了解了一些。保安团司令部经常举行军事会议，召集分驻于金山、青浦的军官来开会。那时保安团只有团长有一辆自备小车，不可能用来接送，这些军官来来往往就只能乘坐每天一班的轮船或者公共汽车。交通如此不便，当天肯定是无法返回各自驻地的，他们的住宿就成了问题——由于保密原因，事先不能向旅馆订房间；临时借宿吧，经常难以满足床位。为了解决这个问题，保安团司令部向江苏省保安总部（当时上海郊区诸县属江苏省）请示后，在司令部内设立了一家有五十张床位的小招待所。

招待所只对内部开放，其接待的对象首先是来松江出差的保安团军人，有时出差军人少，床铺有空闲，也接受社会旅客，但必须有保安团连长以上熟人介绍，并取得一名营级军官的签名担保方可入住，当然，是收取费用的。对于外地旅客来说，入住保安团招待所有一个显而易见的好处，那就是不必如同入住其他社会旅社那样睡到半夜三更被巡查的军警叫起来查这个问那个，也不用担心他们把行李翻得乱七八糟，甚至有些物品不翼而飞。能够入住保安团司令部招待所，自然是再好不过。不过，由于有严格条件，能够入住的人也不多。而知道保安团内部招待所可以入住非保安团军人的，更是微乎其微了。这也是侦查员之前向松江旅馆业调查时，无人提及此事的原因。

不难想象，庄敬天三人当时是一副何等眉飞色舞的神情。大庄问："那家内部招待所十八年前是哪个在负责管理？那人还在不在？"

老柏扳着指头算了算："十八年前，那就是民国二十年，那时我还没离开松江，记得那年的 12 月 31 日，我还被保安团司令部叫去替他们烧了四桌菜迎新年哩，当晚我就住在那个招待所里了。对了，那个负责人姓顾，青浦人，好像叫……顾三才。"

这个顾三才现在在哪里呢？这个，老柏就说不上来了，因为他第二年就离开松江了，后来再没跟保安团的人打过交道。

不过，既然有名字，那就应该能查到。次日，庄敬天三人去了专区公安处，翻阅接收下来的保安团档案，意外发现其中竟然还保存着保安团司令部内部招待所存在七年来（1930 年至 1937 年）的全部住宿人员登记资料。接着查 1931 年 12 月初那几天的住宿人员登记，这就比查阅社会旅馆的登记簿方便了，因为要找的目标——黑衣人并非军人，只要盯着非军人旅客就行了。查下来，那年 12 月 1 日至 5 日入住的非军人旅客只有三个，一个姓张，是南汇县周浦镇上的酱园老板；另一个是张老板的太太张蒋氏，两人是来松江访友的，入住保安团招待所的担保人是保安团副团长厉友光；还有一个来自上海，名叫梁壁瀚，其担保人是保安团营长郭洪顺。梁壁瀚于 12 月 1 日中午入住，12 月 4 日清晨离开。

这个名叫梁壁瀚的上海来客顿时引起了侦查员的兴趣，认为此人或许就是那个黑衣地下交通员。于是查看附在登记本上的郭洪顺出具的担保函内容，这个郭营长看来是上过私塾的，一笔小楷写得还看得上眼，称梁壁瀚系上海法租界"祥德源堂国药号"老板，前来松江向"余天成中药堂"联系采购业务。

档案显示，郭洪顺系保安团第一营营长，江苏省金山县人氏，1933 年因贪污被解职，去向不明。如此，要查明梁壁瀚是否就是那个黑衣人，只有调查原上海法租界"祥德源堂国药号"了。庄敬天向萧顺德电话请示后，随即和马麒麟、钟梦白一起返沪。

外调小组一回来，俞毓梅和彭倩俪自然又惊又喜。俞毓梅忽然想起了小彭的情书，赶紧问钟梦白："我寄来的那封信你收到了吗？比平时厚两倍的那封？"

钟梦白说没收到，估计已经寄到松江军分区司令部了，收发员还没分发。俞毓梅不禁跺脚，再看彭倩俪，脸上的笑容已经凝固了。

四人进屋，俞毓梅把钟梦白拉到厨房，把彭倩俪看上庄敬天的话头说了说："那封信你们怎么还没收到，小彭都已经急得睡不着觉啦！"

钟梦白说："这还不简单，两人已经对上面了，一张嘴不就说开了？"

俞毓梅摇头："不可能，小彭不会开口说的。"

正说着，门外有人吆喝："大庄、小钟在这里吗？"

钟梦白出去一看，竟是七组侦查员邹乐淳、吴天帆："你俩怎么来了？"

原来，萧顺德接到庄敬天的电话时，正要去市局参加"悬办"三个领导三天一次的碰头会。他过去后，把松江的这个好消息跟杨宗俊、黄祥明一说，三人一番商议，决定把松江方面对醉春楼案件的调查工作留给松江专区公安处负责，七组在松江的两名侦查员邹乐淳、吴天帆调到浦东，仍随康今敏侦查已经延伸到浦东的醉春楼案线索。邹、吴离开时，招待所让捎来了钟梦白的那封信。

俞毓梅去厨房给邹、吴沏茶时，钟梦白拿着信跟进来："这不解决了吗？回头我让大庄可以开始攒钱了，先把给咱小俞的十八只蹄膀的费用准备好！"

萧顺德升任"悬办"政委后，工作量骤然增加，三天两头去市里开会，每天还要听取康今敏和庄敬天的汇报，不过，他仍旧坚持直接参加对"沐有金"线索的调查和分析。老刑警李岳梁更是全身心投入到对"沐有金"的调查中。骨折未愈的彭倩俪也没闲着，有时在办公室值守，萧顺德去市区"悬办"时，她就充当李岳梁的助手，胳膊吊在脖颈上东奔西走。昨天，他们终于查出了可能跟"沐有金"有关的一丝端倪——

之前，李岳梁跑遍可能会跟"沐有金"有关的沐家桥、高行等七区，未能查摸到任何线索，便提出了一个新观点：从烈士花飞扬生前跟沐家桥的关系这个角度去考虑。

浦东地区一共有三个县，当初组织上指令花飞扬调查"特费"下落时，可能给每个情报人员划定了调查范围，也可能并未划定调查范围，各个情报人员凭着只有他们自己掌握的渠道，虾有虾路蟹有蟹路，各自进行调查。如果是前者，根据当时中央保卫机关情报人员的数量来判断，划定给各情报员的调查范围肯定不小；如果是后者，那调查范围就更大了。按照正常逻辑，情报员首先会挑选有情报渠道或耳目的地域进行调查。老牌情报员花飞扬既然选择了沐家桥，说明他在这里应该有比较可靠的关系，不一定是组织关系，也有可能是其他社会关系。

如此，就形成了一个新的思路：找到花飞扬当年在沐家桥的关系，也许就能揭开"沐有金"的谜底。

李岳梁是老刑警，他认为花飞扬同志当年建立关系的做法应该跟旧刑警在社会上掌握线人耳目是一样的，总的来说必须具备两个先决条件：一是被物色为关系人的必须有收集情报的条件和能力，二是关系人必须是有所求的。后一个条件的意思是，关系人必须要有一个目的才能跟你合作，要么图钱财，要么讲究江湖义气，要么为报恩，要么为亲情，等等，否则的话，这个关系就有问题，哪怕他再能收集情报也是不能与其建立长期联系的。

萧顺德问："那么，当年的沐家桥镇上是否有那样一个人呢？从寻找'特费'下落这一任务来判断，这个线人应该是江湖中人，而不是国民党党政军警特一类的角色。"

于是，就决定从了解十八年前沐家桥的江湖人士情况着手。这方面的材料，沐家桥公安助理殷富元手头就有，那还是解放前几个月时，殷富元受命悄悄收集整理的，解放后，正本交上去了，他手里留着一份副本。

这份材料对旧时沐家桥的帮会情况、江湖人物记载得很是详尽。据材料显示，当年小小一个沐家桥镇上有头有脸的帮会成员、江湖名人竟有二十九人之多。这些人中的三分之二已经不在了，有的早在抗战前就死了，有的解放前逃亡海外了，有的解放后被人民政府镇压了，还活着的九位中，有五人已经被捕。

李岳梁记下了尚在沐家桥居住的那四人，和彭倩俪一一登门拜访。这四人之前已经被殷富元召往区政府参加过专案组的座谈会，现在属于炒冷饭。跟他们聊下来，都没听说过十八年前沐家桥有人突然暴富的传闻。侦查员转了一个话题，请他们回忆以前是否跟上海市区的人结交过。作为当年的江湖人物，在市区自然是有几个朋友的，可一个个回忆下来，并无类似花飞扬的。

彭倩俪说这样调查看来得旷日持久啊，是否可以找一条捷径？萧顺德给提醒了，说我们不如倒过来调查，先找花飞扬烈士的家属了解，看他们是否能够提供花飞扬生前在沐家桥的社会关系。事实证明，这个决定是正确的，往下，李岳梁、彭倩俪终于发现了一条线索。

花飞扬七十多岁的父亲花满堂说，他年轻时在霍元甲办的精武会学过国术，跟一个名叫朱庆达的师兄处得很好，两人对天八拜义结金兰。朱庆达，字秉璋，沐家桥人，1921 年前后从市区回到沐家桥定居，成为那一带的青帮头目。他跟朱庆达一直保持着来往，每年夏天朱庆达都邀请他去乡下避暑。花飞扬管朱庆达叫"爷叔"，朱庆达很喜欢他。由于革命工作需要，花飞扬经常要在外面东奔西走，朱庆达为其安全考虑，还送给他一支崭新的左轮手枪和一百发子弹。

李、彭两人听了，又高兴又担心：花满堂提供的情况证实了他们之前的分析，朱庆达应是一条线索；可是，根据他们手头的那份殷富元整理的材料，青帮"悟"字辈成员朱庆达早在抗战前夕就病亡了，往下只能找他的家人调查了，能获得什么线索吗？

朱姓在沐家桥只有独一无二的一户，却是当年最有钱的一户，不但在镇上开有八家商铺，在镇外还有良田百亩。不过，在朱庆达抗战前夕病死后，家道迅速败落，到解放时，三个女儿中两个嫁在市区，只有小女儿朱美雯还在沐家桥，嫁给了面粉厂小开席少爷，本人无业，却也过着一份吃穿不愁的日子。萧顺德、李岳梁找的就是朱美雯。

二十七岁的朱美雯已经生了三个孩子，但身段保持得还犹如少女一般。老李跟她说明了来意，朱美雯说上海的花哥哥我当然知道，记得小时候他每次来，都背着我到街上到处跑。然后，就说到了花飞扬最后一次去她家。那年朱美雯九岁，花飞扬去她家时她刚放学，还想让花哥哥背着她满街跑，却让老爸阻拦了，还把她赶出了书房，把门关上，跟花哥哥在里面说了半个多小时。中间，朱美雯曾悄悄捱到书房门口偷听，大人说的话她无法理解，只记得花哥哥对其父说："爷叔，谢谢侬为我的朋友做了这桩好事，我和朋友是不会忘记的！"接着，听见父亲一边咳嗽一边轻声说着什么，花哥哥又说："爷叔您放心，我们不会在沐家桥找他的。"这时，女佣来叫朱美雯吃点心，等她吃了一碗小圆子再去书房时，父亲、花哥哥都不见了。

没几天，就传来了花哥哥失踪的消息。朱美雯记得父亲极为焦急，传令开香堂，把远近徒子徒孙全都召来，客厅待不下，连院子里都站满了。父亲当时以为花哥哥是让浦东这边的什么人给绑去了，吩咐那些青帮徒众全力打听。后来才知道是被警察局抓了，父亲立刻奔市区设法营救，据说花了不少钱，却未能成功，回来就病倒了。

萧顺德、李岳梁根据朱美雯提供的地址，前往市区找到了她的两个姐姐美娟、美珠。两人说了一些当年花飞扬跟朱家交往的事情，但最后一次花去她们家时，她们还没放学，不知道他跟父亲谈了些什么。

朱美雯已经记不清那天是几月几号，只记得是 1931 年冬天，当时她已经穿上棉袄了，侦查员推测，花飞扬跟朱庆达的那次见面，为的应该就是"特费"之事。花飞扬在接受组织交办的任务后，跟他掌握的所有线人、耳目都进行了联系，其中也包括朱庆达。这些人中，朱庆达获得了线索，遂让花飞扬到沐家桥面谈。根据朱美雯听到的密谈片断，估计朱庆达已经查到了"特费"的线索，这条线索已经具体到某个人了。这个人在沐家桥应当是有一点儿势力，或者至少是有些背景的，这个背景连朱庆达也要忌惮三分，因此叮嘱花飞扬不能在沐家桥动那个人。

如此，线索就变得清晰了，萧顺德决定顺着这条线索往下追查。

庄敬天这一路从松江转移到上海市区，寻找一家名叫"祥德源堂"的中药店，以及那个名叫梁壁瀚的人。三人首先前往上海市卫生局查阅档案——

"祥德源堂"是 1909 年 10 月 15 日经法租界公董局批准开业的一家两开间的中药店，创办时老板名叫孔钟声，店址在金神父路 119 号。

1924 年，孔钟声将该店盘给梁壁瀚。1928 年，梁壁瀚又把该店转让给郭北昌。1941 年 9 月，郭北昌因病去世，10 月，"祥德源堂"向法租界公董局申请注销获准，于 23 日正式歇业。

这就是说，"松金青三县中心保安团"司令部内部招待所的登记簿上登记的两个信息——"祥德源堂"和梁壁瀚，都是确有其店其人的，这就好！三人离开市卫生局时已是下午五点了，但还是马不停蹄地前往其时已改为瑞金路的金神父路。

可是，此时的瑞金路 119 号却不是中药店，而是一家出售糖果糕点的商店，装饰得还有点儿档次。马麒麟进去一打听，得知解放后政府把金神父路改为瑞金路时，顺便把门牌也作了调整，这家商店原先的门牌是金神父路 133 号。那么，原金神父路 119 号是哪家呢？糖果店店员说，好像是前面那家鞋帽店。

再去鞋帽店打听，得知这里原来的门牌确实是金神父路 119 号，可是，从老板到店员，没人听说过什么中药店，据老板说，他接手时，这里是一家缸甏店。侦查员又到周围向弄堂里的老住户打听，终于打听到，这里以前确实有一家"祥德源堂国药号"，老板梁壁瀚将近四十岁，中等个头儿，体态单薄，一眼看去让人容易产生一种弱不禁风的感觉，但实际上健康状况应该是不错的，在老邻居的印象中，这位梁老板一年到头里里外外忙个不停，可从来没听说他生过毛病。后来有一天，梁老板突然失踪了，至于失踪的原因，谁也说不上来。

事不宜迟，侦查员立即前往管段派出所，让值班民警帮着召集那些老邻居，连夜开座谈会了解情况。在这个座谈会上，侦查员获得了两条信息：其一，多名老邻居证实，梁老板是在 1931 年初冬，也即阳历 12 月前后突然失踪的；其二，梁老板说话带上海郊区口音，他是否有家眷不清楚，在人们印象中，从未见到过中药店里出现过老板的家眷。

消息连夜报告萧顺德。那晚老萧正好在市区"悬办"办公室和杨宗俊、黄祥明研究工作，三位领导听了都很兴奋，黄祥明说应当趁热打铁，这位梁老板看来是"特费"案的正主儿，查到了他的下落，差不多也就能查清"特费"失踪之谜了。杨宗俊问大庄："还有什么困难吗？"

庄敬天狡黠一笑："那俺就斗胆开口了。是这样的，俺们这些日子走南闯北东奔西跑调查下来，鞋都已经磨穿两双了，这脚上的第三双，还是三官镇俞镇长的闺女见俺可怜，给俺赶制出来的，听说手指都勒出泡了……"

杨宗俊是个听不得啰唆话的首长，当下打断："大庄同志，你是不是要求给你们额外配备几双鞋子？"

"不是鞋子，最好给配一辆摩托车——三轮的。"

次日上午，庄敬天刚到北站分局第三专案组驻地，就接到"悬办"内勤小许的电话，让派人去市局领三轮摩托车。放下电话，庄敬天嘀咕一句："这杨大头，办事倒还挺利索的！"

庄敬天便让老马速往市局领摩托车，不得迟延，以防领导变卦白开心一场。马麒麟走后，钟梦白脸上露出似笑非笑的神情，眼神怪怪地朝庄敬天扫溜："大庄同志，你倒挺沉得住气的嘛。那天我转给你的信你看了吗？"

庄敬天恍然大悟："有的！有的！我已经看过了！"说着在墙上挂着的牛皮军用挎包里掏摸了一阵，拿出了那个已经揉得皱巴巴的信封。"不过说实话，俺看不大懂。钟老弟，俺虽然是你的领导，不过这种稿子，你直接投寄到报社去就行了，不必给我审阅了。"

钟梦白越听越不对劲："你以为这是我写的稿件？唉！大庄，你怎么这么糊涂？这是人家小彭写给你的情书呀！"

庄敬天大吃一惊，连忙从信封里抽出信纸，看了一遍，不住摇头："俺有的字还不认识哩，这东西能是情书？你给俺念念。"

原来，这是彭倩俪抄录的一首古词——

> 汴水流，泗水流，流到瓜州古渡头。吴山点点愁。
>
> 思悠悠，恨悠悠，恨到归时方始休。月明人倚楼。

钟梦白念完，又解释了一遍，催促大庄："你赶紧给人家回信啊！"

庄敬天说："俺觉得小彭这个人做我的同志、朋友好像还行，做老婆的话就不大合适了。你看这情书这个肉麻劲儿，咱革命同志，工作还忙不过来，哪有这么多闲心愁啊愁的。所以，我这个人是不适合跟小彭做夫妻的，我看小彭嫁给你倒是挺合适，都是知识分子，躺在被窝里还能互相念叨什么思悠悠恨悠悠的……你不用瞪眼，废话少说，赶紧干活儿了。"

庄敬天、钟梦白、马麒麟三位先去市局档案室查阅原法捕房档案。这是马麒麟的主意。老马说，租界内一家商店的老板失踪了，按说该店的店员以及老板家属肯定要向巡捕房报案的，只要报案，巡捕房就要派员调查，那就会留下案卷记载。太平洋战争爆发后，法租界被汪伪政权接管，法捕房的档案就进了汪伪警察局的库房；日本投降后，国民党接管了汪伪警察局，也接收了这些档案；上海解放后，原法捕房的档案又进了市公安局档案室的库房。

可是，侦查员在市局查了一天，1931年12月前后，法捕房档案中并无"祥德源堂"的报案记录，也不见梁壁瀚其名。这样，只好执行第二方案，通过中药同业公会查找当年曾在"祥德源堂"工作过的员工。两天之后，终于找到了三位曾在"祥德源堂"当过店员的药工师傅，侦查员从他们那里了解到以下情况——

三个药工师傅之一欧鼎是梁壁瀚盘下该店之初聘用的。在日常接触中，梁自己曾提到过，他十多岁入中药业当学徒，盘下"祥德源堂"时，已经干了十年药材批发兼经纪人。据欧鼎观察，梁老板所言不谬。欧鼎比梁壁瀚年长数岁，也是十多岁就进中药店做学徒，算得上一个技艺不凡的老师傅了，可是跟梁老板相比，那就有差距了。中药店有"外堂"、"内堂"之说，"外堂"是指站柜台，要熟悉各种药物的药性，还要把郎中开的方子上龙飞凤舞的涂鸦分辨清楚，对其中有时会出现的开药过量、写错药名等失误要及时纠正，避免酿成大祸。而"内堂"的名堂就更多了，首先必须成为一名出色的"外堂先生"，然后再去药店附设的工场间学习拣、切、制、熬，样样活儿都须拿得起放得下，这才算是一名合格的"内堂先生"。在中药业，能够同时掌握内外堂技术的药工有限，而梁壁瀚就是其中的佼佼者，也是当时上海滩中药业公会点名聘请的技术权威。

1928 年初，发生了一件令欧鼎等店员看不懂的事情：原本经营得好好的梁壁瀚突然作出决定，把中药店盘给了金山旅沪商人郭北昌。郭北昌接盘"祥德源堂"，在中药行业中算得上是一个另类之举，因为他之前是做粮食生意的，于药材连皮毛都不懂，可是这个一向精明的生意人竟然在两天之内就作出了决定，拿出四千二百大洋从梁壁瀚手里接下了"祥德源堂"。

郭是当时法租界，也可能是上海滩唯一的外行中药店老板，同时，又是一个颇受同行羡慕的老板——他有"祥德源堂"原老板梁壁瀚的全力辅佐。梁壁瀚失踪后，店员从郭老板口中得知，当时他之所以肯接盘，那是因为梁壁瀚跟他有约定，药店转让之后，如果郭北昌找不到合适的人执掌经营大权，就仍由他代为经营。郭北昌也很是仗义，决定出双倍薪水雇佣梁壁瀚，店员对梁仍以"老板"或者"先生"相称。

上述梁壁瀚向郭北昌转让"祥德源堂"的内幕，梁郭之间有约定，对外是严格保密的，梁壁瀚突然失踪后，郭北昌也只是透露了那么一星半点儿。直到后来"祥德源堂"关闭，郭北昌在散伙酒席上喝多了，提起失踪已久料想已经不在人世的梁壁瀚时动了感情，才哽咽着说出了真相。

梁壁瀚为人谦和，内向敛言，正直仗义，再加上他那手技艺，使其成为"祥德源堂"上下都很喜欢的一个对象。郭老板派来了堂弟郭仁昌做账房先生，梁壁瀚把这位账房先生看成郭老板本人，店里的事情桩桩跟他商量。郭仁昌对梁壁瀚也是敬重有加，凡是梁壁瀚提出的事情，一律点头。

"祥德源堂"和其他中药店一样，都是从专门经营中药批发的药材行进货的——这是指的中药原药；还有一部分是成药，即经过加工的膏、丸、丹、散，大店、名店一般自己加工制作，中小药店也有加工，但病家往往更认大店、名店的货，松江的"余天成"就是这样一家闻名江南地区的名店，"祥德源堂"的中药成药，自梁壁瀚接盘以来，就由从原先上海市区的"沁富堂"进货改向"余天成"进货了。梁壁瀚1931年12月初的松江之行，估计就是去跟"余天成"商谈明年的成药订货事宜的。之所以说"估计"，那是因为关于进货那样的大事，只有郭老板和梁壁瀚两人商议，属于商业机密，别人见之都得走远些。

梁壁瀚去松江后，过了三四天返回。那天，梁壁瀚是上午九点左右回来的，和以往一样，回店后的第一件事就是给每人送一样小礼品，通常都是当地的土特产，这次是每人一盒松江产的桂花香糕。他对账房郭仁昌说："我这次出差有点儿累，想回去睡一会儿，下午再过来料理店务。"郭仁昌还关切地询问要不要去附近的广慈医院找西医看看，梁壁瀚微笑称谢，摆手说不必，随即离店而去。这一去，再也没有回来！

"祥德源堂"的学徒、店员一共有八人，其中五人是住在店里的，梁壁瀚和另外两个店员欧鼎、老焦不住在店里，欧、焦家住上海，梁壁瀚据说在沪没有家口，租了房子独自居住，租金是由药店出的。那天下午，郭仁昌等到四点多钟快打烊还没见梁先生过来，只道他生病了，就差学徒小福子前往下榻处查看。下榻处也在法租界，小福子骑着店里送药的自行车过去不过十来分钟，速去速回，向郭仁昌禀报说，梁老板家中无人。郭仁昌闻讯一惊，立刻亲自赶过去，果然！向邻居探问，都说梁先生走了好几天了，没有回来过。郭仁昌当下前往法租界巡捕房报告。捕房请了锁匠把房门打开，里面整洁如常，却一眼就可看出确实已经数日没住过人了。巡捕对住所进行了搜查，都是日常用品，没有金银钱钞、贵重细软。

郭仁昌、郭北昌先后被叫到巡捕房接受询问，发现不存在卷款潜逃迹象，也无其他案件涉嫌，更未见与人口角冲突，因此也就没有立案，甚至连笔录都没做。这件事就这么过去了，"祥德源堂"的人从此再也没有谁看见过梁壁瀚……

除了上述情况，侦查员还从当年"祥德源堂"的学徒、如今"雷允上"的药工师傅李小庆那里获得了一张1931年中秋"祥德源堂"全体吃团圆饭时拍摄的合影，其中自然有梁壁瀚。这张照片拍摄得很清晰，保存得也好，经市局技术处专家稍作处置就光鲜如新了。

有了摩托车，办事效率大大提高。马麒麟把三轮摩托车加满油，载着庄敬天和钟梦白搞了趟杭州一日游，请还在看守所里待着的竹行职工刘大纯辨认。结果刘大纯一眼就认出了梁壁瀚。至此终于可以确认，当年"祥德源堂"的老板梁壁瀚就是前往松江与刘大纯交割"特费"的中共地下交通员。

九、油锅捞秤砣

沐家桥死了一个人,死因是溺水。

沐家桥镇的中央位置有一座屠家祠堂,抗战胜利后改成一所小学,名唤"沐家桥小学"。小学校园里有一个半亩见方的天然池塘,这个池塘有点儿怪异,不管天阴天晴,即使是炎热的夏日,正午太阳当头,也是一片深不见底的墨绿色;即使台风劲吹,黄浦江上小舟频覆,这个池塘的水面也是波澜不兴;即使连天暴雨泛滥成灾或者百日不雨禾苗干枯,那一池深不见底的水也是不涨不落——据说这个池塘的底部有天然的地下水路,与环抱沐家桥的大睦江连通。

死者邬吉玮的尸体就漂浮在这口池塘中。在沐家桥人的记忆中,这个十一岁的少年是这口池塘中第一个溺亡者。镇上有人在偷偷传说,邬吉玮的死跟公家人在全镇大查手榴弹有关——

"悬办"第七专案组的四名侦查员已在沐家桥、高行等七个区待了多日,调查七个区的公安助理泄露"特费"案情无果,他们把目光投注到醉春楼案件的作案凶器——手榴弹上。七组组长康今敏这样考虑是有道理的。根据鉴定,醉春楼现场遗留的 M24 手榴弹是由汉阳、巩县两大兵工厂生产的,这种手榴弹在抗战前、中期曾大量装备国民党军队。"八一三"淞沪抗战时,日军偷袭金山湾成功,继而由西南向东北进逼,最后占领上海华界。当时驻守上海的国民党军队兵败如山倒,这山倒得也有方向,除了与江苏省交界的市区西北角那部分官兵朝昆山、苏州方向撤退,其余的都往浦东逃窜。这样,国民党军队的枪支弹药就大量丢弃在浦东地区，散落民间。七组刑警认为，这就是醉春楼现场手榴弹的来源。

浦东地区有三个县，这四颗手榴弹具体是从哪里流出来的呢？联系到三组正在调查的"沐有金"线索，康今敏认为应该是以沐家桥为中心的高行等几个区。他和沐家桥、高行等七区的领导沟通后，把公安助理召拢，宣布以七区名义联合发布《关于收缴民间军用武器弹药的公告》，规定不论私藏了何种武器、不论私藏了多少数量，只要主动上交，一律不予追究。

这种内容的官榜，解放伊始曾经由军管会发布过，当时收效甚佳，群众踊跃上交，有的甚至还送来了整箱的封条未揭的枪支弹药。所以，这次的七区联合公告张贴出来后，响应者寥寥。正当康今敏等人犯愁之时，沐家桥那边却出了情况——有人用手榴弹炸鱼。

炸鱼的是邬吉玮等五个少年，他们不知从哪里获取了两颗军用手榴弹，跑到镇外河边，先拧开一颗扔进河里，"轰隆"一声爆炸后，就开始捞那些炸昏后浮出水面的鱼，被闻声赶来的民兵排长逮个正着。然后，五少年就被带到区政府，交给了公安助理殷富元。当时这种情况不足为奇，若在平时，他也就是教训几句，把剩下那颗手榴弹没收了，也就算处理好了。可现在因为康今敏等人在调查案子，殷富元只好当回事来办。其实也好办，把五个少年交给七组就是了。

康今敏审案一向严厉，但面对未成年人，却有点儿不知如何对付，就安排侦查员邹乐淳、吴天帆、贾木扣三个分别讯问。最后问下来，手榴弹是那个名叫邬吉玮的少年拿来的，邬吉玮自己也点头承认了，只是不肯说出手榴弹的来源。康今敏想了想，说先把他往旁边放一放，我们去他家看看。

邬吉玮家住沐家桥东侧镇口，公安助理殷富元领着康今敏、邹乐

啄木鸟·红色侦探系列

淳、吴天帆前去时，邬家只有一个六十多岁的老太太在，一问，是邬吉玮的祖母，说儿子在高行镇上的轧米厂做工，儿媳妇去乡下走亲戚了，孙女去年已经出嫁，现在家里就他们祖孙俩。问老太太是否知道其孙拿了手榴弹去河边炸鱼，答称"勿晓得"。往下就是查看邬家是否藏匿着手榴弹了，查看许久，也没有发现。

几人回区政府的路上，康今敏说，从剩下的那颗手榴弹看来，和醉春楼案件的手榴弹型号相同，都是 M24，成色也差不多。他在松江时跟军分区的人交换过意见，人家是内行，一看就断定醉春楼现场留下的那四颗手榴弹是从整箱中取出来的。现在这姓邬的少年手上出现了两颗，也是这样新的，往下要查的就是这两颗和那四颗是不是从同一个箱子里拿出来的，如果是，那醉春楼案件就算是解决一大半了。

殷富元说，老康你们平时办案，很少和这个年龄段的小孩子打交道，我在基层干公安助理，对付这种小赤佬有经验，跟他们讲道理说政策是没用的，他们根本不懂，只有连哄带吓，才能让他们说实话。你们要是信得过，等会儿让我跟他们聊聊。

可是，殷富元已经没有这个机会了。进了区政府大门，他直奔临时让涉事的五个少年待着的那间堆放杂物的屋子，却发现里面只剩四个孩子了。殷富元一愣，问邬吉玮呢？答称已经走了。怎么走的？邬吉玮用杂物垫在脚下，爬天窗出去了。他干这些的时候，另外四个孩子当然看到了，不过他们没有告发同伴的义务，也就不去管他。

众人赶紧寻找，找遍全镇也没有找到。直到次日下午，沐家桥小学的校工巡视校园时，才发现池塘里漂着一个孩子。

七组认为，邬吉玮的死亡跟那两颗手榴弹有关。康今敏当即向萧顺德报告此事，要求调派最好的法医前往沐家桥验尸，找出邬吉玮的死亡原因。

法医很快就赶到了，一下子来了三个，为首的那位姓秦，留德出身，早年曾是上海滩公共租界巡捕房法医，后来又做了汪伪警察局的法医，抗战胜利后又成为国民政府上海市警察总局的法医。吃技术饭的路比较宽，解放后，新政权的公安局同样需要法医，他仍被留用。康今敏跟秦法医握手，说拜托你们三位把死者被害的原因迅速查明，我们好接着往下办案。这话让秦法医皱了皱眉头，显然他对康今敏的说法不敢苟同：还没检验，你凭什么就认定是他杀呢？

验尸结果使康今敏和他的三位部属感到意外，法医认为邬吉玮的死亡并非他杀，而是失足落水溺亡，理由有四点：其一，从死者肺部情况判断，是呛水而死；他的全身皮肤表面没有任何受过外伤的痕迹，体内脏器亦无遭受外力侵袭而引发内伤的迹象。其二，前两天刚下过雨，之后又是阴天，池塘边的泥地上留下了死者的脚印，从脚印判断，邬吉玮是自己走到池塘边的，没有受到暴力劫持。其三，死者的指甲缝里有两种类型的泥土，靠近指甲根的是地面上的黄泥，往上则是池塘底部的黑色淤泥。其四，池塘里漂浮着一根胡萝卜，而池塘北侧二十多米靠近围墙处的一块地里就栽种着胡萝卜，还有一截刚折断的胡萝卜枝叶。

综合上述四点，秦法医还原了邬吉玮溺亡的情形：昨天上午，邬吉玮离开区政府后，爬墙溜进了沐家桥小学。中午前后，他饥饿难熬，又不敢回家去吃午饭，就从校园一角的地里拔了一根胡萝卜，扯断枝叶，起初想用指甲抠掉胡萝卜表面的黄泥（这就是死者指甲里有黄泥的原因），抠不干净，就想到了用水洗。结果，在池塘边洗胡萝卜时失去重心，跌进水里，下沉到塘底挣扎时，指甲里又留下了塘底的淤泥。

秦法医的结论几乎无懈可击，可是，自康今敏以下的三位侦查员，都感到难以接受。法医离开后，他们犹自议论纷纷，甚至希望老康跟市局联系，另派一位法医过来再次验尸。不过，傍晚萧顺德打来的一个电话，终于让他们放弃了这个念头。

之前，七组已经把那颗没引爆的手榴弹送往市局鉴定。现在，鉴定结果出来了，萧顺德在电话里告诉康今敏：经上海市公安局约请华东军区军械部兵工专家对两件送检物（即醉春楼案件的手榴弹和少年炸鱼用的手榴弹）进行比对鉴定，认定这两颗手榴弹虽都是 M24 型号，却是分别由巩县兵工厂和汉阳兵工厂生产的。

如此，五少年炸鱼使用的手榴弹应当跟醉春楼案件无关。康今敏等人面对着这个检验结论，不得不口服心服地接受。

沐家桥这边，还有一个人在默默地进行着另一项调查，那就是三组的老刑警李岳梁。

之前，萧顺德、李岳梁从当年沐家桥名列第一的帮会人物朱庆达的女儿朱美雯那里了解到，花飞扬被捕前曾到过沐家桥，朱美雯还亲耳听到朱庆达和花飞扬的一段对话，表明花飞扬已经发现了"特费"失踪的线索，并且这线索已经具体到了某个人。只是，这个人受到沐家桥某个势力甚大的人物的庇护。

那么，这个庇护人是谁呢？按萧顺德的意思，应该由他、彭倩俪和李岳梁一起进行调查，可李岳梁提出了不同意见，他认为沐家桥就这么大点儿地方，三个人老是在街上转来转去过于醒目，倒不如让他一个人泡在镇上慢慢查摸，晚上也不必回三官镇了，在区政府找个地方休息就是。

这段时间，李岳梁一直泡在沐家桥，有时还跑到县公安局去查阅档案，或者去看守所提审在押人犯。李岳梁的思路是：当时沐家桥没有国民党驻军，也没有警察局的派驻机构，只有一个镇公所，镇长则是由朱庆达以商会会长身份兼着的，因此，朱庆达跟花飞扬的对话中提到的那个连朱庆达也不敢得罪的角色，只能是帮会人士。

哪个帮会人士会使沐家桥的头号人物朱庆达也忌惮三分呢？李岳梁通过这些日子的调查，把注意力集中在两个人身上——荣贵生和赵留福。

严格来说，荣贵生并非帮会人士。他老家苏北东台，少年时逃荒来沪，以行乞为生，稍后又在码头上扛包，有一身蛮力，还曾练过武术，学过西洋拳击，参加比赛获得过名次。二十四岁时，娶沐家桥蒸笼店老板沈秋生之女为妻。他毕竟在上海市区混了多年，见多识广，脑子活络，很快发现了沐家桥这块弹丸之地上的一个商机，遂说服老岳父把蒸笼店铺转让，又拿出自己积蓄的一点儿钱钞，翁婿合伙买下了一块地，开辟了一个码头。然后，他就在沐家桥人面前不断展示自己的中西拳术，把远近上门来"以武会友"的人都打败，用战果大做了一把广告，接着就开了家武馆。开武馆虽然也能挣一些钱钞，但主要目的是收罗打手，形成自己的势力，以此逼迫镇上的商家与他的码头形成业务往来。这个计划获得了成功，此后，荣贵生又开了另外两个码头，成了当年沐家桥的二号人物。

两年后，这个二号人物跟沐家桥的三号人物赵留福发生了冲突。赵留福是帮会中人，不过不是青帮，而是"一贯道"，沐家桥的"一贯道"分支就是他搞起来的，自任坛主。荣、赵两人的冲突源于争夺屠家祠堂——就是前述的沐家桥小学所在地。1930 年时，屠家祠堂还没有成为小学，而是荣贵生的武馆。

屠家祠堂是清朝道光年间沐家桥首富屠登高家族的产业，当初建造祠堂时，还在镇外购置了良田三十亩，用以维持祠堂日常开支和修缮费用。太平天国运动爆发后，在苏南建立了一个苏福省，势力一直扩张到上海郊区。屠登高竟跟太平天国有了来往，还援助了白银三万两、大米一万石。1864年太平天国失败后，清政府对他进行了清算。屠登高和其子侄共十七人被处决，其余悉数充军。屠家的财产自然没收进入官库，但屠家祠堂和那三十亩良田没有动，说是留给沐家桥百姓公有。屠家祠堂就这样保留下来，镇上百姓推举七名士绅组成了一个管理委员会，民国成立后，管理权交给了镇公所。北伐战争时期，镇公所因属于北洋政府辖下，不敢办公，形同虚设，屠家祠堂就在这种情况下被荣贵生占据，后把武馆搬了过来。

赵留福对荣贵生此举表示"不理解"，也不肯接受，授意"一贯道"徒众放出风声，要把屠家祠堂作为活动场所。为达到这个目的，赵留福便去找一号人物朱庆达寻求支持，荣贵生闻知，也赶紧登门拜访。老江湖朱庆达对二人都客客气气，以此表明自己的中立立场。荣贵生、赵留福当然看得懂这种表态，就各自暗作努力。

处于劣势的赵留福从上海请来一尊神——淞沪警备司令部少将师长赵星堂。赵师长是赵留福的本家，但这点并不重要，重要的是其老婆邢开莲是"一贯道"信徒。赵留福跟邢开莲一嘀咕，那位就去吹枕头风，赵师长不知给什么人打了一个电话，浦东籍青帮大亨杜月笙就派人去沐家桥给荣贵生、赵留福送了帖子，邀请两人去法租界宁海路杜公馆"坐坐"。两人各备了一份礼物前往杜公馆，杜月笙让徒弟接待了，礼物原封退回，给了两人一句话："江湖上有事可以吃讲茶嘛!"

荣、赵知道，杜月笙的决定无法更改，遂约定去杜先生的老家高桥镇上找家茶馆吃讲茶。两人还分别去拜访了朱庆达，要求届时出面到场"做个见证，主持公道"，这回，朱庆达答应了。吃讲茶的结果是：双方择日在屠家祠堂前的空场上搞一次"油锅捞秤砣"的比试，决定屠家祠堂的归属。

民国十九年五月初五端午节，是一个让沐家桥人难忘的日子。这一天，屠家祠堂门前上演了一出大戏。镇上的居民头一天就已经得知了消息，今日一早纷纷涌到现场来抢占位置。九时许，屠家祠堂大门洞开，以朱庆达为首，身后并排尾随的荣贵生、赵留福三人从里面缓步而出，荣贵生的徒弟搬来三张太师椅，请朱、荣、赵落座。

赵留福手下两个健壮的"一贯道"信徒抬上一个直径约两尺半、内盛八分满菜油的铁锅，放在用青砖搭起的一个简易土灶上。另二人各拿一个玻璃瓶子上前，绕着土灶浇了一圈，顿时酸气扑鼻——原来是镇江香醋！

荣贵生连打两个喷嚏，皱着眉头问赵留福："这是搞的什么名堂?"

赵留福说："时入夏令，百病滋生，今日这等场合，数百人齐集一处，难免病气四散，倒些酸醋可以消除瘟瘴。"

荣贵生的弟子端上一个衬着红布的托盘，盘内有一个拳头大的熟铁秤砣。朱庆达拿起来掂了掂，放回，示意赵留福检验，赵摇头表示不必。朱庆达站起来，冲众人抱拳作揖："诸位父老乡亲，今日荣贵生、赵留福为解决屠家祠堂之事，在此斗法以决归属，蒙二位先生看重，邀请朱某充任中人，朱某恭请在场父老乡亲和在下一起作个见证。"

言毕，一伸手，早有青帮弟子送上一个空茶叶罐，朱庆达接过，当众打开，里面有一个寸余见方的骨头骰子。朱庆达取出骰子，平放于掌心，示意两个当事人查看。双方均无异议，朱庆达把骰子重新放入茶叶罐，扣上盖子，上下左右一阵乱摇，停止后，让荣、赵猜点数。

荣贵生猜四，赵留福猜六，结果赵留福猜对了。他朝荣贵生一拱手："荣兄，赵某占先了。"

荣贵生满不在乎："恭喜! 恭喜!"

荣贵生有理由满不在乎，他为了稳操胜券，事先收买了一个老乞丐，讲明不管成败与否，都由他荣某负责生老病伤，养老送终。据说那老乞丐年轻时也曾做过油盐不进、刀枪不惧的滚刀肉，自有一股亡命之徒的底气，向荣贵生拍胸脯保证，一定能从油锅中捞起秤砣。而赵留福则指派"一贯道"的一个绰号叫"老油条"的信徒代表己方出场。"老油条"是沐家桥本地人，开了一家点心铺子，专门出售大饼油条。二十多年操作下来，一双手比常人耐烫得多。不过，荣贵生寻思，耐烫是一回事，伸进油锅捞秤砣又是一回事。如果做大饼油条的都能捞秤砣，恐怕江湖上也不会有用这种方式来解决重大难题的规矩了。

朱庆达说："如此，就开始吧——点火！"

之前泼洒的镇江香醋受热，散发出更加浓烈的气味，人群中不时传来喷嚏声。很快，铁锅里的菜油已经沸腾。朱庆达说："赵兄一方先下手，那就开始吧。"

秤砣被放入油锅，"老油条"上场了。只见他挽起袖子，闪电似的伸手锅里，人们还没反应过来，那颗秤砣已经被从斜刺里抛出油锅，在阳光下划了一道弯弯的弧线，"咚"的一声掉落在灶边的地上！再看他那条胳膊，没有烫去皮肉，也没有烫得焦黄，只不过通红而已。

一瞬间，原本喧哗不堪的全场变得寂静无声，荣贵生更是目瞪口呆，半晌才问出一句："'老油条'，你练的是什么功夫？"

"回荣爷话，小时候跟着一个老和尚玩了几天，献丑了。"

"老油条"退下后，朱庆达说："根据规矩，既然先下手的人捞得了秤砣，那这件事就算是了断了。荣、赵二位，关于祠堂如何交割，你们可以自行协商。"说这话的时候，他看到两个"一贯道"信徒用湿布垫着锅沿，把那口油锅抬到一旁，揭开窨井盖，把油倒入了窨井。他微感诧异，但既然比试已经结束，双方也认可这个结果，他也就听之任之了。

以"油锅捞秤砣"的方式解决屠家祠堂的纠纷，是杜月笙让当事人吃讲茶商议的结果，荣贵生纵然再不愿意，也只好跟赵留福办了交割手续，把武馆移到了轧米厂的一个废弃仓库里。刚搬完家，他忽然得到一个消息：对方在油锅里做了手脚，里面装的其实是米醋，只在上面浮了不到一寸厚的一层菜油。米醋的沸点低，温度升到六十来度就已经像是要翻出锅的样子了，而锅内散发出来的那股醋味，被事先泼洒的镇江香醋掩盖。因此，"老油条"不过是从六十来度的米醋里捞秤砣而已。

荣贵生气得发昏，可是，时过境迁，油锅的真假已经没法儿认定了，况且赵留福是受到杜月笙关照的角色，借个水缸给荣贵生做胆，他也不敢去捋杜月笙的虎须。但他又咽不下这口气，就迁怒于中人朱庆达，认为出现这种作弊行为是朱庆达的责任。巧的是，这时又有一个消息传进荣贵生的耳朵，说是事后赵留福给朱庆达送了一份厚礼。

于是，荣贵生就认定赵留福和朱庆达沆瀣一气，摆了他一道。荣贵生不知道的是，赵留福确实给朱庆达送过礼物，而且是重礼——一个上等琥珀制作的弥勒佛。可是，朱庆达没有收，退回去了。实际上，朱庆达一贯看不起赵留福的人品，对"一贯道"更是反感，只是碍于杜月笙的面子，不得不跟赵留福虚与委蛇。而赵留福呢，表面上对朱庆达很是敬重，内心里却恨不得背后冲朱爷捅一刀，自己取代他在沐家桥一号人物的位置。

如今，这三个沐家桥的大亨都已是过眼云烟：朱庆达抗战前就病死了；荣贵生在陈毅、粟裕指挥的三野逼近上海时，预感到共产党执掌天下后自己很难混得下去，干脆携家眷去了香港；赵留福还没盘算好是否要逃离上海，解放军就占领了浦东。没几天，他就被捕了。人民政府抓他的原因倒不是因为"一贯道"——其时"一贯道"还没被宣布为反动会道门组织予以取缔，他的罪名是窝藏国民党特务，并为特务活动提供经费。赵留福想想与其被五花大绑上法场，倒不如自己了断，于是，就在看守所上吊自杀了。

而李岳梁的调查进行到这一步，也就卡住了。这天，他正准备跟萧顺德通个电话汇报情况，忽然接到彭倩俪打来的电话，说萧政委通知他和七组全部同志前往三官镇开会。

十、蹊跷的爆炸案

彭倩俪也接到萧顺德的通知，说今天三组、七组在三官镇开过会后，"悬办"将对人员进行调整，彭倩俪将调到庄敬天那里去，参加"特费"案件在上海市区的侦查工作。能跟大庄调到一起，彭倩俪自是心中暗喜。

庄敬天这次来三官镇的动静有点儿大——他开着那辆摩托车，先是去拜见了林道士，接着又到俞家，在钟梦白、彭倩俪面前炫耀了一番，载着两人前往三官镇政府专案组驻地。进门才发现，参加会议的不仅有"悬办"政委萧顺德，还有正副主任杨宗俊、黄祥明，都是一脸的严肃，似是发生了什么大事儿。

萧顺德说："人都到齐了，我们开会吧，请黄副主任把情况介绍一下。"

接下来黄副主任介绍的，是三天前发生在上海市区的一起爆炸谋杀案——

普陀区长寿路上有家"聚福财车行"，老板名叫谢知礼，是个五十岁出头的瘦高个子。"聚福财车行"以三轮车、黄包车出租业务为主，还设有一个修车作坊，在修理、保养车行车辆的同时，也对外提供修理自行车、黄包车、三轮车有偿服务。谢知礼笃信佛教，每月初一、十五必去附近的江南名刹静安寺烧香拜佛。这天上午，谢老板照例去烧香，结束后刚出静安寺山门，便有一个四十来岁的中年男子迎上来："是'聚福财车行'的谢老板吧？"

谢知礼微微点头："阁下有何见教？"

对方自称蒋畏世，住榆林区平凉路盛德坊，原是经营木材的，解放后木材生意不大好做，就想改行。最近跟两个朋友商量下来，想开家车行。开车行的前期投资比开木材行大得多，他们手头资金周转不过来，就想先做"二老板"——由他们出面租了黄包车、三轮车后，转手出租给车夫，从中产生的差价就是他们的利润。这一阵儿，他们三人跑遍了全市各大车行进行考察，最后选定了谢老板的"聚福财"。今天他特地来静安寺门口跟谢老板会面洽谈此事，看是否有合作的可能。

对方刚把事情说了个开头，谢知礼已然动心。解放后，车行的经营情况也不容乐观，坐车的主顾正在减少，车夫收入也相应减少，如果这种状况持续下去，人力车出租业就算走到头了。如果有像眼前这位蒋先生的主顾前来批量租车，尽管价格相对低些，但收入有保证，何乐而不为？

不过，谢知礼毕竟这么一大把年龄了，社会阅历不敢说怎么丰富，基本的防范意识还是有的，遂提了一个问题：蒋先生你是从哪里知道我今天来静安寺烧香的？又是怎么认出我的？

蒋畏世笑道，谢老板在长寿路"聚福财车行"供奉着观世音菩萨的雕像，这是站在门外都看得到的，您听说过信佛的人只供奉佛像却不去寺庙烧香拜佛的吗？再说，您的车行离静安寺不过两站路，您又要经商，又要拜佛，不来静安寺，又能去哪座名刹呢？至于认出您，那就更简单了，但凡从贵号门前经过，十有八九就可以看到阁下坐在账台前，况且，静安寺院子里的壁窗里还贴着您的照片，那是寺庙僧人为感谢您和另外二十多位善主捐款维修偏殿特意布置的吧？

谢知礼觉得对方说的合情合理，逐渐放下戒心，开始考虑对方的建议。蒋畏世说我们总不能就这样站在马路边谈生意吧，找个地方坐坐如何？谢知礼说前面江宁路上新开了一家"逸香咖啡馆"，虽然小，倒是安静。正好有一辆空三轮车经过，蒋畏世挥手叫停，两人登车而去。

上午十点，咖啡馆刚开张，他们是第一拨顾客。侍者根据两人的要求，把他们领进角落的一个厢式雅座，另一侍者送上咖啡、点心，就退回门厅那里去了。不过三五分钟，只见蒋畏世快步从雅座里走出来，侍者以为他要上洗手间，正欲指点，他先开口了，问附近可有香烟店。那时的咖啡馆只卖雪茄，普通的香烟只能去外面买，不过，通常都是侍者代劳。现在也是这样，侍者刚表示这个意思，蒋畏世就摇手说"不必"，然后出门穿过马路朝对面匆匆而去。

侍者觉得这位先生有点儿古怪，正议论时，店堂深处传出一个女侍者恐怖的尖叫声。两人跑过去一看，只见车行老板谢知礼歪倒在雅座一角，肋间插着一把小刀，鲜血汩汩而流，人还没死，却只有哼哼的份儿了。

"逸香咖啡馆"的地段好，医院、公安局都不远，也就不过数分钟，新成医院的救护车和上海市公安局新成分局的刑警都迅速赶到了。由于抢救及时，谢知礼保住了性命。据他跟刑警说，两人在咖啡馆谈生意期间，蒋掏出一张上面密密麻麻写满了字的道林纸，说这是他的预算清单，同时，貌似自然地起身移至谢知礼这边，把纸放在桌上。谢知礼不知大祸临头，低头去看。他这个年龄已经老花眼了，平时看报纸什么的都是戴老花镜的，今天出来烧香拜佛，没想到会有人跟他谈生意，眼镜没带在身上，如此，要看清蒋畏世的这份预算清单就有些困难，他还没分辨清楚纸上到底写了些什么内容，蒋畏世已经把刀子捅进了他的右肋。

医生说，这一刀离心脏只有半厘米，如果凶手的力道再稍微大一点儿，谢知礼十有八九没命。新成分局的刑警据此认为，凶手并非职业杀手，于人体解剖学、医学也外行。那么，凶手为什么要对谢知礼下手呢？

谢知礼说这我就弄不懂了，我自二十岁那年子承父业开始经商到现在，从来没有做过昧心事、缺德事，连得罪人的话也从来不说半句；跟政治更是浑不搭界，没有参加过任何党派，什么北洋政府、国民党、汪伪政权，我跟他们一概没来往。我的家人也跟我一样，信佛，胆小，从不惹事。

刑警勘查现场时，发现凶手似乎还有一点儿反侦查意识，用来袭击谢知礼的那把小刀，刀柄上贴了一层粗糙的淡黄色草纸——以免留下指纹。而侍者送上的咖啡，他根本没碰一下，所以无论是杯子、勺子抑或瓷盘上，都没提取到指纹。至于桌椅，那就更甭指望了。咖啡馆的地板上铺着厚厚的地毯，刑警也没提取到凶手的脚印。

那张被凶手称为"预算清单"的道林纸，凶手行凶后已经带走。刀子刺入被害人右肋后，没有拔出来，估计是因为凶手生怕拔出之后鲜血喷涌而出，溅到自己衣服上。

这是一起事先经过精心策划的谋杀案件，新成分局组建了专案侦查组，分局领导要求专案组在七天之内拿下这起案件。

当天中午，专案组刑警前往凶手自报的住所——榆林区平凉路盛德坊，由户籍警陪同着走遍了每一户人家，都没有蒋畏世其人，也没有年龄、外形跟蒋畏世相似的对象。

当晚，专案组开会分析案情。会刚开了一半，传来了一个令人震惊的消息：谢知礼在新成医院的病房被炸死了！

谢知礼入院后，根据家属的要求，医院给他安排了一个位于三楼的单人病房。谢知礼有二女一子，都已成家。谢老板遭遇意外后，三个子女立刻赶到医院，和母亲商量陪护事宜。大儿子是轮船公司职员，要正常上班的，两个女儿是家庭妇女，尽管各有子女，但还是能够抽出时间陪护老爸的，就决定白天由母亲陪护，晚上则由两个女儿轮值；星期天儿子休息，自周末晚上至次日傍晚陪护二十四小时。

这天晚上，由大女儿谢碧娣陪护。当时对于外伤的治疗跟现在有所不同，不是一概输液，至于抗生素，国内也只有一种，就是前面说到过的盘尼西林，那是等同于黄金的宝药，即使病人出得起钱钞，医院也未必有，所以，即使像谢知礼这样右肋挨了一刀的伤员也没有使用盘尼西林，仅是肌肉注射磺胺。这样，陪护者就没有那么烦神。

九时许，谢知礼已经熟睡，谢碧娣在病房一侧的沙发上阅读一本小说。这时，病房的门被推开了，进来一个身穿白大褂、头戴白色无檐帽的男医生，整个脸部被一个大口罩和一副宽框眼镜遮掩，说话声音有点儿沙哑，低声问："病人的情况怎么样？"

谢碧娣说情况正常，护士一小时前来测量过体温，稍有低烧，说是外伤病人的正常症状；伤口有点儿痛，但不很严重，能熬得住，现在睡着了。医生点头，行至病床前俯身查看，同时伸手摸白大褂的口袋，继而退后数步，低声对谢碧娣说："我把听诊器忘在一楼9号病房了，麻烦你去给我拿一下，谢谢！"

谢碧娣不疑有他，立刻出门去一楼。9号病房也是单人病房，住着个车祸截肢的四十来岁的胖太太，由其丈夫和家里的保姆陪护。谢碧娣一问，他们说刚才确实有这么一个医生来查过病房，自我介绍说是外科副主任；至于听诊器，他好像没用过呀。话虽这么说，他们还是在病床周围找了一圈，确实没有。

谢碧娣觉得有点儿奇怪，但也没有往其他方面去想。她返回三楼，走到病房门口，房门关着，而且房门与门框间好像还夹着什么东西，她推了两下没有推开，于是加大力道。房门推开的同时，"砰"的一声巨响，她就什么也不知道了……

新成分局专案组刑警勘查现场时，发现了两段手榴弹的木柄，结合现场其他情况，作出了以下判断——凶手假扮医生，支开了谢碧娣，随即把两颗手榴弹放置于谢知礼的病床下方，把一截纳鞋底的棉纱线拴于手榴弹的拉环尾端，另一头连接于病房门内侧的拉手上，然后离开现场。谢碧娣返回后，推开房门的动作起到了拉弦的作用，于是，爆炸就发生了。

这起爆炸案，导致谢知礼当场死亡，谢碧娣身负重伤。用这等残忍的手段对一个车行老板进行连续追杀，必欲将其置于死地，这样的案件，在解放尚不到一年、社会治安尚未巩固、凶杀案件发案率比较高的上海滩也属罕见。新成分局方面意识到这个案子非同小可，立刻向市局汇报。

市局值班领导马上从手榴弹联想到松江的醉春楼案件，当即通知新成分局把现场获取的手榴弹残余木柄送到市局进行鉴定。次日，鉴定结果出来了：送检物的所有特征与醉春楼案件现场遗留的手榴弹木柄完全一致。

由此可以认定，针对谢知礼的谋杀案与松江醉春楼案件系同一（或者同一伙）案犯所为。市局领导遂下令撤销原新成公安分局对谢知礼凶杀案的专案侦查组，将该案划归"悬办"负责侦查。

"悬办"三领导萧顺德、杨宗俊、黄祥明报请市局党委批准，撤销第七专案组，康今敏等四名侦查员并入第三专案组，三组组长仍由"悬办"政委萧顺德兼任，康今敏、庄敬天担任副组长；暂停对沐家桥方面的侦查，原七组转往市区，对谢知礼谋杀案进行侦查；庄敬天率李岳梁、马麒麟、钟梦白、彭倩俪对"特费"案线索进行追查。

庄敬天这一拨侦查员对于如何寻找当年的那位地下交通员、"祥德源堂"的执行老板梁壁瀚，已经几次开会进行过商讨。

在上海这样一个著名国际大都市、中国第一大城市里寻找凭空消失的一个大活人，其难度可想而知。老刑警李岳梁和马麒麟凭着多年的刑事侦查经验分析了梁壁瀚当年失踪的一幕：他是平静地结束松江之行返回"祥德源堂"，然后不露声色地消失的。从事后法租界巡捕去其住处查看到的情景和向邻居了解到的情况来看，他自五天前的 12 月 1 日上午离开住处后就没再返回过。因此，似乎可以得出这样的结论，梁壁瀚对于自己的"失踪"是有准备的，也就是说，是他自己制造了"失踪"。

梁壁瀚为什么要制造"失踪"？显然与"特费"有关。一种可能是，梁壁瀚在完成交割后有意或者无意间发现他所运送的"货"竟然是一百二十两黄金，遂决定侵吞黄金，然后人间蒸发。另一种可能是，梁壁瀚返沪后先去了趟"祥德源堂"，然后再去跟下线办交割，在离开药店前往接头的途中出了事。至于出了什么事，还无从判断，不过，应该不是被捕了。当初组织上在追查这个案子时也曾考虑过这种可能性，动用了法租界、公共租界以及国民党上海市警察局、国民党淞沪警备司令部的内线进行了秘密调查，各方均无这方面的消息。

因此，庄敬天等五名侦查员倾向于第一种观点，即梁壁瀚对"特费"起意，为了侵吞这笔巨额财富，携"特费"一起玩了失踪。

为什么认为梁壁瀚是失踪，而不是遇害了呢？这是因为三组在着手进行"特费"案件的调查后，发生了松江醉春楼爆炸未遂案件，很明显，那就是针对调查人员的。庄敬天等侦查员认为，梁壁瀚的藏身地应该与浦东沐家桥有关。可是，原七组在沐家桥的调查失利，现在他们只好换一个方向，在市区寻找梁壁瀚的线索，以查摸其当年的家庭住址作为切入点。

他们的分工是，彭倩俪留守专案组驻地，其余四人分为两拨，李岳梁、钟梦白负责查阅原法租界公董局留下的商业档案，看能不能找到"祥德源堂"的登记材料，指望能够从中发现梁的家庭住址的线索；另一路由庄敬天、马麒麟再次去向"祥德源堂"的那几个店员了解，希望他们能够回忆起什么事儿来，作为寻访梁壁瀚出生地和家庭住址的参考。

他们的调查进行了两天。李岳梁、钟梦白去的是上海市商业局，原法租界的商业档案全部集中在该局的两间地下室里。他们的运气还算不错，第二天下午就找到了"祥德源堂"的档案。可是，查阅之下，很是失望：法租界公董局的档案里，有公董局商业处和卫生处受理登记"祥德源堂国药号"的原始材料，也有从老板到店员每个人的健康状况和体检资料。但公董局只负责登记开业申请和健康检查那两块，并不登记家庭住址，这与他们的业务管理无关，所以档案中并无侦查员需要的内容。

另一路庄敬天、马麒麟也奔波了两天，再次找原"祥德源堂"的店员了解情况。在不断的耐心启发下，当年"祥德源堂"的学徒、其时已是"雷允上"的资深药工师傅李小庆终于想起了一个细节——

那是1930年清明节后，药店里有个姓徐的药工师傅给账房先生的孙子拿来一个玩具，说是家里来的乡下亲戚送的。那是一对草编的蚂蚱，形态逼真，惟妙惟肖，店里众人传来递去，赞不绝口。可能出于中药行业的职业习惯，有人对这是用什么草编织的发生了兴趣，意见不一，争论不休，就去内堂问梁壁瀚。梁壁瀚只扫了一眼就脱口而出："这是徐行的，用来编织的草，当地人叫黄草……"说到这里时，忽然连声咳嗽，大家以为梁先生还要往下说，可梁壁瀚咳完后，却走开了。

庄敬天初听李小庆这么一说，还没有意识到什么，马麒麟脸上的神情已经起了变化。嘉定徐行的草编具有悠久历史，早在一千多年前的唐代，徐行的草编织品已成为朝廷贡品之一。二十世纪初，甚至传播到国外，1914 年，意大利斯曲罗斯洋行聘请徐行当地人汪季和、朱石麟为代理，向徐行农民收购草编织品，转销东南亚和欧美各地。老马认为，知道徐行草编的人比较多，可是能够说得出徐行草编所用原料的人却很少，连他这个杂七杂八都略知皮毛的巡捕房包打听也说不清楚，而梁壁瀚却不假思索脱口而出，那他十有八九来自嘉定县！

当晚，专案组五人在北站分局驻地开会商量去嘉定调查之事。彭倩俪一边记录，一边时不时朝李岳梁瞥上一眼。庄敬天起初没在意，渐渐瞥的次数多了，就觉得奇怪了，暗忖这妞儿只怕在动什么脑筋。果然，待众人都发表意见后，彭倩俪说："我说两句行吗？"

庄敬天说："俺正想听听小彭同志有甚高见呢！"

"我说的不是高见，而是说老李好像在发烧吧？他明天不能去嘉定外调，让我去吧。"

她这一说，大家都觉吃惊，庄敬天伸手一摸李岳梁的额头，惊叫道："真的烫手呢！老李你为什么不吭声呢？小钟，快送老李去医务室。"

钟梦白陪李岳梁出门后，庄敬天不住夸赞彭倩俪观察仔细，自己是个大老粗，根本没注意到。至于彭倩俪参与外调，庄敬天也毫不犹豫地点了头，嘉定县有二十个区镇，外调工作量比较大，人手少了还真不行，再者，遇到个别情况，有个女同志在场也方便。

次日，庄敬天、马麒麟、钟梦白和彭倩俪就去了嘉定县城所在地城厢镇。县公安局徐副局长听上海同行道明来意后，说这事好办，我马上跟县工商联联系，请他们找几个中药店铺的老板、账房、老药工师傅开个座谈会，回忆一下嘉定地面上是否有一个在上海法租界开过中药店的梁老板。

结果，人到齐了，这个会却没开起来。怎么呢？竟是一个意外惊喜——

最后一个到县工商联的是已关闭的百年老店"积福堂中药店"掌柜陆天创。陆天创原名白天创，是"积福堂"的一名店员，因老实厚道，被老板陆源允看中，将大女儿嫁给他。陆源允唯一的儿子患疾早逝，只得把药店传给大女婿白天创，不过有一个条件：必须改为陆姓。于是，白天创就成了陆天创。"积福堂"在抗战伊始被日寇焚毁倒闭，但陆天创依旧是当地中药业的权威，全县诸镇中药店只要遇上质地、真伪吃不准的药材，都会向老爷子虚心求教。

当下，陆老爷子坐定，一干以晚辈自称的与会中药店老板、老药工都来向他问候。陆老爷子就问今天开什么会，工商联的人就告诉他公安局来电要求协查一个怎样怎样的对象。陆老爷子听着就笑了，说还调查什么，梁壁瀚是徐行人，就是我们"积福堂"出去的，算起来，他是我老丈人收的最后一个"学生子"（沪语，学徒之意）。

老爷子话音刚落，庄敬天一行就到工商联了，闻讯自是大喜。可是，往下就喜不起来了。据陆老爷子说，梁壁瀚家住嘉定南门外，婚后生了两个儿子，其妻乳名贞姑，本县黄渡镇人，原无业，后来梁壁瀚忽然失踪，就把嘉定这边的房子卖掉，拖着两个儿子回黄渡娘家做起了小生意。

庄敬天朝彭倩俪丢了个眼色，小彭便上前去给老爷子点烟。"那个贞姑的娘家在黄渡镇哪里您老知道吗？"

"知道！"陆天创点头，"贞姑拖着孩子回黄渡的头一年春节，我请人给她捎去过一条猪腿、一条青鱼和一些零食糖果。她收到后给我写来一封信表示谢意，记得落款是黄渡千秋桥塊长街。"

庄敬天一干人在嘉定过了一夜，第二天去了吴淞江畔的黄渡古镇。还是先到派出所，所长已经接到县局电话，亲自接待。听马麒麟如此这般一说，便唤来管段民警询问。民警倒是说得上来，那贞姑大名叫陈孝贞，以前确实住在长街上，后来全家搬走了，大概是在民国二十年（1931年）前后。

那么，她搬到哪里去了呢？这个，就没人知道了。据称，贞姑一家三口是夜里悄悄走的，反正家里打开后门就是河浜，一条小船载走了全家，东西都没带，光是带走了各人的衣服——那是第二天听贞姑的姆妈和嬢嬢说的，她们是住在一起的。不过，她们也没说过贞姑去了哪里。

走得如此神神秘秘，颇有当年那位地下交通员梁壁瀚的行事风格，显然，是梁壁瀚在某处落下脚后，雇了条小舟把家眷接走了。那么，那二位老太太如今还在吗？

民警回答："没了！一个前年死的，一个今年正月里走的。两个老太太死时，贞姑没有回来。陈家以前还有一个儿子，已经结婚，在南翔火车站工作，抗战时全家都给日本鬼子炸死了。现在陈家就等于没人了。"

庄敬天原本满心欢喜，没想到这来之不易的线索竟然说断就断了……

十一、三官镇惊变

北站分局第三专案组驻地，办公室里烟雾缭绕，已经开了两个小时的案情分析会即将结束，会议由萧顺德以第三组组长名义主持，"悬办"副主任黄祥明也参加了。

大家经过讨论，一致认为梁壁瀚应该藏身于浦东地区。得出这个结论的理由，第一自然是"沐有金"；第二是松江醉春楼案件。因此，大家认为不但梁壁瀚藏身于浦东地区，而且其范围应该就在沐家桥、三官镇那一带的十来个区镇。早在延安时期就已是中央社会部侦查员的老公安黄祥明甚至断言，这个梁壁瀚极有可能已经形成了一股势力，否则他不可能对专案组的侦查动向有所察觉，更不可能对专案组的侦查活动作出丧心病狂的强烈反应，醉春楼案件、谢知礼谋杀案就是最为明显的例证。

那么，往下该怎么侦查呢？萧顺德、黄祥明拍板决定：把"祥德源堂"十八年前的那张合影进行技术处理，单独切割出梁壁瀚的图像，印制协查通报，下发至浦东地区各县、区、镇政府，进行不公开的寻查，相信是能够获得有价值线索的。

案情分析会结束，庄敬天、钟梦白留在办公室里随口闲聊。钟梦白问庄敬天，最近和小彭发展得怎么样，庄敬天打马虎眼："她自从调来咱们这一摊后，俺看着觉得比以前顺眼了些，好像也不打小报告了。"

钟梦白说："据我观察，小彭对你非常关心，就说我正好碰上的吧，天天给你打饭有没有？隔三岔五还自己掏钱给你买早点、香烟有没有？对了，有两次我还看见你小子舒舒服服地躺在沙发上品着香茗吞云吐雾，她坐在椅子上给你读报，有没有？老实说！"

"这是革命同志之间的互相关心、互相帮助，再说，俺是领导，小彭是部属，她稍稍关心我一下也很正常嘛。"

"说你傻还真没冤枉你！小彭这是向你表示啊！大庄同志，过了这个村，就没那个店了，你可要珍惜这个千载难逢的机会啊！"

电话响了，庄敬天起身接听，竟然是俞毓梅从三官镇打来的，大庄冲钟梦白努努嘴。钟梦白从庄敬天手里接过听筒时，有一种不祥的预感，因为俞毓梅从来没往办公室打过电话。果然，俞毓梅抽抽噎噎地说出了一个使人极为震惊的消息：俞衡友被抓起来了！

1944 年春，一个恼人的雾天，一早就大雾弥漫，像一张巨大无比的纱网，把天地间的一切都罩了个严严实实。

浦东三官镇三友观前，钟表匠俞衡友刚刚摆出摊头，面前就出现了一个三十多岁富家太太模样的妇女，拿出一块挂表，右手拎着系在上面的链条，左手轻轻拨弄了一下，挂表就缓缓地左右晃动，晃了三下，突然一把捏住："师傅，听说你是这一带最好的钟表匠，我这块表你能修吗——德国伦敦的！"

"伦敦不是德国的吧？"

"别废话！我就问你这块表能修吗？"

"只要付得起修理费，没有修理不好的表。"

女子把挂表递给俞衡友："多少钱，随你开价！给你三天时间，必须修好！"说罢转身离去。

稍后，在三友观一间密室中，俞衡友从打开后盖的挂表中取出一张半寸宽的薄如蝉翼的绵纸，用镊子夹着棉花小心翼翼地蘸了碘酒涂拭，再戴上修理钟表的专用放大镜，阅读着纸上显示出的细小文字。那是上级下达的一条十万火急的指令：上海市区的新四军地下兵站被敌特监视，有一批根据地急需的物资须经浦东走杭州湾运送浙东游击队，要求俞衡友三天内跟伪军司令田亮甲谈妥借道事宜，使该批物资顺利通过田的防区。

俞衡友愣住了，最初一瞬间，他甚至怀疑上级是不是错把给别人的命令下给了自己——他跟伪军司令田亮甲素不相识，田司令来三官镇巡察防区时，甚至远远看上一眼的机会都没有。现在，组织上却要求他必须在三天内做通田亮甲的工作，而这位田司令是奉日寇之命驻防浦东专门防范新四军的，这岂不是与虎谋皮？

不过，他的思维很快转向另一角度：组织上把这个任务交给他，肯定是有原因的；领导决定让他向田亮甲开这个口，事先一定经过深思熟虑，认为有相当把握后才作出决定的。对于他来说，目前需要的不是怀疑，不是犹豫，不是畏缩不前，而是坚决执行！

这样想着，俞衡友内心渐渐平静，开始考虑如何完成这个使命。他忽然想起昨天下午收摊前曾接到过一笔生意，一个自称"张副官"的男子送来一块女式手表，说一直好好走着的，突然停了，田司令让找个技术精湛的钟表匠给修理一下，只要修好，费用好说；他打听下来，听说三官镇三友观前摆钟表摊头的老俞师傅是这一带技艺最好的钟表匠，就特地过来了。想到这儿，俞衡友脑子里倏地冒出一个念头：我何不如此如此？

后来知道，领导下达这个命令，实属万不得已。根据平时收集的一些关于伪军司令田亮甲的个人历史和现实思想动态方面的情报，组织上认为这个人应该可以做通工作，而当时浦东地区最适宜做田亮甲工作的人，算来算去也只有俞衡友了，于是就先下达了密令再说。

当天中午，那个修挂表的太太来取表了，所付的钞票里夹了一张折叠起来的纸，上面用密写药水写了关于田亮甲的基本情况：安徽芜湖人氏，黄埔军校四期步兵科毕业生，曾任国民党军队团长，1937 年淞沪抗战时被俘，落水做了汉奸，被日军委任为浦东地区第三防区绥靖部队司令官。中共方面为什么认为田亮甲可以争取呢？原来在南京陷落后，丈夫战败被俘期间，田亮甲的太太史丽娟被日本鬼子奸杀。田亮甲落水后不知此事，得到日军允许，前往南京寻妻。其妻友人将史氏遇害情况一一告知，并把史氏遗留的那块女式手表交还给他。从此，田亮甲就把这块手表珍藏于贴身衣袋，日夜寸身不离。而且他一直保持单身，不但不再续弦，也不跟任何女性交往。

俞衡友获悉上述情况，暗忖"天助我也"，正好史氏的这块手表坏了，田亮甲让其副官送来修理，可以利用这件事做做文章。

当天下午，俞衡友把这块手表拆开，检查了一遍，发现所有零件均无问题，停摆不走的原因是需要上油了。于是，他把零件用汽油洗了一遍，重新装配，确认完全正常。次日下午，他拿了手表前往距三官镇五里地的施和镇伪军第三防区绥靖部队司令部求见田司令。跟司令部门口的岗哨一说，岗哨说不行！一个修钟表的都能随随便便求见田司令，那还成什么体统？正说着，昨天那个张副官正好从里面出来，俞衡友便跟他说，要当面跟田司令说一下如何保养这块表，方能保证日后不出故障。如此，他终于得到了面见田司令的机会。

俞衡友见到田亮甲后，说了说这块手表不走的原因。田亮甲把表拿在手里，又是看又是听，一副爱不释手的样子，可见他对亡妻的一片真情，也增强了俞衡友说服田亮甲的信心。

田亮甲验收过这块手表后，问这位师傅贵姓，田某该当好好感谢，工钱如何支付，要钞票还是要大米？日伪时期的上海，日军严控粮食供应，对民众实行配给制，市面上常常是有钱都买不到大米，田亮甲故有此一问。俞衡友说我一个小老百姓，能有机会面见田司令，这是我前世修来的福分。我不要钞票也不要大米，就想跟田司令单独说几句话，不知司令是否应允？田亮甲哈哈大笑，说有何不可，请坐！还吩咐副官和卫兵都出去。

俞衡友知道谈话时间不会长，便直截了当提出要求："我有个亲戚，是做杂货买卖的，有一批货想从市区运到奉贤那边去，托我想想办法。

我想请田司令帮个忙，恩准放行，事成之后，货主必有重谢。"

田亮甲微微一笑："俞师傅，你那亲戚运的是什么货？要运到奉贤的什么地方？如果没有违反皇军的规定，我可以开一纸通行证。"

俞衡友知道日伪对浦东地区沿海控制得极严，通行证上写明货运到哪里就是哪里，不得超越，否则不但货要没收，运货的人也要被宪兵队抓去。他不敢打马虎眼，当下直言相告："亲戚是跟浙江那边做生意的，这批货要运到海边装船启运。"

田亮甲稍一沉吟，说我明白了，请俞师傅稍等，一会儿给你回音。说着，他就出去了，把俞衡友一个人晾在办公室。俞衡友暗忖能够谈到这一步，看来是"馒头上笼三分熟"，多半有希望了。哪知，也就不过两三分钟时间，门外一阵沉重的脚步声，一阵风似的倏然闯进来几个体格粗壮的伪军士兵，二话不说将其五花大绑，押到后院的一间空屋里，先是拳打脚踢，继而把他悬吊在屋梁上，用皮鞭、竹扁担抽打，一边打，一边逼问是奉何人之命前来。俞衡友咬紧牙关，坚不吐口，最后昏死过去。

不知过了几时，俞衡友苏醒过来，发现自己躺在野地里，旁边是一个土坑，鼻子里闻到一股泥土气味。还没弄清楚是怎么回事，有人用铁锹叩着他的脑袋："姓俞的，今日是阴历三月初十，明年今天便是你的周年！"

然后，俞衡友便被这伙人抬起来扔进土坑，铁锹挥舞处，碎土如夏日暴雨般劈头盖脸洒落。俞衡友料想这回是死定了，寻思自己当初宣誓参加中共时已经做好了牺牲的思想准备，现在这个时刻真的到了，也算求仁得仁，见了地下列宗列祖也是问心无愧。正想到这儿，铁锹铲落的泥土中有块拳头大小的石头砸中了他的脑袋，他又失去了知觉。

再次醒来时，俞衡友真以为自己已在阴曹地府了。哪知，映入他眼帘的却是田亮甲那张长长的马脸，他已经躺在司令部的医务室里了。

俞衡友经受了田亮甲对他的一次生死试探，以头部一个血窟窿、肋骨折断三根以及多处内外伤的沉重代价换取了田亮甲对他的信任，使这批根据地急需的物资——西药、医疗器械、电池等得以顺利通过田部的防区，安全运抵浙东。

时隔不久，养好伤的俞衡友奉组织之命，备了一份厚礼前去答谢，说这是他那亲戚的一点儿心意。田司令拒绝接受，说俞师傅你也别跟我打马虎眼了，以你那次视死如归之举，你是什么人我田某多少能猜出几分。田某落水，实属身不由己，能帮上你们一点儿忙，也算是赎罪吧。

俞衡友向组织上汇报了田亮甲的态度，组织上经研究，认为这是一个可以发展的关系，让俞衡友负责对田进行考察。可是，俞衡友还没来得及着手行动，田亮甲因日伪内部倾轧，加之他对时势的观察，知道日伪长久不了，主动辞去了伪军司令之职，闲居浦东施和镇。不久，抗战胜利，国民政府惩治汉奸，田亮甲自然是榜上有名。不过，终究未曾有人动他一根毫毛，个中原因，一是戴笠系其黄埔军校的同班同寝室学友，两人关系一度情同手足，戴笠把他的名字从惩治名单上划掉了；二是田亮甲任伪职时，帮助过一些国民党方面的地下特工人员。不过，即便如此，田亮甲为了贿赂国民党的"劫收"人员，也把几乎全部家产都赔了进去。

俞衡友得知田亮甲倾家荡产的消息后，在1946年初夏曾去探望过田，送去了十二枚大洋和一些生活用品，把田亮甲感动得热泪盈眶。

转眼三年过去，上海解放，随后新中国成立，田亮甲的状况却是每况愈下。这位昔日名满浦东叱咤风云的司令官，这时不过五十来岁，却已是满头白发，未老先衰，贫病交困。俞衡友当着三官镇的镇长，管不了施和镇，但他可以通过组织跟施和镇方面反映情况，为田亮甲作些呼吁，使其获得了几次民政补助。俞衡友从三官镇镇长转任七区工商联主席后，想在工商联给田亮甲谋一份哪怕是打杂的差使，好解决他最基本的吃饭穿衣需求。可是，刚把报告写好还没交上去，组织上派人来找他外调，了解田亮甲的历史。俞衡友凭经验意识到，可能要对田亮甲下手，遂写信向县委赵书记反映了田亮甲当年为新四军作出过贡献的情况。

半月前，赵书记赴三官镇找俞衡友谈话，说组织上经过研究，决定对田亮甲进行审查，考虑到其历史上曾为新四军做过事，可采取变通方式，不予拘捕，而是将其软禁于俞衡友负责的七区工商联办公地，由工商联提供其一应生活需求并承担安全之责；至于对田的审查，与工商联无关，由公安局负责。

这样，田亮甲就被软禁于工商联。俞衡友念及当年其为革命事业作出过贡献，关照工作人员予以善待，自己也尽可能多方面给予关心。不料，田亮甲根据时势以及公安人员对他的审查情况判断，往下的情势肯定于他大为不利，在昨天晚上上吊自尽了。

今天上午，公安局接到报告，急赴七区工商联办公处勘查现场、了解情况，忙碌了大半天。到了晚上八点多，一行人忽然去而复归，把正在主持会议的俞衡友从会议室叫出来，宣布将其逮捕！

俞毓梅获悉，顿觉天旋地转，很自然地想到了她此刻的唯一依靠——钟梦白。

钟梦白接到俞毓梅的电话，便要立刻赶到三官镇去，被庄敬天拦住。庄敬天说已经快半夜了，渡轮都停了，你怎么过黄浦江？再说，俞镇长的事儿究竟属于什么性质，现在还不好说，你冒冒失失过去，除了安慰安慰小俞，能起什么作用？还有，以你现在的身份，发生了这种情况，是要向领导报告的，这是纪律！

钟梦白听了，长叹一口气，缓缓点头。

第二天一早，庄敬天、钟梦白、彭倩俪一起前往"悬办"，报告了俞衡友被捕的消息，申请去浦东看望一下俞毓梅。其实这事领导已经知道了，杨宗俊说："要表扬一下庄敬天同志，组织性纪律性很强，第一时间向组织上报。至于去浦东看看小俞，我认为可以。鉴于'特费'案件的线索已经确定转移到浦东去了，从今天起，三组你们这一拨人就可以转移到三官镇政府原来的那个办公点了。"

萧顺德说："小钟你们几个先走，老李、老马由我通知，反正我也要去浦东的，到时我们三人一起过去。"

庄敬天一行赶到三官镇俞宅时，终于松了口气，俞衡友已经被放出来了——

县公安局因为审查对象田亮甲的自杀，对俞衡友颇为恼火，怀疑俞衡友跟田亮甲有什么瓜葛，决定对俞衡友实施拘留审查。县委赵书记一大早听说俞衡友被捕，吃惊不小，急向公安局打电话询问缘由，得知是因为田亮甲自杀之事，不免动怒，说把田亮甲软禁在老俞那里是我的主意，现在人死了，老俞即便有点儿责任，也不至于蹲大牢吧？马上把老俞同志放出来，谁去三官镇抓的谁去放，而且要当面道歉！

老俞放出来后，先被送到县委。赵书记对俞衡友说，老俞同志，这件事公安局处理得非常不妥，责任在县委，在我，我向您诚恳检讨。您是本县首批通过干部审查的十七名干部之一，将作为骨干力量参加接下来全面铺开的审干工作，老俞同志，您要有一个思想准备，组织上要给您压担子的……

听到这儿，俞衡友开口了，说多蒙组织信任领导关心，但我身体不好，已经挑不动什么担子了，目前七区工商联主席这个职务我都准备辞掉呢。然后，俞衡友向赵书记提出了一个要求：自己这次被捕到释放虽然不到一昼夜，可这个消息肯定已经遍传三官镇以及他任职工商联主席的那七个区，甚至全县乃至全浦东。眼下倒没什么，大家都知道是公安局错捕，但若干年后时过境迁，人事更迭，恐怕就说不清楚了。那时尽管我这把老骨头早已埋在地下了，可是我有女儿，以后还有第三代、第四代，所以请求县委责成公安局给我出一份书面证明。赵书记认为这个要求合情合理，当即点头。

当晚，俞毓梅像往常一样，沏了壶茶端进父亲的卧室。俞衡友正坐在桌前默默地抽着水烟，桌上放着几份从硬纸夹里拿出来的文件、学习资料之类。俞毓梅放下茶壶，目光扫到了桌上的一份文件："哎！这上面有照片，这是谁呀？"

俞衡友说："这是上级发下来的一份协查通知，上海市公安局要寻找一个以前曾在法租界开过中药店的梁老板。"

俞毓梅拿起协查通知看了看："这上面没说他是好人还是坏人啊！爹爹，您猜这位梁老板是好人还是坏人？"

俞衡友微笑道："这可没法儿猜。不过，公安局要找的不一定全是坏人，也有好人——比如当年革命处于低潮时失散的同志以及他们的家属，或者为了查清某个重大历史事件需要的证人。"

"您又不是干公安工作的，为什么要把这份找人的通知发给你呢？"

"这位梁老板以前既然是开药店的，那就属于工商界的人。我现在担任着七区工商联主席，上级肯定考虑到这七个区的工商业人士中可能有人认识这位梁老板，所以就发一份下来。明天我们正好开会，我要向大家传达的。"

俞衡友说着，忽然一阵剧咳，俞毓梅急忙给父亲捶背，好一阵才止住。俞毓梅心疼地说："爹爹，您这肯定是被关在看守所的那一夜受了凉引发的。哼，没有查清楚情况就先抓人，这是严重的官僚主义……"

俞衡友打断女儿："公安局同志这样做，自有他们的想法，我们要相信组织。你看，赵书记不是一听说这事马上就雷厉风行地处理了吗?"稍停，问道，"记得抗战胜利那年，林道士去北方云游回来，送给我一支野山参，放哪里了?"

"放在我屋的那个坛子里呢，里面放了些生石灰，每年换一次，不会坏的。"

"你把它拿出来，隔水蒸了给我，今晚就蒸。"

俞毓梅大喜："我早就说过要您把它吃了，您一直舍不得! 好，我这就去蒸。"

两小时后，俞毓梅把参汤端到父亲房间时，俞衡友正在伏案疾书一份材料，听见推开房门的声音，他把材料放进抽屉，喝了几口参汤，把瓷盅放在一旁。

俞毓梅问："爹爹，您怎么不喝光呢?"

"林道士这支参了不得! 少说也长了五六十年了，不敢一下子喝多，否则要流鼻血，严重的甚至会要命呢!"

俞毓梅大吃一惊："这么厉害啊!"

俞衡友换了个话题："毓梅，你跟小钟的关系，现在发展到什么程度了?"

俞毓梅双手拨弄着衣角："也说不上发展，反正就是见面聊聊，不见面嘛，就通通信……爹爹，您今天怎么问起这事了?"

俞衡友说："毓梅你坐下，爹想跟你好好谈谈这件事……"

钟梦白做梦也没有想到，一夜之间，他的恋爱形势竟然在没有任何预兆的情况下急转直下！

今天一早他刚起床，正准备和庄敬天、彭倩俪一起去食堂吃早饭，门卫来电话通知他去取信。钟梦白觉得奇怪，大清早邮差还没上班呢，怎么就有信送来了？要么是昨天的？可是昨天门卫室为什么不把信和其他邮件报纸一起送来呢？小伙子隐隐觉得这封信似乎不平常，于是就让庄、彭先去食堂，他稍后就到。

等庄敬天、彭倩俪在食堂看见钟梦白时，小伙子已经像霜打的茄子一样彻底蔫头耷脑了。庄敬天吃了一惊："小钟你怎么啦？"

钟梦白没吭声，从衣兜里掏出一封信递过来。庄敬天抽出信纸迅速浏览了一遍，不由瞪大眼睛："这个小俞，搞的什么名堂？"

彭倩俪也凑过来，看罢内容，猛然起身："我这就去找小俞！"

待彭倩俪离开，庄敬天低声问："小钟，刚才小彭在场，你可能不方便说。现在你老实告诉我，是不是想对人家小俞姑娘图谋不轨，让她发现你的狐狸尾巴终于露出来了，忍无可忍，这才跟你绝交？"

钟梦白哭丧着脸，连连摇头："没有的事！之前我跟小俞一切正常！"

庄敬天还想说什么，忽见彭倩俪去而复归。彭倩俪回来是因为她发现了一件新闻：食堂门口张贴了一纸县委的通告，宣布即日起成立审干领导小组，俞衡友是该小组七名成员之一。彭倩俪突发奇想，会不会俞衡友受到了组织上的重用，很可能在审干结束后提拔到更重要的位置上，俞毓梅就看不起钟梦白了，趁早把小钟甩掉算数？

庄敬天断然否定："扯淡！小俞不是这种人！"

彭倩俪说："我还想起一件事，昨天我去卫生所配药，看见小俞跟一个新来的青年医生聊得挺热络的。我问了问药房的小王，她说那是上海过来的姜医生，刚大学毕业。那姜医生长相不俗，一表人才，像电影里的奶油小生。"

庄敬天说:"你这个情报还算有点儿价值,回头我亲自去调查一下,如果是奶油小生横刀夺爱,那还真不好办,又不能掏枪把人家赶走。不过,我想小钟你还不至于那么背运。好吧,小彭你去跟小俞接触一下,问清楚她究竟为什么要把钟梦白同志给甩了。"

彭倩俪在两天之内接连找了俞毓梅三次,每次都见到了俞毓梅,也说上了话,却无法完成庄敬天交给她的使命——俞毓梅只用简单的一句"这事你不要管",就把她给打发了。这使彭倩俪疑惑不解,难道她真的看中了那个新来的奶油小生?

庄敬天为了铁哥们儿的终身大事,还真的悄悄对那个奶油小生作了调查,那是上海市卫生局的一位大学毕业刚参加工作不久的干部,奉上级指令到三官镇来调查血吸虫病的;而且,这个奶油小生早在大三时就已结婚,现在都有女儿了。

萧顺德不知通过什么渠道听说了这事,提醒庄敬天"注意影响,不要为小钟的私事在三官镇的群众中引起议论"。如此,庄敬天只好就此打住。好在这几天追查梁壁瀚的工作已经全面铺开,大家都在日夜忙碌,钟梦白也没空为失恋过多伤神了,白天到处奔波,晚上还要开会,无论体力、脑力都是高强度支出,经常是下半夜才能休息,头一沾枕头就呼呼酣睡。如此,日子也就这样过去了。

其实,这段日子俞毓梅过得比钟梦白更加艰难。她是在毫无思想准备的情况下奉父命突然中断跟钟梦白的恋爱关系的,对此,当时以及之后她都一万分地不理解,也曾向父亲究问原因。可是,俞衡友一反常态,不像以往那样对女儿耐心开导,而是只有一句话:"这是为了你好!"最多加一句,"你以后就知道了。"

以俞毓梅以往的性子,尽管她不会直接顶撞父亲,但她会撒娇,会像牛皮糖那样牢牢地贴着父亲,不达目的不罢休。可是,这次她却没施出这个招术。不是不敢，而是因为她发现父亲实在太忙了，这是一种她记忆中前所未有的繁忙：白天，俞衡友要去工商联上班，除了召集工商业界开会、学习，还要尽快移交工作。他已被县委定为审干领导小组成员，县委多次催促他去报到，他总以"手头工作尚未结束"要求延缓些时日。县委赵书记便以审干领导小组组长的名义，让通讯员送来了第一批审干材料，要求老俞同志抽空阅读，为几天后正式投入审干工作做准备。这无疑增加了俞衡友的工作量。每天晚上，俞衡友房间的灯光都要亮到鸡叫头遍。

可能是那些审干材料需要保密，俞衡友每天晚饭后一进房间，干脆就把房门从里面闩上，俞毓梅沏茶添水，端送参汤、夜宵什么的都得叩门，叩了门也不能入内，父亲会到房门口来接。林道士那支野山参的功效确实了得，俞衡友就是靠着那份药力，一连数天日以继夜，不但坚持下来，而且连多年来夜夜不断的咳嗽也似乎好转了。

面对着这种情景，俞毓梅纵然再委屈，也只能忍一忍、放一放了。当然，俞毓梅不可能知道，父亲的这种反常行为背后，竟然隐藏着天大的秘密！

十二、三友观夜谈

这天，俞衡友下班比平时早了一些，就像跟女儿约好了似的，父女俩竟然是从两个方向同时抵达家门口的。

俞毓梅很高兴，露出了自从被父亲棒打鸳鸯以来难得的笑靥，说爹爹您今天回来得早，我给您做好吃的。俞衡友也笑了，但女儿没注意到，笑容在父亲脸上停留的时间比以往任何时候都短。俞衡友说明天吧，明天我就有空了，今晚还有事情要办，一会儿就出去，可能回来得晚一些，你不必等我。

俞毓梅自己也没能在家里多待一会儿，也就不到半小时，卫生所就派人骑着自行车来接她了——一头疯牛闯进镇里，造成多人负伤，卫生所所有医务人员都得赶去参加抢救。

俞衡友走后不久，俞衡友也出门了。他从容地迈着平稳的步子，沿着被昏黄的路灯光映照着的因年久失修变得坑坑洼洼的石子路，径直去了镇口的三友观。

林道士就像知道老友要来夜访似的，俞衡友刚刚叩了三下门，他就把门打开了。俞衡友笑道："逸兄，我掐指一算，今日此刻，是你今年第三次闭关结束之时，还真让我猜对了。"

林道士长年恪守道家的养生术，每月定期闭关三日，不吃不喝，不睡不动，端坐蒲团整整七十二小时。他的这门养生秘术跟寻常道家功夫有点儿不同，出关之后，立刻大量进食，酒肉不限，据说年轻时曾创下过一次喝七斤绍兴黄酒、吃下牛羊肉各三斤的纪录。所以，今天俞衡友带来了两瓶白酒、两斤熟牛肉和花生米、豆腐干等几样下酒菜，说要跟老朋友好好喝一顿。

席间，林道士不无感慨："屈指算来，你我上一次这样月夜廊前饮酒聊天，距今已有四年多啦！那还是听到日本投降那天吧？唉，真是光阴似箭，转眼这么些年头儿过去啦！衡兄，今日怎么有空闲来此一聚？"

俞衡友说："这一阵儿我实在太忙了，疏于来道观探看兄台，逸兄你也不出山门，不闻世事，可能对外面的情况不尽了解。最近这段时间，不知怎么的，我像是走了背时运，诸事不顺：先是当年的伪军司令田亮甲在我主持的七区工商联办公所上吊自尽，我受此事牵连，被公安局逮去。好在把田亮甲软禁于工商联的决定是县委赵书记拍的板，赵书记出面为我说了话，我只被关了一夜就获释了，公安局的人还当面向我道了歉。回到三官镇，我寻思自己的年纪也大了，身体也不好，干脆向组织上提出辞职，回家养老算了，这也算急流勇退吧。哪知赵书记不肯放过老朽，非要弄副担子往我这把老骨头上压，又给我弄了份新差使，让我参加审干工作。我借口移交工商联的工作，没去报到，赵书记倒好，以审干领导小组组长的名义，让县委的机要通信员把文件材料送过来了，这是赶鸭子上架啊。逸兄你看，我这不是时运不济吗？"

林道士呵呵笑道："这是兄台能力强，人家看上你了。你今天不来我这里，我明天还打算去看你呢！你问啥事？是关于你女儿的事，毓梅把状告到我这里来了。"说着，从怀里取出一封已经拆开的信递给俞衡友，"这是我刚才出关后打开山门时捡到的，毓梅是从门缝里塞进来的。衡兄啊，你看你，这么一把年纪了，膝下仅有毓梅一个女儿，她跟小钟好，那是一桩天大的好事，可你不知怎么想的，明明已经同意他们两个好了，现在却又出尔反尔，棒打鸳鸯，这到底是因为什么缘故？"

俞衡友摆摆手："这件事容我稍后再奉告兄台，我今晚过来与逸兄月下饮酒，是有一事要向兄台当面请教。"

林道士见俞衡友一脸郑重，意识到可能事关重大："请教可不敢当，贫道一直避世隐居，孤陋寡闻，听衡兄说说外面的时势，于我必有教益。"

可是，俞衡友说的却不是时势，而是一桩往事，而且特地说明，这是县委发下的审干材料中一个被审查对象的个人经历——

这是清朝光绪年间出生于江南地区某地一个小镇上的平民子弟，如今也该六十出头了，姓梁，名璧瀚，字行慈。梁璧瀚的父亲是个名不见经传的中医，年轻时曾经对仕途有过比较强烈的追求，他想当官，倒不是为了光宗耀祖富贵荣华，而是想像包拯、海瑞那样做个清官，为百姓做些好事。可是，老爷子的这个当官梦未能实现，他的仕途梦止于秀才。不为名相，亦为良医。于是就去学医，可岐黄之术却是平平，仅能糊口而已。

梁老爷子娶妻生子后，把自己年轻时的宏图大志寄托于儿子身上，为其子取名壁瀚，字行慈，希望儿子长大后常怀慈悲之心，为民造福。可是，梁壁瀚十三岁那年，清政府废除了科举。老爷子的梦想随之破灭，寻思儿子官可以不做，饭总是要吃的，还是实际些，先学一门谋生之术吧。学医的路似乎走不通，老爷子本身就是一个例证，就去学经营中药业吧。于是，十三岁的梁壁瀚就到县城的"积福堂"中药店当了一名学徒。

"积福堂"于清道光年间由一个名叫陆积福的丝绸商人转行创办，也就不过三五年间，便在方圆百里有了名气。陆积福敢改行，能创出名气，是因为其祖上曾从清廷宫内得到过一个秘方，专治喉疾。那是一种由多味中药配制而成的药丸，寻常咽喉肿痛、嘶哑失声之类的症状，只消服一丸下去，一昼夜必愈。"积福堂"把这药丸命名为"消痛响天丸"，陆积福亲自定下规矩：该秘方传子不传女，如若哪代无子，就是命中注定该秘方与陆氏的缘分到头了。旧时，此类事例甚多，比如"王麻子柳枝接骨"的绝技就是这样失传的。

到梁壁瀚进"积福堂"当学徒的时候，"消痛响天丸"的秘方已经传了三代，到了老板陆源允手里。陆源允那年已经年届天命，在那个年代算是步入老年了。他有三女一子，本来要把"消痛响天丸"秘方传下去是一桩顺理成章之事，不料，陆老板的公子四岁那年生了急性脑病，用西医的说法就是脑膜炎之类，高烧不退，神志不清，口不能言。当时的江南县城只有中医，这种毛病都是死马当活马医。陆公子运气好，给医好了，不过从此脑子却打了折扣，长大了行事与常人有异，用现在流行的说法就是有点儿"二"。如此，陆源允就不敢贸然把秘方传给儿子。不过生意还是要做的，每有订货，陆老板就只好亲手配制。

"积福堂"有规矩，老板配制"消痛响天丸"时，店里所有人都得回避。十三岁的梁壁瀚不是凡品，打自进店，听老店员说过"消痛响天丸"后，就暗暗动起了刺探秘方的脑筋。平心而论，这种念头，在当时"积福堂"供职的十多个店员中，不说人人都有，一半人肯定是少不了的。可是，动念头归动念头，要想付诸实施并且获得成功，那就等同于做梦了。"积福堂"对此的防范措施，打从陆积福开始就立有规矩，称之为"陆氏家规"，之后几代根据实际情况对家规进行了修订增补，到陆源允手里，已经形成一套完善的保密措施，如果刻印出来，可以编成一本小册子了。其中有些规矩简直闻所未闻，匪夷所思，比如终生滴酒不沾，终生不得在外餐饮（外出只能备干粮），在外过夜必须坐着打盹儿，不得躺卧（生怕睡熟了说梦话泄密）……而在自己店里，则有更为严苛的规矩，比如从店堂取药时，须在黄昏关门打烊后全体店员去后面内宅用餐时方能进行，药丸制作的整个过程中，不得因任何缘故离开现场，更别提饮食了。配制"消痛响天丸"，须动用包括铡刀、切刀、石磨、药臼、乳钵、铁舟、铜筒等多种制药工具，这些工具在使用时会发出响声，如果让外人听见，就可由此推测出秘方的药材配料和制作工艺。因此，配制时除了屏退店员，还须把工场的门窗严闭，里面蒙上棉被，严防声音传出，诸如此类，不一而足。

试想，在这等严密的防范措施下，十三岁的梁壁瀚想获取"消痛响天丸"秘方，简直难如登天。可是，梁壁瀚在"积福堂"待了五年，竟然成功了！

当然，他的成功不仅有运气的成分，更是其杰出智慧和坚韧意志的结果——

第一年，胡思乱想干着急，一无所成。

第二年，有了计划，开始实施，但在众人眼里，其行为绝对跟"消痛响天丸"没有关系，大家都觉得这是一个沉默寡言、干活儿勤奋的年轻人。

第三年，之前的努力有了小小收获，作为受到老板和账房先生信任的学徒，他被安排独自睡在店堂里，当地谓之"防夜"——即防范夜间失窃。

第四年，已经满师的梁壁瀚仍主动防夜，老板让他由原先在店堂打地铺改为在账房间搭床铺——意思是已经满师，可以高人（与学徒相比）一等了。

第五年，梁壁瀚开始行动。"积福堂"的保密规矩定得再严，也不至于天衣无缝。梁壁瀚四年观察琢磨下来，终于找到了机会。陆源允根据祖上传下来的规矩，接到客户订单后，并不急急忙忙动手配制，而是先要戒荤腥三日，每天晨昏须在内堂供奉的药王菩萨佛像前焚香跪拜。第四天，沐浴净身，不进饮食，方可动手配制。如此繁琐的准备工作，使梁壁瀚产生了灵感——老板的这番准备工作等于是在告诉他，我要配制药丸了。那好，梁壁瀚也就准备行动了。在老板正式配制药丸的前一天晚上，待老板全家和全体店员在内宅熟睡之后，他悄然起床，赤足穿行于店堂里，打着蒙了红布的手电筒，把全店二百五十味中药一样样称了一遍，暗暗记下。第二天半夜，再依样操作一遍。这样，两者相减，再扣除当天售出的中药分量（这可以在账台上查到），得到的结果就是"消痛响天丸"的秘方。

至于老板是动用了什么工具制作"消痛响天丸"的，对于已经学了五年能够操持"外堂"、"内堂"诸般活儿的梁壁瀚来说，只要看一看药材就已然知晓。至此，他就算是大功告成了。十八岁的梁壁瀚表现出远远超越同龄人的那份特有的沉稳，利用回家探亲的机会，去外县数家中药店铺分别配齐了秘方上的药材，瞅准工场间无人时见缝插针悄然进行加工，终于配制出"消痛响天丸"。为检验药丸的效果，他甚至故意挨冻受寒，或者进食生热上火的食物、中药，引发咽喉肿痛，然后以身试药，确认"消痛响天丸"的疗效。

到这一步，梁壁瀚可以说已经获得了巨大的成功，可以离开"积福堂"自立门户了。可是，他意识到自己获取"消痛响天丸"之举是对不起"积福堂"的，需要作出弥补，于是又在"积福堂"待了三年，直到二十一岁那年方才离开，远走高飞去了上海。

在上海，梁壁瀚凭着自己那手出色的药工技艺和"消痛响天丸"的秘方，先后跟数家中药店合作，十年之间攒了一笔不菲的款子，便在法租界盘下一家中药店。

梁壁瀚经营"祥德源堂"后，他从"积福堂"刺探到的"消痛响天丸"秘方就不再使用了，他认为这毕竟是"偷"来的东西，已经为自己获得了巨大利润，如果再利用该秘方去牟取利润，那简直是伤天害理了，必遭天谴。梁壁瀚打算就以"祥德源堂"为自己的创业基础，凭着良心做生意，能有发展最好，若无发展，那就守住这家店铺，自己的下半生就有了依靠，还可作为遗产留给下一代。当时，他还没有想到自己不久后会走上一条从来没有想到的道路——参加共产党。

梁壁瀚参加革命，源于跟一个名叫葛信昌的先生的相识。葛信昌是"祥德源堂"中药店雇请的账房先生葛忠昌的弟弟。葛氏祖籍苏州，祖上曾是苏州名门望族，太平天国运动爆发，家道败落，移居沪上经商，竟然小有成就。葛信昌曾赴英国留学，专攻机械，回国后被江南制造局聘为主任工程师。葛信昌天生思想活跃，喜欢接受新事物。他在英国留学时，就已接触马克思主义，受到共产主义思想的影响，能把那篇著名的《共产党宣言》倒背如流。回国供职于江南制造局后，中共方面发现这个高级技术专家追求进步，有心发展其入党，便指派专人与他联系。那个联系的专人，是个中英混血女子，名叫罗达思，英国伦敦大学肄业生，学的是新闻，回国后当了一家英国报纸的驻沪记者。

罗达思是英国国籍，参加的是苏联共产党，跟共产国际方面自然也有联系。她受命跟葛信昌接触后，使葛有了两大收获：一是 1925 年 7 月加入中国共产党，二是同年年底娶了罗达思。不过，罗达思只做了葛信昌半年多的新娘就失踪了，没人知道她的去向，估计是遭遇了不测。葛信昌参加中共后，奉组织之命"一切照旧"。当时中共建党没几年，党员少，像葛信昌这样的留洋工科专家更是属于凤毛麟角。直到 1926 年 10 月，中共在上海发动第一次工人武装起义前，他才奉命有所动作，为起义工人提供了一些武器。

上海的工人武装起义一共发动了三次，每次葛信昌都奉命提供相应的帮助。对于他这个主任工程师来说，提供武器易如反掌，根本不用说话，也不用跟任何人见面，更不用打电话，只要在事先约定的某个接头地点，比如外白渡桥或外滩公园，往废物箱里扔一个香烟盒就行了。地下党的接头同志拿到香烟盒，用显影药水把上面的情报显示出来，然后派人去某个地方搬运就是。

中共组织的上海工人武装起义发动到第三次，终于成功了。工人武装迎接北伐军进入上海也就不过半个月，蒋介石就发动了"四一二政变"，残酷屠杀共产党人，在上海的中共党组织被迫转入地下。为安全起见，尚未暴露中共党员身份的葛信昌根据组织上的指令，以养病为由暂住于"祥德源堂"。梁壁瀚并不关心政治，中药店开在法租界，也没有受到动荡时局的什么影响，还是照常做生意。可是，他没有想到，账房先生之弟的来临竟然改写了他的后半生。

梁壁瀚跟葛信昌最初的接触，是从修理一块挂表开始的。梁壁瀚的这块挂表并非珍贵名表，已经用了十年，停摆不走了也算是正常，以他的经济状况，完全可以去购买一块崭新的瑞士名表。可是，梁老板念旧，他觉得这块挂表承载着他这十年里太多太多的记忆，也是他从中药店伙计成长为"祥德源堂"老板的一个见证。因此，他想去钟表店把挂表修好。还没出门，就被账房先生唤住了，说先生您要修表的话不必出门去钟表店，让信昌鼓捣几下就成。

梁壁瀚半信半疑地把挂表交给了葛信昌，果然，也就不过十来分钟就解决问题了。梁老板跟对方闲谈之下，这才知道葛信昌竟是留英机械专家、江南制造局的主任工程师。他连称"失敬"之后，提出了一个要求：向葛先生学修理钟表。葛信昌正闲着无事觉得闷得慌，对于梁老板的这个要求不但答应得极爽快，甚至比梁壁瀚这个学徒还高兴。

梁壁瀚学习修理钟表的过程，也是葛信昌向他有意无意灌输革命道理的过程。在葛信昌看来，梁壁瀚性格内向，内心却是凡事明了剔透，原本就有追求人人平等的潜在愿望，这是当时发展党员的一个基本标准。葛信昌在"祥德源堂""养病"是组织上的安排，组织上每月会有一两次派人与其见面，保持联系渠道畅通。葛信昌便向来人说了梁壁瀚的情况，请求把梁老板作为发展对象予以考虑。

"四一二政变"之后，党组织遭受前所未有的破坏，党员数量大为减少，急需发展新党员。当时党内高层有一个观点：革命处于危急关头，如果有人还同情共产党，肯向党组织靠拢，这样的对象只要提出入党要求，立刻可以批准。梁壁瀚就是在这种情况下被迅速发展为中共党员的。不过，梁壁瀚的入党介绍人不是葛信昌。当时中共已经决定在南昌发动武装起义，中央指名让葛信昌去南昌负责武器筹备工作。葛信昌在这年 7 月中旬离沪赴赣的前夕，奉命代表组织跟梁壁瀚作了一次正式谈话，说自己离沪后会另有人来找你，并交代了接头暗语。

葛信昌离开后，再也没有回来，他牺牲于8月1日发动的南昌起义中。一个月后，有一位自称"老屠"的知识分子模样的中年人来跟梁壁瀚联系。这个老屠，就是梁壁瀚的入党介绍人。

梁壁瀚入党后，组织上给他分派的任务是：利用"祥德源堂"老板的身份做情报交接工作。其时革命处于低潮阶段，上海这边作为中共中央领导机关驻地，处于敌人的白色恐怖之下，几乎每天都有同志被捕、牺牲。因此，党组织对梁壁瀚这样的新党员是要予以严格考察的。

从后来的情形来看，党组织可能在决定吸收梁壁瀚时，就有了将其培养成属于中共中央核心机关直接掌握的秘密交通员的打算。所以，梁壁瀚在入党伊始，就经受了真刀真枪的考验——

1927年10月中旬的一个阴雨绵绵的日子，梁壁瀚根据上一天晚上接到的秘密通知，前往法租界外国坟山门口接收一份情报。外国坟山就是解放后的淮海公园，那时还是一个专葬外国亡者的公墓。梁壁瀚在约定的时间到达那里后，刚刚站定，就有一个戴着一顶鸭舌帽、嘴上斜叼着一支香烟，看上去显得贼忒兮兮的小瘪三样的青年摇摇晃晃地走了过来。他在梁壁瀚面前驻足，朝梁上下一打量，眼光移到马路对面，自言自语道："天落雨，人倒霉，皮夹子落忒——迭位爷叔，阿好拨吾一块洋钿？"

这是上级交代下来的接头暗语，梁壁瀚于是摇头："一块洋钿我拨不起，最多只好拨侬一只银角子。"

暗号对上，梁壁瀚就掏出一枚银角子送给对方，对方一声"谢谢"，迈步朝公墓大门里走去，梁壁瀚尾随其后。对方拐了两个弯，经过一个竖着高大的橡木十字架的坟墓前，脚下像是绊了一下，在一块石板上顿了顿，吹着口哨扬长而去。梁壁瀚便知道他要取的情报在那块石板下面，四下扫视，无人注意自己，遂走上前去，一手执伞，一手掀开石板。石板下面有一个直径寸许的圆形雪花膏铁皮盒，梁璧瀚刚伸手把雪花膏盒拿起来，忽地一阵警哨声，他还没来得及作出反应，已经被不知从哪里蹿出来的巡捕拦腰抱住。后来看清，巡捕一共三个，两个是中国人，另一个凭身材、脸相判断，应是安南人。随即，一副白铜手铐铐在了梁璧瀚的手腕上。

就这样，梁璧瀚被捕了，罪名是贩毒，那个雪花膏盒子里装的是白粉，不多，五六克的样子。可是，巡捕房刑事部认为此举后面应该还有花头，对他讯问甚严，还动了刑。梁璧瀚确实不知这是怎么回事，说自己到外国坟山闲逛，听见石板下似有蟋蟀叫，不觉奇怪，寻思都已交过寒露了，怎么还有蟋蟀，就想看个究竟。掀开石板，看见有个雪花膏盒子，以为是盛放蟋蟀的容器，就拿起来了。

梁璧瀚已经做好了坐牢的打算，不过事情没有这么严重，当天下午四点，他在交纳了二十枚银元的罚金后，被释放了。

这是组织上安排的一次考验，梁璧瀚在毫不知情的情况下平静地经受住了。但不久之后的另一次考验，就没有这样轻松了。

那是 1928 年元月初，梁璧瀚接到上级通知，让他当天晚上去南市大境阁"逸峰南货店"楼上开会。这是组织上特意安排的一次在我党地下工作中极为罕见的特别行动——事先，组织上决定安排一位具有政治背景的同志打入敌人内部，这位同志已经跟敌方进行过数次沟通，敌方对其深信不疑，欢迎其加盟，可是要求必须奉上"晋见之礼"。许多反映我党地下斗争的小说、影视告诉我们，这当口儿的晋见之礼应该就是金钱，或者美女，于是，我们的秘密工作人员就为对方准备一笔钱财，再介绍一个交际花之类过去，事情就办成了。

这种情形，可能曾经有过，但梁璧瀚遇到的却不是这一种。那位他不知道任何情况的同志当时被敌方要求奉上的晋见之礼，不是金钱，也不是美女，而是一份货真价实的情报，这份情报到了敌人手里必须发挥作用，这种作用有可能是我方人员付出鲜血甚至生命的代价，最乐观的估计，组织上也得蒙受一些损失。那位同志把敌方的意图向组织上汇报后，上级领导经过再三斟酌，为了让这位同志成功打入敌人内部，日后好为革命事业发挥巨大的作用，决定为其准备一份"晋见礼"——安排七名地下党员前往南市大境阁"逸峰南货店"楼上开会，然后让那位同志向敌人递送这个情报。

这份情报递送给敌方后，这七名同志必定被捕无疑。到那时，组织再设法营救。为把损失减少到最低程度，组织上要求这七名同志必须是从未引起过敌人注意、被认为是中共地下党内无足轻重的人员。这样，组织上在考虑人选时，新党员梁壁瀚就被算在其中了。当然，对于梁壁瀚来说，这也是组织上的一次考验，看他是否真正具备视死如归甘为革命事业献身的理想和信念。如果他能够经受住这种考验，而组织上安排的营救行动又能够顺利实施的话，他就可以成为一个受到组织信任的秘密交通员了。

那天晚上，梁壁瀚去了南市大境阁，参加了那次七人会议。这是他第一次也是最后一次（成为由党中央直接掌握的秘密交通员后，他不但不能参加任何会议，连寻常的交通员工作也不能做，就是当他的中药店老板）参加地下党的会议，会议开了不过三分钟，他还没弄清楚会议的主题，外面警报声已经响成一片，国民党上海市警察局、淞沪警备司令部的军警蜂拥而入。与会七名地下党员悉数被捕，押解淞沪警备司令部。

对于敌人来说，这自然是一个巨大的收获，认为肯定能从这七名被捕者嘴里挖出更多的秘密。于是，敌人特地组建了专案组，逐个研究被捕者，分别讯问。

这年，梁壁瀚三十五岁，是七名被捕者中年龄最大的。他是近视眼，戴着副玳瑁架眼镜，加之生性沉稳，看上去就像一个知识分子。这在敌人眼里就是大共产党的料，将其作为重点对象进行讯问。敌人对付共产党也算有经验的，知道抓捕后的最初二十四小时是讯问的"黄金时段"，被捕者在这当口儿供招的内容可以立刻验证真伪，取得实效。因此，常常是室内在讯问，室外数辆警车已经等候着了，一有口供，警车立刻出动前往逮人，以延伸战果。为了迅速获得口供，刑讯肯定是难免的。这次梁壁瀚被敌人认定是"大共产党"，可以想象他会受到怎样的对待了。

内线向党组织提供的情报表明，梁壁瀚在被捕后的二十四小时内经受了敌人三十六种刑罚，多次昏死，坚贞不屈，一口咬定是来向南货店老板讨香料债务的，却被其他人误以为是来参加会议的，招呼他坐下，他以为是谈还债事宜的，不疑有他。坐下后点了支香烟还没抽几口，军警就冲上楼来了，如此而已。

敌专案组对其余六名被捕者也进行了刑讯，其中两人做了叛徒，但他们供出的情报，并非敌人眼下最迫切想获得的中共地下党的组织机密。敌专案组对被捕者的身份进行了核查，发现被他们认为是"大共产党"的梁壁瀚还真的是中药店老板，在之前他们掌握的中共地下党的材料里，也从未出现过其人其名。

七人刚刚被捕，组织上就启动了营救程序，一面通过内线了解被捕者在里面的表现，一面通过社会关系打通敌方各个关节。这样，到第三天傍晚，获得了淞沪警备司令长官熊式辉的首肯，答应对这七名被捕者从宽处置，不过不是立即释放，而是"取保候审"和"关押待审"，梁壁瀚被列入后一档名单。可是，当天深夜不知怎么竟然发生了惊险一幕——

当时，国民党方面在处决共产党人时有一个不成文的做法，惯于半夜行刑枪杀。这天晚上，有九名之前被捕的共产党人被敌人列入处决名单，午夜打开牢门提人时，却把梁壁瀚也开出了牢房，五花大绑押解刑场。梁壁瀚原以为自己这条命就算交待了，万幸在即将开枪的一瞬间，忽然有人大叫着"枪下留人"疾奔而至，把梁壁瀚押了回去。

次日，梁壁瀚因刑伤过重，被获准"保释"。释放之后，组织上又通过关系打点了一番，这个案子就一笔勾销了。

梁壁瀚被释放后，一边继续经营中药店，一边养伤。到了清明节后，他的身体还没完全恢复，又发生了一桩大事，以至于他不得不将其费尽半世精力创办的"祥德源堂"中药店廉价转让，所获银洋全部交给组织。

1928 年 4 月 15 日傍晚，"祥德源堂"已经打烊，梁壁瀚正和店员在后面吃晚饭，门铃骤响。对于当时的中药店来说，这是再正常不过的情况。中药业有行规，昼夜二十四小时随时都应接待顾客，一学徒便奔去开门，须臾复归，禀报说来人拿着一张龙飞凤舞字迹的方子，说只有梁老板本人看得懂，抓得了这上面的药。梁壁瀚在中药行业浸淫了二十多年，打从"积福堂"学徒做起，直到现在的"祥德源堂"老板，不知接待过多少夜晚敲门抓药的病家，还从来没有碰上过声称只有老板看得懂方子的。他倏地一个激灵：肯定是组织上有急事来找我了！

当下，梁壁瀚三步并作两步直趋店堂，定睛一看，来人是个二十三四岁的后生，脸上透着难以掩盖的焦灼神情，一双眼睛睁得滚圆，像是要喷火的样子。小伙子见到梁壁瀚，上下一打量，张口发问："您是梁老板？"

梁壁瀚拱手："正是。"

"那好！这张方子你看一下！"对方从怀里掏出一个没有封口的信

封，递给梁壁瀚。

梁壁瀚从信封中抽出一张写在白纸上的药方，果然龙飞凤舞难以辨认，正眯着眼睛要细看时，对方悄声递过一句话来："胡乱念七八味药卖我就行，看信封要紧！"

梁壁瀚会意，随即回头招呼内宅的学徒："立刻称药，听着：苏薄荷三分，生石膏五钱，荷叶一角，陈仓米二钱，知母二钱，益元散二钱，竹叶三十片，寸桑枝二十根，芦根一两二钱，灯芯草三分，五帖。合计价四角。"

"病家"走后，梁壁瀚强迫自己抑制住争分夺秒看信札的冲动，返回内宅后仍上了饭桌，和大家一起吃完了晚饭，这才去了楼上自己的卧室，关上房门，用缝衣针小心翼翼地挑开信封一侧的封口，在空白处涂拭显影药水，上面是老屠的蝇头小字：速筹三四千洋，十万火急！

梁壁瀚只一看，便知组织上遇到特别紧急的大事了。按照分工，梁壁瀚是交通员，只做情报传递工作，其他事情一概不管，而现在上级以这种从未有过的方式直接下达了这等内容的命令，那说明组织上遇到的事情十万火急。在这种情势下，只有病急乱投医了，动用所有的关系，采取所有可能的手段筹集款子。那么，组织上为什么向他下达筹款任务呢？显然是知道他有这份能力，尽管他手头不一定有多少现金，可是，他有不动产——"祥德源堂国药号"。

梁壁瀚知道，自己作为一个党员，打从入党的那一刻起，一切就都不是自己的了，而是党组织的，把一切献给党，党叫干啥就干啥，直至献出最宝贵的生命。之前，他已经上过一次刑场，在千钧一发之际不知什么原因枪下留人，侥幸活到现在。现在，只不过把自己的这份不动产拿出来给党应急，那跟献出生命相比根本不算什么，那还有什么可犹豫的呢？

梁壁瀚当晚就开始行动。他连夜去拜访了法租界中药业公会的会长苏金仕先生，说有紧急用项，他要把"祥德源堂"转让，烦请苏会长相帮物色一个合适的下家。苏金仕出身书香门第，祖上三代为官，他本人也曾当过清政府的五品同知，文才甚好，自学中医，精通药理，民国前期开了一家中药店铺，每月逢九在店堂义诊，求医者云集。后来被法租界中药业同行推举为中药业公会会长，为示公正，他竟然关闭了自己开的中药店。

苏金仕听说梁壁瀚要把"祥德源堂"转让，不胜惊奇，说梁先生你那店铺信誉极好，地段甚佳，租界人口又在不断增加，日后发展前景简直不可估量，为何要急急盘让？梁壁瀚承认对方说的都在理上，但他必须走这条路。三四千银元乃是一笔大数目，不是短时间内能够筹借得到的。即使能够借到，那按规矩也必须承担高于银行存款利率的利息，日后又怎么还得了？最后还不是要走转让药店这一条路？一样要走这条路，何不一开始就走呢？还省得支付利息了。

当然，梁壁瀚没跟苏金仕说这些想法，只是说实在是有急用，因此只好把店盘掉，请苏会长助一臂之力。苏金仕进士出身，官、商、医三行都做得出类拔萃，于人情世故自是玲珑别透，当下也就不再劝说，给梁壁瀚出主意，对转让价格进行了评估。

旧时的商界，百业林立，有三种店家的实力是不能凭外观店面的豪华简陋来衡量的，这三种店家分别是典当、金铺和中药店。比如某家典当，看上去门面不大，库房也小，其实他们的库房里存放的却是古玩、金银珠宝、贵重细软，随便拿一件出来，按市价就可以开一家米行；金铺也是这样，也许某家金铺只有半间门面，可是他们拥有多件白金项链、钻石戒指，那价位又不一样了；再说中药店，更是不能根据门面大小来评估。店里如果有人参、麝香、珍珠、羚羊角、琥珀、石斛、鹿茸等名贵药材，那可是比黄金还值钱。

梁壁瀚知道苏金仕是大内行，也就把"祥德源堂"的真实家底实言相告，说若按市价缓缓物色下家，转让价六千银洋估计是没有问题的；可是现在他有急用，最好是三天内能够把银元拿到手，那就不可能卖到六千了，有四千就已经不错了。

不过，梁壁瀚另有两个条件：他要求接盘的下家必须保证不辞退"祥德源堂"的所有店员，以原薪水、待遇对待他们。为保证这一条能够毫不走样地落实，他还要求中药业公会出面担保，此为一；其二，要求接盘的下家不能更改原店名。苏金仕说这两个条件都没有问题，万一中药业公会理事会不能通过，那就由我苏某以自家的身家来为贵号店员的利益担保。

梁壁瀚闻言起身作揖："如此，梁某向苏先生专致谢意！"

次日，苏金仕就开始为梁壁瀚转让药店之事奔波，物色接盘者。

要在三天内找到一个愿意接盘的下家绝对是一项高难度动作，即使找到了有意向者，人家想一想、跟亲友商量一番，通常还不止三天呢。可是，苏金仕竟然完成了这项高难度动作，第三天下午一点，他把金山旅沪商人郭北昌领到了"祥德源堂"，当面洽谈，郭以四千二百银元的价格买下了"祥德源堂"国药号，并同意梁壁瀚的那两项条件。不过，郭北昌作为一个精明的商人，他也要求梁壁瀚同意一项条件：聘请梁壁瀚留店主持一应营业管理业务，对外对内仍以老板相称，他愿意按沪上中药业店员最高薪水的两倍金额向梁支付薪水。梁壁瀚同意了这一条件，这解决了他把药店转让出去后如何谋生的问题，但也断了他想重走老路，复制与人合作制售"消痛响天丸"的成功模式东山再起的念头。

郭北昌另有一个要求，把他的堂弟郭仁昌派来担任新店的账房先生。梁壁瀚有不得解雇原来店员的要求在先，本来是不同意的，但苏金仕知道这是郭北昌不放心把药店全权交给梁壁瀚执掌，所以派人来监管，当下打了个圆场解决了这个问题：把原账房姜先生介绍到公共租界的一家颇有名气的中药店"保生堂"去做账房先生，薪金不减。梁壁瀚为向姜先生表示歉意，遂从转让药店所得的四千二百银元中拿出二百元给姜先生作为退职金。

当天傍晚，梁壁瀚使用了从未使用过的跟组织上联系的特急方式——坐了辆黄包车前往南京路，让黄包车缓缓而行，他则在膝盖上放了一个醒目的中间绣着一朵绿花的杏黄色包袱。组织上的观察哨长期驻守于南京路上的这个路段，随时能够发现这些特急联络暗号。

特急暗号发出，一切行动都雷厉风行。梁壁瀚在外面转了一圈，把包袱里的两件衣服送进当铺后返回"祥德源堂"门口时，已有人前来"赎药"。那是梁壁瀚见过几次面的上级联系人老屠。药店已经打烊，梁壁瀚让学徒给老屠称药时，瞅个空子把下午郭北昌开的四千银元的支票悄悄塞过去，交接的瞬间，他注意到一贯沉着冷静的老屠脸上竟闪过一丝激动得似要流泪的神情。

其时梁壁瀚的小儿子正患白喉，这种急性传染病小镇的中医是无法治疗的，必须送往上海市区的大医院救治。卖掉药店的消息传到郊区家里，梁壁瀚的妻子寻思丈夫刚把药店转让掉，手头必有钱钞，遂带病儿赴沪，暂住亲戚家，急唤梁壁瀚携钱过来送子就医。梁壁瀚立刻赶到，但他带来的钱不够支付儿子的住院金。妻子诘问卖店所得用到了哪里，梁不回答，不由又急又怒，绝望之下跳了苏州河。幸被人救起，但落下病根，致使数年后生育时因产后大出血而殁。

梁壁瀚把卖掉药店所获的钱钞交给了组织，但并不知道组织上究竟出了什么特急大事。后来才知道，当时党中央确实发生了大事：中共中央政治局常委、中央组织局主任罗亦农在前往公共租界新闸路机关会见中共山东省委书记时，因叛徒何家兴、贺治华出卖被捕。梁壁瀚由此估计，中央为营救罗亦农同志，急需大笔银洋，急切之间无法如数筹到，因此动用了一切可以动用的力量，其中就包括他这个普通党员。

营救罗亦农的计划最后失败了。1928 年 4 月 21 日，罗亦农同志在上海西郊被敌人杀害，年仅二十六岁。罗亦农牺牲前，遗诗一首：慷慨登车去，相期一节全。残躯何足惜，大敌正当前。

俞衡友说到这里的时候，一片残絮破被似的乌云遮住了月亮，院子里倏然暗下来。林道士去屋里拿出一盏马灯，点燃后挂在窗框的一枚钉子上。两人继续喝酒、吃菜，林道士问："你说的那个梁老板后来怎么样了呢？"

俞衡友正要开腔往下说时，静夜中从远处传来一阵脚步声。林道士说："是毓梅来了，肯定是来找你的。"

"别让她进来！这丫头看到我喝酒，又要唠叨了！"

门外果然传来了俞毓梅的声音："逸叔！逸叔！"

林道士去应门，真的没让俞毓梅进来。其实姑娘倒也没打算进道观，她是惦着父亲，不知他去了哪里，寻思这么晚了怎么还没回家，就去工商联打听，又去了镇政府，都没找到，估计父亲可能在三友观，因此过来看看。听林道士说俞衡友确实在观里，她就放心了，立刻换了话题，悄声问："逸叔，我塞在门里的信您收到了吗？"

林道士说："收到了，我会劝说你爹爹打消主意，让你和小钟和好的，你放心就是。"

俞毓梅轻轻松了口气，谢过林道士，就匆匆离开了。俞毓梅万万想不到，她这一去，竟是跟爹爹的生离死别！

十三、曹家渡劫案

林道士返回道观院内廊下，这时那片遮住月亮的乌云已经飘开，银色的月光重新遍洒大地。俞衡友酒杯里的酒已经喝光了，取瓶欲斟。林道士说："衡兄今日已饮半斤有余，不宜再饮，多吃点儿菜吧。"

俞衡友说："我是人生难得一回醉，今天跟兄台聊得高兴，放心，无碍！"

林道士便不再劝阻，又问："刚才衡兄说到那位梁老板把中药店卖掉，支援了共产党，后来呢？"

俞衡友说，梁老板后来遭遇了一桩大事——

1931 年 11 月中旬的一个下午，梁壁瀚按照上一天接到的组织上的通知，前往外白渡桥畔苏州河边跟他的上级见面。这时，梁壁瀚已经换了一个上级，原先的那个老屠在一年前忽然不再露面。地下党有纪律，梁壁瀚是不能打听其情况的，去了何处，或者是生是死，一概不知。接替老屠的那位领导姓孙，名字叫什么梁壁瀚不知道，也不能问。话说回来，就是人家告诉他自己姓甚名谁，那肯定也是化名。

孙先生三十来岁，瘦高个子，身板却显出一股精悍劲，配上那张神情坚毅有棱有角的脸，一看就知道是个不好惹的主儿。这天，孙先生的神情有点儿忧郁，尽管旁边没有人，但他还是把话音压得低了又低，几近耳语，好在梁壁瀚站在他的下风口，勉强能听清楚。孙先生跟梁壁瀚说了十来分钟，其中一大半是没有来龙去脉的废话——那是为了应付从身边经过的路人的。

还真不得不佩服孙先生的那份机警，梁壁瀚正听他说着，忽然他拔步就走："我们去礼查饭店喝杯咖啡吧。"

两人刚在礼查饭店七楼窗前坐下，外面就传来了刺耳的警报声，从窗口居高临下望去，可以清晰地看到三辆公共租界的警车在外白渡桥畔停下，下来一群中外捕探，训练有素地把他们刚才谈话的那块区域包围，对路人挨个儿搜身，不时有人挨打，也有人被铐上手铐推进警车。可以想象，如果不是孙先生的那份直觉，没准儿他们现在就坐在警车里了。

孙先生说："敌人这么猖狂，看来礼查饭店也不是久待之处，我们长话短说吧，组织上交给你一项重要任务……"

孙先生告诉梁壁瀚，这个任务是由中央直接下达的，让梁壁瀚在本年 12 月 1 日之前前往松江，从抵达之后次日起的四天内，每天去松江火车站对面的"蓝锦记茶楼"，找一个临窗位置，坐在那里盯着车站出口，准备接头。不过，孙先生也不知那人是男是女、是老是少，只知那人手持一根三尺长、上面交叉涂着红黑两色油漆的竹制手杖。一旦出现这样的目标，梁壁瀚就离开茶馆，悄然跟踪对方，看他下榻在哪家旅馆，找一个合适的机会前去拜访。然后，孙先生又交代了接头暗语，以及交接货物的凭证。

在礼查饭店的顾客眼中，西装革履的孙先生和他们一样，悠闲地喝着咖啡聊着某个轻松的话题，可梁壁瀚听出了他语气的凝重。孙先生告诉他，这次去松江跟人接头，是为了取一件货，这是一件有着特殊意义的、极为重要的货物，姑且称其为"特货"。你的"老板"要求你必须安全、迅速地取回"特货"，返回上海后，应立刻携"特货"回到你在法租界的住处，然后，在窗口挂出一块打湿了的黑色抹布，"老板"很快就会派人前往你的住处取货。

孙先生接着说出的内容，使梁壁瀚意识到这桩使命真的是非同小可——"到你的住所来取货的人和你接头时，将使用 1 号暗语。"

梁壁瀚成为由中央直接掌握的秘密交通员后，组织上交给他五套接头暗语，特地关照这是在特别紧急的情形下方才启用的暗语，每套暗语只能使用一次，用过后立刻作废。这里所说的"使用"，指的是"通知使用"，比如这次孙先生通知梁壁瀚使用1号暗语了，即使后来松江之行取消了，或者梁壁瀚届时去了松江待了四天未能与对方接上头，也被视为已经使用过这套暗语了。

外滩海关那口著名的大钟敲了三下，悠长迤逦，似乎可以穿透到心灵深处。孙先生脸上笑容依旧，嘴里说出的内容却让梁壁瀚一辈子也忘不了："'老板'特命：此次使命殊为重大，要求货在人在，货失——掉脑袋！"

梁壁瀚觉得这句话就像砸向自己心脏的一把锤子，其震撼力足以穿透全身。屈指算来，打从1927年秋他参加中共，已经整整四个年头。这四年里，梁壁瀚执行过的组织上下达的大大小小的交通使命少说也有上百次，可是，上级从来没有用这等严厉的措词。一瞬间，梁壁瀚甚至感到一丝悲壮：这真是一个特殊到无以复加的使命啊！以往执行过的任务，一般只有一种危险——接头或者途中不幸被捕。对于地下交通员来说，如果身上没有被敌人认为可以作为证据的物品，那么这种被捕引发的后果通常不会很严重，组织上会通过各种关系竭力营救，即使营救不成，也不过判短期徒刑；如果被敌人搜到证据，那多半就要经受刑讯，组织的营救也就比较困难，营救失败的话，少说也是十年以上的徒刑。不过，只要不是在敌档内挂名的交通员，或者被发现运送重要物品——比如武器、经费以及特工器材，通常都不会判死刑。

根据组织纪律，交通员在执行任务中突遭敌人盘查或遇到意外事故，不得已将携带的"货（包括物品或情报）"销毁，通常不必承担责任。可是，这次梁壁瀚将要执行的使命就不同了，孙先生说得很明白：人在货在，货失掉脑袋！就是说，不管执行任务时发生什么意外，只要失货，梁壁瀚就要承担责任，而这种承担只有一种方式——死刑！

交代完毕，孙先生在桌子对面看着梁壁瀚，目光里兜着一个大大的问号，意思是："明白？"

梁壁瀚读懂了他的目光，坚定地点点头——明白！

孙先生轻舒一口气，语气中透出些许轻松："梁老板，拜托啦！"

如果梁壁瀚没有把"祥德源堂"转让的话，要去松江待上四天那是一桩易如反掌之事。现在，虽然里里外外都还梁老板长梁老板短，可他这个执行掌柜若要离开药店四天的话，那就得动一番脑筋。

梁壁瀚反复考虑后，决定找一个进货的理由。旧时中药店都有多种膏丸丹散成药出售，这种药品乃是最难知晓是否货真价实的商品之一，因为膏丸丹散都是药材研磨成粉末后制作的，谁能保证原料保质保量呢？所以业界有言：神仙难知膏散事。这种信任危机对于"祥德源堂"这样只有两开间门面的中药店来说，更为明显。所以，如果自己制作的话，那就很难销售出去。但生意总是要做下去的，一家中药店如果没有膏丸丹散出售，那其他药材的信誉肯定也会受到牵连。于是，类似"祥德源堂"这样规模的小药店就想出一个办法：从大药店进货，销售时打出的是定制大药店的名号，随每样成药附送的仿单（即说明书）也是大药店的名号。

"祥德源堂"开张伊始，梁壁瀚就从名号、信誉、质量、价格等诸方面进行了多方考察，最后选定了创始于清乾隆四十七年（1782年）的松江"余天成堂"，当时也不用订立什么供销合同，哪家药店对"余天成堂"的成药有兴趣，发封函件过去就成，届时前往付款提货。如果要货量大，不发函也行，随到随取。此时快到年底了，"祥德源堂"该订购明年的成药了。梁壁瀚决定借这个由头在 12 月 1 日去一趟松江，待上几天，把组织上交办的那件"特货"取了。

尽管自前年"祥德源堂"易主后，新老板郭北昌就宣布该店一切事务仍由梁壁瀚说了算，但梁壁瀚的管理拿捏得很注意分寸，采取的是"大事清楚，小事糊涂"的原则，像这种要去异地进货之类的大事，他一概要获得郭老板首肯。过去是这样，这次就更是这样了。郭北昌住在静安寺，那里是公共租界，平时极少来药店，梁壁瀚打定主意后，就去拜访郭老板。郭北昌听了自无二话，说最近近郊治安情况很不好，强盗土匪成群结队，梁先生你此趟出差务必时时留意处处小心。我有个族侄叫郭洪顺，是"松金青三县中心保安团"的营长，听他说过他们保安团司令部有个内部招待所，只要营长以上军官出面担保就可以接待社会人士，他后天要来上海，我让他给你开个担保书，你去松江后就下榻在他们司令部招待所里，这样，就可以保证安全了。

梁壁瀚窃喜，寻思我正有点儿担心在松江那边的旅馆里遭到敌人盘查怎么办呢，这不解决了吗？自是点头称好。

不过，次日得知郭洪顺的上海之行取消了。好在郭北昌反应快，立刻让人拍了份电报过去，嘱其写一份担保书，挂号邮寄法租界金神父路"祥德源堂"。如此，12 月 1 日清晨梁壁瀚离沪赴松江时，身上已经有一个护身符了。

梁壁瀚抵达松江后，先去保安团招待所登记入住。这段日子正是保安团开会淡季，招待所床位大多空着，管事人见梁壁瀚拿出的是郭营长的担保书，客气地给他安排了一个正面对着司令部大门口的单人房间，收了押金，给了他一张盖着保安团司令部大印的出入证和一纸收据（就是杭州来的地下交通员刘大纯瞥见的那张薄纸）。这张出入证相当于入住这家内部招待所的房卡，可以自由进出司令部。而出了司令部后，又具有一项强大的功能——可以用来对付保安团或者警察局岗哨、巡逻队不论白天还是夜间的盘诘搜查，至于各条街道上的保甲人员自己组织的什么"防夜巡逻队"，那更是一帖老膏药，一出示就灵光。

登记入住后，梁壁瀚先去了趟"余天成堂"，向店方说明了来意，递交了订货单。然后，梁壁瀚又去火车站对面的"蓝锦记茶楼"转了转，熟悉一下地形，在二楼选了个正对出站口的临窗位置，唤来跑堂，拿出一枚银洋，说他要把这个位置包下来，时间是从此刻开始到 5 号下午关门。

此后每天上午七点到下午四点，梁壁瀚就泡在这里，要一壶茶，拿出带来的账本和一个只有两个巴掌大小的算盘，喝茶、抽烟、算账，到用餐时间了，就掏钱差跑堂前往隔壁面馆去端碗面条过来，这是当时茶馆里经常出现的一幕。

12 月 3 日清晨七时许，杭州来的上线从火车站检票口出来的第一时间，就被梁壁瀚盯着了。梁壁瀚随即移步下楼，出门时正见目标从门外经过，就佯装散步样貌似轻松地尾随其后，一直看着对方进了火车站附近的"汉源栈房"。

当晚，梁壁瀚即去"汉源栈房"接头，完成交接后返回保安团招待所时，在路上遇到了保安团的夜间巡逻队，唤住他企图盘查，但一见他出示的保安团司令部出入证就马上放行了，领头的班长还连声打招呼表示歉意。

按照地下交通员的职业规矩，不管执行的是什么级别的任务，不管前往约定地点取的是情报、东西还是接人，通常都应该在完成交接后立刻离开。这样做，是因为你根本不知道下一分钟会发生什么意外，已经跟你完成交接的上线离开后是否遭遇危险，是否会被敌人顺藤摸瓜查过来。梁壁瀚作为一个执行过不下百次秘密使命的交通员，自然深知这一工作原则，可是，这次他没法儿遵照这一原则去做，因为他无法离开松江城。

那时的县城，基本都有城墙。一到天黑，城门关闭，直到次日天亮后才打开。城门和城墙上分别设有固定和流动的武装岗哨，专门负责城廓安全。城门只要一关闭，如无驻守该城的最高长官的手谕，谁也不能打开，否则将被追究责任，直至杀头。因此，梁壁瀚拿到"特货"后，只能返回下榻的保安团司令部招待所，待次日再离开松江。至于这一夜是否安全，那只能看运气了。

梁壁瀚的运气似乎还好，一宿无话。当然，梁壁瀚不可能睡得踏实，他肯定要为手头那口褐色小皮箱的安危时刻担心。

次日一早，梁壁瀚就退掉招待所的房间，携带比他的生命还重要的"特货"离开松江。上次在外滩礼查饭店从孙先生那里接受任务时，孙先生交代过他离开松江返回上海的路线：松江到上海最快捷方便的交通工具当推火车，松江当地的保安团、警察局对车站、码头的检查也比较松懈，可是，火车抵达上海后，出站时就让人担心了，敌人对来自江西、福建、浙江方向的列车盯得甚紧，因为那个方向是"赤区"；从松江开往上海的还有汽车班车和内河轮船，但抵达上海后的盘查跟火车差不多。因此，组织上让梁壁瀚携货从松江绕道青浦，走水路迂回返沪。

松江、青浦是两个紧挨着的县，当时两县之间尚未修筑公路，两个县城之间的往来靠走水路，由于客流量小，每天只有一班小火轮对开。梁壁瀚于上午九时许坐上轮船，至下午五点方抵青浦东门外的轮船码头。然后，立刻买了一张前往上海的轮船票，上了停靠在另一侧的小火轮。那条小火轮被青浦人称为"上海班"——意思就是开往上海的班船，也是每天一班，傍晚六点出发，次晨六点驶抵上海。

上船后等候了一会儿，"上海班"准点启航。梁壁瀚不知道，他已经踏上了一条危险之旅，十二小时后，他将面临人生的巨大变故！

从青浦走水路前往上海，先是在大盈江一直行驶到也属于青浦县的一个小镇——白鹤，在那里进入苏州流往上海的吴淞江（流至上海市郊接合部的北新泾就称为"苏州河"），顺着这条江一路往东，最后在上海市区西侧的曹家渡轮船码头停下，这就是终点站了。吴淞江在当时乃是强盗出没之地，从白鹤到北新泾那一段水路很不安全。不过，梁壁瀚那夜并未遭遇强盗。这倒不是那天晚上太冷，强盗要赖被窝，而是因为梁壁瀚乘坐的小火轮并非强盗的"作业范围"。盗亦有道，当时活跃在吴淞江上的强盗的规矩是：不抢客轮、邮船；不抢郎中、邮差、教书先生、报丧人和老弱病残。当然也有不守规矩的，但那毕竟是少数，而且会遭到同行的鄙视。

梁壁瀚在吴淞江上这一晚没有遇到危险，可是，他注定逃不过一劫，到了曹家渡码头，提着行李上了岸，叫了辆黄包车欲去其法租界住处的路上，发生了意外！

曹家渡有座横跨苏州河的木桥，叫曹家渡桥，内河航运轮船码头位于木桥的北侧。梁壁瀚登上码头后，迎面来了一个年轻车夫，冲他点头哈腰："这位先生，您坐车吗？"

梁壁瀚点头："去法租界金神父路，多少钱？"

车夫说："那段路有点儿远，天又冷，您先生可怜我们穷苦人，赏个六七角吧。"

梁壁瀚说："就给你七角吧，车好的吧？"

"去年的新车，正宗从日本进口的东洋车（黄包车发源于日本，旧时也称东洋车），收拾得干净，您先生一看就清楚了。"说着，车夫把梁壁瀚引领到码头外面马路一侧停着的一排黄包车前，请他上了其中一辆。

车夫拉他出了码头，一拐弯就是曹家渡桥了。这座木桥又高又陡，往上拉是颇有些吃力的。这时候，不知从哪里蹿出一个人来，帮车夫在后面推车。冬天的清晨，天色尚暗，路灯光电力不足，梁壁瀚又是近视眼，还没看清那是一张什么样的脸，那个佯装帮车夫推车上桥的家伙忽然一伸手，用一团散发着药味的纱布蒙住了他的口鼻，梁壁瀚瞬间失去了知觉。

待他苏醒过来，发现自己躺在床上，头脑犹自一片迷糊，挣扎着动了动，撑起半截身子，借着从窗外映射进来的微弱灯光打量四周，屋里的陈设极简单，一床一桌一椅一床头柜。正奇怪自己怎么躺在这样一个地方，房门"吱呀"一声打开了，有人闪了进来，开灯招呼："先生醒啦！哎，您这一觉睡得可真长啊——早上到现在，竟一口气睡了整整十八个钟头呢！"

梁壁瀚还是没有想起自己出现在这里的原因。"我怎么来这里了？你们这里是……"注意到对方一身旅馆茶役装束，于是恍然，"你们这里是旅馆？"继而想起自己是怎么昏迷过去的，下意识地做出反应，一跃而起，"哎呀！我的行李！"

茶役指着床尾："行李在这儿，没丢。"

梁壁瀚心稍一松，可是，起身去看时，那里只有一个小旅行包，那是放出门使用的零星物品的；另一个装"特货"的小皮箱，哪里还有影子？当下一阵急火攻心，险些再次晕过去。梁壁瀚强迫自己镇定下来，检查了行李包，里面的东西包括钱包在内一样都没少，劫匪抢去的就是那个小皮箱。

这个皮箱里装的是什么？孙先生交代使命时没说，也许他自己也不清楚。可是梁壁瀚跟上线办理交接手续时，一看那白铜盒的体积，拿到手里时掂掂分量，就知道那肯定是黄金了。这么些黄金，难怪上级交代

"人在货在"了。现在，人在，货已经不在了。应该怎么办？报案？那是自投罗网，警察局调查案子时难免要顺藤摸瓜，他们正为找不到共产党而恼火，这不是自己送上门去吗？执行任务时出了如此重大的事故，辜负了组织上的重托，即使组织上事先不说，梁壁瀚也知道自己绝无生路。

在那个年代，许多事情发生后是没有条件调查的，组织上没有理由相信你的解释，那就只有执行纪律。而执行纪律也是需要条件的，还是同样的原因——缺乏条件，那就只好拣有条件的去做，那种方式统一称之为：锄奸。

梁壁瀚认为，如果自己确实是"奸"，被组织上锄掉也是活该。尽管他的行为给中央造成的麻烦比普普通通一个叛徒、内奸大得多，可是，他不是"奸"，若这样被锄掉，那真是太冤枉了。因此，梁壁瀚决定，趁此刻还有决定权的时候，给自己留条活路。那就赶紧离开吧，还磨蹭个啥呢？梁壁瀚不敢保证自己真的能从组织的手掌里逃掉，寻思得留下一段真实的记载，即使他被组织上当"奸"锄掉了，这段记载也会告诉后人：梁壁瀚犯的是过失，并非反革命罪行，更不是叛徒、内奸。

于是，梁壁瀚就问茶役："你们这是哪家旅馆？"

茶役已经察觉到不对头，小心翼翼回答："曹家渡大旅社。"

"你们老板姓什么叫什么？"

"敝东蒋博捷。"

"立刻把你们老板唤来！"

"他不在店里，天亮会过来的。"

"不行！立刻去叫他。发生的事情之大，你们老板绝对负不了这个责任！一不留神，上海滩就再也没有曹家渡大旅社了！你信不信？"

茶役被梁壁瀚的语气镇住了，点头退出，稍停回来告知，已经派人去请老板了，蒋老板家住梵皇渡路，不远，半个钟头就可以赶来。

这，就是梁壁瀚接下来要做的事情，他要跟旅社老板谈一谈，要求旅社方面出具一个书面证明，证实他是着了劫匪的暗算，在失去知觉的情况下丢失了那个重要的皮箱。

这个证明，曹家渡大旅社肯出吗？肯，尽管多一事不如少一事，但如若不出，梁壁瀚一报案（他们哪知道其实是绝对不可能去报案的），曹家渡大旅社就会卷入一桩巨案，在这个年头，被警察局搞成"劫匪同谋"也不是没有可能。到那时，等待蒋老板的不仅仅是旅社是否还开得下去的问题，而是他会不会折进局子甚至掉脑袋！

睡眼惺忪的蒋老板从家里赶到旅社，听梁壁瀚说他丢了一箱黄金，自是惊得目瞪口呆，一双眼睛定定地望着梁壁瀚，不知所措。梁壁瀚生怕对方被吓昏了，赶紧指出尚有补救之法，蒋老板自是乐意，当下唤来昨天上午在旅社门口迎进梁壁瀚的茶役以及为其办理住宿登记手续的账房章先生，梁壁瀚也是经过他们的陈述方才知道是怎么回事的，以下是旅社出具的文字记载内容，摘要如下——

民国二十年公历十二月五日，晨六时零七分，两个穿深色棉衣的年轻男子（其中一个外罩蓝色夹风衣）领着一辆黄包车来到敝号（曹家渡大旅社），车上坐着一个浑身散发着烧酒气味的穿黑色棉袄、戴黑色绒线帽的男子。茶房刁培良在门外帮着把黄包车上的两件行李取下，系小号黑色旅行袋一个，褐色小皮箱一个，皮箱颇沉。穿风衣的男子向账房章先生（名炳霜，字鑫发）登记单人房间两间，时间为一昼夜，预付了房钱。该男子和车夫将醉酒男子抬进一楼三号房间，该男子留下入住对面的四号单人房间。车夫即拉着空车离去。

上午九时许，那个穿风衣的男子携小皮箱，在门口招了一辆三轮车出门。他临走时，当着账房章先生的面给茶房张秀村留下两枚银元，说我有事出去一趟，麻烦你们替我留心着点儿我的朋友，他醒后要吃什么点心之类，劳你去外面买一下。这钱，多下的就是给你的小费了；如果到我回来我的朋友还没睡醒，也不必还我。那男子遂离去，直到六日晨三时多醉酒男子睡醒也未见归来。

醉酒男子醒后称其名叫梁壁瀚，丢失褐色小皮箱一个，内有百两以上黄金；又出示船票称昨晨其刚乘坐青浦至沪的小火轮抵达曹家渡码头，雇乘黄包车欲往法租界寓所，黄包车经过曹家渡木桥时突遭袭击，昏迷中被匪人掠入曹家渡大旅社……云云。

旅社方面在记录上述内容的三页纸张上均加盖店章，并由老板蒋博捷、账房章炳霜亲笔签名以作证明。梁壁瀚收起后，叮嘱说日后不管何人来此询问今日之事，若非系我梁壁瀚所托，请对此事避而不谈。如来人见面即自语"念漆"（当天系 1931 年 12 月 6 日，阴历十月廿七，沪语"廿七"的读音是"念漆"），你们方可道出今日真相，可保你们无恙；如果不予道明，势必疑上你们系劫匪同党，到时候后悔就晚了！说着，起身拱手作别，出门而去。

……

俞衡友说到这里，端起面前的酒杯，仰脸一饮而尽。

林道士问："后来呢？那个梁老板后来去哪里了？怎么样了？"

"后来，他离开上海了。"俞衡友抬手轻轻抚摸着自己那张斑斑点点的瘦脸。

林道士想了想，恍然："我知道了，梁老板后来肯定躲到浦东来了！"

俞衡友神色不变："逸兄何出此言？"

林道士笑道："衡兄，你一开始不是说，这是县委发下的审干材料中一个被审查对象的个人经历吗？"

俞衡友又饮了一杯酒："哦？我说过吗？唉，人老了，记性差啦！"

"衡兄，你今天过量了，醉了。"

"哈哈！人生难得一回醉，醉了也好，回去好好睡一觉。我这个人，真是活得太累！一生操劳，一生受累；一生行善，一生遭难。其他不说，打结识逸兄以后，遭遇的大事就有内子产女血崩而亡；两个儿子未及弱冠就为国捐躯；老朽自己也是在劫难逃，那年被田司令拷打活埋，险些丧生，落下一身病痛……哈哈，不说了！不说了！"俞衡友拿起桌上的酒瓶晃了晃，"还有点儿，你我喝了吧。"遂倒酒，正好满满两杯，一手一杯拈起，一杯递给林道士，"逸兄，人生难得一挚友，你我交往多年，朋友一场，情深义笃，今日难得一聚，来，干杯！"

林道士说："夜已深，衡兄就不要回去了吧，下榻道观，你我抵足而眠，就像当年为朱亚民部队效力抗击东洋鬼子时一样。"

俞衡友掏出怀表一看："哦，已经快四点了。我还是回家吧，上午工商联还有个重要会议要我去主持呢，八点半必须到场，我还是回家眯一会儿。"盯着怀表凝视片刻，他把怀表放到林道士手里，"逸兄，这块表一直想送给你，今天可以交割了。这是我自己用零件装配起来的一块表，走时最准！"

林道士愕然，愈发认为老友是喝多了。他接过怀表，寻思待老俞酒醒后璧还。

俞衡友朝林道士拱手作揖："逸兄，告辞！"

林道士说："我送你！"

俞衡友执意不肯，林道士抓起他的手腕试了试脉，微微点头，却又不解："衡兄的身体比前一阵好了些，气血不像上次把脉时那么弱了。好吧，恭敬不如从命，我就不送你回家了，就送到道观门口吧。"

十四、镇长之死

俞衡友告别林道士离开三友观回家的时候，在三官镇政府后院"悬办"第三专案组临时驻地，副组长庄敬天向组员李岳梁、马麒麟、钟梦白、彭倩俪宣布："就这样定了，大家休息吧！"

庄敬天这一拨人马最近几天搞得很累，之前他们经过调查，终于查摸到运送"特费"的最后一名地下交通员确系原上海法租界金神父路"祥德源堂国药号"前老板梁璧瀚，结合松江醉春楼案件、谢知礼命案以及花飞扬烈士留下的"沐有金"三字线索，认定梁璧瀚躲藏在浦东，而且在当年"特费"案件发生后曾在沐家桥出现过，所以就把追查梁璧瀚的范围定在以沐家桥为中心的高行、五里泾、苗巷、西门屯、洪村、柏家头及三官镇这七区一镇。五个侦查员宛若走马灯似的白天黑夜四下奔波查摸，个个疲惫不堪，线索却没有查到一星半点儿。庄敬天甚至不止一次地暗自思忖：那个姓梁的究竟还在不在世上啊？

八小时前，就是昨晚八九点钟的时候，专案组照例举行每天必开的碰头会，各人汇报自己当天调查的情况。根据要求，没有查摸到线索不要紧，但必须把自己这一天里从上午吃过早饭离开专案组驻地到晚上返回这十多个小时里干了些什么、去了何地、找了何人、谈了些什么，都一一道来，以供大伙儿分析。对于这种不知是"悬办"主任杨大头还是副主任黄祥明立下的规矩，庄敬天以前颇有微词，还曾跟钟梦白一起嘀咕过，说这是"狗屁规矩"。现在，他已经是副组长了，寻思即使是"狗屁规矩"也得带头遵守，否则这队伍就没法儿带了，所以每天开会都是他首先汇报自己一天的调查情况。

昨晚也是这样，庄敬天带头汇报后，老刑警马麒麟、李岳梁、彭倩俪、钟梦白都一一跟着汇报了一番，听下来大家的工作确实做了不少，也都挺累的，可效果还是跟前几天一样，什么线索都没查摸到。

不过，庄敬天在这种例行碰头会上却有了一个发现——讨论案情的空隙，坐在他对面角落里的马麒麟几次三番微微嚅动着嘴唇，显现出一副欲言又止的样子。庄敬天暗忖，难道老马在调查中有了什么意外发现，当着众人的面说出来有所顾忌？庄敬天记在心里，待散会后故意说："老马你留一下，我想请教几个关于摩托车油路堵塞的问题。"

这时办公室里只剩下他们两个，庄敬天问道："老马，你刚才老是龇牙咧嘴的，是不是有话要说？"

马麒麟愣了一下，摇头："没有啊！"

庄敬天以为自己过于敏感了，寻思俺就不是个当官的料，领导给封了个副组长，自己就当回事了，非得把工作干得超人一等，现在好了吧？已经把自个儿折腾得有点儿神经分分了！这时候，钟梦白进来了，老马说："大庄您没其他事了吧？那我走了。"

镇政府给专案组安排的办公室在后面的一个小偏院里，一共三个屋子，其中一个大的就做了办公室，两间小的作为寝室，彭倩俪占了一间，另一间是李、马两个老刑警的寝室，庄敬天、钟梦白两个小伙子就在办公室打地铺。

钟梦白被俞毓梅甩了，起初没有思想准备，后来也就释然了，说肯定是有原因的，这原因不在我姓钟的身上，而在小俞那里，我干着急也是白搭，先往旁边放一放，工作要紧，等忙过了这一阵儿再说吧。钟梦白的豁达赢得了庄敬天的欣赏，当着彭倩俪的面表扬了小钟，还说我要向你学习，哪天如果我不幸遭遇了和你同样的情况，我要比你还豁达，二话不说先请客下馆子！气得彭倩俪直跺脚。

白天的调查确实很辛苦，钟梦白躺在地铺上，转眼就鼾声连连。受小钟靠声的暗示，庄敬天也觉得倦意甚浓，连打了几个哈欠，刚想脱衣服，忽然想起还没把当天专案组的工作情况记录下来，于是把油灯移到窗口的那张办公桌上，坐下作记录。正写着，窗外传来轻微的脚步声，庄敬天久在部队锻炼，自有一份机警，倏地一个下蹲闪到死角，手枪已经掣在手里。

这时，窗口传来马麒麟的声音："大庄，睡了吗？"

犹如流星划过漆黑的夜空，庄敬天蓦然想起了先前开会时老马那欲言又止的神态，暗忖难道老马真的发现线索啦？

庄敬天轻轻开了门，马麒麟无声地向他勾了下手指，两人来到小院外那株高大的银杏树下。马麒麟一开口，就把庄敬天吓了个激灵："大庄啊，这几天我琢磨下来，觉得那个梁壁瀚梁老板很像一个人，一个你我都比较熟的人。我想来想去，觉得应该跟你说一下。"

"老马你说像谁？"

"俞镇长！"

就像遭了雷击似的，庄敬天浑身颤抖了一下，条件反射似的脱口而出："不可能！"

"为什么不可能？"

"为什么可能？"

马麒麟拿出"悬办"专门印制的上有当年法租界"祥德源堂国药号"前老板梁壁瀚照片的协查通知，打开手电筒照着："从脸部轮廓来看，梁壁瀚跟俞衡友的特征是一致的。"

庄敬天说："这个梁壁瀚脸上光光的，而俞衡友是个大麻子！"

"麻子是可以人为制造的。我以前办案时，曾经遇到过这种情况。有的侦缉对象为了改变容貌，用刚出锅的炒黄豆捂住脸，烫出一脸燎泡，等到伤愈，就成了麻脸。梁壁瀚既然是中药店老板，自是熟悉各种中药的药性，他可以选择某种或者数种具有腐蚀性的中药改变自己的容貌，不必受满脸燎泡之苦。另外，我还特别留意过照片上梁壁瀚的耳朵，又选择同一角度对俞衡友进行观察，他们俩的耳朵轮廓是一模一样的。大庄，你先放下成见，仔细想想，如果你和俞衡友是第一次见面，会不会觉得他和协查通知上的照片有点儿像？"

庄敬天不吭声，仰面朝天，睁大眼睛望着悬挂在夜空中的一轮明月，良久，长长地吁了一口气："老马，还有吗——我是说你怀疑俞衡友跟梁壁瀚是同一人的理由。"

马麒麟摇头："大庄你也知道，我的身份是留用人员，尽管对外跟你们一样，是光荣的人民警察，萧政委、杨主任他们也称我'同志'，可是我自己清楚，我这个人民警察、我这个'同志'，跟你们是不同的。所以，遇到这种情况，我不可能擅自对俞衡友进行调查。说老实话，我起初甚至都不想吐露自己的怀疑，只不过是你大庄当着专案组领导，你是好人，尽管你文化水平不高，嘴上说不出一套套大道理把人唬得一愣一愣的，可你天生心地善良，知道关心下属、爱护下属，也很尊重我这个留用人员，思来想去，我觉得不应当把这个发现对你隐瞒。我相信，即使我怀疑错了，你也不会往我头上扣帽子，说我利用调查疑犯的便利对革命干部进行阶级报复。"

庄敬天紧紧握住马麒麟的手："老马同志，谢谢你！感谢你对专案工作的真心支持，也感谢你对我庄敬天的信任！你放心，不管你的怀疑是否被证实，你都不会因此受到追究。我马上召开会议讨论这件事。你刚才出来，老李知道吗？"

"不知道，他睡得很熟。"

"那好，你回屋去睡觉。一会儿我通知开会，你和老李一起过来就是了。"

十分钟后，被庄敬天又是吹哨又是叫嚷惊醒了的侦查员集中到办公室开会，李、钟、彭都是睡眼惺忪。彭倩俪惊问钟梦白出了什么事，后者张着嘴连打了几个哈欠："谁知道啊，估计大庄做了个梦，找到了一条线索，乐得觉也不想睡了，赶紧把我们叫起来好陪他折腾！"

庄敬天笑吟吟道："还真让小钟同志说着了，我真的做了个梦，梦见我发现了一条线索……"遂把怀疑俞衡友跟梁壁瀚系同一人的情况说了说。

彭倩俪这回真的醒过来了，硬生生地把张嘴欲打的哈欠逼了回去："怎么可能呢？大庄你也真是的，就因为做了个梦，就把我们叫醒了开会？"

钟梦白评论："俗话说，给个棒槌就当真（针），说的就是大庄，不过这根棒槌也不是人家给的，是他自个儿在梦里捡到的。"

庄敬天指指李岳梁、马麒麟："您二位的意见呢？"

李岳梁毕竟是老刑警，拿起桌上的协查通知，对着上面梁壁瀚的照片看了又看："还真别说，这两人的脸部轮廓确实非常像！"

马麒麟笑笑，没有吭声。

彭倩俪说："我有个建议——我们搞投票，看认为像和不像的各占几票！"

庄敬天眼睛一瞪："扯淡！你以为这是在做游戏啊？"转脸对钟梦白说，"小钟，记得你曾经说过，小俞给你看过俞衡友填写的干部履历表底稿，还记不记得上面是怎么说的，老俞是几时到浦东来的？"

钟梦白记忆力出众，不敢说过目不忘，但看过的东西在一段时间内说个八九不离十应该是没有问题的。当下，他略一沉思，从大脑的记忆库里搜索出俞衡友的履历，用不带任何感情色彩的语调复述道："俞衡友，字亮山，号履明，生于清光绪二十年（1894年）农历四月初七；

出生地：江苏省奉贤县头桥乡境内；家庭成分：渔民；个人成分：自由职业者；文化程度：初小；婚姻状况：丧偶；家庭成员：女儿俞毓梅，浦东三官镇卫生所护士；1938 年 10 月在浦东三官镇参加中国共产党，介绍人胡清扬、李吉邦。个人简历——1900 年至 1904 年，在浦东奉贤、南汇交界处的水上私塾求学，证明人：邢若平；1905 年至 1913 年，在浦东各地打鱼，证明人：父俞龙生、母俞黄氏；1914 年到 1918 年，在浦东及上海市区随钟表匠隋延寿学艺，证明人：隋延寿；1918 年至 1929 年，在江苏、浙江、上海三地流动修理钟表，证明人：隋延寿、秦阿山；1930 年至今，定居浦东三官镇，以设钟表摊谋生，证明人：林曾逸……大致上就是这么些吧。"

彭倩俪冲钟梦白翘起了大拇指："厉害！"

庄敬天说："老俞的这份履历，已经被县委审查通过了，他还被县委指定为县审干工作领导小组成员，我听说老俞已经开始参加审干工作了。从履历上来看，老俞是土生土长在浦东的，中间有过离开浦东的经历，不过 1930 年就已经定居三官镇了，这都是有证明人的，似乎跟那个梁壁瀚没有关系。梁壁瀚是 1931 年 12 月出的事，最早也得是那年 12 月躲到浦东来的。大家怎么看？"

彭倩俪嘀咕："我就说的嘛，老俞肯定不会跟梁壁瀚是同一个人。"

庄敬天问："小钟你怎么看？"

钟梦白说："我在这上面不大好说，我跟小俞毕竟有过恋爱关系，虽然目前我们俩之间出了点儿状况，但严格来说，我还是应该回避。"

李岳梁开口了："老俞是县委审干工作中首批获得通过的十七名同志之一，随后就被县委任命为审干工作领导小组成员。我想，县委审干——尤其是对审干工作领导小组成员的审查肯定是非常严格的，老俞通过了这种严格审查，通常说来在政治上应该是很可靠的。至于大庄同志说他做了一个梦，梦见老俞和梁壁瀚是同一人，理由是两人的面部轮廓比较相像，我觉得他的怀疑依据不足。以上，是我在小钟同志发言前的想法。可是，听了小钟同志刚才的话，我忽然想起小俞姑娘突然没来由地跟小钟中断恋爱关系之事。本来，这事我也没有多想，年轻人谈恋爱嘛，好好坏坏是常事，别说恋爱了，就是结婚后两口子吵架斗嘴不也是家常便饭吗？我跟我家那口子天天斗嘴，都是为了鸡毛蒜皮的小事。后来我又听说，是小俞主动提出跟小钟分手的，而小俞呢，似乎是奉父命作出这样的决定。其实这也很正常，虽说现在提倡恋爱自由，但子女的终身大事，父母当然是有发言权的。可是，现在我觉得这件事可能有些反常了：老俞对女儿和小钟的恋爱一向是支持的，毕竟两个年轻人不比寻常朋友，小钟是小俞的救命恩人啊！按说他是应该支持女儿和小钟恋爱的，如果小俞产生了要跟小钟断绝关系的念头，老俞甚至应该站出来做女儿的工作才对。可是，老俞的做法正相反，竟然棒打鸳鸯。试想，像老俞这样一个思想开明、待人和善的谦谦君子，怎么会做出这种事来呢？我分析，他肯定是迫不得已之下必须中断女儿跟小钟的恋爱！为什么？因为他虽然已被县委委任为审干工作领导小组成员，可是他还在三官镇这边的七区工商联上班，而我们的这份协查通知在前几天就已经发到他那里去了，为的是请工商联方面在七区的老板中调查梁壁瀚的线索。老俞肯定会在第一时间看到这份东西，凭他多年从事地下工作的经验，以及解放后人民政府追查历史反革命分子的力度，他应该知道自己难免有一天会暴露。一旦自己暴露了，如果他女儿还在跟小钟恋爱，甚至已经结婚了，你说这事咋办？恕我直言，这对小钟今后的前途多半是会有影响的，而小钟一旦因此受到牵连，老俞不能保证小钟不迁怒于小俞。所以，干脆让女儿现在就中断跟小钟的恋爱关系，这其实不是棒打鸳鸯，而是'快刀斩乱麻'，一刀下去，一了百了！因此我觉得，大庄的这个梦还真的有点儿道理，对老俞，需要重点调查！"

彭倩俪听着，不无震惊："这可能吗？小钟，你说这可能吗？"

钟梦白没有吭声，拿起协查通知默默地看着。

庄敬天问："老马，你认为呢？"

"我同意老李的观点，建议对老俞进行重点调查。"

庄敬天点头："我也同意老李的观点。不过，对老俞这样一个老革命的调查，不是想进行就可以进行的，我们必须向'悬办'领导请示，如果领导认为有必要对老俞进行调查，那还得由'悬办'出面跟县委方面进行沟通，做好协调工作，才可以往下进行。大家还有什么需要补充的吗？没有了，那就散会，抓紧时间休息，我也得赶紧睡觉，天亮之后立刻给老萧打电话汇报这事儿。"

俞毓梅觉得这是她最近一段日子以来睡得特别踏实的一个夜晚，她昨晚夜访三友观，得知父亲在道观内与挚友林道士在月下饮酒畅谈，心里便是一松。

上次父亲因伪军司令田亮甲自杀之事被县公安局错捕之后，她隐隐觉得父亲内心深处似乎因此兜上了一个疙瘩。之后，父亲让她蒸了早年林道士赠送的那支野山参服食，身体状况似乎好了些，抖擞精神日夜操劳，或去工商联上班，或在家闭门疾书。但在她看来，这并不意味着父亲已经从被错捕的纠结中解脱出来，不过是借拼命工作忘记烦恼而已。

直到昨晚，俞毓梅得知父亲在三友观与林道士饮酒畅谈，心里的石头才算真正落了地。她知道，父亲只有在心情真正放松的时候，才会喝点儿老酒。这种情形，在俞毓梅的印象中只有两次，一次是日本投降那天，父亲前往三友观和林道士月下饮酒，最后两人都喝醉了，还是年方十四的俞毓梅去相帮收的场。还有一次是上海解放的当晚，当时俞毓梅为抢救解放军伤员光荣负伤，躺在三野的战地医院病房里，父亲带着老酒和一包花生米来医院和女儿一起分享胜利的喜悦，在病床前一边和女儿聊天，一边自斟自饮。除此之外，父亲即使在除夕晚上吃年夜饭时，也是滴酒不沾的。

心上的石头落下来了，俞毓梅又想起父亲莫名其妙严令自己立刻跟钟梦白断绝关系之举，当下就向林道士提出要求，请他劝说父亲收回成命，允许女儿和小钟自由恋爱。林道士说小钟是个好后生，小俞你将来嫁给他是一份福气，衡兄没有理由反对，这事你不说我也要跟他说的，你放心，我保证把衡兄说得回心转意。

俞毓梅对林道士的信任等同于自己的父亲，昨晚听林道士这样许诺，她就彻底放心了。这一放松，这些天来的身心疲惫就一起袭来，回到家里，一躺上床，脑袋刚挨到枕头，就沉沉睡去。

一觉醒来，眼前已经阳光明媚。俞毓梅吓了一跳，都几点啦？我还要给爹爹准备早饭、自己还要上班哩！急急穿衣服的时候，忽然想起今天是她的休息日，这才松口气。看看时间，七点半刚过，寻思去街上给爹爹买副大饼油条、一杯豆浆当早饭就是了——这在1950年时的江南寻常人家，已经算得上是一种一年到头也轮不上几回的小奢华了。

俞毓梅来到父亲的卧室门前，把房门轻轻推开一条细缝往里张望，看见爹爹还在床上，睡得很沉，一动也不动。于是就回到自己房间，找了张白纸写了一句话："爹爹，我去给您买早点了。毓梅"。然后搬了个小板凳放在父亲房间门口，把纸条用一个纳了一半的鞋底压在凳子上面。

俞毓梅在街上买了早点往回走的时候，意外遇上了林道士，她高兴地迎上前去，开口就问昨晚跟爹爹说得怎么样了。林道士说："毓梅啊，对不起，昨天整个晚上差不多全是他在说话，我根本插不进嘴，等到他说完了呢，酒喝多了，我即使说他也听不进去了。你看，他把怀表都送给我了，不是喝糊涂了吗？没关系，我现在去拜访他，把表还给他，你那事见了面就说，他不可能驳我面子的！"

两人一路同行，一进院子，俞毓梅就叫着"爹爹，逸叔来了"，直奔父亲的房间。房门口，那张小板凳以及上面用鞋底压着的纸条还原封不动地放着，俞毓梅寻思爹爹这一觉睡得可真沉啊，平时有一丁半点儿的细微声音都会被惊醒，今天这么喊他还不醒！她一边这样想着，一边走进房间，还没走到床前，俞衡友那张青灰色的脸庞倏地跃入她的眼帘，俞毓梅大惊之下，失声大叫："爹爹！"

林道士闻声，箭步从客堂冲进来，一看俞衡友的脸色，心说"完了"，但还是下意识地伸出手去把脉。

俞毓梅满怀希望地看着他："逸叔，我爹爹他……"

林道士缓缓摇头，不语。

俞毓梅扑在俞衡友的遗体上，使劲摇晃着，撕心裂肺地叫着"爹爹"。俞衡友的遗体被这一晃动，从鼻孔、嘴角、眼睛、耳朵里渗出暗红色的液体。林道士见之骤然一惊：衡兄这是服毒自尽啊！

他从怀里掏出那块怀表，双手抚摩着，嘴里喃喃自语："衡兄，我明白啦，你，就是那位梁……"说着，不禁潸然泪下。

专案组这边，还是钟梦白最先得知俞衡友出事的消息的。其时，只有林道士一人知道俞衡友是服毒自杀，也只有他一人确切知晓已故的俞衡友就是当年法租界"祥德源堂"的老板梁璧瀚。这些，他此刻当然不能跟俞毓梅说。因此，俞毓梅对此一无所知。

她的哭声惊动了众邻居。邻居过来一看，竟是俞镇长去世了，就跟林道士商量应该怎样帮俞毓梅操办丧事。林道士说这事得通知镇政府、工商联，还有俞毓梅工作的镇卫生所。于是，邻居就分头报丧。报到镇政府后，镇政府这边不知俞衡友已经成为专案组的调查对象，想当然地认为俞衡友去世跟专案组没有什么关系，根本没想到要去后面偏院知会一声。工商联那边，更不可能想到专案组了。镇卫生所倒是想到了，其实也不是卫生所组织上想到的，而是俞毓梅的一个要好女友小程想到的，她知道俞毓梅已经跟钟梦白断交，可是她又想到俞衡友去世是一桩大事，应该告诉钟梦白一声。于是，小程就往镇政府这边打了电话。

钟梦白接听电话时，庄敬天敏感地觉察到他的情绪似乎不对头。得知俞衡友突然死亡，庄敬天一个愣怔，随即回过神来，立刻拨打"悬办"电话报告这一情况。接听电话的是"悬办"副主任黄祥明，他是老公安，具有丰富的政保工作经验，随即发出指令：专案组立刻出动前往俞宅了解俞衡友死因，市局这边将指派法医过去检验；对俞宅进行搜查并即予查封，控制与俞衡友有密切接触的人员，包括他的女儿。

一番话令庄敬天惊出一头冷汗，他试图提醒黄副主任："今晨电话汇报萧政委的不过是专案组这边的猜测，尚无确凿证据表明老俞确实是专案组正在追查的嫌疑对象梁壁瀚，这样做是否……"

黄祥明很不耐烦地打断他："庄敬天同志，你怎么这么啰唆？执行上级命令就是了！萧政委已经在去三官镇的途中，一会儿就该到了。现在，你的任务是立刻执行命令！"说罢，不由分说挂断了电话。

庄敬天呆呆地看着手里犹在发出"嘟嘟"声响的话筒，片刻，方才缓过神来。这时，李岳梁、马麒麟、彭倩俪都已经闻声过来了，不声不响地站在他身后，静静地望着他，好像在等候他下达什么指令。庄敬天长长地做了一个深呼吸，强迫自己镇定下来："老李、老马、小彭随我去俞衡友家执行任务，钟梦白在办公室留守。"

钟梦白脸色惨白，声音有点儿嘶哑："大庄，我应该去一趟那里！否则，我心里……很不好过！"

庄敬天没有看他，自顾从抽斗里取出手枪，检查了一下，插在怀里："大家都带上武器。"

"大庄！你听见了没有？"钟梦白一步抢到庄敬天跟前。

"我听见了。我跟你说，如果你现在和我们一起去俞家，你心里会更不好过！"

"我要去！"

"钟梦白同志，我是'悬办'第三专案组副组长，受命全权负责三组在浦东地区的侦查工作，我现在命令你：留守！"

"不！"钟梦白叫道，"我要去！"

庄敬天上前一步，不知是激动还是愤怒，双肩微微颤动着，双手缓缓上抬。彭倩俪以为他要动手打钟梦白，急叫："大庄！"

出乎意料，庄敬天张开双臂，抱住了钟梦白："梦白，好兄弟！我知道你在想什么，正因为我知道，所以我不能让你一起去，你要理解我！"

钟梦白无声啜泣，晶莹的泪珠从脸庞上滑落。

庄敬天转身，朝其他侦查员一摆手："走！"

十五、车行老板的隐秘

庄敬天、彭倩俪从俞宅返回专案组驻地的时候，萧顺德已经在办公室听钟梦白汇报过一应情况了。

庄敬天向萧顺德报告：已经执行了黄副主任的一应指令，对俞宅进行了搜查，搜得初步认定是俞衡友亲笔书写的遗书一份以及八百元现金；李岳梁、马麒麟留在俞宅，就地控制死者女儿俞毓梅和林道士，制止吊唁者、看热闹者进入；俞衡友七窍渗血，疑系中毒身亡，具体情况还有待法医检验。

大庄报告完毕，叹了一口气："唉！这份差使还真难死我了，都是极熟的人，林道士还是我的师父呢，我是咬着牙狠了心才执行得下来的。"

萧顺德没接他的话茬儿："俞衡友身后怎么只留下八百元？"

庄敬天双手一摊："他家所有的东西都搜查过了，这八百元还是从他衣服口袋里搜出来的，遗书也在口袋里。他那块怀表，昨晚已经送给我师父了……"见萧顺德盯着他的眼光有点儿严厉，赶紧改口，"哦……是林道士。"转脸看看彭倩俪，"小彭，我的脑子有点儿乱，是否还漏了什么没报告的？你给我补充。"

彭倩俪说："漏了一点，三官镇派出所的民警去了现场，让大庄给赶走了。"

庄敬天说："哦！是有这事儿。我对他们说，这不是寻常治安事件，这是我们的专案，您几位非请莫入。萧政委，这样说没错吧？"

"没错，就是有点儿生硬。"顿了顿，萧顺德说，"接下来的事儿怎么弄，还得等法医鉴定后的结论。我先看一下俞衡友留下的这份遗书，你们几个都辛苦了，现在抓紧时间去休息一会儿吧。"

庄敬天走出办公室，指了指隔壁李岳梁、马麒麟的宿舍对钟梦白说："你去睡会儿吧，睡不着，躺会儿也好，闭上眼睛养神。接下来我们肯定要忙一阵儿了，休息不好，身体要吃不消的。"

钟梦白点头："那你呢？"

"我还得去现场，我是副组长，年轻力壮，哪有让老同志在那里熬着，我却在家睡大觉的道理？"

彭倩俪说："大庄，我跟你去!"

庄敬天扫了她一眼："你没听见萧政委让你休息吗?"

彭倩俪见庄敬天神色不善，顿时慌了，用胆怯的眼神看着他，嗫嚅道："大庄，我……我想单独和你说几句话，行吗?"

庄敬天对彭倩俪刚才去俞宅现场的表现确实是有些恼火的。他们四个匆匆赶到俞宅的时候，彭倩俪走在第一个。一进门，林道士正张罗着指挥几个邻居搭灵堂，俞毓梅哭得泪人似的，几个女邻居围着她劝其节哀。庄敬天看在眼里，觉得心里很不是滋味，却又不便说什么。俞毓梅以为他们是来慰问的，泪眼滂沱地看着最前面的彭倩俪，哽咽着叫了声"小彭"，往下的话语还没出口，使庄敬天惊奇的一幕发生了，彭倩俪竟像根本不认识俞毓梅似的，不但没吭声，还故意四下扫视，问周围的人："人呢? 死人呢?"

俞毓梅脸上呈现出难以置信的神情，愣愣地站在原地不知所措。庄敬天实在看不下去了，上前道："小俞，事情已经这样了，你还是要顾全自己的身体，不要过于悲伤。"稍停，又补充了一句，"小钟另有任务，所以没过来。"

之后，庄敬天指挥着包括彭倩俪在内的三个部属执行"悬办"领导下达的指令，自始至终没有跟彭倩俪说过一句话。临末，他指定李岳梁、马麒麟留守现场后，拔腿就走。彭倩俪跟在他后面，一直想跟他说话，可他只管快步疾行，彭倩俪根本追不上，又不敢叫他慢一点儿。等到抵达镇政府这边时，姑娘已经气喘吁吁满头大汗了。

现在，彭倩俪见庄敬天还是憋着一股气，便想作个解释。可是，庄敬天不给她这个机会，板着脸道："你没看我忙着吗? 谈什么谈!"言毕，大步朝院门外就走。

钟梦白看得一头雾水，问道："怎么回事啊? 你们吵架了? 这么忙，还有空吵架？"

彭倩俪没吭声，抹着眼泪进了她的宿舍。

俞衡友之死事关"特费"案件，"悬办"自是特别重视，请示上海市公安局调派三名法医前来验尸。"悬办"正副主任杨宗俊、黄祥明随同法医组一起过来，跟萧顺德见面后，在镇政府专案组办公室里进行了简短商议，然后由杨宗俊下达指令：法医验尸时，专案组对俞毓梅、林曾逸进行传讯；庄敬天、彭倩俪负责讯问俞毓梅，李岳梁、钟梦白讯问林曾逸。

庄敬天他们的办公室临时挪作"悬办"三领导的办公点，讯问地点安排在由镇政府临时提供的两间办公室里。俞毓梅进来时，庄敬天若无其事地朝她点点头："小俞，请坐！小彭，上茶！"

彭倩俪挨过庄敬天的冷眼后，不敢再以上午的那种态度对待俞毓梅，乖乖地给俞毓梅端上一杯热茶。哪知，俞毓梅接过茶杯后，随手就扔在地上，一声爆响，玻璃碎片夹着茶叶、水珠四下飞溅，彭倩俪顿时目瞪口呆。庄敬天也吓了一跳，不过想起俞毓梅主动追求钟梦白的那份性格，随即释然：小俞就是这么个性子！

庄敬天没吭声，起身又去取了个杯子，亲手沏了一杯茶，双手端着走到俞毓梅面前，伸脚勾过一张凳子，把茶杯放在上面，又拿过角落里的扫帚，把地上的碎玻璃和茶叶划拉到墙边。回到桌前坐下，正盘算着应该怎样开口时，俞毓梅先开腔了："大庄，谢谢你！"

庄敬天灵机一动，借坡下驴："小俞啊，我和小彭虽然跟你熟识，是朋友，不过今天我们的谈话不是以前那种朋友之间的谈话，对于我们来说，这是工作。你也知道，我们是侦查员，就是调查案子的。涉及案子的时候，我们只好把朋友关系先放到一边，就谈我们要了解的那些情况；对于小俞你来说呢，就是如实回答我们的问题。至于老俞发生的不幸，组织上也想迅速查清楚，这也是我们今天谈话的目的。我真心希望你能理解、能配合，好吗？"

俞毓梅点头："大庄，没问题！不过，我把话说在前头，你大庄问什么我回答什么，保证句句属实！如果第二个人问呢……哼哼，对不起——没门儿！你们不是有手枪吗，我不回答，你们打死我好了！"

彭倩俪听着，脸上呈现出极为尴尬、窘迫的神情，以她的本意，真想站起来冲出这个屋子。可是，庄敬天已经说得很清楚了，这是工作，她只有服从。

庄敬天没有对俞毓梅的后半段话作出回应，只是淡淡地对彭倩俪说："小彭，你写字快，负责做好记录。"这其实就是作出回应了，是告诉在场的两个姑娘：彭倩俪不必开口问俞毓梅什么，而俞毓梅呢，遵守你的诺言，如实回答我的问题。

庄敬天于是开口发问，主要是了解三个方面的内容：昨天俞衡友下班回家后到今天早晨发现已经死亡的这个时间段，他的活动情况；在这之前的那段日子里，俞衡友是否有跟以往不同的异常举动；平时，俞衡友跟哪些人有交往。

俞毓梅把父亲昨天下班后去三友观拜访林道士，后来她不放心又去三友观，得知爹爹在跟林道士喝酒，直到今天早晨留了一纸条子出去给爹爹买早点，路上遇见林道士，两人一起回家发现爹爹已经去世了的情况，一五一十陈述了一遍。她说的时候，完全按照平时说话的语速，根本不考虑彭倩俪是否跟得上记录。饶是彭倩俪写字算快了，还是没有记全，又不敢让俞毓梅说得慢一点儿，这一节记录下来，额头上已经沁出细碎的汗滴。幸亏庄敬天一转眼发现了，就对俞毓梅说小俞你喝口茶吧，润润嗓子。彭倩俪朝大庄投以感激的一瞥，目光一触及他的脸就迅即转移，生怕让俞毓梅发现了，又会作出使她尴尬的反应来。

俞毓梅接着又回忆了其父平时的人际交往，说爹爹就跟林道士交往密切一些，但也不是总泡在一起，在她的记忆中，不过一个月中互相串一两次门，喝杯茶，聊一阵；解放后由于爹爹工作忙，这种见面就更少了，两个月也不过一次，当然，不包括偶尔在街上遇见互相打个招呼，驻步路边说几分钟话。至于爹爹有什么异常举动，就是受伪军司令田亮甲上吊事件的牵连被公安局关了一夜，释放后，服食了一支野山参，然后就没日没夜地把自己关在房间里写东西——大概就是刚才让你们搜去的那封信吧。

庄敬天听着，默默一掐算，心里便明了了：俞衡友被县公安局释放回到三官镇那天，专案组正好向浦东三县各区相关部门发送追查梁壁瀚下落的那份协查通知，记得当时还是他驾着摩托车载了小钟去的工商联，本意是慰问老俞，顺带着把协查通知也发了。看来，俞衡友拆看协查通知后，知道东窗事发了，遂决定告别这个世界。他要把当初他与"特费"的瓜葛说清楚，于是写了一份遗书。可是，他的身体状况已经不允许进行这种脑力、体力的超强度支出了，就想到了借助野山参的药力。

与此同时，另一间屋子里，李岳梁、钟梦白在讯问林道士。李岳梁跟林道士虽然相识，但交道打得不多，况且他是老刑警，历练得多了，对于这种讯问熟人朋友的情况也就见怪不怪。钟梦白的感受就不同了，他跟林道士虽说相识只不过一年，可是这一年中两人可谓是密切接触，他负伤后就在三友观休养，林道士每天给他用气功进行康复治疗，生怕他寂寞，还白天黑夜陪他喝茶聊天；他跟俞毓梅的恋爱之芽的萌发，也有林道士一份不可抹杀的功劳。可是，现在却要把林道士当审查对象正儿八经地进行讯问，而且这活儿就派到了他小钟的身上，这真使他为难。好在李岳梁事先已经想到了这一点，说小钟今天就由我出面讯问，你呢，只管记录。

尽管如此，钟梦白心里还是颇觉忐忑，坐在那里一听见外面林道士那熟悉的脚步声，就有些紧张。好在林道士在江湖上历练久了，又常年修炼不辍，已经到了凡事都可荣辱不惊的境地，进门后主动跟两人淡淡地打了个招呼，自己坐了下来。李岳梁也是老江湖，立刻端过茶水，递上香烟。这样，讯问在他们之间就演变成一场谈话，而且没有任何火药味。

林道士说了他跟俞衡友将近二十年的交往，包括当年他受俞衡友的委托，帮助老俞为活跃在浦东的中共朱亚民部队以及地下党做过的大量工作，然后着重陈述了昨晚俞衡友去三友观月下饮酒时说的那些话。最后他说："我昨晚也喝多了，要不，我是应该察觉到老俞的异常的，比如他所说的那个梁老板，比如他最后把那块怀表赠给我。"

李岳梁想到一个问题："俞衡友亲笔填写的那份干部履历表上面写着，他是 1930 年来三官镇定居的，证明人是你，县委审查时来找你核实过吗？"

林道士说："县委来人找我问过的，我说是的，还在那两个干部写的谈话记录上按了手印。"

"你凭什么说衡友是 1930 年到三官镇上来定居的呢？据我们调查所知，他应该是 1931 年底或者 1932 年初到三官镇定居的。"

林道士轻描淡写地说明了情由：县委派的那两个干部来找他调查时，他不知道这是什么路数，就以"不清楚"、"记不起"应对。那两个干部就向他说明，这是审查俞衡友同志的历史，是对老俞负责，也是组织上准备更好地发挥老俞的作用必须履行的一道手续。林道士这才愿意配合，可是，他还真的想不起老俞到底是哪一年来三官镇的，正扳着指头计算时，对方说老俞自己说是 1930 年来三官镇定居的，你想一下是不是？林道士寻思，既然俞衡友自己这么讲，那肯定错不了，遂点头称是。

当晚，"悬办"第三专案组全体侦查员集中于市区"悬办"总部举行案情分析会，萧顺德、杨宗俊、黄祥明三位领导全部到场。

这个会议给人以不同寻常的感觉，庄敬天一进会议室就感受到了凝重的氛围：萧顺德、杨宗俊、黄祥明在会议桌一侧并排坐着，正交头接耳窃窃私语，看见庄敬天等五位入内，都咬住了舌头不吭声了，黄祥明用他那招牌式的冷峻神情迎接他们，指了指会议桌一侧，示意他们坐下。

然后，杨大头开腔了，语气间似乎也没了平时跟下属们说话时的亲和，显得干涩涩的："老康那一拨呢？怎么还没到？庄敬天他们从浦东赶来的都到了，他们从北站分局过来还姗姗来迟？"

话音未落，康今敏领着他那几个下属进来了。庄敬天一看邹乐淳、吴天帆、贾木扣三人，不禁暗吃一惊，可怜这三位兄弟跟着老康没日没夜调查谢知礼谋杀案，吃不好，睡不好，一个个给折腾得脸色萎黄，没精打采，看那情形，只要张嘴说话，没准儿就得先打一串哈欠。果然，康今敏刚吐出一个"我"字，哈欠就跟出来了。

萧顺德摆摆手让他不必说话了："人到齐了，我们开会。先请法医组说一下对俞衡友尸体检验的结论，大家如果有什么问题，可以在法医组介绍过情况后提出来。"

市局这回派出了最强阵容的法医组，上次为失足落水身亡的邹姓小学生验尸的留德博士、法租界警备部挂头牌的法医秦老爷子也来了，但这回只是这个三人小组的一员，组长是个说一口北方话的中年人，姓祝。庄敬天后来听说，他是刚从北京公安部调来的有着留苏经历的法医界权威。检验报告就是他读的，法医组认为，俞衡友死于一种以多种中草药配制的剧毒药物，结合其遗书、三友观道人林曾逸的证言、俞毓梅关于死者出事前几天的异常情况证言，可以认定是自杀。

康今敏那拨人之前并不知晓俞衡友出事，都是大吃一惊。康今敏向法医提出了一个问题：从法医组介绍的死者临死前神情安详这一点来看，是否跟服毒自杀有矛盾？通常说来，含有剧毒成分的中草药在致人死命的过程中都会给人带来相当大的痛苦，而死者神情安详，这是否另有原因？

这个情形，法医组也是考虑过的。"悬办"承办的案子，都是中央交办下来的，结案后各专案组的报告不但要经得起上海市公安局、华东公安部的复核，还要经过中央公安部等的审查，甚至还会送到政务院总理的案头。因此，每一个环节都不允许出现差错、留有疑问。法医组的那位祝组长示意秦法医回答康今敏的质询，秦老爷子便对从死者体内提取的多种化学物质的特性，以及这些化学物质混合在一起之后所起的反应一一进行了说明，他说这些内容的时候，根本没看检验报告，也没翻面前放着的那本工作手册，侃侃道来，总的意思就是一点：中草药中不乏具有强烈麻醉神经作用的品种，古人施行外科手术，以及进行犯罪活动时使用的药物就是一个明证，比如著名的"麻沸散"、"蒙汗药"；死者生前有过多年经营中药业的经历，其对中药的熟悉程度，已经达到了目前我国中药业药工的最高级别，像他这样一个专家级的老药工，在对中草药药性的了解和使用上，不亚于一个老中医。因此，俞衡友在为自己配制这份致命毒药时，显然会考虑到剧毒药物给人带来痛苦这一问题，为了克服这个问题，他就在配制这份毒药时掺入了具有麻醉作用的中药，这一点，在其体内残留的药物成分中已经检测到了。

康今敏的这个问题，事先"悬办"三领导在听取法医组汇报检验结果时，已经提出过，并且都认同了法医的解释。主持会议的萧顺德见康今敏频频点头，知道这位老公安已经接受了法医的观点，于是环视会场："各位同志是否还有其他问题？没有了？那我们就进入下一个内容。"

三位法医退席后，萧顺德让康今敏汇报谢知礼谋杀案的侦查情况。康今敏四人这一阵儿四处奔波，折腾得够呛，可是并没有取得突破性进展。康今敏是一位凡事都认真到近乎刻板的老公安，他把工作、荣誉看得比自己的生命都重要，案件的调查情况不理想，此刻他说话的声音都低了八度——

该案实际上是逸香咖啡馆谋杀未遂案的继续，受害者谢知礼最终还是被凶手杀害了。康今敏四人对这两起系列谋杀案进行了多日侦查，凶手作案的情况都查清楚了，可就是找不到凶手的线索。刑事案件的侦查就是这样，有的案件开始时什么线索也没有，可是，查下来只要发现了一丁点儿蛛丝马迹，就能顺藤摸瓜一路高歌猛进进行下去；而有的案子，一开始线索就不少，调查下来，这些线索也全是真实的，可就是查不下去。康今敏他们遇到的情况就是这样，一次次碰钉子，最后又回到原点，人人都弄得筋疲力尽。

三天前，他们再次把逸香咖啡馆、新成医院两个现场的全部线索又梳理了一遍，其工作量之大可想而知，可是获得的结果是：什么也没查到。四名侦查员在北站分局第三专案组驻地又讨论了一晚上，最后讨论出一个新的调查方向：查死者谢知礼的根底。

这个思路形成的理由是：既然凶手处心积虑憋着一股劲疯狂行动，一心要把谢知礼置于死地，那么肯定是有必须要让他在这个世界上消失的原因的。杀人，毕竟是一桩严重犯法的事儿，一旦败露，是要偿命的。他（或者他们）究竟跟死者谢知礼有什么深仇大恨，非要冒着这等风险干掉他呢？侦查员认为，答案只能从谢老板的历史中去寻找。

接下来，又是连续没日没夜地奔波折腾，康今敏四人终于查清了谢知礼的历史——

谢知礼，1890年出生于上海市区英租界的一个米行老板家庭，初中毕业后曾在英商开的洋行由练习生做到职员，长达七年，后因洋行倒闭而失业。不久，与人合伙开了一家旅馆，经营状况不错。四年后，合伙人病殁，谢知礼从其家属手里买下了另一半股份，开始独家经营。后来，不知怎么的，谢知礼忽然把经营得好好的旅馆关闭了，改行做起了车行老板，直到解放后他被杀。谢知礼信佛，也是从开车行开始的。

康今敏说，从上述调查所获得的情况来看，谢知礼的历史其实很简单，也很清白，他没有参加过任何党派，也没有跟任何人结过仇，对自己的子女管束很严，主张"老老实实做事，清清白白做人"、"与人为善，能帮则帮"。如果要寻找他遭遇杀身之祸的原因，那就只能从他的反常行为入手了。这些年来他唯一的反常行为就是，突然把开得好好的那家旅馆关闭了。可是，关闭旅馆这样的事，跟他被杀又有什么关系呢？目前，我们正在设法调查，但还没有头绪。

十余名与会者中，萧顺德是听得最专注的一个，他不但聚精会神地听，还在本子上作些记录。康今敏汇报完毕，萧顺德问康的部属邹乐淳、吴天帆、贾木扣："你们三位对老康的汇报有什么补充吗？没有？那我有三个问题要问一下老康。第一个问题，谢知礼当初开的这家旅馆坐落何处？店号叫什么？"

"他开的旅馆在曹家渡，叫'曹家渡大旅社'。"

"第二个问题，谢老板是哪一年把这家旅馆关闭的？"

康今敏翻查工作手册："是民国二十年，也就是1931年底，12月中下旬，具体的日期，家属说时间太长，记不清了。"

"第三个问题，这个谢老板是以前就叫谢知礼呢，还是后来改的这个名字？"

康今敏有点儿窘，意识到自己作为一个老公安，出现了不应该有的疏忽："哦，刚才汇报的内容我还没来得及汇总整理成一份完整的材料，有一点让我说漏了，对不起！死者谢知礼，原名蒋博捷，新名字是在开车行时取的。这个情况，是我们在调阅伪警察局的户政档案时发现的，改名原因一栏里是这样说的：申请人信佛，据高僧指点，原名不妥，故改现名。"

梁壁瀚当年在曹家渡遇劫之事，康今敏等四侦查员并不知晓。但其他人听康今敏这么一说，立刻意识到，俞衡友留下的遗书以及他对林道士所说的内容中关于"特费"被劫的情况应该是确凿无疑的。当年"曹家渡大旅社"的老板蒋博捷出于自保的考虑，果断关闭旅馆，改名换姓开车行另行谋生。

问明上述三个问题后，萧顺德朝杨宗俊、黄祥明看了看，那二位微微颔首。萧顺德说："现在，请杨主任通报一下俞衡友死亡事件。"

杨宗俊遂把俞衡友服毒自尽以及遗书、通过林道士留下的遗言等情况作了介绍，强调之前第三专案组对于"特费"案件的侦查思路、方向都是对头的，俞衡友自杀前，庄敬天几个已经决定把侦查触角伸向他了，但由于俞衡友在当地的身份，未能及时控制，致使发生了自杀悲剧。关于俞衡友自杀事件的定性，"悬办"没有得到上级的授权，不宜作出评论，这应该是地方党组织和政府的事情。接下来，杨主任请大家充分发表意见，着重分析 1931 年 12 月 5 日清晨发生的"曹家渡大劫案"的案情和侦查方向。

"特费"案件调查到这一步，已经有了比较明确的方向。俞衡友的遗书、遗言，也解释了之前一直使大家感到困惑的问题——

比如松江醉春楼案件，那是浦东这边有人发现专案组要去松江调查"特费"案的线索，为逃避惩罚，案犯对前往松江外调的侦查员下手，目的是转移侦查视线，使专案组误以为"特费"案件的发生地就在松江。

再比如案犯连续两次对谢知礼下手，那是因为案犯发现他们策划的醉春楼案件已经变成了一个肥皂泡，不但不能达到预期目的，反而把专案组的侦查视线引向浦东。于是他们决定切断专案组有可能伸向当年"曹家渡大劫案"知情人的侦查触角，把旅社老板干掉。可以断定，如果案犯能够找到当年"曹家渡大旅社"的其他伙计以及梁壁瀚本人，说不定也要把他们都干掉。

大家七嘴八舌议论纷纷，话题渐渐集中到 1931 年 12 月初那个寒冷的清晨发生于曹家渡桥头的那起抢劫巨案：案犯为何能铆得那么准，竟然一下子就盯上了梁壁瀚，然后果断下手，别的东西都不要，专抢那个装"特费"的小皮箱？他们会不会就是奔着"特费"来的呢？

侦查员对此作了反复研究，最后排除了这种可能性：第一，这是一桩由临时中央直接布置的极为重要的绝密使命，就连豢养着大量专业力量（军警、情报人员）的国民党方面都不知情，江湖上的江洋大盗又凭什么知晓这项机密呢？第二，劫匪在曹家渡码头盯上梁壁瀚，将其骗上车，出了码头在曹家渡桥上下手，这说明对方并非与梁壁瀚同时坐轮船从青浦来沪的旅客。第三，从劫匪作案的手段来看，他们策划的那一套其实比较简单，先是冒充黄包车夫在码头上等候旅客，待轮船靠岸，对众旅客进行快速甄别，选准作案对象，然后上前招揽生意，诱骗目标上车。

这种作案手法，在三十年代初还算比较新颖：黄包车上桥时，车速自然减缓，同案犯当即上前贴靠，这时无论是乘客还是路人，都不会予以注意，更不会产生警惕心，往往以为是有人相帮推一把助力——那年头不学雷锋，这都是收费的，由人力车公会统一给推车人一点儿报酬，这钱当然是向每个车行收取的，羊毛出在羊身上，说到底，还是车夫自己挣来的。劫匪此刻就可迅疾下手，将沾了麻醉药物的帕子蒙住被害人的脸部，通常几秒钟就可令人失去知觉；也有挣扎的，那就要使用拳头或者钝器将人击昏。然后，拿出事先准备好的烈性白酒乱洒一通，让受害人变成"醉鬼"，再拉到事先物色好的旅馆动手抢劫。

这起抢劫巨案的最后一个环节对于辨别上述问题具有特别关键的意义：如果案犯知道运送"特费"的机密，那么梁壁瀚甫一登上码头，就可以从其携带两件行李——盛装"特费"的褐色小皮箱和他用于放出差用品的那个小旅行包——的姿势上判断出不同的分量，当然立刻就选中小皮箱下手了，还有必要把受害人伪装成醉鬼拉到旅馆去吗？最多拉到附近哪条偏僻弄堂口一扔了之。为什么要把受害人弄到旅馆去？就是为了检查他携带的行李。别看那口小皮箱拎着沉甸甸的，弄不好打开一看是一箱子书籍或者账册也难说啊！

如此可以认定，"曹家渡大劫案"并非案犯事先知晓运送"特费"的秘密专门策划，而是随机选择，当然，这跟梁壁瀚拎的那口小皮箱一眼看上去就颇沉重也有关系。

弄清楚了这个问题，往下应该如何侦缉十八年前对中共地下交通员梁壁瀚下手的那几个案犯呢？众侦查员认为，之前康今敏他们侦而未破的醉春楼案件、谢知礼命案以及对浦东沐家桥方面的调查仍应作为下一步侦查的线索和方向之一，可以肯定，案犯跟浦东沐家桥地区是有历史以及现实关系的，很有可能案犯（或者之一）目前还隐藏于沐家桥地区。这种隐藏不是类似三官镇道人林曾逸那样的不问世事的隐居，而是有社会身份作为掩护，依然正常参与社会活动，正因如此，案犯才能对专案组的侦查工作有所了解，从而制造了醉春楼案件和谢知礼谋杀案。以沐家桥为中心的侦查工作还是由康今敏、邹乐淳、吴天帆、贾木扣和曾独立调查沐家桥帮会线索的老刑警李岳梁五人负责。

另外，还需要开辟一个战场，那就是围绕"曹家渡大劫案"的发生地，对十八年前的那起黄金大劫案进行调查，这项工作，分派给庄敬天、马麒麟、钟梦白、彭倩俪四名侦查员。

会议到此就结束了，可三位领导并未马上离场。杨宗俊朝黄祥明点点头，后者在众人惊奇和不解的眼光注视下走到会议室门口，吆喝了一声什么，门外传来一阵脚步声，"悬办"的内勤小许和材料员走进来，分别端着一个硕大的双层奶油蛋糕和一个暗红色的福建木托盘，托盘里放着一瓶葡萄酒和十来个玻璃酒杯。

"呵——"彭倩俪最先反应过来，"今天是哪位的生日啊？"

庄敬天也来劲儿了，说他肚子刚好咕咕作响，正盼着弄点儿东西补充补充，今儿个哪位生日正是积德，可得敬他一杯酒，祝他长命百岁。杨宗俊笑道："大庄说得对，是该祝寿星健康长寿，我听萧政委说，今天的寿星是个山东人啊！"

这些人中，彭倩俪最是惊喜："大庄，今天是你生日啊？怎么不告诉我，也好给你准备一份礼物！"

庄敬天一脸迷惘："今天是我生日吗？谁说的？"

杨宗俊拿起酒瓶往杯里斟酒："老萧说的，这蛋糕和葡萄酒也是老萧掏的钱，听说是他从嫂子口袋里顺出来的。"

萧顺德招呼庄敬天："大庄，你是寿星，给大伙儿分蛋糕吧。"

众人庆贺过庄敬天的生日后，散会。康今敏把北站分局"悬办"二组驻地办公室的钥匙递给庄敬天："那边柜子里还有我的三包烟和小吴的一盒巧克力，算是便宜你小子了。"

庄敬天摇晃着钥匙叫道："小钟、老马、小彭，跟我一起去，分享老康的赠品！"

十六、狭路相逢

马麒麟、钟梦白、彭倩俪都以为庄敬天连夜把他们叫到北站分局驻地，分享赠品只是个由头，接下来肯定要开会商量往下如何开展侦查"曹家渡大劫案"的工作。哪知，到了那里，庄敬天做的第一桩事就是从柜子里找出康今敏所说的三包香烟、一盒巧克力，把烟分给马、钟各一包，自己留一盒，巧克力给了彭倩俪。

彭倩俪要去拿杯子给大家泡茶，庄敬天说不必了。彭倩俪不无惊奇地问不是要开会吗？庄敬天说谁说过要开会啊？我要宣布的事儿一句话就交代清楚了，不需要开会。庄敬天要交代的事情是：明天休息一天，各人自由活动，要干什么自便。

这个决定使三个部属大感意外，彭倩俪说大庄你请示过上级吗，这么紧张的状态下还休息？庄敬天说正是因为工作太紧张了，所以要放一天假，这事我有权决定，我是"悬办"三组副组长，是咱们这个摊子的负责人，连休息一天也决定不了？行了，就这样定了，快走吧，再晚电车就没了！嗯，小钟你留一下。

庄敬天留下钟梦白，是告诉他一个好消息：组织上已经批准了小钟的入党申请，从今天起，小钟就是中国共产党的预备党员了！

钟梦白惊喜："真的？啊，太好了！谢谢你，大庄！"

"谢我干什么，那是你自己努力的结果，我不过做了介绍人而已。"

钟梦白问："小彭也被批准了吗？"

庄敬天说："小彭这次没被批准，老萧的意见是她还需要继续努力和经受考验。记着，下周二下午两点你去市局政治部，党委要把这次发展的新党员集中起来举行一场仪式。祝贺你，钟梦白同志！"

钟梦白感慨道："这个目标我已经追求数年了，今天终于实现啦！"

"小钟，你已是一名光荣的中国共产党员，以后就得多多付出了。我的理解，要说党员和非党同志有什么不同，那就是吃苦在前，享受在后；工作在前，休息在后；冲锋在前，撤退在后；危险在前，安全在后。能做到这些，就对得起共产党员这个称号了。就说明天吧，我决定放一天假，那是让老马、小彭两人休息的，他们二位，一个年过四十，有家有口；一个是女同志，老是这么没日没夜地连轴转是不行的，所以我要给他们放一天假。我俩呢，大小伙子，年轻力壮，闲着也是闲着，那就干活儿吧。明天我俩去一趟曹家渡，雇一辆黄包车，实地考察一下老俞遗言所说的那桩抢劫案是否真能干得下来。只有案情是真实的，我们才能往下侦查，否则，白忙一场，不说费时费力白花了国家的经费，光给别人背后指指点点议论一番咱就受不了。"

钟梦白说："哎，倒看不出，大庄你这段时间在迅速成长进步，真有点儿像个领导的样子了。"

"你这话又是成长又是进步的，听起来你才是我的领导，是你栽培了我，现在是来验收是否合格了。哎呀时间晚了，末班车估计没了，你也回不去了，就睡办公室吧。"

钟梦白于是取杯子沏茶："这段日子我遭遇了一些情况，都是始料不及的事儿，我正想找个机会跟你聊聊呢。"

小钟说的是他跟俞毓梅的关系：俞衡友出事后，他终于明白俞毓梅为什么在一夜之间突然作出决定跟他断绝恋爱关系了。俞毓梅是父命难违，她是个孝顺女儿，对老父的话一向是百依百顺。这是她在平时和钟梦白闲聊时多次提及过的，当时钟梦白听着，也领会到她的另一层意思——以后你也不可拂逆老人之意。俞衡友看到协查通知后，意识到他可能无法继续隐瞒自己的身份了，一旦败露，俞毓梅就将被视为另类，而这样一个另类显然是不适宜跟钟梦白这种政治身份的青年结合的，所以老俞果断作出决定，要女儿断绝与钟梦白的恋爱关系。

钟梦白告诉庄敬天，他在老俞出事前不理解俞毓梅的决定，但只能接受；而现在，他已经完全理解了俞毓梅是在什么背景下作出这个决定的，却感到不能接受了。为什么？小俞目前的处境非常艰难，她一个十八岁的姑娘怎么独自面对？他不能不闻不问，不管不顾。不论俞毓梅现在是否还对他有情，他都想给她一些安慰，为她提供一些帮助。可是，他目前的身份以及正在执行的使命，恰恰跟俞毓梅的父亲有关。他不知道自己是否可以跟俞毓梅联系，是否可以给小俞提供一些帮助——包括精神上和物质上的。

庄敬天听钟梦白说着，没有吭声，只是默默地抽着烟。

钟梦白自顾向这位兄长般的好友倾诉："大庄啊，你可能不知道，小俞她家经济条件很差的。解放前，老俞在三官镇以修钟表维持父女两个的日常生活，他是方圆几十里地技艺最精湛的钟表匠，按说多少应该有些积蓄。尽管他因为'特费'事件隐姓埋名，属于自动脱党，可他早在抗战之前就参加了浦东地区的地下党活动，抗战初期重新加入共产党，从事党的地下工作。当时党组织很困难，不可能提供活动经费，老俞所有的活动开支都是他自己掏腰包。俞毓梅跟我说过，她一出生妈妈就死了，小时候跟着爸爸和两个哥哥一起过日子，一年中每月都有几天家里是揭不开锅的……大庄，你在听吗？"

庄敬天点头："我都听着呢！你说的情况我之前不知道，不过，根据对老俞家的搜查情况来看，俞家确实很困难。你想，老俞留下的遗产只有八百元，只够买一副大饼油条啊！谁想象得到，他一个当过中药店老板、镇长、工商联主席，而且已被县委任命为审干工作领导小组成员的老干部，死后只有这么一丁点儿遗产！"

钟梦白叹息："真如杜甫诗言——'囊空恐羞涩，留得一钱看'了！"

"那小钟你的意思是准备伸手帮小俞一把？"

"对！我要在物质上、精神上都帮助她，恐怕这当口儿也只有我愿意帮她了。我不图任何回报，就图个良心。大庄，你看这当口儿我如果帮助小俞，组织上会怎么看？"

庄敬天这些日子历练下来，渐渐趋向成熟了，他想了想说："我估计俞毓梅在物质上暂时还不至于到断炊的境地，一是她有一份工作，像她这样第一年参加工作的见习护士，卫生所每月总得发给她二十来万元薪水吧？二是我师父也不会看着她遭难而不伸以援手的，我师父一直把小俞当女儿一样看待，现在老俞走了，那份感情应该更浓烈。尽管我师父守着那个破道观也没啥进项，可他给人看病还是有些收入的，他不会让小俞受委屈。所以，小钟啊，我的意思是，你先别直接跟小俞有什么接触，也不要给她寄钱寄东西啥的，写信吧，先给她精神上的安慰，不过，不要提到老俞，也不要提到我师父。至于组织上会怎么看待，我还真吃不准……呵呵，别说我了，就是萧政委只怕也吃不准哩。好吧，时间不早了，我们休息吧，明天还要去曹家渡勘查现场呢！"

次日，庄敬天、钟梦白去了曹家渡。俞衡友遗书、遗言中提到的十八年前的内河轮船码头、曹家渡木桥都还在使用，问了一下码头管理人员，得知从青浦开来的小火轮还是清晨六点左右抵达。两人登上曹家渡木桥，果然比较陡，黄包车、三轮车上去都颇费劲，路人趁机贴靠上去，在乘客身上施点儿小手脚根本不在话下。由此，两人确认俞衡友所言不谬。

再去寻找当年的"曹家渡大旅社",却是踪影全无。一连打听了七八个路人,竟然都是摇头。又进了附近小弄堂向老住户询问,才得知当年的"曹家渡大旅社"关门后,房子被一个郊区王姓粮商盘了下来,开了一家"江南米行"。抗战胜利后,米行老板因资敌行为吃了官司,米行落到了另一朱姓粮商手里,改名为"曹家渡大米行"。庄敬天、钟梦白去看了看,由于建筑格局早已改变,想复原十八年前那一幕惊心动魄的场面是不可能了,两人只能脑补。

离开曹家渡,钟梦白邀请庄敬天去他家坐坐,庄敬天说我还是回北站分局吧,免得"悬办"领导找我时联系不上,再说你也得给小俞姑娘写信了,我们还是各做各的事儿去吧。

回到办公室,庄敬天刚刚坐下,果然有电话打进来。他以为是"悬办"打来的,哪知却是彭倩俪。庄敬天说:"小彭,我是冒着挨批的风险擅自决定给你们放假的,你怎么不珍惜这份福利,还打电话来骚扰我?"

彭倩俪说:"你这个领导做得不合格,怎么可以胡乱批评下属?我打电话给你是有正事。"

"正事儿?好!那你说,关于'特费'案件你发现什么新线索了?"

"正事不一定就是破案。"

"正事不是破案,难道还能是请我吃饭?"

没想到,彭倩俪打电话就是约他吃饭,还是到德大西菜社吃西餐。"怎么样,赏个脸吧?"

"那我这边先行谢过!我中午吃得早,现在才四点钟,肚子就觉得有点儿空了,正盘算一会儿到门口去吃碗阳春面。现在为了你这份盛情,我就多喝几杯白开水克服一下了。"

"那你一会儿开摩托来接我!"

庄敬天断然拒绝:"这又不是执行任务,开摩托车干吗?浪费公家汽油!你知道汽油多金贵啊……"

他还要往下说,被彭倩俪打断:"得了得了我知道了,六点在'德大'门口见面!"

彭倩俪知道庄敬天从来没有吃过西菜,寻思一会儿看这山东大个子出洋相,日后留一个关键时刻奚落这家伙的话柄。她甚至已经想象出大庄不知如何摆弄刀叉手忙脚乱的样子,忍不住先"咯咯"笑出了声。

六点差十分,彭倩俪就到了,不过,她故意没站在西菜社门口,而是去了马路对面的一根电线杆后面站着。她想看看穿着一身黄色棉布军便服土里土气的庄敬天,面对着一派洋气的"德大"大门,是否有勇气走进去。

约定的时间到了,庄敬天没有出现。彭倩俪耐着性子又等了五分钟,大庄还是没来。小彭不禁有点儿生气,跺了一下脚,自言自语道:"哼,这个大庄!"

"到!"背后一声应答,把彭倩俪吓了一跳。转脸一看,庄敬天已经站在她身后了。出乎意料的是,这家伙竟然穿着一件黑色皮夹克,显得英俊帅气,如果把头发吹吹风,上点儿油,在舞厅里一现身,准保引来众多美女邀舞。

彭倩俪捶了庄敬天一下:"你早就来了,为什么不现身,还要藏到我后面吓唬人?这件夹克哪里来的?"

庄敬天说:"我跟你几乎同时到的,看见你鬼鬼祟祟地躲在马路对面,就知道你没安好心,想看我出洋相。这件衣服嘛,是向北站分局政保科刘科长借的,我说今晚我要去会一个盯了有段时间的工作对象,得穿得稍稍洋气些,他就把这件衣服借给我了。"

"工作对象?"彭倩俪不由瞪起眼睛,"你说我是'工作对象'?"

庄敬天不答,直接过了马路,彭倩俪只得气哼哼跟在他身后。两人进了"德大",上到二楼,在一副临窗的情侣雅座坐下,彭倩俪把侍者送上的菜单递给庄敬天,让他尽管点。庄敬天说我不懂,小彭你点吧,你请客,你点菜,你会钞,我呢,就负责吃。彭倩俪知道这家伙食量大,就把什么色拉、浓汤、德大牛排、匈牙利鸡、意大利烩鱼之类的都点上了,一心盼望着看这家伙出洋相。

可是,姑娘失望了,一道道菜上来,庄敬天显得从容不迫,别说餐具使用得当,就是喝汤吃菜也都符合吃西餐的规矩。彭倩俪眼里兜着一个大大的问号,欲言又止。庄敬天问道:"密斯彭,有何见教?"

彭倩俪说:"你好像不是第一次吃西菜呢!"

庄敬天告诉她,刚进驻上海市区时,他的排被派驻跑马厅那一带,负责站岗巡逻,维持治安。在跑马厅附设的西餐厅外面有一个哨位,他经常去查岗,也几次顶替患病战士值勤站岗。餐厅的门窗都是落地大玻璃,老远一眼就能看清里面,几次下来就把外国人是如何用餐的看明白了。不过,他还从未实践过,这次是大姑娘上轿——头一回。庄敬天说着,举杯敬酒,浅抿一口后小声说:"这洋酒还没俺家乡自酿的地瓜烧好喝。"

这一餐,吃掉了彭倩俪六万多元,庄敬天看着她把一张十万元的纸币递给侍者,心疼得直皱眉头,后悔不该上这洋馆子。他很想把吃剩的面包带回去,可是见彭倩俪没这个意思,只好作罢。

两人出了"德大",彭倩俪说还不到八点,我们去看场电影吧。庄敬天说也好,不过最好是战争片,或者反特片,其他看着就没劲了。电影院就在附近,海报显示当天晚上第二场放映的是苏联卫国战争故事片《第二次攻击》。彭倩俪要买票,庄敬天拦住,自己排队买了两张票,连分币都用上了。

《第二次攻击》很对庄敬天的胃口，看完后出了电影院送彭倩俪去电车站时他还在谈论。一会儿，电车来了，彭倩俪上车，庄敬天退到人行道边上，想目送电车开走。忽然，他看见一张似曾相识的脸孔从眼前一闪而过，那人指着彭倩俪的身影朝两个同伴打了个手势，三人随即挤上了电车。庄敬天一愣：流氓？盯上小彭了？

他还没来得及作出反应，电车已经开走了。庄敬天二话不说，拦下一辆三轮车跳上去，指着前面的电车："追！"

车夫有点儿傻眼："你让我三轮车追电车？"

"别废话！追！"

车夫见他这气势，知道不是善茬儿，只得遵命。好在有轨电车速度比较慢，三轮车虽然追不上，但也不至于被落下很远，电车始终在视线之内。追了一站路，车夫已经气喘吁吁："同志，你要追几站啊？"

庄敬天说："也就三站路，你坚持一下，回头加倍付车钱。"

车夫又坚持了一站，庄敬天见他已经力不从心了，便叫"停车"。三轮车还没停稳，他就把车夫扯了下来，自己跃上去踩了就走。车夫在后面大叫大嚷，庄敬天回头扔下一句："放心，丢不了你的车！"

往前踩了一阵儿，三轮车掉链子了，庄敬天又急又气，骂了声"破车"，干脆下车，甩开两腿跑步急追。

再说彭倩俪坐了三站下了车，从车站到她家还有半站路，中间要穿过一条两侧都是工厂围墙的小弄堂。她今天邀约饭局获得成功，又和庄敬天看了一场电影，在电影院的黑暗中两人又拉了手，心里有一种沁了蜜似的甜滋滋的感觉。这种感觉暂时麻痹了她的防范之心，使她失去了平时已经养成的职业警惕。上电车时，她没有发现自己被人盯上了；在车上，没有留意到有二道邪恶的目光不时朝她扫视；下车后，她依然没有发现那三个主儿也下了车，一路尾随自己。当她哼着歌走进那条空寂无人的弄堂时，方才听见背后似有脚步声，回头一看，三个流氓已经逼上来了！

彭倩俪蓦地一惊，立刻伸手从怀里掏出"悬办"配发给她的那支袖珍勃朗宁手枪，可是，还没来得及上膛，已被为首那个家伙一拳打飞。另外两个流氓惊叫："手枪！"

为首那家伙鼻子里哼了一声："手枪算什么，碰上老子，就是大炮也没用！"一边说，一边上前。彭倩俪来不及喊出"救命"两字，就被对方紧紧抱住，顺手捂住了嘴巴。她试图挣扎反抗，可那家伙的两条胳膊就像蛇一样缠着她的身子，根本甭想动弹。她心里倏地一凉，脑子里冒出两个字：完了！

就在这时，庄敬天赶到了。他从大马路上一下子冲进黑咕隆咚的弄堂，眼睛有些不适应，于是先大喝一声"住手"，打算先镇住流氓再说。那个缠住彭倩俪的家伙听见有人来了，却并不放手，头也不回道："啥人来管老子的闲事？你们把他打发了！"

两个跟班一看就是即使混到老也混不出世的主儿：一个已经三十岁出头，穿一套米色西装，烫了个飞机头，上足了发油，活脱一个上海滩纨绔子弟、蹩脚阿飞；另一个二十五六岁，五短身材，站在那里像个千年树墩。这两个家伙正摆弄着彭倩俪那支勃朗宁，听见为首分子的吩咐，"飞机头"立刻把手枪对准庄敬天："滚开！"

话音未落，庄敬天已经一脚将其踢翻，那把手枪飞出两丈远，撞在墙上又掉落地面。紧接着，"千年树墩"也被庄敬天一拳击倒，顿时哭爹叫娘。为首那主儿听见声音不对，这才回头："呵呵，朋友好身手哪！"

庄敬天定睛一看，倏地倒抽了一口冷气：这家伙不就是半年前他去

"悬办"报到时，在马路上干过一架的那个擅使柔术，把自己"钉"在地上大出洋相的"皮夹克"吗？于是冷冷一笑："这真叫'人生何处不相逢'，都说上海滩大，可我看却很小，小子，别以为你今天换了身装束老子就认不出你这副嘴脸了，咱俩又见面啦！"

对方一愣，下意识地松开了彭倩俪："你……"他正想仔细辨认，获得解脱又有庄敬天撑腰的彭倩俪怒不可遏地反手给了他一记响亮的耳光。庄敬天大叫一声"打得好"，趁对方还没作出反应，倏然出手。

庄敬天吃过对方柔术的亏，跟三友观林道士学艺过招时，每次都要请教应对柔术之法。林道士没有跟擅长柔术的对手交过手，但他见过柔术高手跟中国拳师的实战场景，事后总结出一条应对柔术的不二法门：不能让对方近身，应以腿法应敌。林道士是腿法高人，庄敬天跟他学了数招实战腿法，每天哪怕再忙再累，也要抽出时间苦练一番。他一直有个心愿，想再跟"皮夹克"较量一场，没想到今天不期而遇。

这时，"皮夹克"也认出庄敬天了，神态瞬间轻松下来——手下败将嘛，有什么可担心的？没想到今非昔比，庄敬天受过高人点拨，加上已经明确对手是一个需要捉拿的现行犯罪分子，当下自是举手不留情，也不必有任何顾虑，即便当场击毙也无须担责。电光石火间，一招高鞭腿招呼过去，对方猝不及防，脖颈上挨了一下，立刻倒地，挣扎着想爬起来再斗，已被庄敬天拔出手枪逼住。

这三个流氓就这样失风被拿下了。由于之前发生过袭击专案组侦查员的松江醉春楼案件，"悬办"接到庄敬天的电话后，立刻由副主任黄祥明前往看守所提审这三个人犯，又安排专人核实了他们的口供，确认跟"特费"案无关，这才把案子移交治安处。

庄敬天没有想到，过不多久，他还要跟其中一位打交道……

十七、"叛徒"的女儿

北站分局第三专案组办公室门窗紧闭，室内烟雾缭绕，庄敬天、马麒麟、钟梦白聚在一起，抽烟喝茶开案情分析会。彭倩俪昨夜遇险受惊，当晚发了高烧，今天没来上班。

庄敬天最不喜欢的就是开会，但今天这个会却是必须开的，否则往下该怎么调查心里就没个底。他说那就聚在一起扯一会儿吧，人少，领导又不在眼前，咱们尽可以自由点儿，小钟去打两瓶开水沏壶好茶，老马有好烟就拿出来，我呢，口袋里已经掏不出钱了，昨晚要不是逮着的三个流氓够得上进局子，那三轮车钱还得叫小彭掏呢。

三人讨论如何在市区调查十八年前抢劫"特费"的那三个案犯，庄敬天说老马你经验丰富，在万恶的旧社会办过许多刑案，这个案子正是发生在旧社会的，您看应该怎么调查？

马麒麟这段时间跟庄敬天相处下来，觉得这小伙子很可爱，好相处，当了副组长大小也是个官儿了，也没啥架子，看他的言行举止，活脱一个老百姓，就像同住一条弄堂的邻家小子。因此，他在庄敬天面前也就随便了，这会儿大模大样地架着二郎腿，抽烟喝茶，但一开口，却是刑警本色。

他说我们查这个案子，最好能够做到以下几点：第一是找到当年"曹家渡大旅社"的账房、伙计，哪怕只找到一位也好，不是为了核实这个案子是否发生过——这已经没有问题了，而是向他们了解当年这起抢劫巨案发生时的细节。以我的经验，调查案子时多注意收集细节，对破获案子很有帮助。第二点呢，是需要查阅旧警察局留下的刑事案件档案，看其中是否有关于这方面的记载。尽管老俞留下的遗书、遗言中说他没有报案，但"曹家渡大旅社"方面是否报案了，或者向谁透露过这起案件，我们目前还不清楚。即使旅社方面没有报案或者透露该案，那么案犯在作案后是否曾在道上披露过案情？如果有这种情况，就有可能被刑警的线人收集到。对于这种线索，刑警队通常不会真的去调查，但会在档案中记录下来。第三点，如果上述两条路走下来都没有取得效果，那就只好直接找当年的老刑警开个座谈会，请他们回忆了——我也算是老刑警，不过我倒还真没听说过民国二十年曾经发生过这么一起抢劫巨案哩。

庄敬天、钟梦白都觉得马麒麟说的这三点很实用，频频点头。然后就是讨论具体应该怎样去做，最后的分工是：庄敬天、马麒麟去访查当年"曹家渡大旅社"的员工；钟梦白去查旧警察局留下的刑事档案。

钟梦白先出发了，马麒麟掐灭香烟说大庄我们也赶紧走吧，免得让人说磨洋工。庄敬天说："不急，各有各的摊子，连老萧这个专案组长、'悬办'政委也没法儿说我们磨洋工的。况且我忽然想起一件事，正盘算着参康今敏那家伙一本呢！"

马麒麟诧异："康组长又怎么了，他们那一拨跟我们桥归桥路归路，不搭界的呀！"

"不搭界时算不搭界，搭界时就搭界了。刚才我正要出发时，想着咱们这是去干啥？不是调查原'曹家渡大旅社'伙计的下落吗？我想老康他们肯定已经调查过了，他们有现成的材料不交给我们，那不是在搞本位主义吗？好像还夹着点儿个人英雄主义，我不能参他一本吗？想想又觉得可怜老康，算了，直接跟他联系吧。"

庄敬天把电话打到设在三官镇镇政府偏院内的专案组办公室，跟康今敏一说，老康说那天不是把钥匙都交给你了吗，你小子只顾吞没我们的香烟、巧克力，就没看柜子里还有点儿什么？庄敬天遂把钥匙扔给马麒麟，当场验证，果然。

两人随即翻阅卷宗，发现老康他们在调查谢知礼谋杀案时确实调查了谢知礼以往的历史，可是，所获得的材料里只出现过"开旅馆"，没有"曹家渡大旅社"。这也可以理解，因为他们当时调查的着眼点是谢知礼的个人历史，而不是历史上的某个节点。不过，这对于庄敬天、马麒麟此刻的调查应该是有用处的，笔录显示，那个提供谢知礼在曹家渡开过旅馆情况的人名叫吴彪，系谢知礼的妹夫，还有住址，去找其了解一下，估计他能够提供当年蒋博捷（即谢知礼）开的"曹家渡大旅社"的员工情况。

吴彪这名字听上去厉害，其实是个五十岁的老病号，脸色蜡黄，心绞痛的毛病时常发作。好在庄、马登门时他没发毛病，正在屋里喝茶。可是，吴彪没能提供他们所需要的情况，因为他当年是在英商怡和公司当船员的，一年中大部分时间在上海、宁波或者青岛之间的海上颠簸，回家休假时除了休整，另有许多事情要做，根本没空往大舅子蒋博捷开的旅馆去串门，甚至连"曹家渡大旅社"的大门朝哪个方向开都不清楚。

庄敬天、马麒麟两人自是失望。离开吴家，两人把摩托车开到附近一家茶楼门口停下，马麒麟说大庄我们喝茶吧，我请客。两人就上楼在一副临窗座头上坐下，马麒麟要了一壶碧螺春，又要了蟹壳黄、卤豆干、咸汁花生。庄敬天说："老马，我记不得已经让你破费多少次了，想想还真不好意思。"

马麒麟说："这有什么，你们是供给制，我是拿薪水的，每月还有些余钱，大家一起花花不是蛮好吗？否则，我跟你们一起工作，一样跑腿，一样查访，可是待遇比你们好，你说我的良心往哪里放？"

庄敬天说："哪天我有了钱，我请您下馆子，喝他个一醉方休！"

两人边喝边聊，马麒麟说："旧社会干刑警，破了案子有奖赏，出力多的，功劳大的，按功论赏。现在人民政府怎么不按这一套来办呢？"

庄敬天说："共产党人讲奉献，吃苦在前，享受在后，现在国家条件差，经济状况不好，又要建设又要备战，没法儿搞物质奖励。"

马麒麟频频点头："我就说你们共产党靠谱，个个思想境界都蛮高的。大庄，我跟你打听个事，像我这样的留用警察可以申请参加共产党吗？"

庄敬天一愣，寻思这倒还没听说过，因为全上海也没有哪个留用警察有过这种念头。不过，组织上从来没说过留用人员不能入党，只听说过"革命不分先后"，所以应该是可以入党的，于是问："老马，你是不是想争取入党啊？"

马麒麟说："我觉得跟着共产党走，心里踏实，我真的想写入党申请书呢！"

"那你写吧，写了交给我，我替你转上去。"

马麒麟很兴奋，又招呼跑堂下两碗馄饨上来。两人吃着馄饨，又把话题转到了案子上，马麒麟说："我突然想到了一个查到当年'曹家渡大旅社'伙计的法子。刚才听那老病号说过一句话——旅馆的账房章先生是青帮中人，那何不去找解放前在这一带有点儿名气的青帮分子打听呢？"

"有道理！老马，姜还是老的辣啊！"

两人又是一番奔波，终于在上海市公安局普陀分局看守所关押着的一个帮会骨干分子嘴里获得一条信息：当年"曹家渡大旅社"的账房先生章炳霜确是青帮成员，辈分还蛮高的，是"悟"字辈，与杜月笙同辈。其实此人并不参与青帮活动，只是年轻时觉得好玩，跟着别人一起拜的老头子。章炳霜以前住在法华镇，现在还在不在那里，那就不清楚了。

次日，彭倩俪上班了，就和庄敬天、马麒麟一起调查。彭倩俪小时候在法华镇住过，说那里现在属于长宁区，我们可以去长宁分局调查章炳霜这个人。

三人骑着摩托前往长宁分局，到治安科一查，说没听说过这么一个帮会分子，不过不等于没有，这种事不能以记忆为准，而应以材料为准。材料是什么呢？是上海尚未解放时华东局社会部密令中共上海地下党悄然进行的一项工作所获得的成果——收集上海滩帮会的情况。上海市一解放，这项工作随即予以延伸，军管会要求各分局上报各自管辖范围内熟悉帮会内情的人员，召集他们开座谈会，为新政权提供相关情况。然后，军管会组织专人把地下党收集的材料和这些人提供的材料结合起来，日夜加班编写成册子，印刷后下发至各分局以及其他相关部门。现在，长宁分局治安科接待民警提供给庄敬天三人的就是这套册子。

侦查员在这套册子的"青帮部分"里找到了章炳霜的名字，对其职业还有说明，称章氏先后从事过数种职业，其中之一就是"民国十二年至二十年在曹家渡大旅社担任账房"。不过，材料显示，此人已于民国三十七年在法华镇家中病殁。

庄敬天大失所望："人死了，没戏了！"

彭倩俪问马麒麟："老马，是否可以另外想想办法寻找其他知情人？俞衡友的遗书、遗言里不是说过，曹家渡大旅社当时还有茶房吗？"

马麒麟说："没错，老板、账房死了，还有伙计、茶房。不过这册子里肯定是找不到的，我们还是按照这册子里列明的章炳霜的住址去法华镇走一趟，向章氏的家人打听这方面的情况吧。"

结果，他们从章炳霜的大儿子章玄帆那里了解到，当年"曹家渡大旅社"有个伙计叫张秀村，在前年 10 月参加了章炳霖的丧仪，此人住杨树浦一带，具体地址当时曾记下了的，但不知放哪里去了，他这两天找到后马上通知侦查员。

与此同时，钟梦白在市局查阅旧警察局留下的刑事档案，尚未发现线索。不过，当晚四人在北站分局专案组办公室开碰头会时，还是对调查工作充满信心，认为肯定能够查摸到"特费"抢劫案的线索，只不过是时间问题罢了。

散会前，庄敬天接到萧顺德打来的电话，让他们明天去一趟"悬办"，汇报侦查工作进展情况。

天空阴沉沉的，铅灰色的厚云铺满天际。可能是气压比较低的原因，钟梦白一大早起来就感到有些闷，出门跑步时，觉得胸口像是压着重物似的。他心里隐隐有一丝不踏实，具体哪里不踏实，又说不上来。

昨晚散会时，庄敬天说今天他们这一拨四人都要去"悬办"汇报工作，听取领导指示，谁也不能缺席。到时候，庄敬天先驾摩托去接彭倩俪，再顺道来接钟梦白，老马住得离"悬办"近，就骑自行车过去。

可是，约定的时间过去十分钟了，钟梦白还没有等到庄敬天、彭倩俪，寻思难道一向准时的大庄竟然也破例迟到了？正胡思乱想，一阵引擎声响，摩托车到了。

出乎意料的是，大庄没有像往常那样把车开得风驰电掣，钟梦白微微感到奇怪，但也没问。直到摩托车驶至离"悬办"不远处被迫停下来时，他才知道原来一个轮胎坏了，没法儿开快。接了钟梦白后，庄敬天原准备勉强捱到"悬办"再换轮胎，没想到最终还是没捱到，只好就地操作。他担心迟到了不好向领导交代，就让彭倩俪先步行过去，跟老萧打个招呼。

彭倩俪匆匆行至"悬办"门口，冷不防瞅见岗亭侧面一棵大树下站着的俞毓梅！数日不见，俞毓梅明显瘦了，脸色憔悴，眼眶也有些内陷。几乎是同时，俞毓梅也看见了彭倩俪。两人目光对视，一时间谁也没有作出反应。彭倩俪先回过神来，一边招呼着"小俞"，一边朝她走过去。可是，俞毓梅却一个拧身，把后背对着彭倩俪。

彭倩俪骤然驻步，眼神定定地看着俞毓梅的背影，脑子里一下子懵了。稍停，寻思俞毓梅肯定是来找钟梦白的，我可不能因为她不理我就这样算了，否则，既对不起小钟，庄敬天那里也没法儿交代。想着，彭倩俪一个转身，加快脚步原路返回。

庄敬天、钟梦白听说俞毓梅来了，大吃一惊。庄敬天稍一定神，说小钟估计她是收到你的信，作出反应了。钟梦白说这反应也过于强烈了吧，要么连只言片语也没有，要么一个大活人冷不防像是从天上掉下来似的就出现在眼前了。她不会是遇到什么难处了吧？

庄敬天扔下手里的工具："小彭你在这儿看着车，我和小钟过去问问她。"

两人来到俞毓梅跟前，小俞却不说话。庄敬天忽然醒悟过来，赶紧朝钟梦白使了个眼色。钟梦白醒悟，上前一步招呼："小俞……"

可是，俞毓梅只朝钟梦白看了一眼，没答理，反而把目光投向了庄敬天。"大庄，请你跟这里的岗哨说一下，我要见你们的领导，见萧政委！"

这话使庄、钟两个都大感意外。庄敬天问："你刚才跟岗哨说过要见领导吗？"

"说过了，他说不能见，还要赶我走……"

庄敬天便恼火了，直奔岗亭。岗哨是个脸上稚气未脱的十六七岁的小兵，见庄敬天过来，立正敬礼："首长好！"

庄敬天沉着脸："你姓什么叫什么？"

"报告首长，俺叫桂得宝，警卫团三营七连二排四班战士！"

"谁让你阻拦老百姓见'悬办'首长的？你们班长？排长？"

桂得宝一愣："报告首长，班长、排长都没说过，是俺自己说的。"

"你有说这话的权力吗？群众没事闲得慌了，来这里开玩笑？她从浦东摆渡过来求见领导，一定有事儿，你一句话就把她回掉，不给通报还要赶她走，这还是人民军队吗？"

"报告首长……"

"别说了！"庄敬天抄起岗亭里的电话机，摇了几下手柄，"总机，请接萧政委。"

萧顺德听说俞毓梅求见，也很意外，不过并无丝毫迟疑："让小俞跟你一起进来吧，我在楼下会议室等着她。"

片刻后，俞毓梅见到萧顺德，眼泪终于憋不住了，哽咽着说："萧政委……"

萧顺德跟俞毓梅握手："小俞，你坐！小钟，上茶。"

钟梦白沏上一杯热茶，俞毓梅伸手去接，四目相交，俞毓梅面对着钟梦白炽热的眼神，急忙避开。

俞毓梅说："萧政委，我有话要跟您说！"

庄敬天朝钟梦白使个眼色，两人回避，站在会议室外的走廊里低声交换意见："小俞是来干吗的？"

"不清楚啊，我还以为是收到你的信来找你的哩！"

正说着，萧顺德出现在门口："大庄！"

"到！"

"小俞同志想找我们问一下她父亲的情况，你代表专案组把相关情况如实向她说明。"

庄敬天一怔："我？这在部队应该是指导员、教导员的事儿吧，属于思想工作哎！我行吗？"

"你是'悬办'第三专案组副组长，代表专案组跟她谈话，怎么不行？"

"好吧，我执行命令。不过，政委您对我是最了解的了，我这个人不会说话，用文化人的说法叫不善……对了！不善言辞。可不可以让小钟和我一起接待小俞？也算是组织上临时给我配备了一个秘书……哦，纠正，应该是助手！"

萧顺德点头："可以。注意，有啥说啥，必须如实，不必对她隐瞒什么。"

"是！"

俞毓梅是在迫不得已的情况下来找"悬办"的——

自从俞衡友出事后，姑娘的境况变得非常糟糕，这种糟糕不仅是"每况愈下"，而且是在短短数日内接二连三。

先是满镇传言，俞毓梅所过之处，背后总是有人指指戳戳窃窃私语，所言内容可想而知，她曾亲耳听见过"叛徒"之语——想来必是指前镇长俞衡友了。

然后是镇卫生所领导通知她，从明天起，不必来上班了。俞毓梅问为什么，领导露出为难的神色，连连摇头。她读懂了那神情中的含义，也就不想再追问了。

接着，镇政府来人了。那几位昔日老俞镇长的部下，以往看见俞毓梅都是一口一个"小俞"，状极亲热，这时忽然换了一副脸孔，一律标准的公事公办的神情，可是又未出示公文，二话不说便摘下了门框上挂着的"革命烈属"的牌子。

前天，俞毓梅又遭遇了新的厄运：镇上一倪姓居民竟跑来逼其让出住房，声称俞家居住的房子是他家的；对方限俞毓梅三天内必须让出房子，否则他就叫人来把东西全部扔出去。

面对这一系列变故，俞毓梅并非逆来顺受。被卫生所无故开除后，她曾去找过镇政府、县政府卫生科和县委，要求给一个说法，可是没有哪个部门受理她的投诉，一律采取推诿手法，称此事并非本部门管，让她去找管的部门；那么哪个是管这事的部门呢？谁也不知道。

"革命烈属"的牌子被摘后，俞毓梅去镇政府找民政助理，这应该是他管的范围，当初这牌子就是他领着人来给俞家钉上的。可是，民政助理这会儿却不管了，说你可以去找县政府民政科。俞毓梅又去找了县民政科长，对方的说法是县里不知道此事，容民政科调查核实后再说。这当然也是推诿，之后就没有下文了。

俞毓梅虽然年轻，但她长期跟着俞衡友生活，耳濡目染潜移默化地受到了一些影响，其思想比同龄人显得成熟。厄运接踵而来，她就意识到这不是偶然的，其中必有缘故。所以，前天倪姓居民发出逼其让出房子的通牒后，她不再找这个部门那个机构，而是去三友观请教林道士：事情到了这一步，我该怎么办？

俞衡友自尽后，林道士掏钱主持操办了老友的丧事，然后缩在道观里闭门不出。不过，俞毓梅的遭遇他还是知道的，他在三官镇上有几个武术弟子，隔三岔五总要来道观探视师父，聊聊闲话，顺便请教习武养生之道。他们知道林道士跟俞家的关系，当然要把这些情况告诉林道士。林道士听了微微一笑，不言不语。几个弟子憋不住了，自然要对俞毓梅的遭遇抱不平，问林道士是否需要他们出面相帮俞毓梅一把。林道士说不必，毓梅目前尽管没了工作，但暂时还可保衣食无忧，这个我是清楚的——办完俞衡友的丧事后，林道士把剩下的钞票大约百万元都给了俞毓梅，所以他有这个话。

弟子依旧不解，就算是这样，难道就不管小俞姑娘了吗？林道士的观点是："老俞出事，对于毓梅来说是一个大悲剧大不幸，不过，厄运既然来了，躲是躲不开的，还是坦然接受吧。我对她说过，时也，命也，运也，一个人纵然有天大的本领，也是无法回避的。毓梅遇到的事再大，跟老俞出的事相比，根本算不上什么。对于毓梅而言，这是一种经历，一种历练，于姑娘的成长是大有好处的。"

现在，林道士面对着俞毓梅的哭诉，还是显得气定神闲，从容不迫："毓梅啊，凡事都有个缘由，你从缘由上去想想，可能就会清楚了。人啊，什么事都想开些，也就不过如此而已了。"

俞毓梅听着，似懂非懂。林道士又说，你家房子的来源，这三官镇上我算是最清楚的一个。这房子，原为倪姓的不假，房主倪龙根跟现在来逼你迁出的倪阿二确是族亲，按辈分，倪阿二该叫比他小十来岁的倪龙根"爷叔"。倪龙根是独身，那房子是他爹爹传给他的。抗战期间，倪龙根参加了朱亚民部队，和你爹爹同时入党，不过你爹爹是在三官镇上搞地下工作，倪龙根则是在部队里。据我所知，早在此前，倪龙根就已经和你爹爹结拜为异姓兄弟，他后来投身革命，跟你爹爹平时对他的影响是分不开的。因此，倪龙根在接到组织命令让他留驻部队后，就在一个雷鸣电闪的雨夜回了趟三官镇。当时，你家还住在三友观后面的那两间破草房里，你应该还记得的。倪龙根先到了三友观，跟我说了会儿话，说到了房子问题。他的意思是他从此就是部队的人了，部队到哪里他就到哪里，即便活到胜利的那天，应该也不会回三官镇来住他的房子了。到那时候，党肯定会有新的工作安排，战争结束了，就要搞建设嘛。而从当时的形势来看，和东洋鬼子、汉奸的斗争非常残酷，他估计自己不大可能活到胜利的那一天，所以，他那套房子就决定送给老俞大哥，他想立一份凭证，请我做个见证。我说可以，不过还需要请一个人见证，就连夜去请来了鱼行桥下的箍桶匠乔兴业。这份文书一式三份，你爹爹、我、乔兴业各持一份。倪龙根在民国三十年跟日本人打仗时牺牲，还是我和你爹爹偷偷去收葬的，他的坟墓在沐家桥东面三里的施家湾，去年清明你爹爹还去上过坟。所以，毓梅啊，那房子其实就是你的，那份文书不知你爹爹放哪里了，不过我手头这份还保存得好好的。倪阿二再来逼你，你就对他说，三友观林道士说了，叫他去一趟！

俞毓梅回到家，那倪阿二已经在门口候着了，盯着她让赶快搬出。看来，林道士的那份自信还是有基础的，俞毓梅只把那话复述了一遍，倪阿二就闭了嘴，一声不吭地转身走了。

俞毓梅琢磨林道士说的那番关于"缘由"的话，想来想去，最近的所有遭遇都跟爹爹出事有关。关于俞衡友自尽之事，还在办丧事时俞毓梅就曾问过林道士，可林道士说，这件事政府还在调查，究竟如何，应该只有政府最清楚，你还是耐心等待，相信有一天政府会把情况告诉你的。以我林某个人的看法，从来没有认为老俞是坏人！

俞毓梅说："我隐约听见镇上有人在议论说我爹爹是叛徒，逸叔，我爹爹到底是不是叛徒啊？"

林道士勃然大怒："谁说老俞是叛徒的？毓梅，从现在起，你只要听见有人这样说，你就认准是谁说的，立马来告诉我，我要当面向他请教：你凭什么说老俞是叛徒！"

这还是前几天的事儿。俞毓梅反复琢磨着林道士的话，到目前为止，她还不明白爹爹究竟为了什么要服毒自杀，她认为有必要弄清楚这个问题。

于是，俞毓梅就去了镇政府，结果可想而知。之前被卫生所开除、"革命烈属"的牌子给无端摘下，那样的事都没人肯管一管，这种真正敏感的问题当然就更没人搭理了。俞毓梅最后闯进了镇党委书记的办公室，党委书记是个南下干部，也是山东人，他被俞毓梅逼问得无言以对，又不好发作，最后只好对姑娘说："小俞啊，你爹爹的案子是上海市公安局办理的，他们是独立办案，高度保密，我们这些人真的不知道你爹爹究竟是怎么回事。专案组就在这边后院，你要么去问问他们——不过千万不要说是我让你来的啊！"

俞毓梅立马奔后院，这一拨侦查员的头儿康今敏正好在。老康的脾气有点儿大，属于一根筋拧到底的那种，革命意志又坚决，所有跟他接触过的人都相信，这位仁兄若是在战场上，只要冲锋号一响，准保是最先跃出战壕那批勇士中的一个。再说，这几天他分管的那摊子调查活儿干得不大顺，心绪烦躁，听俞毓梅说明来意，二话不说就把姑娘往外撵。幸亏被李岳梁撞见，老李跟俞毓梅还算比较熟，当下就把姑娘引到院子另一侧，问明来意，悄声说了个主意，让俞毓梅去上海市区找"悬办"萧政委。

现在，俞毓梅坐在"悬办"会议室里，她不知道自己是"悬办"成立以来第一个破例踏进大门的非专案人员。

庄敬天对俞毓梅说："小俞同志，我奉'悬办'萧政委之命，以第三专案组副组长的名义，和三组侦查员钟梦白一起接待你。听说你是来探问关于你父亲俞衡友涉案的有关情况的，是不是这样？"

俞毓梅点头："谢谢大庄，也感谢老萧……和小钟！我确实是为了解我爹爹的情况而来的，因为我目前在三官镇的遭遇很不好，我必须知道这种不好是什么原因造成的。"

钟梦白问："怎么不好？"

俞毓梅就把自己的遭遇简述了一遍，她刚说了个开头，庄敬天就让钟梦白把这番陈述记录下来，说回头要交给"悬办"领导审阅。庄敬天、钟梦白听俞毓梅说完，互相对视了一眼，没有吭声。稍停，庄敬天

啄木鸟·红色侦探系列

招呼："小俞，你喝茶。"

俞毓梅真的渴了，端杯一饮而尽，钟梦白起身添水。他把茶杯端到俞毓梅面前时，双手竟在微微颤抖！俞毓梅自然注意到了，她咬了咬牙，强抑住即将夺眶而出的眼泪。可是，她接过杯子时，自己的双手也抖得厉害，以至于把些许茶水都晃到了地板上。

俞毓梅说："我想请你们告诉我，我爹爹究竟是不是叛徒？"

庄敬天断然道："老俞绝对不是叛徒！"

俞毓梅闻言，长长吁出一口气，憋不住的热泪终于成串地淌落下来。稍停，她又问："那么，你们专案组在调查他的什么问题？他为什么又要自杀呢？"

庄敬天欲言又止，看看一旁的钟梦白，钟梦白呆呆地望着俞毓梅，目光竟然定格似的停留在姑娘那张明显憔悴的脸庞上。

俞毓梅的目光在庄敬天、钟梦白脸上交替扫视："是需要保密吗？如果我的要求使你们感到为难，我就收回。有了大庄您那句'老俞绝对不是叛徒'的话，我这一趟就没白跑！"

"大庄！"钟梦白诧异地看着庄敬天。他不知道一向直率、豪爽的大庄此刻怎么变得吞吞吐吐，刚才老萧明明当着他的面向庄敬天交代了，"有啥说啥，必须如实，不必对她隐瞒什么"，大庄也是点了头的，怎么现在变卦了？

庄敬天缓缓开腔："小俞同志，关于你爹爹的事儿，有一个人是清楚的——我的师父、三友观的林道士，你去问他，他会原原本本告诉你的。"

"我去问过逸叔了，他没告诉我。"

庄敬天思忖片刻："我给他写个条子，他就会告诉你了。小钟，我说你记录——师父：弟子庄敬天在黄浦江西边儿向您老问好！弟子因工

233

作繁忙，一时抽不出空前往拜见，恳望师父谅鉴。今有一事奉告：几天前弟子遇到去年使俺大出洋相的那个精通柔术的主儿，竟敢无视人民政府和军管会的法令，拦截……"他忽然想起俞毓梅对彭倩俪的不满，硬生生地咽下了"小彭"两字，"……妇女，图谋不轨。弟子忍无可忍，跟那厮干了一架，用师父传授的技艺把他打败了，那厮现已被捕。弟子在此再三拜谢师父！另有一事拜托师父，小俞同志今来我处，闲谈中说到她爹爹老俞的历史情况，说镇上有传言说老俞是叛徒。我告诉她，老俞绝对不是叛徒，至于其他情况，师父您都知道，请师父有空时把老俞的情况跟她说一说。师父多多保重，待弟子忙过这阵，定专程去三官镇拜见……小钟，你都写下了？我看一下。"

钟梦白连纸带笔递给他，庄敬天看了一遍，点头："一字不漏，小钟真是一块当秘书的好料！"一边说，一边在落款处写上"弟子庄敬天拜上"。

门忽然推开了，萧顺德出现在门口，招呼道："大庄，你出来一下！"

庄敬天见萧顺德的神情严肃中似乎带着些许紧张，不知发生了什么事，急忙离座出门。萧顺德把门带上，扯着庄敬天来到走廊尽头，压低了嗓音问道："把情况跟小俞说啦？"

庄敬天情知自己刚才谨慎得对了，却假装糊涂："啥情况啊？"

"俞衡友的历史情况啊！"

"您刚才不是命令俺'有啥说啥'吗？"

"哎呀！这件事我欠考虑了！"萧顺德的语气颇为后悔，"这可怎么办……"

庄敬天还是第一次见到一贯沉静从容的老上司有如此焦灼的时候，脸上禁不住露出一丝坏笑，尽管只是一闪而过，还是让萧顺德捕捉到了，猛然醒悟："大庄，翅膀硬了，敢捉弄我老萧了？"

"不敢！不敢！"庄敬天终于憋不住笑了起来，遂把自己认为以专案组名义向俞毓梅透露相关情况可能不妥，改让她去向林道士打听的经过简述了一遍。

萧顺德连声称赞："好！好！大庄你成熟得很快！"

屋里，钟梦白在庄敬天出去后，问小俞姑娘："我给你的信你收到了吗？"

"收到了。我想回信，又怕不妥，会影响你，所以没写。"

"你当时提出断绝关系的原因，我已经清楚了……"

俞毓梅打断他："小钟，这就不说了吧。我觉得我爹爹考虑得对，我不应当影响你的前途。"

"小俞，你不能考虑得慎重些吗？"

俞毓梅低头不语。她的眼光忽然停留在钟梦白脚上那双已经磨破了两个小洞的布鞋上，想起自己曾经说过要给小钟亲手做一双结实的布鞋的，已经剪好了样子，准备好了材料，只待动手时爹爹却出事了，就耽搁下来。她决定回去后就动手，把这件事完成。

"小俞……"钟梦白正要劝俞毓梅重新考虑，庄敬天、萧顺德进来了。

俞毓梅站起身："萧政委，谢谢您！我现在心里好过一点儿了，我走了。"

萧顺德跟俞毓梅握手："小俞，你要相信党和政府，会把你父亲的事情彻底调查清楚的。关于地方上的有些做法，我们也会向上级反映，通过组织向地方上转达我们的意见。"

庄敬天、钟梦白把俞毓梅送出"悬办"大门，目送着姑娘渐渐远去的身影，钟梦白不禁喟然长叹……

十八、暗语"念漆"

走进市公安局的档案库房，一股浓烈的霉味扑面而来，庄敬天忍不住连打了三个喷嚏。

钟梦白拍拍他的肩膀："怎么样？"

庄敬天倒抽一口冷气："这些古董存放多少年了？"

"最长的大概有一百年了吧。钟梦白同志可是已经在这种环境下坚持三天啦！"

庄敬天说："这不是集中人力来打歼灭战了嘛！"遂招呼在门外的马麒麟、彭倩俪入内。

马麒麟在干旧刑警时，多次跟这种陈旧档案打过交道，已经见怪不怪了。彭倩俪是第一次参与这种工作，打量一番库房，不由得紧锁眉峰，问钟梦白："为什么不把要查阅的档案挑选好，拿到外面的花园里去查呢？外面空气多好，鸟语花香。"

钟梦白告诉她："有规定，档案不能离开库房。"

钟梦白之前曾来过三次，确切地说，他并不是直接查阅刑事档案，而是把"特费"案发生前后两三年里的那些抢劫案件档案的目录抄下来，交给档案管理员，由管理员把相关档案找出来。今天，他们四个是来一起翻阅的。

庄敬天今天从"悬办"财务那里领得一笔经费，出发前向部属许诺："仔细查阅，千万不能漏掉什么，查到线索了，我掏钱请大家下馆子！"

他们四人在档案库里待了一天，翻完了挑选出的全部档案，发现从1928年至1932年这段时间里，上海滩华界、公共租界、法租界警方有记载的类似"曹家渡大劫案"那种作案方式的抢劫案件一共九十六起，可案值与"特费"案相比，都只能说是微不足道，最多的也就撸下了一个小有名气的交际花的白金钻戒。不过，这可能就是线索，所以还是把案犯的姓名住址都抄了下来，准备一一查访。

中午，四人是在市局食堂吃的大锅饭，当然，享受薪水制的马麒麟得自己掏饭票。到了晚饭点儿，钟梦白要求庄副组长兑现诺言，动用公款请客。庄敬天说请客是有条件的，不是说过查到线索了，我掏钱请客吗？现在抄了那么一大堆东西，谁知道里面有没有线索？你说够下馆子的条件吗？话虽这么说，他还是请马、钟、彭三个去外面吃了碗肉丝面。

次日上午，他们几个正准备分头访查昨天从档案里抄得的那些抢劫案的涉案人员，已故"曹家渡大旅社"账房章先生的儿子章玄帆忽然打来电话，说他已经找到了那个当年在旅社工作过的茶房张秀村的家庭住址——杨树浦区杭州路明福里 22 号。

庄敬天大喜："运气来啦！小彭，随我去杨树浦区走一趟。老马、小钟，按原定方案执行任务！"

彭倩俪笑靥如花："是！太好了！"

彭倩俪的"太好了"，并非全部是因为有机会可以和庄敬天单独待在一起，她有更重要的事情要向大庄诉说。为了营造一个适宜说话的氛围，她提议不开摩托车去，而是选择步行加电车。这使已经习惯于开着摩托车出公差的大庄稍有不爽，不过他还是答应了。

前天，萧顺德以三组组长的名义把他们这一拨四个侦查员召往"悬办"，听取侦查工作汇报。由于不速之客俞毓梅的突然到访，使他们几个延长了在"悬办"逗留的时间。就在这段时间里，彭倩俪偶然获悉，钟梦白已经被批准为预备党员了。

解放初期的中共基层党组织，是处于非公开状态的。就拿公安局来说，彭倩俪知晓谁是党委书记、总支书记，但不知道她所认识的同事中谁是中共党员。当然，在一起工作的时间长了，有时半猜半蒙地可以知道几个，比如庄敬天是党员她就知道。至于萧顺德，作为专案组长、"悬办"政委，那当然铁定是党员了，她的入党申请书就是交给萧顺德的。而周围的同志中，究竟还有谁也像她那样向组织上递交了入党申请书，她就不清楚了。至于递交后组织上是怎么考察、发展的，彭倩俪更是一无所知。

　　这次钟梦白被批准入党，彭倩俪毫不知情也是情理之中的事儿。可是，她怎么又知道了呢？也是凑巧，彭倩俪在参加由萧顺德主持的工作汇报会时，内勤小许跑来说有她的电话。电话是"悬办"第三组另一副组长康今敏从三官镇打来的，询问彭倩俪他们在三官镇调查时是否制作过卷宗目录，他们想看一下。彭倩俪说庄敬天让她制作过一份目录表格，可以回头抄一份交机要通信员送过去。彭倩俪接听电话时，小许有事出去一下，她无意间朝桌上扫了一眼，发现桌上小许正在誊抄的一份材料中有钟梦白的名字，这才知晓原来钟梦白已经被批准入党了。

　　可以想象，一直积极追求进步要求入党的彭倩俪心里会掀起怎样的波澜。可是，彭倩俪知道自己知悉这一信息的行为似乎上不得台面，不敢向任何人倾诉。这两天，彭倩俪一直在考虑这件事，不断地进行自我反省，想来想去，觉得自己在多方面的表现不比钟梦白差，小钟干什么工作她也干什么工作。松江醉春楼那次死里逃生差点儿为革命捐躯的经历，小钟在场，她也在场，小钟平安无事全身而退，她还受了伤。养伤期间，还把胳膊吊在脖颈上坚持工作；伤愈之后，领导说这应该够得上伤残的，让她去做个鉴定，以后就可以享受伤残待遇了，她坚决拒绝。而且，彭倩俪还有一份自己不便说出来但组织上应该充分考虑的小心思：钟梦白家庭出身自由职业者——非劳动人民家庭，而她却是革命烈属，而且还是父母双双为革命事业献出宝贵生命的"双料烈属"！

这样想着，彭倩俪内心深处就有些忿忿然了，只想向人倾诉。可是，找谁倾诉呢？她先想到了萧顺德，老萧是"悬办"政委，党内职务估计不是党委书记就是总支书记，行政上来说也是第三组组长，她的入党申请书也是他亲手接下的，况且老萧人好，是做思想工作的一把好手，润物细无声的楷模，是一个值得信赖的长者。跟他倾诉，应该是没有顾虑的。彭倩俪这样想着，还真差点儿立马给老萧打电话求见哩。可是，转念一想又犹豫了。"悬办"党组织在钟梦白和她之间考虑发展一个党员时，萧顺德肯定起到了决定性作用，选择钟梦白无疑是老萧作出的决定。他已经这样决定了，现在纵然觉得她说的有道理或者部分有道理，也不可能收回成命，把钟梦白换成彭倩俪的。

彭倩俪就开始考虑换一个倾诉对象，那就只有庄敬天了。本来，她想今天下班后约大庄吃饭的，现在正好有工作要一起出去，这就是天赐良机了。

路上，彭倩俪刚一开口说钟梦白已经被批准为预备党员了，而她没有被批准时，庄敬天就打断道："等等！谁告诉你的？是钟梦白自己说的吗？"

"没人告诉我，是我自己知道的！"

"怎么知道的？"

彭倩俪遂把那天去内勤办公室接听电话，无意间看见了那份材料的情节述说了一遍。庄敬天故意板起脸："小彭啊，你这是什么行为自己清楚吗？这是窃密你知道吗？"

"窃密?!"彭倩俪浑身一震。

庄敬天有心要吓唬她，便把问题说得很严重："你身为人民警察，刚进公安局时也接受过保密教育，违反保密规定会受到什么样的处置，你总还记得吧？"

彭倩俪更是紧张，都有点儿后悔跟庄敬天提这话茬儿了。庄敬天观察她的脸色，知道她被唬住了，就随口胡扯了几个内部泄密案例，一个个听上去都是"无意"、"随口"，有一个还是"酒后梦语"，泄露的机密也不算惊心动魄，而且并没有造成后果，可是处置结果却很吓人，不是一般性的检讨检讨就了事了，最轻也是开除党籍，最重的呢，那就离开公安队伍了。庄敬天临末道："小彭啊，你看看，这几个案例中被处理的都是解放前就已经入党的同志，而且经历过革命战争或者地下斗争，都是有功之臣呢，可还不是受到处理了？重要的是，他们之中没有一个人像你这样故意偷窥机密材料，你说你犯的事儿有多严重？"

彭倩俪被庄敬天这番话吓得花容失色，六神无主，腿软脚颤，觉得眼前天旋地转，路也没法儿走了，就地驻步，扶着人行道上的电线杆哭泣起来。

这下，轮到庄敬天傻眼了，寻思这妞儿怎么这样不经吓唬啊？这可怎么办？立马把话说回来安抚她？似乎不妥，她若是回过味来，准会意识到我是故意吓唬她的，那后果就严重了；还得另外想个法子，先把她的心哄回腔子里再说。

庄敬天在胡扯方面颇有天分，当下便说："小彭你哭什么？我的话还没说完呢。我作为领导也好，同志也好，朋友也好，指出你的行为有所不妥，你就顶不住了，又是撅嘴巴又是掉眼泪的，这是小资产阶级情绪的典型表现。这点儿考验都受不了，若是现在派你化装去台湾搞地下工作，给毛人凤执掌的'保密局'拿下了，你经受得了严刑拷打吗？"

彭倩俪立刻回答："我不怕痛，也不怕死！"

庄敬天意识到这是一个无法验证的命题，于是马上转移："刚才我给你说了关于保密方面的一些规定，这都是真实案例，有的受过处分的同志你可能也认识，比如局门卫室的那个老丁，他可是 1940 年参加革命的老同志，当年在浦东朱亚民部队当过中队长，日本鬼子常年在南汇县城的城门口挂着悬赏布告，赏格是生擒活捉赏银洋三百，打死赏银洋一百。解放后组织上分派他进了公安局，听说原准备安排他担任行政处副处长的，就是因为回南汇老家喝酒时跟人闲磕牙瞎聊天，透露了几个局领导的警卫情况，不知怎么让人报告上级了，也没造成什么后果，一下子就撤销了原来的任命，开除党籍，打发去看大门了。你要是不信，可以去跟老丁聊聊当年他在浦东打鬼子的事儿，然后他就会跟你发牢骚，那时你就知道我说的是真是假了。"

彭倩俪倒抽一口冷气："哦！真严厉啊！"

"当然，老丁被处分得这么严，跟他出事后的态度也有关系。当时领导得知情况后，找他谈话，要他认个错，在支部会议上作个检讨了事。可是老丁不肯，说不就喝酒时聊个天吗，有什么大不了的？这叫态度恶劣，拒不认错，用领导的话来说就是'性质变了'，结果就给了这么一个处分。小彭，你的态度怎么样？我看还算是比较端正的。刚才哭了，那就是认识到错误的严重性了，所以，我看这件事也就过去了。"

彭倩俪将信将疑："大庄，你说了能算？"

"我是领导，怎么说了不算？"

"那你可以替我保密吗？"

庄敬天正色道："这不行！对组织永远要忠诚不二，你这个情况我有义务也有责任要向萧政委汇报的。"

彭倩俪脸上顿时乌云密布："这……"

"不过，我可以保证你没事！不信的话，我立马在附近找个电话，当着你的面向萧政委报告此事，跟老萧讨一个决不给你处分的承诺。"

彭倩俪想了想："不用打了，你说的话如果我都怀疑，那我还能相信谁呢？"

庄敬天寻思，就这样吓唬她恐怕还解决不了思想问题，这妞儿心里的疙瘩还在，我还得跟她说说小钟的情况，她不是要攀比吗，就让她比一比，看她还敢不敢犯嘀咕。于是就问："小彭，你对小钟被批准入党心存意见，认为你比他不差，有的方面甚至比他强，是不是？"

彭倩俪犹犹豫豫地点了点头。

"呵呵，小彭啊，你了解钟梦白同志的历史吗？你别看他年轻，他的革命经历比我大庄还丰富啊！"

彭倩俪大吃一惊："是吗？他不就是上海解放前夕在浦东三官镇救了小俞吗？"

"救小俞只是捎带手的事，虽然受到了表扬，不过实在算不上什么。小钟的资历，我跟你说几点皮毛你就清楚了：第一，他在 1946 年考入复旦大学国文系时，就已经参加革命工作了，第二年加入地下团组织，随即担任团支书；后来，奉党组织指令参与组织'反饥饿反内战'游行被敌人列入黑名单，大特务毛森亲自圈定要逮捕他；组织上安排他撤往浙江四明山，在那里，他为革命事业发挥了很大作用……你问什么作用？我只能说保密。不过我可以透露一点儿他在四明山的待遇：他是吃小灶的，身边昼夜有四个带枪警卫保护着他！"

彭倩俪听得目瞪口呆："是吗？哎呀！这小钟，还真看不出，这么厉害！"

"这叫真人不露相。小彭你说，像小钟这样的资历、表现，他够得上比你先加入党组织的条件吗？"

彭倩俪心悦诚服："小钟比我强，他是我学习的榜样！"

"现在想通了吗？"

"想通了！"

庄敬天松了口气，暗忖这妞儿总算让我说服了。哎！这不就是做思想工作吗？这是老萧的本行啊，怎么俺大庄同志不经意间也学会了？看来，"赶鸭子上架"还真不是一句空话！

这天的调查进行得比较顺利。他们去了杨树浦区杭州路明福里，"曹家渡大旅社"的前茶房张秀村正好在家。事先，庄敬天已经跟彭倩俪说好，在问明对方确是当年"曹家渡大旅社"的店员后，你要用标准的上海话自言自语似的说"念漆"（即廿七），连说数遍，直到对方有反应为止。这是俞衡友的遗书、遗言里都交代了的，相当于接头暗语，否则对方会拒绝透露当年那桩案子的情况。

果然，彭倩俪连说了三遍"念漆"之后，张秀村点头说我知道了，你们有什么话要问的就问吧，我一定如实反映。

巧得很，张秀村正是当年发生"特费"抢劫案时在旅馆当班轮值的两个茶房中的一个，另一个茶房名叫刁培良，那时还是学徒，现在在南市文庙附近开了家南货店，做起了老板。当然，到目前为止，张、刁两人只知道那天曾经发生过旅客行李被劫之事，严重到蒋老板立刻把旅馆关闭了，但不清楚那起抢劫案究竟意味着什么、严重到什么程度，更不知道被劫的那口褐色小皮箱里究竟装着什么东西。所以，面对登门调查的庄、彭两人的询问，张秀村回答得比较轻松。庄敬天对这种轻松很满意，他认为只有在这种状态下获得的材料，其真实性才有保证。

张秀村是"特费"抢劫案的第一个现场目击者，对那两个案犯的观察比受害人俞衡友本人更为清晰。据他说，那天早晨天气很冷，还略有薄雾，陪同那个"醉酒者"坐黄包车来到旅馆的青年戴着大口罩，头部也被绒线帽蒙得严严实实，只露出一双眼睛。时隔十八年，那双眼睛是大是小，什么形状，他已经记不清楚了。那个拉黄包车的车夫，口罩倒没戴，却扣着一顶灰颜色的罗宋帽，把整个脸部都挡住了。这两人的年龄他也说不上来，不过，出事后旅馆蒋老板、账房章先生曾把张秀村、刁培良叫到账房间里关起门议论，从两人的声音举止判断，年龄应该都不会超过二十七八岁。

接着，庄敬天、彭倩俪又去南市文庙走访了"大中南货店"老板刁培良，也是用"念漆"获得了对方的配合。这个当年不过十六岁、想来必定瘦骨嶙峋的旅馆学徒，现在已经三十多岁，过早发福，颇有些大腹便便的趋势了，说话也瓮声瓮气。

刁培良当年在"曹家渡大旅社"当学徒，自然是活儿干得最多的一个。就拿轮值夜班来说，张秀村是茶房伙计，老板不在，他可以抱一床棉被缩在哪个暖和的角落里睡觉，可刁培良就不行，按店规他只能坐在店堂里，不管夜间有没有客人来，都不许睡觉，也不准打盹儿。蒋老板有时会半夜三更突然从家里赶来"闸差"（沪语，查岗之意），一旦查到，那就对不起，没有"下次"，只有"这次"——卷铺盖回家吧！刁培良老实、胆小，轮值夜班向来不敢打盹儿，实在困得撑不住了，也不过靠着门框闭一会儿眼睛。那天清晨六点钟左右，他就这样闭目倚靠在门框上，正迷糊间，忽然听见门外传来一阵急促的脚步声，他一听就知道是黄包车来了，于是出去迎客。那是一辆七成新的黄包车，上面坐着一个戴黑色绒线帽的乘客，头歪在一旁似已睡着；黄包车一侧跟着一个跟班样的男子，绒线帽子大口罩。黄包车停下后，刁培良上前欲搀扶乘客下车，立刻闻到一股浓烈的老酒气味，便寻思这人喝醉了。那个跟班不让他搀扶，看似毫不费力地把乘客从车上抱起来，一个转身就进了旅馆大门。

彭倩俪问了一个关键问题："你还记得那辆黄包车的牌照号码吗？"

由于这起抢劫巨案一直没有惊动过任何方面，也就根本没有人来向刁培良调查过，因此，他也从来没考虑过这个问题。现在经彭倩俪提出，刁培良冷不防一个激灵，脑子里不知怎么就冒出一串数字，随即脱口而出："300169！大牌照。"

庄敬天先是一喜，然后又是一愣：这个刁老板怎么记得这样清楚，又报得如此迅疾，就像预先温习过似的？就问他是否跟别人聊起过此事。刁培良说这件事当时蒋老板、章先生都关照过不能对别人说的，蒋老板关闭旅馆招待全体店员吃散伙酒那天，饭后特地把他和张秀村留下，已经发过遣散费了，另外还向两人各赠送了一个红包，内有十二枚银元。当时，章先生在旁边关照说，这笔钱是封口费，你们拿过后，就把那件事忘记了吧，任谁来也不能说。否则，蒋先生可能慈善，我可是帮会中人，要讲个规矩的。青帮的手段，你二位想来是有所耳闻的。

一向斯文儒雅的章先生突然露出这副江湖腔调，刁培良、张秀村还是第一次领教。青帮"悟"字辈他们是听说过的，而且知道这个辈分跟杜月笙齐平，章先生平素虽然从不张扬，但若是惹恼了他，肯定没好果子吃，当下诺诺连声。

蒋老板这时开口了，说小张、小刁你们两个听着，只有一种情况下，你们可以透露那桩事，那就是当有人找到你们，用上海话讲"念漆"时。记牢——"念漆"，就是发生那桩事体时的阴历日期，廿七！

返回三组驻地的路上，庄敬天、彭倩俪都很兴奋：有了那辆涉案黄包车的牌照号码，还怕找不到那辆黄包车？找到了黄包车，就能找到车主，然后顺藤摸瓜查摸那起抢劫巨案的案犯，还不是手到擒来！

十九、失踪的病人

三组的另一拨以康今敏为首的侦查员其时也正在浦东沐家桥地区进

行着紧张的侦查工作。

康今敏是个坚定的唯物主义者，从不相信运气、鬼神之类的说法，认为那都是唯心主义。可是，自从抽调到"悬办"后，他发现自己在这方面似乎开始动摇了。怎么说呢？凡是他经手查办的案子，无论怎样绞尽脑汁、挖空心思，夜以继日、废寝忘食，几次都发现了重要的线索，但就是差那么一点点，无论如何也过不去那道坎儿了——松江醉春楼案件是这样，谢知礼谋杀案是这样，沐家桥追查手榴弹也是这样。终于，康今敏忍不住心里嘀咕，难道真像算命先生说的那样，我老康流年不利，摊上了霉运？

嘀咕归嘀咕，活儿还得干。这回康今敏多了一名部属——李岳梁。康今敏在"悬办"开党员会议时和李岳梁坐在一起，互相还敬过烟，他知道老李早在1944年就参加地下党了，党龄比自己长两年，又是干了二十年刑侦活儿的老侦探，无论在政治上还是业务上都不会输给自己，所以对李岳梁很是客气。第一次开会，就把李岳梁推到首座，尽管邹、吴、贾三人都认识李岳梁，还是郑重其事介绍了一番，并宣布他不在的时候，有事就向老李同志请示，老李说咋办就咋办。

然后，大伙儿就开始商量应该怎样开展新的侦查工作。康今敏跟邹乐淳、吴天帆、贾木扣三个原先一向是搞一言堂的，他怎么说，他们就怎么干，干好了，表扬；干砸了，批评——不过也包括对自己决策方面的检讨。现在，李岳梁来了，康今敏的这套工作作风不得不进行修正了，会议一开始，他破例请老李同志先谈谈侦查思路。

就侦查业务能力来说，李岳梁自认为不如专案组的另一老侦探马麒麟，但老李有一个特点，一般同事没法儿比，就是执着。他在侦查工作中认准了一个方向，就会全身心地扑上去盯着追查。他现在跟康今敏四位所说的，就是他在沐家桥调查烈士花飞扬遗言"沐有金"线索的情况，然后提出观点：这条线索还是值得往下追查的，之前之所以没有成功，并非方向问题，而是查摸得还不够到位。

接着，康今敏介绍了他们在沐家桥的调查情况，请老李相帮"会诊"。这个案情分析会开了一天，最后定下了下一步的侦查路数：康今敏、邹乐淳、吴天帆盯着醉春楼案件的源头线索，也即案犯是如何获悉庄敬天一行赴松江外调的；李岳梁、贾木扣调查花飞扬烈士遗言"沐有金"之谜。

李岳梁和贾木扣对"沐有金"的线索重新进行了分析，认为之前李岳梁已经在沐家桥进行了非常细致的调查，可以说凡是能够想到的可能与该线索有关的方方面面都查到了，但并无发现，如此，只能这样认为：犹如一团乱麻样的"沐有金"线索的线头肯定在沐家桥，不过，目前这个线头湮没于厚厚的历史尘埃之下，一时无法把它找出来。

那么该怎么办呢？平心而论，李、贾二位并非侦查高手，什么"神探"、"能手"之类的称誉，下辈子也轮不到戴他们头上，他们注定永远只是公安刑警队伍中默默无闻的龙套小卒。所以，他们此刻也只能从小卒子的角度来考虑，最后商定的办法是：沿着以前走过的路重新走一遍，指望有新的发现。

随即，他们把这个不是办法的办法向康今敏汇报。老康没有提出异议，但也没有明确表示支持，想了想说："先这样试试看吧。"

康今敏没有想到，由于李岳梁的加入，他的运气竟然开始转向了。

这次，李岳梁、贾木扣两人又到市区花飞扬的家属那里去了一趟，再次跟花飞扬的遗孀孙福珍了解情况。拉了一会儿家常，孙福珍主动发问，你们上次说去沐家桥调查，后来查到什么没有？李岳梁遂简单介绍了向朱庆达的女儿调查的情况，说我们正为没能查出什么线索犯愁呢，今天来拜访你，就是想请你再回忆一下，当年花飞扬烈士跟沐家桥朱家或者其他什么人交往的细节。

孙福珍思忖片刻，一开口就给了李岳梁、贾木扣一个惊喜："你们的调查好像漏掉了一个人——韩秀芳！"

韩秀芳出身高桥镇上的一个私塾先生家庭，其父是当年沐家桥一号人物朱庆达的朋友。韩秀芳十六岁那年夏天，父母双双染上时疫，不治而亡。朱庆达就把韩秀芳作为义女收留下来，让她到沐家桥自己家里和其子女一起生活。当时社会上早婚比较普遍，像韩秀芳这样的年纪，结婚甚至生儿育女不算什么稀罕事，人们都以为朱庆达过不了多久就要给韩秀芳找一户人家把她嫁出去，可是，一晃儿几年过去，却没有动静，也没听说过朱庆达托人给韩秀芳说媒之类的话头。这样，就有人猜测朱庆达是准备把韩秀芳纳为小妾了。在当时，这也不算什么，大户人家三妻四妾是普遍现象。转眼，十年过去了，韩秀芳已经二十六岁，还是没有出嫁，也没被朱庆达收房。于是，人们就猜测那是韩秀芳自己不想嫁人，加之韩的年龄大了——二十六岁在当时绝对是大龄剩女，渐渐也就没人议论这个失去"新闻"价值的话题了。

韩秀芳在朱家的地位无法准确定位，说是朱庆达的女儿吧，她跟朱家小姐在经济待遇、家庭内部的权利等方面有所不同，有时闲得慌，还会自己找些活儿来干，包括下人做的粗活儿她也不介意，朱家人看见也不阻拦；说她是佣人吧，她有自己单独的卧室，室内陈设布置、床上四季卧具都和朱家女儿一模一样，而且一年三百六十五天，每日三顿都是登台上桌和朱家人一起用餐的；她还能代表朱家接待客人，支使下人，有时甚至还会指责朱家子女。孙福珍回忆，当年花飞扬在提及韩秀芳其人时，曾评论说她应该算是管家一类的角色。

为什么孙福珍认为韩秀芳可能会知晓"沐有金"的线索呢？她曾听花飞扬说过，韩秀芳是朱庆达的得力助手，不只在管理家政上，对外交际也是如此。韩秀芳自幼跟随父亲熟读古文史牒，人又聪明，十六岁到了朱家，对朱氏处理江湖事宜的那套本领耳濡目染，这是一种特殊的历练，她把从生父、义父处学得的这两种本领融合起来，协助朱庆达处理内外事务，得心应手。韩秀芳对花飞扬很好，花每次去沐家桥都受到她的热情接待，她比花飞扬大七八岁，称花"扬弟"。有时花飞扬为组织上到浦东办事，需要请朱庆达帮忙而朱恰好又不在家，就直接对韩秀芳提出，韩秀芳每次都是二话不说即刻照办。

朱庆达对韩秀芳的能力很是欣赏，曾不止一次对花飞扬感叹，说很遗憾自己没能拥有像飞扬你和秀芳那样有能力的一双子女，否则，我这个老朽也可以退出江湖找个安逸处所过隐居日子啦。可能正是由于朱庆达对韩秀芳的这种器重，引起了他的三个女儿对韩秀芳的嫉妒，她们当面不敢对韩秀芳有所触犯，背后则时不时嘀嘀咕咕，花飞扬每次去，耳朵里都会被姐妹仨灌上这方面的内容——这可能就是朱家女儿在之前接受专案组侦查员调查时没提起韩秀芳一个字的原因。

回到三官镇专案组驻地后，李岳梁、贾木扣对此进行了分析，认为孙福珍提供的韩秀芳这个人的情况可能对调查"沐有金"有用：花飞扬在接受组织上下达的在全市以及周边郊区调查"特费"案线索的任务后，曾向朱庆达求助，朱庆达既然对韩秀芳如此器重，这个情况他肯定会跟韩秀芳有所沟通的。因此，韩秀芳很有可能知道当年花飞扬调查"特费"失踪之事。

李岳梁、贾木扣向康今敏汇报了他们的调查情况和分析，康今敏指令他们立刻查摸韩秀芳其人，查到后不必报告，直接去找韩调查即可。

韩秀芳后来的去向，孙福珍没法儿向李、贾提供，花飞扬出事后她就没再跟朱家有来往。不过，这没什么犯难的，李岳梁、贾木扣去找了沐家桥区的公安助理殷富元。殷富元听说要打听韩秀芳的下落，脸上露出吃惊的神情："老李，你在沐家桥时间长了，可真要成土地爷了，连这个姓韩的都给你打听到啦！"

李岳梁问："怎么啦？这个韩秀芳这样难打听啊？"

"这个女人，当年可是咱沐家桥镇上的'一只鼎'，朱庆达不公开的小姜，了不得！"

贾木扣有点儿不耐烦了："老殷，你知道韩秀芳的下落吗？"

"不清楚。朱庆达死后的第二天，沐家桥镇上就没有这个人了。"

李岳梁、贾木扣没想到竟然是这么一个结果，互相看了看，犹自不甘心似的望着殷富元。稍停，李岳梁问道："据我所知，沐家桥在1936年时组建了一个警察所，有三个警察，他们管着沐家桥镇上居民的户口，那些户籍档案后来到哪里去了？是由区政府接管了吗？"

殷富元说："这些东西只要到解放的时候还在的话，应该是由军代表接管后存放在区政府库房里的，不过我没有接触过。现在镇上居民的户口，都是解放后大约一个星期时由保甲长按照接管小组的命令挨家挨户重新登记的，当时我也是接管小组的成员，这项工作是我负责监督保甲长们完成的。"

李岳梁说："那老殷麻烦你，把户籍资料先按照年份分一分，朱庆达是1936年病死的，把那年的户籍资料取出来就行了。这事做得快一点儿，下午我们就过去查阅。"

殷富元急忙找区政府秘书要库房钥匙去了。但李岳梁、贾木扣却没有去库房查阅旧政府留下的户籍档案，他们想到了一个便捷的法子，去走访了朱家的几户老邻居，结果从一个六十来岁的老太太那里打听到了韩秀芳的下落——

朱家三个女儿跟韩秀芳一向不和，但因为有朱庆达压着，一直不好发作。朱庆达病死后，三个女儿马上翻脸，连丧事都不允许她参加，让她立刻净身出门。左邻右舍看不过去，纷纷指责，又请出了镇上的几个头面人物出来劝说。最后，朱家女儿被迫作出让步，同意从朱庆达的遗产里拿出三百银元作为补偿，并允许韩秀芳带走属于她自己的财产。韩秀芳当天就回到出生地高桥去了，后来听说她嫁给高桥镇上的一个姓王的老板做了续弦。

李岳梁、贾木扣随即奔高桥镇，通过派出所一打听，就找到了韩秀芳。这年，韩秀芳五十挂零，言语举止间的那种到位得体，使人联想到当年她在沐家桥朱庆达府上当女管家的那份干练。

贾木扣打算开门见山，公事公办道明来意，刚开了个头就被李岳梁瞅个空当儿把话头拦住。李岳梁在旧上海巡捕房、警察局干过便衣刑警，知道像韩秀芳这样的角色应该如何对付，于是先跟她聊家常似的聊上一阵，看似不经意地透露了自己以前曾在租界巡捕房刑事部干过捕探的经历，向韩秀芳传递过去一个信息：我是懂江湖规矩的，现在虽是新政权执政，但我知道应该如何尊重从旧时代过来的江湖人物。

果然，韩秀芳读懂了这个信息，随即说了一些当年浦东江湖上的情况，然后主动发问："二位同志屈尊前来高桥找我，不知有何见教？"

李岳梁问道："不知你是否还记得一个叫花飞扬的人？"

"花飞扬？怎么不认识？我管他叫'扬弟'的啊！"

"他的身份你清楚吗？"

"扬弟是做棉花生意的掮客呀。"

花飞扬从事党的地下工作时使用过多种身份，他到浦东活动时就是"棉花掮客"，因为浦东是棉花产地，这样说是出于安全方面的考虑。

李岳梁遂言归正传："花飞扬出事前曾到沐家桥托朱庆达打听过一桩重要事情，具体是什么事情，你晓得吗？"

韩秀芳说："扬弟请托朱先生打听事情我知道，至于打听的事情是否重要、具体内容是什么，这个我可就不清楚了。"

"那么，你知不知道朱先生是否替他打听了？是通过什么人、什么途径打听的？"

韩秀芳点头："这个我清楚，因为朱先生就是让我去办的。办好后，朱先生给扬弟写了一封信，请他来一趟沐家桥，那封信还是我去邮局寄出的。"

这下，李、贾两人简直有一种欣喜若狂的感觉了，催着韩秀芳说一下具体情况。

据韩秀芳说，花飞扬是在民国二十年阳历 12 月的一个太阳很旺的日子到沐家桥朱家来的。当时朱先生正在邻家跟前清老秀才周懿才下棋，她就过去通报了一声，返回后沏茶递烟上点心，款待这位被主人视为子侄小辈的贵客。韩秀芳是个懂规矩的人，尽管她跟花飞扬以姐弟相称，一向处得很热络，可她从来不问花飞扬来找朱庆达是为什么事，只有花飞扬自己说出来，她才会帮着出出主意。

朱庆达结束那盘棋后，立刻回来接待花飞扬。韩秀芳就回避了，守在两人谈话的书房前面的过道里纳鞋底，不让别人靠近。这是朱先生定下的规矩，不论何方客人，只要主人在书房里接待的，就不允许家人过来打扰。

花飞扬告辞后，朱庆达的脸色看上去显得有些凝重。他独自坐在客厅里静静地抽了一筒水烟，又返身进了书房。出来时，手里拿了一封信，让韩秀芳去一趟距沐家桥三里地的沙家渡，把信送交他的弟子沙九阳。韩秀芳记得很清楚，朱庆达特地关照，这封信必须亲手交到沙九阳手里，叫他当着你的面拆阅，他把信看过后你才可以离开。韩秀芳以往也给朱庆达取送函物，那都是比较重要的或者为表示主人对对方的尊重，如果是一般的对象，那就差家里的下人去了。可是，朱庆达哪次也没有像这次这样郑重其事，因此韩秀芳留下了深刻印象。那个信封，她也是看了又看，是牛皮纸印制的竖式信封，落款处是印刷厂用朱庆达的亲笔字体制版印刷的红字：浦东沐家桥朱秉璋敬启。

韩秀芳直奔沙家渡，按照朱庆达的吩咐让沙九阳当场拆阅信札。沙九阳阅后点点头，对她说："请回复先生，我知道了。"

三天后的晚上，沙九阳忽然来访。他是划着一条小船过来的，停靠于朱府后门外的河埠，手里拎着一篮子年糕，说是自家用今年的新米做的，给先生全家尝个鲜。这天，朱庆达有些伤风，晚饭时喝了一杯热黄酒、吃了一碗放了许多大蒜叶、胡椒粉的阳春面，然后就回卧房躺下，说要出一身透汗驱赶寒气。听说沙九阳来了，也不管汗是否出过了，立马起来，一边穿衣服一边吩咐"书房候见"。

还是老规矩，韩秀芳拿了件针线活儿到书房外的过道里守着，朱庆达在书房里跟沙九阳谈话。两人谈了一个多小时，沙九阳才告辞而去。朱庆达像上次花飞扬离开后一样，待在书房里埋头写了一封信，出来时递给韩秀芳一个没有印刷任何文字、图案或标记的信封，已经封口，还贴上了邮票，吩咐说明天一早就去邮局投进邮筒。韩秀芳一看，这封信是写给花飞扬的，直接寄往上海市区花家。

韩秀芳拿着信正要离开，又被朱庆达唤住："秀芳啊，这封信的内容很重要，我有点儿担心会不会泄露……"

韩秀芳说："要么我明早去市区走一趟，直接给扬弟送去，也像给沙九阳送那封信一样，叫扬弟当场拆阅？"

朱庆达摇摇头："我担心的是这封信在沐家桥这边出问题，你亲自送也解决不了这个问题。这样吧，邮电局上午几点钟开邮筒取信？"说着，朱庆达扯过一张纸，在上面写了几个名字和电话号码，把纸条递给韩秀芳，"明天邮电局开门前，你就去那里转悠，等到邮局开门了，进去让柜台给你拨这上面的电话号码。这些都是上海市区的电话，算是长途，接线员接来接去很费时间，接通后你就告诉对方，说你是浦东沐家桥朱府的，奉朱先生之命，邀请您七日后来沐家桥饮酒小聚。一个一个拨，恐怕打完后就得吃中午饭了。这段时间里，邮电局肯定要开邮筒取信，你只要看到他们取信，哪怕正在通话，也要先把话筒搁下，把这封信直接交到取信人手里。"

韩秀芳把信函和那张写着电话号码的纸条看了又看，差点儿脱口而出："这封信竟然这等重要啊？"但终于没问，点点头说了两个字："好的。"

第二天，韩秀芳照着朱庆达的叮嘱如此这般做了，回来后跟朱庆达一说，朱先生很高兴，长长地舒了一口气："哦——这就行了！"

由于朱庆达的这个不寻常的举动，使韩秀芳对花飞扬与朱庆达究竟在做一桩什么事情产生了强烈的好奇心，可是，她没法儿打听。

韩秀芳寄出的那封信，花飞扬第二天上午就收到了，下午就赶到了沐家桥。当天韩秀芳陪同朱太太去高桥观音庙烧香，回来后才听说花飞扬来过了。又过了几天，传来了花飞扬出事的消息。

对于专案组来说，韩秀芳所说的情况具有十分重要的意义，这等于是又发现了一条揭开"沐有金"之谜的通道。从韩秀芳陈述的内容来分析，当初花飞扬奉命收集"特费"失踪的相关情报时，把其中的一个着眼点定位于浦东。于是，他就来沐家桥向朱庆达请托，当然不会明说，多半是"朋友的一笔黄金"遭窃，希望帮忙打听。朱庆达经过一番考虑，把这件事委托弟子沙九阳办理。沙九阳用了三天时间把这件事办成了，打听到"特费"的线索后，连夜赶到朱府向朱庆达禀报。继而，朱庆达给花飞扬写了一封信，让花来沐家桥面谈。朱庆达在沐家桥乃是数一数二的人物，他对这件事竟然如此小心翼翼，唯恐发生意外，由此看来，跟"沐有金"线索相关的那个人估计是一个不大好对付的角色。

这个角色是何人？至少应该有三个人知晓——朱庆达、花飞扬和沙九阳。朱、花业已离开人世，那个沙九阳是否还健在呢？

李岳梁、贾木扣也曾问过韩秀芳，韩答称"不清楚"，因为她最后一次见到沙九阳时是朱庆达去世的当天，他是前来吊唁的。后来，她被朱家女儿撵离沐家桥，就再也没去过沐家桥以及周边地区，更不知道沙九阳的消息。

康今敏下令：立刻查明沙九阳的下落！

李岳梁、贾木扣前往沙家渡，这是在行政上隶属于沐家桥区的一个村庄，村民大多姓沙。沙九阳当年作为朱庆达的入室弟子，自然也曾有过一段辉煌。后来朱庆达病死了，沐家桥地区的青帮从组织上来说还存在，但在势力上就大为削弱，没有哪个能够像朱庆达那样撑得起这个门面。这样，沙九阳就只能老老实实干他赖以谋生的老本行——兽医兼带宰杀牲口，一年到头走村串乡。

不过，如今的沙九阳已经干不动此类活儿了，他身患江南水乡人们普遍会患的血吸虫病，已经进入晚期，腹胀如鼓，别说杀牲口了，寻常家务都做不了。今年开春后，沙九阳的景况更为不妙，肝痛如绞，日夜哀号，家人四处奔走，向亲朋好友筹了些钱，把他送进了县城的大德医院。沙九阳的老婆裴水莲告诉侦查员，经过治疗，丈夫的腹痛已经好转，这两天就要出院了。

可是，李岳梁、贾木扣却等不得，他们必须立刻见到沙九阳。两人商量下来，决定立刻前往县城，直接去大德医院找沙九阳调查。

大德医院位于县城南门，是一家私立医院，原是一个英国传教士募集资金开办的，抗战胜利后转到了一位中国商人手里，一直经营到解放后，公私合营时才撤销。当天下午两点多，李、贾到了医院，去了住院部，也不出示证件说明身份，只说打听一下住院病人沙九阳住在哪个病房。

接待他们的护士是个有点儿姿色的少妇，那双丹凤眼一扫墙上的水牌，马上说："这个病人已经出院啦！"

李岳梁心里顿时"咯噔"一下："出院啦？几时出院的？"

另一个年龄稍小的护士说："这个病人是中午前出院的，是他的家属摇着一条小船来医院把他接走的。"

这个护士说话的声音很好听，犹如幼鹂啼鸣，可是此刻对于李、贾二位来说，不啻是一声霹雳！大嗓门儿的贾木扣脸色一变："什么?!"

李岳梁扯了老贾一下，一边亮出证件，一边让护士把主治医生请来。这下，不但医生，连住院部主任都给惊动了，立刻唤来财务，正要给侦查员说明情况，院长也慌慌张张赶到了。这些人聚在一起，七嘴八舌说了一通，侦查员终于弄清楚了事情的原委——

当天上午十点半左右，有两个操浦东当地口音的中年农民来到大德医院，对住院部医生说他们是住院病人沙九阳的家属，前来办理沙九阳的出院手续，船已经停在医院后面的河埠旁了，办好手续直接就把沙九阳接回家。医生听了很是高兴，因为他们都知道这个病人已经欠费七八天了，若是在解放前，医院早就把他撵走了；现在解放了，劳动人民翻身当了主人，大德医院作为私立医院，不敢公然跟人民政府作对，故而不敢撵人，当然催逼缴费那是少不了的，一天三五次算是少的。可病人家属一时交不出钞票，要求缓一缓，等到把家里养的两头猪卖掉就付清。

医院方面当然不会就此甘休，不但继续催缴，而且一天比一天加大了力度。两天下来，沙九阳的家属就没法儿再在医院陪伴病人了，只好先行离开——这其实也是医院的一种撵走病人的手段。不过，沙九阳的妻子裴水莲是个厉害角色，用江南人的说法，是属于"洞里老虎"一类的，她离开前去了趟院长室，对院长说："过去是旧社会，穷人受你们有钱人的欺负没地方去说。现在解放了，如果你们再欺负穷人，我就要去向人民政府告状。我对你讲，我的男人送进医院时是活人，能吃能动会说话，只不过有点儿肚子痛，过几天我来接他出去时如果不是这个样子，我一定要你们好看！我们沙家渡不算大，不过全村大大小小都出来的话也有一二百口，到时候会一齐来找你们算账的！"

裴水莲这番话对大德医院产生了威慑作用，院方原本想对沙九阳停药，现在就不敢了。院长寻思，人民政府是帮穷人的，如果停了药，这个病人死在医院里，家属真的集结了上百人来县城一闹，那公安局还不捉我进去吃官司？因此，沙九阳尽管没有家属陪护，但治疗还是照常进行。这样，就不难想象有家属来接沙九阳出院时，医生有多么开心了。

那两个农民去医院财务结清了住院费，病房这边护士已经按照医生的指令帮沙九阳整理好了东西。两个农民进病房后对沙九阳说："阿阳，水莲让我们把你接回去，住院费已经结清了，我们现在走吧。"

沙九阳这几天也被医院连续不停地催缴费用弄得很郁闷，加上妻子又不在旁边陪护，而且腹痛经治疗已经好多了，只想早点儿回家。现在有人来接他出院，自是求之不得，便由着来人一左一右搀扶出了病房，朝后面河边走去；他的一些简单的日常生活用品都装在一口网线袋里，由护士拎着尾随其后。护士看着沙九阳上了船，小船离开河埠，往城外方向驶去。

李岳梁、贾木扣听罢上述情况，对院长说："可是，我们刚从沙家渡沙九阳家过来，他老婆裴水莲可没跟我们说过今天接他回家啊，她只是说'过两天接他回家'。"

院长不知道这二位调查的是一起什么案子，更不知道他们曾经治疗过的这个名叫沙九阳的病人此刻被专案组寄予了何等殷切的期望，至于什么松江醉春楼案件、谢知礼谋杀案，那更是无论发挥怎样丰富的想象力也想不到的。他对侦查员说："也可能是病人的其他亲属知道他付不起住院费，伸手想帮一把，事先没跟病人家属沟通。这会儿，说不定病人已经到家了呢。"

　　贾木扣的涵养没李岳梁到家，当下一听便火了："你知道什么？还胡乱分析！这个病人是我们的一位非常重要的证人，他今天被人接出医院，绝对不像你说的这么轻巧。现在别的不说，人是在你们医院丢失的，你们负责给我把他找回来！"

　　院长一听，有些害怕了，可怜巴巴道："这叫我们到哪里去找呀……"

　　李岳梁说："啥都别说了！你那院长室有电话吗？陪我们过去打个电话再说。"

　　电话打到三官镇专案组驻地，没人接听——康今敏三个出去调查了。李岳梁想了想，又打到沐家桥区政府，让公安助理殷富元接听，让他即刻派人前往沙家渡跑一趟，了解沙九阳是否回家了，以及他的家人是否知道有人接其出院。

　　沐家桥距沙家渡来回六里地，腿快的半个多小时就打个来回了。一会儿，殷富元回电话，沙九阳的妻子裴水莲说其丈夫没有回家，家里人也不知道有什么亲朋好友今天接沙九阳出院。

　　第二天上午，在县城通往沙家渡的那条三泾河里发现了沙九阳的尸体，其脖颈上有明显勒痕，即使是没有学过法医的人也能一眼看出，他是被人活活扼死，然后抛尸河里的。

二十、"历史问题"

一辆绿色的美制小吉普行驶于浦东乡间尘土飞扬的狭窄公路上，车厢随着路面上不时出现的坑坑洼洼颠簸着，车内唯一的乘客萧顺德感觉自己就像坐在一条正经受着风吹浪打的船只上。

萧顺德一天一夜未曾合眼，刚睡了半个小时便被唤醒了。康今敏打来的这个电话，顿时让"悬办"政委兼第三专案组组长睡意全无。萧顺德意识到，决战时刻来临了，他必须去浦东，必须驻扎在那里和老康他们一起迎接挑战。于是，他给同样也是刚入睡不久的杨宗俊主任留下了一纸条子，上了小吉普就出发了。

"悬办"这一阵儿太忙了，下辖的六个专案组侦办的案子都遇到了瓶颈，说没有线索吧，卷宗都是一摞一摞的，堆在一起一人多高；可是，说到突破，那还差得远。搞侦查工作的不怕调查过程中出现问题，有问题才有线索；怕的就是一潭死水，波澜不兴，让人根本无从下手。这些日子，"悬办"几位领导天天给几个处于死水状态的专案组开会，一起讨论案情，一条条线索重新审视、反复梳理，指望从中捕捉到新的灵感。

之前的一天一夜，萧顺德和杨宗俊、黄祥明三个"悬办"领导就是在这种状态中度过的。本来，他准备先睡一会儿，然后给康今敏去个电话，询问向沙九阳调查的情况，没想到觉没睡成，电话还没打，老康那边却传来了这样的消息。在"悬办"将近半年干下来，萧顺德渐渐熟悉了侦查工作的思路，他知道沙九阳的被害从表面上看是被对手掐断了一条关键线索，可是，这个掐断动作本身就是一条线索。在"特费"案的侦查过程中，这样的机会已经出现过两次，一次是松江醉春楼案件，另一次是上海市区的谢知礼谋杀案。当时，萧顺德等人都认为这是突破案情的机会，没想到查着查着，都短路了。这一次，直觉告诉萧顺德，机不可失，时不再来！

萧顺德就在这种沉思中，不知不觉随着吉普车的颠簸睡着了。其实也没能睡多久，当他被司机一声喇叭惊醒的时候，看见了前面那一道爬满了常青藤、爬山虎、牵牛花的院墙。他揉揉眼睛，暗忖这不是三友观吗？这车怎么开到三友观来啦？

从市区来三官镇，摆渡过了黄浦江后有两条路可走。康今敏他们是在镇政府办公的，通常走的都是离镇政府比较近的北侧那条路，而这次开车的司机是前天刚调来"悬办"的，不熟悉浦东的路，结果走了南侧那条路，这样，进镇子时就要从三友观门前经过了。萧顺德想明白后，看了看表，估计康今敏这时候还没从沐家桥赶回三官镇，就让司机停车，说要看看三友观的老房东林道士。

林道士对萧顺德的突然到访显然感到意外。他把萧顺德引进道观前院当初曾经作过三组办公室的那间屋子。萧顺德刚进门，不禁一怔——迎门墙上，挂着已故俞衡友的一幅遗像。他站在遗像前，默不作声地与画像上的俞衡友对视片刻，终于移开了目光。

林道士沏上一杯茶："这是杭州灵隐寺一位僧友给我寄来的今年的雨前茶，请萧同志尝尝鲜。"

萧顺德坐下，端杯浅抿一口，情不自禁脱口而出："好茶！"

林道士指着俞衡友的遗像："老俞是林某此生结交的唯一挚友，他驾鹤西行，留贫道在世，寂寞难耐，故而悬挂老友遗像，权且作个念想。贫道已留下遗言，日后西归，可与老俞葬在一处，世上同聚，泉下共眠。"

萧顺德默默地听着，微微颔首。

林道士又说："毓梅上次从市区回来，捎来了小庄的信，我已经把老俞的情况跟她念叨过了。"

萧顺德说："小俞当初是直接找我的，我让庄敬天、钟梦白接待的她。就我个人而言，我认为应该让她知道她父亲以前的那些事情，可是，我们的工作性质不允许我们在这个时刻向她透露，大庄就想到了您。小俞最近还好吧？"

"我跟她说过她爹爹的事情后，她振作多了，盼望着你们把案子破了……"

"复职了没有？"

"卫生所通知她去上班，她没去。"

"那生活怎么办？"

"老俞生前的一些老朋友听说他出事，陆陆续续来看望过，都给了一些救济；再说，我也能接济她。她说等这件事有了结果，再考虑找份工作。那块被摘走的烈属牌牌，人家又给送回来了。"

"那就好……"萧顺德没有透露"悬办"为此曾跟地方上作过沟通。告辞的时候，萧顺德让司机把原先准备捎给康今敏的两条香烟送给了林道士。

从三友观去镇政府，俞家乃是必经之路。小吉普驶到俞宅前，萧顺德招呼司机放慢速度，从车窗里看了看俞宅的外貌。他以前从来没有进过这幢宅子，今后大概也不会去了。他的目光停留在大门上方那块重新钉上去的"革命烈属"牌子上，久久不动。

萧顺德不知道，与此同时，正坐在院子里纳鞋底的俞毓梅听见汽车引擎声，起身走到门口，脸贴着门缝，也正在看着他。俞毓梅想开门，想招呼萧顺德，但终于什么也没做……

小吉普继续往镇政府驶去。刚在前面路口拐了个弯，萧顺德就看见康今敏在街边低着头匆匆行走，遂招呼一声，停车唤其上来。老康上车后刚想说什么，忽见司机是张陌生脸孔，下意识地闭了嘴。萧顺德从他的神色上看得出来，知情人沙九阳的被害对于老康来说，是一个沉重打击。

到了镇政府专案组驻地，另外四个侦查员李岳梁、邹乐淳、吴天帆、贾木扣都坐在办公室里，一个个垂头丧气。待萧顺德落座，康今敏以沉重的语调开腔道："老萧，这次沙九阳被害，我作为浦东专案调查的负责人，承担全部责任，我向组织请求给予处分！"

李岳梁马上起身："不，责任在我。我作为一名老刑警，应该预见到对手可能会对沙九阳采取灭口措施的，可是，我⋯⋯"

萧顺德摆摆手阻止了康、李二人的自我检讨："都别说了，我来不是追究责任的。当然，对于沙九阳的被害，专案组需要审视、回忆、检讨，但目的是为了吸取教训，至于责任，并非在座的同志说了算，甚至也不是'悬办'说了算，这种情况应该向市局党委汇报，然后听取党委的指示。我作为三组组长，当然要承担领导责任。这个，容稍后再说吧。案子发生了，我们先要研究如何破案。刚才我在电话里听老康把情况简略说了说，电话线路可能有点儿问题，没听得太清楚。这样吧，我先把我听老康介绍的案情复述一遍，再请大家补充，然后我想了解一下，你们在发现沙九阳的尸体后到目前为止所做的工作。"

接下来，萧顺德遂把康今敏的电话内容复述一遍。他的记忆力不错，竟然一点儿也没走样，甚至有些关键性的语句都是老康的原话。这样一来，大家就没什么可补充的了，直接进入下一个议程，由康今敏汇报——

昨天下午，李岳梁、贾木扣去大德医院找沙九阳调查时，发现沙九阳中午前已被人接走，他们随即对此展开了调查。可是，除了知道是两个三四十岁、操浦东口音的农民摇了一条小船，前往医院缴费后把沙九阳接走的情节外，并未收集到更多的情况。当时，他们就急电沐家桥区政府和三官镇镇政府，但康今敏外出调查未归，直到将近五点方才联系上。康今敏对此自然重视，让李岳梁、贾木扣继续留在大德医院进行调查，他和邹乐淳、吴天帆以及殷富元前往沙家渡，向沙九阳的家属了解情况。

沙九阳失踪，他的家属也十分着急，召集了村上的一些族亲，一部分去县城寻找，一部分留在沙家渡，配合侦查员的调查。大德医院这时终于意识到他们摊上了倒霉事，院长把全院凡是抽得出的人员，不论是医生、护士还是杂役，统统供李岳梁、贾木扣调遣。李岳梁还给县公安局打了电话，县局和派出所都指派人员加入了对沙九阳下落的搜寻。

搜寻和调查工作进行了整整一夜，未获得任何线索。今天上午，老康正准备开会研究往下的措施，传来了沙九阳浮尸三泾河的消息。康今敏立刻向"悬办"和市局法医室打了电话，然后前往现场。

法医检验认定，沙九阳是被人扼杀后抛尸河里的。

萧顺德听了康今敏的上述汇报后，说关于具体案情问题，我是外行，也就不发表意见了。我要说的是，从沙九阳被害与"沐有金"线索的关系，以及高桥镇韩秀芳提供的情况判断，沙九阳肯定是知道十八年前花飞扬所掌握的线索的具体内容的。正因如此，我们的对手才会冒险把沙九阳灭口。从之前李岳梁、贾木扣二同志对韩秀芳的调查过程来看，他们接触的人有限，活动的范围也不大，可对手却迅速掌握了专案组侦查的动向，这是不是可以表明，我们的对手依然在沐家桥一带隐藏着？我建议，接下来的调查，就从沐家桥查起。刚才我跟老康交换过意见，这个会结束后，我们全体移师沐家桥办公！

这是 1950 年 4 月下旬的一个周末。一大早晴空无云，朝阳升起，给外滩黄浦江畔那些被称为"万国建筑博览会"的高楼大厦披上了一层鲜亮的金黄色彩。不过半个多小时，忽地乌云密布，天色迅速暗下来，黑得几同夜晚，过往汽车、电车都不得不打开了车灯，电灯公司把路灯也都打开了。继而电闪雷鸣，大雨瓢泼。

一辆中吉普缓缓驶出福州路上海市公安局的大门，向右拐弯，朝外滩方向驶去。车里，坐着两个穿便衣的精壮汉子，他们的目的地是北站分局。这二位是市局政保处的侦查员，此刻奉命前往北站分局执行一项与其承办的政治保卫案件相关的任务。他们不知道，"特费"案件最终得以成功侦破，竟然跟他们此行有关系，正是他们奉命出的一趟公差，使"悬办"第三专案组获得了一条关键性的线索！

对于庄敬天、钟梦白、马麒麟、彭倩俪四人来说，这是参加"悬办"专案工作以来难得的一个空闲日子。这个空闲，并非老天所赐，而是工作内容决定的——

之前数日，庄敬天这一拨都是忙得马不停蹄。先是调查原"曹家渡大旅社"茶房刁培良提供的十八年前那起抢劫巨案发生时案犯使用的牌照号码为 300169 的黄包车的线索。"特费"案发生时，旧上海全市一共分为三个地界：公共租界、法租界和华界。三界当局都有权发放车辆牌照，不过各自发放的通行范围仅限本界。这样，就给各类车辆的全市通行造成了不便。三界当局经过协商，决定发放一种可以全市通行的牌照，这就是刁培良所说的"大牌照"。

几个人对此进行分析时，庄敬天对马麒麟说："您是旧上海的老侦探，对此类情况颇为熟悉，这方面只有靠您指点了。"

马麒麟谦恭，发言前照例先掏出香烟散一圈，惹得讨厌闻烟味的彭倩俪紧皱眉头。那三位看在眼里，只当没见，照样吞云吐雾，说的说，听的听，彭倩俪只好起身打开窗户，然后撅着嘴巴记录。

马麒麟分析，刁培良提供的这个牌照号码，从头两个数字 30 来看，还是具有一定可信度的。俞衡友留下的遗书中曾提及，案发当时案犯对他说过"这辆车是去年的新车"，"特费"案是民国二十年即 1931 年发生的，1931 年的"去年"就是 1930 年。大牌照是统一由公共租界发放的，租界当局采用的是"西历"，也就是公历，30 系 1930 年的简称；后面的 0169，则应是 1930 年发放的第 169 块牌照。

庄敬天竖起大拇指："还是老马厉害！如此看来，我们的运气来了，只要把这条线索查实了，顺藤摸瓜把'特费'案拿下来，在'悬办'六起挂牌督办的案件侦查中拔个头筹，让老萧这个整天一开会就念叨自己是外行的专案组长也能脸面有光。上级少不得还要表彰咱们下面这些跑腿的一下，老萧和杨大头一高兴，还不拨点儿公款出来请大家喝顿老酒？老马分析有功，一定要多喝几杯，喝醉了我负责送你回家，保证不让嫂子唠叨你！"忽然瞥见彭倩俪在翻白眼，又补充一句，"剩下的伙食尾子，就买点儿花生、瓜子、巧克力什么的给不喝酒的小彭同志解馋，女同志嘛，应该优待——Lady first（英语：女士优先）。"

钟梦白嘀咕："大庄同志跟小彭搭上了，英语水平有所提高，本来只会说句'领头里破的'，现在又学会一句，这应该是小彭的功劳吧？"

彭倩俪不高兴了："什么叫搭上了？我们是自由恋爱，领导也知道的，老萧还支持呢！"

庄敬天做了个暂停的手势："打住，咱这下可扯远了，老马，您接着说。"

马麒麟说："1942 年，公共租界一应档案资料均移交汪伪上海市警察局了；抗战胜利后，这些档案资料又交给了国民党上海市警察局；上海解放后，国民党警察局被接管，档案当然也一并接收，我们只要再跑一趟市局档案室，应该就能查到 300169 这个大牌照对应的黄包车主了。"

侦查员再次去了市局档案室，果然，查到了 300169 大牌照黄包车的车主是公共租界北京路上的"云间跳舞学校"老板曹胜林。

往下，就是寻找曹胜林其人了。虽然颇费了一番工夫，好歹算是找到了。不过，此人的年龄和外貌，跟"曹家渡大旅社"的伙计所说的两个作案者差距颇大。这时，曹胜林已经改行做了乐器厂的厂长。问下来，曹胜林承认他以前有过那样一辆黄包车。那么，1931 年 12 月上旬那个时段，那辆黄包车给谁使用了？

曹胜林说："没给谁使用啊，一直是我自己在用，那是我的私家车。"

庄敬天问："有谁可以证明吗？"

"你们去问我的车夫吧。"

曹老板当年的车夫老凌这时已经翻身当了主人，是上海市人力车行业公会的脱产委员了。侦查员从他那里了解到，曹胜林是出名的小气鬼，一毛不拔的铁公鸡，从来不肯把自己的黄包车借给别人使用，包括亲朋好友。

如此，这条线索就断了。庄敬天一场空欢喜，不住埋怨那个姓刁的伙计记性有问题。可埋怨归埋怨，活儿还得做下去。于是就启动了原先商议过的另一个方案，召集十八年前案发地曹家渡地区的旧刑警、旧巡捕、包打听开座谈会，看他们是否能回忆起些许"特费"案件的蛛丝马迹。

要召集这些人员，首先得知道 1931 年时管辖曹家渡的警事机构。侦查员打听下来，却是有点儿小麻烦，这麻烦来自于曹家渡所在的普陀区历史上的行政归属。"上海市普陀区"这个名称，是抗战胜利后才定下的——1945 年先被国民党上海市政府划定为上海市第十三区，次年改为普陀区。那么之前呢？之前的花头就大了，曾经划归过江苏省的上海县、宝山县、昆山县、嘉定县以及上海市的法华区、闸北区、真如区、彭浦区和蒲松区。另外，普陀区有一些地域还被公共租界越界筑路时强行占据，后划归租界管辖。至于 1931 年本案发生时案发地的行政归属，则分为两个区：梁壁瀚遇袭的曹家渡桥北侧桥头，属于真如区；实施抢劫的"曹家渡大旅社"，属于法华区。

庄敬天四人遂以"悬办"名义在长宁公安分局召开了一次座谈会，十八名有着至少二十年从警经历的原法华、普陀警察分局和公共租界巡捕房的旧刑警受邀参加。这些旧刑警中，有的跟李岳梁、马麒麟一样，解放后被公安局留用，继续干刑侦工作，有的则在解放前或者解放后改行从事其他工作，也有的早在解放前就已经退休赋闲在家了。庄敬天让彭倩俪向与会者介绍了发生于 1931 年冬的那起使用麻醉药物抢劫黄金的案件（隐去了关于"特别经费"的内容），说请诸位前辈同行相帮分析一下，看那是一伙什么样的案犯作的案。

这下可就热闹了，这些老刑警自然听说过当时发生的同类抢劫案件，有一半以上还曾直接参与过对这种案件的侦查，有的侦破了，有的没破。归纳起来，侦查员得知 1929 年至 1933 年这段时间，公共租界、法租界和华界诸区都曾发生过多起麻醉抢劫案，作案手法各异，有的在人力车上下桥或者路坡时下手，然后把人拉到旅馆、破庙甚至临时租居的民宅内下手行劫；有的在开往宁波、南京的轮船二等以上舱房里下手；有的则在饭馆的包房、咖啡馆的包厢里作案；还有的在戏院、电影院下手。此种犯罪，听上去似乎很厉害，其实作案的条件要素并不复杂，技术含金量也很低，只要胆大妄为，手里拥有作案的必备工具人力车（黄包车或者三轮车）、麻醉药物，就可行动了。当然，还得具有铆准目标确认对方肯定有货的眼力。这个，只要具备寻常扒手的经验就行了。1932 年是此类案件发案的高峰期，受害对象甚至波及国民政府高官的眷属、外国侨民以及来沪访问的各国外交官员及随员。

1932 年 8 月，由公共租界工部局牵头、法租界公董局参与，提出上海的租界、华界警务机构联手打击麻醉抢劫犯罪活动的建议，获得了华界国民党上海市警察局、淞沪警备司令部侦缉大队的响应。从那年 9 月 1 日开始，全市各中外军警机构联手侦缉麻醉抢劫犯罪活动，相当于如今的"专项打击"、"专项整治"。但那时的情况跟解放后有所不同，警匪一家、官盗合伙甚至干警察的本身就是犯罪分子的现象绝非个别事例，另外还有帮会掺和，所以声势虽大，效果却微。不过，打击总比不打击好些，麻醉抢劫犯罪活动的势头毕竟减弱了不少。

真正使这类犯罪活动发生率于次年初夏下降到低谷的原因，并非由于警方的打击，而是随着此类犯罪活动的不断发生，市民的防范意识逐渐增强，另外，又赶上麻醉药物紧缺，价格大涨，这样，案犯作案的成本提高，获取麻醉药物也不那么容易了。加之上海滩的帮会以及犯罪团伙内部内讧不断，最后竟然像有一个总头目下了一道严令似的，一周之内，大家都不去干麻醉抢劫了。

与会旧刑警回忆下来，在他们经办和听说过的麻醉抢劫案件中，并无涉及侦查员要调查的如此巨额黄金的案情。他们认为，以当时的案犯结构、行事风格、思维方式等来看，犯下"曹家渡劫案"的那伙案犯，可能并非帮会中人，甚至也不是黑道中人，而是几个被愈演愈烈的麻醉药物抢劫案的传闻刺激得头脑发热的贪婪之徒，纠合起来作下了这样一起巨案。他们作案的成功，并非经验丰富，仅仅是巧合而已。

一个旧刑警问："冒昧打听一下，四位政府同志说被劫黄金数量巨大，究竟有多巨大呢？是不是超过五六十两了？"

钟梦白说："实不相瞒，被劫黄金超过百两！"

那位旧刑警说："那这个案子肯定没有破获，也没有接到过报案，否则，别的不说，报纸还不是大登特登了？甚至还会立刻被拍摄成影戏（指电影）或者连台影戏（连续片），海报做得全上海皆知！"

他的观点获得了与会刑警的认同。最后，这些旧刑警热心地为侦查员出主意：你们可以去提篮桥监狱向那些解放前就已经被判刑，或者虽是解放后被判刑，但在解放前有过抢劫、盗窃案底的在押犯进行调查，说不定他们中有人听说过什么人跟该案有涉。

庄敬天四人回去后经过研究，决定采纳与会者的建议，在报请"悬办"批准后，由钟梦白起草了一份协查通知，请北站分局秘书股相帮刻印，发往市局和各分局下辖的看守所、收容教养大队以及提篮桥监狱。

这是昨天的事。今天下雨，庄敬天说大家都不要出去了，就在办公室等候协查通知的反馈吧，也算休整休整。

彭倩俪自从得知钟梦白被批准入党后，经庄敬天连吓带哄一番点拨，意识到入党是要靠实际行动争取的，之后每天总是第一个到办公室，开窗通风，打扫卫生，打开水，给庄敬天三个沏上茶。今天，她在上班路上看见有卖鲜花的，就买了一束，为防挤电车受到损坏，还特地掏钱坐了三轮车来分局。到办公室后，彭倩俪找了个瓶子放了点儿清水把花插上，放在窗台上。此举给了庄敬天他们一个意外惊喜，但他们同时也不得不接受彭倩俪的一个条件：今天谁也不许在室内抽烟，否则那花就糟蹋了。

四人坐着喝茶聊天。钟梦白说他昨天收到了一笔稿费，中午可以请客。庄敬天说算了吧，你还是让稿费发挥其他作用吧。钟梦白明白，大庄是让他济助俞毓梅，正要解释说他已经给小俞寄去过一笔钱了，办公室的门忽然被重重推开，两个穿便衣的汉子出现在门口。庄敬天有些恼火，寻思哪有这样推门的？刚要指责对方不懂礼貌，对方先开腔了："谁是马麒麟？"

马麒麟还没作出反应，钟梦白开口发问："您二位是哪里的？"

"谁是马麒麟？"那二位并不回答，大步进门，目光炯炯在室内几人脸上扫视，最后停留在老马身上。

马麒麟一脸茫然，望着来人有点儿不知所措。这时，彭倩俪发作了，上前拦住对方："这是什么地方你们也不看看清楚，这是'悬办'，门上可是贴着'机要重地，非许莫入'的纸条的，你们没看见？出去！有话在门外说！"

对方根本没把这个小丫头放在眼里，其中一人身子往前一拱，身材单薄的彭倩俪就只能靠边站了，身体打晃，一个趔趄。这下，钟梦白火了，猛地起身，却被庄敬天唤住："小钟，别激动！这二位，你们是哪个单位哪个部门的？"

对方被庄敬天不怒自威的气势镇住，声音低了八度："市局政保处！"

"派司？"

对方亮出证件，被钟梦白一把夺过，送到庄敬天的案头。庄敬天拿起证件扫了一眼，又放回到桌上："这里是什么地方你们知道吗？"

对方反问："你是什么人？"

大庄微微一笑："敝人庄敬天，'悬办'三组副组长！看您二位面沉似水，满脸写的都是'公事公办'四字，那我就跟你们公事公办吧。"说到这里，倏然变脸，声色俱厉，"'悬办'重地，任何人未经允许不得入内，连在门外逗留都不行，这是市局【49】第0187号文件中写明了的，你们既然是政保口儿的，难道没看过这个文件？政治学习时你们领导没给你们念过？就算没看过，到这里执行公务时也得主动出示证件，首先跟领导沟通。可你们呢，无视规定擅入禁地，这是谁给你们的权力？"

"庄组长，这……"

庄敬天一摆手，缓和了语气："这话头儿就到此为止，您二位请进，说一下公务吧——找马麒麟同志有啥事儿？是外调？"

"奉领导之命，对马麒麟执行拘捕！"

此语一出，不仅庄敬天、钟梦白、彭倩俪，包括马麒麟自己也是如同眼前爆了个落地雷。庄敬天定定神，瞥了马麒麟一眼："他犯了啥事儿？"

"无可奉告！"

"有手续吗？"

"有！"对方掏出拘留证递给庄敬天。

庄敬天反复看了三遍，那上面注明的拘留事由是"历史问题"。他想问马麒麟有什么历史问题在军管会接管时没交代清楚，又觉得此刻说这话不合时宜。思忖片刻，他说："二位请坐，稍等片刻，这事我得向上级报告。"

庄敬天不知道萧顺德已经去浦东办公了，电话打到"悬办"，是杨宗俊接听的。庄敬天就把政保处要拘捕马麒麟的事说了说，杨宗俊也感到吃惊，不过他说这既然是组织决定的，那就应该无条件服从，让他们把人带走吧。庄敬天放下话筒想想不妥，招呼彭倩俪给来人沏茶，说我要请示的领导在浦东，得把电话打到浦东去，接通可能要花点儿时间，您二位再多等一会儿。

萧顺德是搞政治工作出身的，这类事情在部队里见得多了，虽然对此感到突兀，不过也没特别吃惊，嘱咐大庄服从组织决定，让他们把老马带走，请他们严格按照政策调查老马的问题；跟老马也说一下，积极配合组织上查清问题，争取早日回来。当然，如果查下来真有问题，那肯定是回不来了，不过，我们还是要把他在"悬办"工作这段时间的表现向政保处作一个书面反映，将功补过是党的政策，什么时候都应当得到体现。

马麒麟被带走后，办公室里气氛沉闷，三人谁都不吭声，默默地看着马麒麟刚才坐着的位置。外面的雨下得更大了，打在窗户上，发出噼噼啪啪的声响。半晌，钟梦白开口了："大庄，要不要通知老马的家属？"

彭倩俪赞同："对！看来老马一时半会儿是出不来了，得让家属给他送生活用品啊！"

庄敬天摇头："通不通知不是我们三组的事儿，哪家抓的人，哪家负责到底；再说，谁知道人关在哪里？让家属往哪个看守所送东西啊？"

钟梦白微叹一口气："唉，我觉得老马是个好人啊！大庄，你认为呢？"

庄敬天说："若是论老马在三组的一贯表现，我同意你的评价；至于刚才拘留证上写着的'历史问题'，我们不了解，那就不好说了。"

彭倩俪也跟着叹息："也不知老马有什么历史问题……"

钟梦白说："也许现在抓他不过是怀疑他有问题，说不定最后查下来啥问题也没有。"

庄敬天缓缓点头："但愿如此！"

风雨交加，小吉普在马路上疾驶，不时溅起成片的水花。马麒麟被那两个便衣一左一右夹在中间，挤坐在后排位置上，听着外面的雨声，看着雨刷在车窗上单调地来回移动，寻思着自己突然被捕的原因。很快，他就理出了思路——

拘留证上写着他的罪名是"历史问题"，那就从自己的历史，主要是从警经历去回忆吧。他是民国十五年也即 1926 年考入法租界巡捕房刑事部的，之前，是"丰隆米行"的伙计。对他进行面试的是上海滩赫赫有名的大人物、法租界警备部华捕刑事督察长黄金荣。面试时问了哪几个问题，他已经忘记了，不过，黄金荣提出两人掰手腕的一幕他还记得清清楚楚。这是马麒麟平生第一次也是唯一一次跟这位著名的青帮大亨零距离接触，在他想象中，长期养尊处优的黄金荣虽然身高架大，但那是空壳子，哪知一握之下，方知对方虽已年近六十，手上那把力气竟然还是十分了得，自己如果不是整天在米行干活儿的话，那是没法儿跟对方抗衡的。最后，两人打了个平手。黄金荣哈哈大笑，连说"后生可畏"，回头跟一个法国警官用法语嘀咕了两句什么，马麒麟就被录用了。

米行老板在欢送马麒麟跳槽的饭局上，曾建议让其去拜黄金荣为师，在青帮中混个位置，马麒麟没有听从。现在想来，这个决定是正确的，否则解放后不但不可能被人民政府留用，只怕还要进集训大队交代问题，最终的命运十有八九是押送苏北黄海滩上去开荒。

以上是一桩可能会被算进"历史问题"的事情，不过马麒麟不怕，人民政府讲究实事求是，不过是跟黄金荣掰了一次手腕，应该不至于吃官司的。

马麒麟在法捕房刑事部干了七年，破获过一些刑事案子，抓过一些案犯，这些人被抓了以后怎么样，他并不关心，因此多数都不清楚。根据规定，巡捕房抓的案犯不判刑的就关一阵儿释放，判刑的就"公廨会审"，即交由中国法官和法领馆官员、法租界公董局陪审员组成的联合法庭审判。后来，马麒麟又跳槽去了公共租界巡捕房刑事部，干的活儿跟在法租界巡捕房一样，一直干到太平洋战争爆发日寇占领租界。马麒麟拒绝了日伪警察局的留用，宁可去马路上摆摊头做小生意。现在想来，这个决定也很有先见之明，否则，又多了一个"历史问题"。

抗战胜利后，马麒麟重新进入国民党警察局。不过，他并未担任任何职务，也没有在侦破案子时因表现突出立过功受过奖，不曾为维护国民党政权作出过什么"贡献"，办的都是一些普通刑事案子，这些就算是"历史问题"，也属于"一般历史问题"。在上海滩，有此类一般历史问题的人多如牛毛，如果都抓进去，那看守所的大门都会被挤破了。

再往下想，那么，政保处为什么要抓我呢？难道是抓错了？这种可能性比较小，因为抓人不是怀疑人，需要确实的证据，而且是要报批的，送上去的报告上最起码得写明抓捕对象的基本情况。他老马眼下的职业是人民警察，虽然是留用旧警，可既然他能被抽到"悬办"参加专案侦查，那就说明他属于留用警员中受到信任的一类，报上去的话，领导一定要问一声的。因此，不存在抓错这种情况。于是问题又绕回来了，为什么要抓他呢？马麒麟想来想去，认为只有一种可能：他以前抓捕的"刑事犯"中有中共地下党成员，而且多半是党内有点儿地位的，现在解放了，终于弄清楚是哪几位下的手，要算账了。

想到这里，老马倒也释然了——得了，这就是命。命该如此，只好听天由命了，随他去吧。

雨越下越大，豆粒大的雨点砸得吉普车的帆布顶篷噼啪乱响，车窗上的雨刷发疯似的左右摆动，也只能让前方的视野清晰片刻，转瞬又被冲下来的雨水弄得模糊不清。马麒麟就是凭着这稍纵即逝的清晰，认出了上海市第二看守所的大门。尽管已经有思想准备，他还是不由得浑身一颤：怎么不去市局，直接把我送看守所来啦？看来我的麻烦还不小！

往下的遭遇，使马麒麟更加坚信自己的判断——

下车后，两个便衣把他带进了一间讯问室，让他在受审的位置坐下，却没有打开手铐。马麒麟以为接下来那二位就要坐到他对面开始问了，可那二位却站在他身后没动地方。马麒麟意识到，他俩不过是跑腿的，奉领导之命去北站分局把他抓来，讯问还得由上面的人进行。由此看来，这是一个很有来头的专案，而马麒麟则在毫不知情的情况下卷入其中了。

大约过了七八分钟，马麒麟听见门外传来一阵脚步声，进来了二男一女三个便衣，在桌子后面坐下。那个女的看上去跟彭倩俪差不多年纪，估计也是解放前跟地下党有联系、解放后被分配到公安局的进步青年，现在是来负责记录的。两个男的看上去就有点儿康今敏的派头了，举手投足间带着一种解放区老公安的架势。马麒麟看着，心里不由得就有些恐惧，好像自己真的犯下过什么十恶不赦的重大罪行似的。

正忐忑时，坐在正中的那个长着浓重络腮胡子的承办员开腔了，声音低沉，却有强烈的穿透力，让马麒麟有一种心脏受到声波冲击的感觉："马麒麟，把你请到这里来，是想跟你聊聊，哦……怎么还铐着铐子？去掉！"

身后的便衣给马麒麟卸下手铐。对方的开场白、称谓、措词和开铐之举，使马麒麟颇觉意外。以他的经验，这种态度似乎表明把他弄到这儿来并不是打算让他吃官司，而是调查什么情况，多半是调查其他人的情况。马麒麟不敢贸然开口，微微点了点头表示愿意配合。

对方接着说了几个名字："徐广孝、陈中新、蒋一川、胥欢喜，还有邝迟章，这些人你都认识吗？"

马麒麟继续点头："认识。"

"很好！说一下跟他们的关系。"

徐广孝、陈中新、蒋一川、胥欢喜、邝迟章五人，是马麒麟的结拜弟兄。1926年，这五位与马麒麟一起考入法租界巡捕房，年岁跟马麒麟差不多，后来磕头换帖时论排行，马麒麟名列第三。进巡捕房前，六人互不相识，徐、陈、胥、邝都是在工厂或者商行打工的，蒋一川则是教会中学的学生。

同一批考入巡捕房的一共有二十五人，刚进去什么都不懂，法租界警备部就给他们这些新巡捕办了个为期一月的警务技能培训班。学问之道，浩如烟海。警务，尤其是英美法的警务，也是一门学问，其中的道道复杂繁多，要在短短一个月里学明白，那是空想。法国佬自己也知道这一点，办班的真正用意其实有二：一是给新巡捕定规矩，进行基本技能培训；二是对每个新巡捕进行观察，了解其性格特点，优势缺陷，日后在安排岗位时能够做到扬长避短，充分发挥其作用。对于马麒麟等人来说，这也是一个互相接触互相了解的机会，没有朋友，寸步难行嘛。

一个月培训结束，徐广孝、陈中新、蒋一川、胥欢喜、邝迟章都被分派到政治部做包打听，只有马麒麟去了刑事部。事后听说，原先法国人本打算把他也分派到政治部的，是黄金荣开了口，把他要过来了。不过，马麒麟跟徐广孝五人结交甚欢，分派到不同的部门并不影响他们的友情，一年后，六人对天八拜结为异姓兄弟。

马麒麟跳槽去了公共租界巡捕房之后，渐渐就跟那五个兄弟交往少了。又过了几年，太平洋战争爆发，租界让日本人占领，马麒麟不愿意留在日伪警察局效力，上街摆摊谋生。徐广孝等人也都离开了警界，有的做生意，有的去了外地，互相之间的联系就更少了。抗战胜利后，六个人又都干起了国民党警察，不过不在一处，各干各的，所谓结拜兄弟的缘分这时也就差不多结束了。到了上海解放，互相之间不用说来往，连面都不见，更不通消息，说得不好听点儿，就是哪个弟兄死掉了也不知道。

马麒麟本着老老实实的态度，把以上情况一五一十原原本本跟承办员说了。中间那个点点头，没有吭声，右侧那位开腔道："这五个人都没有死，不过，现在跟你一样！"

马麒麟于是知道徐广孝他们也都被捕了。对于他们的被捕，他并不觉得奇怪，他们在法捕房政治部干了那么些年头，而法租界以前是中共地下党和共产国际栖身的重点区域，中共第一次代表大会也是在法租界举行的。徐广孝、陈中新那几个弟兄在政治部混了将近二十年，常在河边走，哪有不湿鞋？当年奉命办差得罪了共产党不是没有可能，可是，这和他老马又有什么相干呢？这个，马麒麟就弄不懂了。

承办员从马麒麟的眼神里捕捉到了他的困惑，告诉他说："徐广孝、陈中新、蒋一川、胥欢喜、邝迟章涉及的事情很严重，严重到什么程度呢？举个例子吧，你一进来我们就把手铐给你摘掉了，他们五个呢，进来后不但没有去掉铐子，还往脚上给砸了一副重镣。"

这也就是说，徐广孝等五人属于要犯，而且必是涉及政治案件的要犯。不过，还是那句话：这和他老马有什么相干呢？

承办员继续往下说，马麒麟终于恍然——

原来，徐广孝五人当年在法捕房政治部曾有一段时间属于同一个探组，徐广孝是组长。他们那个探组曾经侦办过数起对革命事业危害甚大的案子，甚至涉及共产国际。其时徐广孝已被我地下党列入锄奸名单，只是由于其防范甚严，地下党的锄奸人员未能找到下手机会，让他滑过去了。如今，共产党执掌政权，人民政府当然要追查徐广孝等人的一应罪责。可是，徐广孝五人落网后，"态度恶劣，拒绝交代，蓄意对抗"，而根据政保处之前的调查，发现马麒麟是徐广孝五人的结拜弟兄，遂认为马麒麟应对徐广孝等人所涉的那几起政治案件有所了解，因此把他请来配合调查，说明情况。

马麒麟听对方如此这般一说，心里便一阵轻松，寻思原来是这么回事，这事跟我绝对没有关系，至于承办员所说的对徐广孝等人以往的办案情况"有所了解"云云，那是他们的主观臆想。马麒麟当年跟徐广孝等人不在一个部门，各自都有一摊事，哥儿几个好不容易凑在一起，多半是吃吃喝喝、跳舞赌博，或者开了车去郊游，哪有心思聊办案方面的事？再说，根据法捕房的规定，别说政治部、刑事部之间互相谈论案子了，就是同一部门的不同探组，相互间也不能谈及工作方面的情况。

当下，马麒麟就把这层意思跟承办员说了说。承办员说："老马啊，时间长了，记不起以前的事情也有可能。你是老侦探了，听说干刑侦很有一套，这里面的内涵你就好好想想吧。我们还会见面的。"说完，让马麒麟在笔录上签名，然后就离开了。

马麒麟呢，被带到另外一间屋子，办理了入所手续，让他交出包括皮带在内的所有随身物品，一个背脊微驼的看守员把他带进监区。

上海市第二看守所的前身是法租界警备部的监狱，马麒麟在法捕房刑事部时经常来提审人犯，对这里的一切都很熟悉。解放后被调到"悬办"前几天，他还为调查一桩杀人案件来这里提审过两个在押人犯。马麒麟一直认为自己是个守法警员，不论谁当政，也不可能跟他过不去，从未想到过自己有一天竟然会以因徒身份到这里来坐班房！此刻，他低头行走在狭窄的水门汀甬道上，心里万分感慨：这就是命啊！以往都是我送人犯进来，三十年河东三十年河西，今天轮到我被送进来了……

马麒麟没料到的事不止于此。接下来等着他的，还有一些使他意想不到的麻烦。总算是好事多磨，他在经受了这些磨难之后，竟然意外获悉"特费"案的关键线索，他也因此立了功！

二十一、冤家路窄

过了沐家桥西侧的那座木桥，往左侧拐弯，萧顺德、吴天帆走上了一条两米来宽的乡间小道。吴天帆指着远处隐现于盛开着浅紫色紫云英、金黄色油菜花的阡陌田野间的一个小村落："往前走三里，就是沙家渡。"

对于行军打仗走惯了道的萧顺德来说，三里地转眼就到。沙家渡是江南农村常见的小村庄，全村总共也就二十多户人家，一百几十口人，男女老少属于一个家族，都姓沙。因此，沙九阳的丧事，也就是全村人的丧事。

萧顺德、吴天帆刚进村，沐家桥区的公安助理殷富元就迎上来，把他们引到沙九阳的宅子。在获悉沙九阳失踪的第一时间，康今敏就唤来殷富元，要求他率几个民兵前往沙家渡保护死者家属。老康是冷面包公，侦查工作受挫导致心绪不顺，尽管殷富元并非其下属，他还是毫不见外地秋风黑脸疾言厉色，说老殷我把死者家属交给你了，这几天区里工作你一概不必答理，倪书记张区长那里我自会知会，沙九阳的家属若有半点儿差池，我腰间的这副铐子立马把你铐上押解市局，军管会少不得要治你个玩忽职守之罪。殷富元好歹也是公安助理，在沐家桥乡人面前狠三狠四，但见到老康同志，就好像耗子见了猫，只有诺诺连声，当即点了二女三男五个民兵直奔沙家渡，盯着沙九阳的遗孀、子女昼夜寸身不离。经此一番折腾，殷富元原本一张浮肿憔悴的病态脸，此刻在春日的阳光下更显得一片青灰，如果让化妆师稍许点缀一下，就跟棺材里躺着的沙九阳几无差别了。

萧顺德一行是昨天下午把办公地点从三官镇移到沐家桥区政府的，来了以后就分派工作，几个侦查员分头去了沙家渡、高桥镇和县城，对沙九阳的失踪和遇害进行初步调查，晚上又开了大半宿案情分析会，大伙儿都疲惫不堪，连老刑警李岳梁发言时都出现了思维暂时短路的状况。

萧顺德属于那类特别擅长逻辑思维、遇事善于从中寻找规律性的聪明人，经过这几个月"赶鸭子上架"式的历练，对侦查工作也有了若干心得。平时开会，不论什么议题，他都保持着政治工作行家里手的一贯做法，让别人先发言，他在一旁静静地听着，待到别人都说过了，这才开腔。可是，这次他却一反常态，第一个开口发言。并非他一时心血来潮，也不是因关键证人沙九阳被害引发的冲动，他的发言是经过深思熟虑的。

作为一个经验丰富的政治工作者，萧顺德在不知不觉间练就了善识下属的本领，不论处于何时何地、哪个岗位，只要跟下属接触，他就会本能地留意对方的脾气禀性。这是一个优秀政治工作者必须具备的素质，只有了解下属的性格，领导才能做到知人善任，以便充分发挥每一个下属的特长和优势。

对康今敏这位来自解放区的老公安，萧顺德也是这样留意的，他认为老康的优点是严谨、认真、执着，特别坚持原则，为此甚至敢于跟上级顶牛，不足之处则是由优点派生出来的固执、认死理、钻牛角尖。康今敏加入"悬办"第三专案组以来主持的两起案件——松江醉春楼案和谢知礼谋杀案，至今尚未侦破。萧顺德和"悬办"正副主任杨宗俊、黄祥明不止一次探讨过原因，认为无论从思路和方向上来说，老康都没错，可是，那两起案子就是破不了。现在发生了第三起谋杀案，萧顺德就不得不予以郑重考虑了。按照康今敏的思维习惯，他肯定还会沿用侦查前两起案件的路数去侦查沙九阳谋杀案，而沙九阳谋杀案的作案者显然也就是醉春楼案件和谢知礼谋杀案的案犯，如果用一成不变的侦查思路去对付，估计破案的希望渺茫。

因此，萧顺德想到了改变侦查思路：既然该案发生后的首轮调查未能发现线索，那干脆不走前两起案件的老路了，改为直接调查沙九阳掌握的十八年前"沐有金"的线索。这其实也是对手最为害怕的一招，他们正是担心警方对"沐有金"线索的调查才对沙九阳下手的。

萧顺德对这个思路进行了反复考虑，认为可以起到出其不意的效果，遂在案情分析会上提出来。老萧是个非常细致的人，考虑到康今敏的性格，为不使老康尴尬，他一反常态首先发言，指望老康听了他的调查思路后不至于一厢情愿地沉湎于自己的老套路中。

这个案情分析会从上半夜九点一直开到下半夜三点，虽然冗长，但萧顺德那番铺垫的效果终于显现出来，康今敏终于被说服，赞同用老萧的方式对沙九阳谋杀案进行调查。然后就是分工：萧顺德、吴天帆去沙家渡调查；康今敏、邹乐淳留在沐家桥镇上调查；李岳梁和贾木扣去高桥镇，向曾提供沙九阳线索的原朱庆达家的女管家韩秀芳调查。

现在，萧顺德、吴天帆由殷富元引领着，前往沙九阳家。萧顺德问殷富元："死者家属情况怎么样？能接受调查吗？"

"您是问裴水莲？家里的主梁断了，难过是肯定的。我曾试着问过她一些情况，她看都没看我，只管哭。"

萧顺德不禁瞥了殷富元一眼，寻思毕竟是乡镇干部，没接受过正规的公安纪律教育，你虽然是沐家桥区政府的公安助理，可并不是"特费"案专案组成员，有什么资格越权搞调查呢？殷富元注意到萧顺德的神色，赶紧解释说，他也就不过问了一声"你知道你家老沙是给谁害死的"。

说着话，就到了沙家门口。吹鼓手一见，立刻奏乐，几支唢呐一齐吹响，颇为刺耳，顿时让连续几天没休息好的萧顺德头昏脑胀。乐声也是一种信号，萧顺德还没进门，裴水莲已经领着子女出来迎候了。在江南民间，这是对前来吊唁的贵宾的一种特殊礼仪。

萧顺德这才意识到自己直闯灵堂不妥。这时候上门的人，丧家都认为是来吊唁的。可是，此刻已经踏入灵堂，立刻转身退出去更不合适。

萧顺德索性从容上前，从旁边桌子上取了一炷香，凑到蜡烛上点燃，在灵前驻步，对着沙九阳的遗像鞠躬，心中默念：死者已矣，生者努力，破获本案，冤魂安息！

吴天帆起先觉得，这沙九阳是青帮弟子，作为公安人员，那是正眼儿都不必瞅一下的。现在见萧顺德行礼，也只好上前仿效着把老萧做过的动作重复了一遍。殷富元对还礼的裴水莲等人说："这是上海公安局来的萧政委啊！"

萧顺德从衣袋里掏出二十万元钞票，递给沙家业已成年的长子："区区薄礼，聊表心意。"又劝慰了裴水莲几句，继而表示，想跟主人聊几句话，不知有没有合适的地方。沙家大儿子说"有"，就把他们引到后院。殷富元在后院门口站下，一手叉腰，一手按在枪套上："无关人员一律不准靠近！"

可是，萧顺德对沙家后院那三间阴气十足而且散发着浓烈潮湿味儿的屋子似乎有些反感，说外面太阳很好，我们去后面小河边坐着聊吧。沙家母子就搬了一把破藤椅、一条长板凳放在河边的草地上，吴天帆往后门口一站，对殷富元说："你守住院门，我看在这里，让萧政委安心谈话。"

殷富元答应一声"好"，忍不住连打两个哈欠，强迫自己抖擞精神。沙家儿子看他那副力不从心的样子，就搬了张方凳过去请他也坐下。

萧顺德刚才在灵堂即兴吊唁之举，产生了意想不到的效果。别看裴水莲是个四十多岁的农村妇女，扁担横在面前也不知道是个"一"字，可是，她的脑子不笨。她对于丈夫的死因虽说不上心知肚明，但也猜了个八九不离十。试想，先是两个公安便衣找到沙家渡来说要找她丈夫，得知沙九阳在县城住院，又立马去县城。什么事情这么火烧眉毛？那两个便衣自然不会向她透露，她想来想去，也只有丈夫解放前拜沐家桥镇上的朱老爷为师时做过的什么事了。

沙九阳是朱庆达的得意门徒，在沐家桥一带有点儿小名气，在家里也绝对是个好丈夫。倒并非什么"妻管严"，裴水莲是不管丈夫在外面干些什么的，不过，沙九阳跟裴水莲很是投缘，气场相合天衣无缝，他在外面有些什么事儿都会跟妻子聊几句。只有一次例外，就是沙九阳奉命打听"特费"下落那桩事。裴水莲记得很清楚，那三天里，沙九阳频频外出，都是过了半夜方才浑身酒气地回家，而且一反常态啥都没向她透露，因而让裴水莲留下了深刻印象。当然，时间稍长，裴水莲也就淡忘了。

昨天李岳梁、贾木扣登门时，她还没有意识到人家其实就是来打听十八年前那桩事的。待到沙九阳被害的噩耗传来，裴水莲马上意识到丈夫之死必定与那桩事有关。裴水莲于是决定，不论谁来打听丈夫的情况，一概摇头，还特意叮嘱了子女一番。之前公安助理殷富元问她"你知道你家老沙是给谁害死的"，她干脆不予理会。可是，当萧顺德开口询问时，她却因萧顺德的吊唁之举产生了感激之情，决定把十八年前沙九阳的反常行为向这位公安局领导和盘托出。

其实，裴水莲主动向萧顺德说的那些内容，专案组都已掌握，但萧顺德并没有表现出他已经知道的样子。记得刚到"悬办"出任三组组长时，他常因自己是个侦查业务的外行感到焦虑，就时不时向李岳梁、马麒麟两个老侦探请教。马麒麟曾对他说过，许多破案的关键性线索，不是掌握线索的人自己吐露的，而是侦探跟对方聊天时聊出来的。当时，萧顺德听着心里一动：这不跟做政治思想工作一样吗？所谓聊天，其实就是交流嘛。这次向裴水莲调查，他就套用以往做政治思想工作的路数，跟裴水莲聊了起来。

这番看似随意的闲聊，使裴水莲不知不觉打开了记忆的闸门，一些她早已忘记了的细节突然就从脑海里冒出来了。她告诉萧顺德，沙九阳那次在外面奔波了三天，第三天回家时，饿煞鬼似的吃了两大碗饭，让她装一篮子新做的年糕，说要给朱老爷送礼，然后带上东西划了条小船就去沐家桥了。回来时，朱老爷回赠了礼品，记得有猪腿两条、牛肉十斤、布料三块、糖果两盒。

萧顺德问："老沙那三天去了哪些地方，见了哪些朋友？"

裴水莲说："他没说，我也没问。不过，过了几天他喝酒时无意中说过一句话，说阿鑫根添了对双胞胎，还没满月，男小囡，胖胖的，蛮可爱。"

乍听上去平平常常的一句话，换了旁人，也就听过算数。萧顺德却留了意，追问下去，得知阿鑫根是沙九阳三表之外的一个表弟，两人以前为某件小事红过脸，后来就不来往了，在沐家桥街上碰到也互不招呼，大路朝天，各走一边。既然沙九阳知道阿鑫根添了对双胞胎儿子，还"胖胖的，蛮可爱"，那就意味着他是亲眼见到了的。他可能去过阿鑫根家，起码跟阿鑫根有过直接接触——当地风俗，小囡没有满月是不能抱到外面来的，不存在他正好在路上看见这对双胞胎的可能性。

那么，阿鑫根又是什么人呢？沐家桥镇上驻扎着一支二十人的保安队，阿鑫根是浦东三县中心保安团派驻沐家桥的队长。

萧顺德认为这很有可能是一条线索：沙九阳不可能平白无故去找他这个业已翻脸互不答理的表弟，肯定是为了完成朱庆达交代的任务才屈尊登门，而且，他确实从阿鑫根那里打听到了"特费"的消息！

这几天，庄敬天、钟梦白、彭倩俪三个忙得不可开交，那辆三轮摩托天天在全市多个看守所以及提篮桥监狱之间往返穿梭。每个电话打来都说得像模像样，庄敬天几个兴冲冲满怀希望而去，又一次次失望而归。

这天，倒是难得清静，半个上午过去了，一个电话也没打来。钟梦白说今天是什么日子啊？难道监狱和看守所都在政治学习，顾不上打电话了？

话音未落，电话铃骤然而响。彭倩俪接听后，对庄敬天说："找你的。"

庄敬天昨天从外面回来时，看见分局院子里有一张破旧的单人沙发，他也不管是哪个办公室扔掉的还是搬出来晒晒太阳的，让钟梦白搭把手抬到了三组办公室，又找了两条美国军用毛毯垫上，整了一个舒适的飞机座。这会儿，他正坐在上面惬意地抽烟喝茶，老大不情愿地起来接听电话。

嗯嗯哈哈片刻，大庄放下话筒，双手乱摸衣袋，什么也没摸到，急问："摩托车钥匙呢？"

彭倩俪在办公桌上的一堆报纸底下找出了钥匙，大庄这才说出事由，有人往"悬办"门卫室送了个很沉的包裹，来电通知他去取。彭倩俪被松江醉春楼的那四枚手榴弹吓怕了，说大庄你得小心啊，别又是手榴弹什么的！庄敬天说不可能，肯定是我的哪个战友知道我最近工作辛苦，就买些好吃的来慰劳我。

庄敬天出门后，彭倩俪犹自忧心忡忡，对钟梦白说："小钟，我眼皮乱跳，大庄可别出事啊！"

钟梦白说："你放心，大庄这家伙是战场上血雨腥风中过来的，胆大心细。别看他表面上大大咧咧，没心没肺的，其实心里明白着呢，谁想暗算他，那可就找错目标了。不过，他那什么战友给他送吃的，我想多半不靠谱。他的战友跟他一样，都是口袋空空，哪来的富余钞票给他买东西?"

也就半个小时,大庄回来了,果然提了一个沉甸甸的白布包裹。彭倩俪一见马上起身离座,警惕地盯着包裹,摆出一副随时准备夺门而逃的架势。庄敬天看着好笑:"这里面要是真有炸弹,你根本来不及逃!"

说着,把包裹往正坐在三人沙发上看报纸的钟梦白旁边一扔。彭倩俪下意识地想惊叫,赶紧捂上嘴巴。

"小彭,拿剪刀给小钟,让他拆包。"

钟梦白问:"为什么?"

"你看看上面写的字就知道了!"

钟梦白一看,不禁一怔——包裹上写着:上海市公安局庄敬天同志收。落款是:浦东三官镇俞毓梅。

彭倩俪凑近一看:"哎!是小俞送来的呀!"

钟梦白回过神来,对庄敬天说:"这上面写着是送给你的,应该你拆吧?"

庄敬天笑道:"小钟啊,平时看你写起文章来头头是道,怎么眼前生活中的文章就看不懂了?小俞当然不会写你收的,她这是为你好嘛!写我庄敬天收就没什么忌讳了。行了,少说废话,赶紧拆开看看有什么好吃的。"

包裹里是腌鸡、咸鸭蛋、糯米团子、五香豆、雪饼,还有一包板烟。前四样都是自制的,雪饼、板烟是买的。钟梦白把东西一样样放到桌子上,彭倩俪说:"小俞目前生活状况不好,还给我们送来这么多东西,挺破费的。要不,我也给她买些礼品寄去?"

庄敬天摇头:"不必!"

"为什么?"

"你我寄算什么呢?"

彭倩俪恍然大悟："哦！对对！那就小钟寄吧，我们出钱！"

倏然响起的电话铃打断了三人的议论，彭倩俪接听后对庄敬天说："嵩山分局看守所的电话，说他们那里有个在押人犯有情况要反映。"

庄敬天抓起钥匙："小彭跟我走，小钟留守！"走到门口又转过身叮嘱，"小钟，你给小俞写封信吧，代我和小彭向她致谢……哦，还要带上老马，不要说老马出事了。"

此时，马麒麟正在接受第六次讯问。还是那二男一女三个承办员，要他交代的问题也是一样的：提供当年徐广孝、陈中新、蒋一川、胥欢喜、邝迟章五人在法捕房政治部时经办的那几起政治案件的情况。

马麒麟每次的回答都是一样的，只说跟这五人的关系，不说他们办过的案子——不是故意隐瞒企图包庇，是确实不知道。头两次，马麒麟还试图向承办员解释当年法捕房办案的规矩，其保密要求以及措施绝对不亚于如今的人民政府公安局，徐广孝他们办的案子凭什么要向我透露呢？就好比我马麒麟办的刑事案子也不可能向他们透露的道理是一样的。可是，承办员对此根本不屑一顾。于是，马麒麟就明白了，他们不是不清楚法捕房的办案规矩。那么，为什么他们坚持认为马麒麟肯定知道徐广孝等人的办案情况呢？这个，马麒麟实在想不通。

几次三番之后，马麒麟也就不想跟承办员多费口舌了。承办员呢，倒要对他多说些话，政策教育，案例解释，当然也有警告，明确跟他说清楚："不老实交代徐广孝等人的问题，你就是犯了包庇罪，到时候吃不了兜着走，可别怪我们没向你宣讲过政策！"

今天的提审也是这样，不同的是，承办员在重复了之前的那套说法后，还告诉他："这是最后一次给你机会了，如果再不交代，那你后悔的日子就不远了！你再考虑一下，现在想不起来，回到监房后继续考

命运如丝

287

虑，几时愿意交代了，随时可以跟看守员说，我们随时过来。你明白了吗？"

马麒麟恭敬地点头："我明白。我以前在巡捕房混饭吃的时候也是这样跟人犯说的……"

承办员听着就恼火了，拍案喝道："你这是什么意思？"

马麒麟知道自己说错了话，只好连声道歉："不敢！不敢！"

被押回监房时，马麒麟发现多了一个人犯。这个人犯跟其他人犯的待遇有所不同——脚上戴着一副十八斤重镣，马麒麟一看便知道这是个重犯，就算不上刑场也得在提篮桥监狱待上不少于二十年。

这个重犯如果让庄敬天撞见，肯定会叫一声"老相识"。怎么说呢？这厮就是曾经施展柔术把庄敬天"钉"在地上，不久前又在深夜拦截彭倩俪图谋不轨，终于被庄敬天当场拿下的那主儿，名叫尤财义。庄敬天此刻若是看见尤财义脚上戴了副重镣，肯定会觉得奇怪：这厮的罪名，大不了是扒窃抢劫调戏妇女之类，怎么就成要犯了？

原来尤财义被捕后，公安局收到匿名检举信，称尤财义犯下过命案，而且是一下子三条人命。检举信内容详尽，时间、地点、被害人姓名、作案方式等都一五一十写得清清楚楚，公安局一查就着。尤财义当时还被关押在提篮桥分局看守所，讯问时矢口抵赖，检举信摊到面前也不认。承办员遂把讯问方向转向被庄敬天一并拿下的他的两个同伙羊关福和季世方，说经调查你们跟着"义哥"混了两年多，还拜过把子，号称生死兄弟，现在你们那"义哥"不义，把你俩供出来了，说你们和他一起杀了人，埋了尸体……话还没说完，羊关福就跳脚叫起了撞天冤，说他什么也不知道，请政府调查，如果查下来有他的份儿，立刻拉出去枪毙也无话可说；季世方也急赤白脸地表示与他无关。

老练的承办员根据两人的表现认定，季世方最起码是知情者，遂将其作为重点对象突审。季世方其实是个既无城府亦无胆量的寻常混混儿，哪里经得住这等阵势，很快就供出了自己曾被尤财义叫去相帮掩埋尸体的犯罪经过。

三个死者的尸体挖掘出来，又有季世方的供词，尤财义这才被迫承认自己为谋财杀害一家三口的重大罪行。那就什么也不必说了，立马把十八斤大镣给"义哥"砸上，提篮桥分局看守所这座庙太小，容不下这个三命凶犯，就移押上海市第二看守所；季世方呢，算是双料同案犯，接下来的复审、判决肯定是要和尤财义在一起进行的，那就一起去"二看"吧。

尤财义、季世方移押"二看"后，给了他们两个囚号 1029 和 1030，分别关押，尤财义是 1029，被关进了马麒麟所在的那个监房。马麒麟被押回监房时，同监的另外九个人犯正盯着尤财义好奇地打量。一个绰号"小歪头"的年轻人犯悄声问五大三粗、满脸横肉的 219 号囚犯："这个，要校路子吗？"

监房内外各有一套规矩，外规矩是所方制定的一整套监规制度，通篇这个"必须"那个"不准"，洋洋洒洒数十条，张贴在每个监房的墙壁上；内规矩则是各监房老大制定的，每条都与外规矩相抵触。马麒麟所在监房的老大就是 219，那是个三十多岁的强盗，据说会少林功夫，是真是假谁也不清楚，但一看他那体格，寻常人不信也得信——就是不会武功你也打不过他呀！内规矩的第一条是对新进来的人犯"校路子"，其实就是给一个下马威，先把你压服。"校路子"的内容有体罚、断饭、自述案情、包揽内务等，不一而足。

马麒麟刚被关进来的时候，219 也打算给他"校路子"。马麒麟做了那么些年头儿的旧警察，当然知道看守所的这一套，但他同时也知道，道上是有潜规则的，像他这种有着巡捕身份的人犯，只要不是冤家路窄正好在监房里遇到了仇家，监房老大通常是不会动他一下的——担心出去后遭到对方在巡捕房供职的其他朋友的报复。只是马麒麟不知如今解放了，这老规矩还管不管用。但无论如何，先自报了身份再说。219听着，立马从盘腿坐在铺位上改为站直了身子，等马麒麟说完，他连忙致礼，口称"前辈"，再也不敢问长问短搞监房预审了，连马麒麟犯了啥事儿进来的都不敢问。

那么，现在这个精通柔术的杀人犯尤财义是否会被"校路子"呢？219对向他请示的"小歪头"摇摇头："不必！"

"小歪头"眼里露出不解的神情。马麒麟见219看着他，便露出会心一笑——道上规矩，犯下杀人大罪的人犯新来乍到也是不必"校路子"的，人家来日无多，何必为难他呢？眼前这个人犯虽然没说自己是杀人犯，但一看他脚上那副铁镣的大小，就可以估测到是怎么回事了。

哪知，尤财义却不领情，还要得寸进尺。他脚下"哗啦"有声地拖着脚镣在监房里走了几步，背靠墙壁就地坐下，抬手朝219伸出食指勾了勾："你是老大？过来！"那架势，完全是把219当作手下一个最低级别的喽啰！

219脸上的筋肉瑟瑟颤动，但他没有挪步，也没有吭声，只朝"小歪头"和另一个人犯看了看。那二位会意，咳嗽一声，便有两个人犯去监房铁栅栏前一左一右分站两侧望风。"小歪头"也不朝尤财义那边看，走到对面墙边自己的铺位前，自言自语道："这被子早上没叠好，该返返工啦！"一边说着，一边捧起被子抖开。说时迟，那时快，另一个人犯已经搭手抓住了被子的另一端，两人配合默契，在把被子展开的同时疾步冲向尤财义。

这一招唤作"打闷炮"——冷不防用被子把对方头部罩住，然后拳打脚踢群殴。待到值班看守员听见动静赶来时，全监房人犯都说什么也没看见；而被打者被蒙住了脑袋，也就没法儿指认是谁对他动了手。看守员其实心知肚明，但一般情况下，只要不出人命，也就睁一眼闭一眼。

马麒麟是不会参与这种把戏的，只是待在一旁作壁上观。这回，"打闷炮"的对象摊上了尤财义，往下的戏码却跟以往不同了，连马麒麟这个老侦探也大出意料。本以为尤财义会被打得哭爹叫娘，不料，只听两下短暂的铁镣声响，那条棉被已经飞到半空，挡住了马麒麟的视线。接着，"小歪头"和另一个动手的人犯"哎哟哎哟"叫了两声，双双跌翻在地！

响声惊动了看守员，两个望风的人犯急发信号，退回到自己的位置上坐下。看守员来到监房门口，隔着铁栅栏，目光在"小歪头"和另一跌倒的人犯身上来回扫视："你们不好好反省，乒乒乓乓干什么？"

219在人犯面前是老大，在看守员跟前就是孙子了，当下一脸恭敬地回答："报告，他们两个想把被子叠叠好，用劲儿太大，一个脱手，就双双摔倒了。没事！没事！"

"小歪头"两人忍痛爬起来，向看守员点头哈腰检讨，总算蒙混过去了。可是，监房里的事儿还没有结束。尤财义端坐原处不动，问"小歪头"两人："怎么样？"

"厉害！厉害！"

"服帖吗？"尤财义把目光盯向219。

219干笑："呵呵！佩服！佩服！"

尤财义冷冷道："别跟我打马虎眼！老子问你服帖吗？"

"这个……呵呵……"

"看来你还是不太服气啊。"说着话，尤财义开始动手摆弄脚镣，没多大工夫，竟然就把一副脚镣原封不动卸下来了！

全监房人犯目睹此情此景，一个个惊得目瞪口呆！马麒麟这个多年的老刑警，今天也算是大开眼界。

219终于撑不住了，冲尤财义拱手作揖："兄弟服了！兄弟服了！你先生是老大！老大！"

尤财义没吭声，又当着众人的面把脚镣原封不动地给上了回去。马麒麟盯着那副脚镣看了又看，脚镣的尺寸没有问题，大小适中，正好扣住尤财义的脚踝骨。可是，就像大世界的魔术师表演逃脱术一样，这副脚镣对他竟然没有任何用处。这一手，难道就是传说中的缩骨法？

想到这儿，马麒麟不由得心中一懔：这家伙有这等手段，如果他半夜里悄然卸下脚镣，把全监房人犯一个个掐死，恐怕不是一桩很犯难的事。他既然戴了十八斤大镣，那多半儿会被判死刑。看他连个小小监房老大都要跟219争抢的气度，在江湖上混得肯定不咋样。以马麒麟二十多年跟刑事犯打交道积累的经验，这种主儿很有可能会产生"临死拉垫背"的念头，这个隐患，得向所方悄悄反映一下。

估计尤财义在提篮桥分局看守所也是做监房老大的，从219那里抢得了老大位置后，那一套熟门熟路。而前老大219的心态也值得称赞，没有因为地位的改变表现出丝毫不爽的情绪，这会儿正主动凑近尤财义嘀咕着什么，不时对监房里的人犯指指点点。马麒麟猜测是在办理移交，把每个人犯的情况向尤财义一一介绍。

果然，到了下午，尤财义就朝马麒麟打招呼，说先生我有事请教，麻烦你到里面坐坐。马麒麟料想他是要向自己请教案子的问题，就坐到了监房深处的角落里，早有两个人犯像上午那样去铁栅栏前站着望风了。

马麒麟听对方开口一说折进局子的案情，这才知道对方原来就是因为对彭倩俪图谋不轨被庄敬天拿下的那位，寻思怪不得这么厉害，这家伙是柔术高手，连大庄都吃过他的亏，要不是林道士传授了大庄几手对付柔术的招式，他也不会那么轻易落网。

尤财义把自己在解放前夕图财害命杀死一家三口的案子说了说，马麒麟便明白他是为何戴上十八斤大镣的了，这种案子断无保全性命的可能，除非有特别重大的立功表现。于是，马麒麟就对尤财义说了将功折罪的那条路。尤财义听后好一阵默然不语，片刻，向马麒麟表示感谢，说我要好好想想有哪些情况值得向人民政府检举，是否可以抵罪，想清楚后少不得还要向先生求教。

次日轮到马麒麟那个监房放风。看守员是个留用警察，以前在法捕房跟马麒麟是同事，马麒麟瞅个空子朝他递了个眼色，他便知道老马有重要情况反映，放风结束后，他立刻向领导报告。领导让把马麒麟以提审为名开出去，马麒麟报告了尤财义能卸脱脚镣之事，所方自是重视。当天下午，"二看"对监房进行调整，部分人犯被调离原先的监房，尤财义也在其中。"特费"案件的关键线索，就是由于这次调监房被马麒麟获取的。

二十二、人犯653

"二看"原是法租界的监狱，为防止在押犯人长期同处一个监房产生不良后果——这种后果有两种，一种是互相之间产生龃龉导致殴斗甚至命案，另一种则是策划越狱暴动之类，所以每隔一段时间，就会对监房进行调整。解放后，这里成了上海市第二看守所，管理者沿用了当年法国佬的这个预防措施。这次调监房，原本不在所方的计划中，按常规，应该是一个月以后再调整的，由于马麒麟报告的情况，遂决定提前进行。这里面也有对主动反映尤财义情况的马麒麟进行保护的意思。

马麒麟所待的监房，调出了包括尤财义在内的五名人犯，调入了四名人犯。巧的是，调入的人犯中，有一位就是尤财义的同案犯，也即那天晚上同时被庄敬天拿下的季世方。"特费"案的关键线索，就是这个人犯提供的。

那时的看守所关押的都是未决犯，从法律意义上来说，因为法院尚未判决有罪还是无罪，所以不必劳动改造。人犯待在监房里，整天除了等着提审、吃饭，就是闲磕牙瞎聊天，藉以消磨时间。老大219在尤财义面前受挫，气焰收敛不少，再说他的喽啰也亲眼看见他是如何对尤财义臣服的，也就有意跟其保持距离了。219感到无趣，为打发时间，就请马麒麟聊聊他以前破案的事儿。马麒麟整天无所事事，也觉得闷得慌，于是"欣然从命"，反正此类话题他是信手拈来，毫不费神。

这天，马麒麟聊到了曹家渡黄金大劫案，当然，他没有说自己进来前就是该案的专案侦查员，只说那是1931年冬天发生的，听说解放后人民政府正在进行调查。之前，三组已在全市各看守所和提篮桥监狱的在押囚犯中征集过该案的线索，未能如愿；不过，当时已经进来的人犯如219、"小歪头"之类都是听说过的。当然，他们不会知道详细的案情，只是个梗概而已。现在，马麒麟对该案的说法就详尽了，而且说得有声有色，引人入胜。老马把这个案子如同说书般讲完时，已是中午时分，219便说653（马麒麟的囚号）辛苦了，今天是星期三，中午开膘，你们几个新进本监房的朋友，谁愿意犒劳653？

219话音未落，马上就有一个人犯举手："我愿意！"

"开膘"是看守所人犯创造的切口，就是"有肉吃"的意思。看守所人犯的伙食标准低，每个星期也就一次"开膘"，谁肯主动让出来，那是很不容易的。219和马麒麟就都记住了这个人犯的囚号：1030。

说话间，劳役犯已经把饭车推到了监房前，果然"开膘"。1030领到自己的一份后，毫不犹豫地把那块油光闪亮、香气扑鼻的猪肉夹给了马麒麟。按照规矩，马麒麟是不能拒绝的，否则就是藐视老大了。

1030 就是尤财义的同案犯季世方，他之所以主动甚至抢着要把那份猪肉给马麒麟吃，并非为了讨好老大，而是另有用意。

下午，季世方悄悄地把马麒麟扯到监房一角，说我有两个问题想向您老请教。马麒麟自进"二看"以来，已经多次向人犯提供过相关问题的咨询，早就习以为常了，根本没想到这个貌不起眼、三十四岁了还心甘情愿地替尤财义当马仔的家伙竟然掌握着"特费"案的关键线索。

季世方先把自己的案情说了说：一是参与流氓活动，拦路调戏妇女；二是相帮尤财义埋尸，问马麒麟这两桩案子加起来大概要判多少年徒刑。

马麒麟想了想，问："你府上原是干什么的？就是家庭出身是什么？"

季世方说："我父亲是开厂的，他有一家机器厂，现在厂里大概还有五六百工人。"

"那是不小的一个资本家了，这样的家庭出身，你这两桩罪行加在一起判起来不会少于十年。"

季世方大吃一惊："什么？十年！"

"这还是往少里估的，多的话，判十二年甚至十五年也有可能。"

季世方脸上露出那种即将大雨倾盆的神情，努力憋住，可声音中已经带着明显的哭腔："那么……那么您老认为人民政府说的'坦白从宽，将功折罪，立大功受奖'政策对于我这种情况有用吗？"

"那要看你立的是什么功，如果真的被政府认为是立了大功的，对你的判决肯定大有好处。"马麒麟说是这样说，但心里寻思，这小子含着金钥匙出生，却天生不成器，居然给尤财义这种拿不上台面的货色当小弟，谅他也不会有什么重大线索可以提供。

哪知，季世方接下来说的话使他大吃一惊："如果检举像您老上午说的那个曹家渡黄金抢劫案那样的案子，算是立功吗？"

"什么？你有这个案子的线索？"马麒麟脱口而出，随即摇头，这小子肯定在瞎说，他在提篮桥分局看守所关押时，三组已经把"特费"案的简情在各看守所在押人犯中公布征集线索了，当时他为什么不提供？

一问，季世方却是一脸茫然："提篮桥分局看守所也公布过？我不知道哇！"

季世方确实不知道。提篮桥分局看守所向在押人犯征集"特费"案线索时，他正好被押到监区外面的看守所办公区域提审了。提审结束回到监房，没有谁跟他提起过这件事。

那么，关于"特费"案件，季世方究竟知道些什么呢？他却不肯对马麒麟说，而是反复向马麒麟确认，如果提供这个案子的线索，是否属于立功、能不能得到宽大。马麒麟说："老弟啊，不瞒你说，这检举也是有说法的，以前旧社会有人检举不得法，不但没有好处，还倒把自己的性命送掉了呢！"

季世方吓了一跳："怎么会这样呢？"

马麒麟却不给他解释，而是故意抻着他。老刑警对于季世方这种人犯的心理，早就摸得透透的了。果然，季世方听了马麒麟的话，想来想去觉得心里不踏实，待马麒麟起身要走的时候，被他一把扯住："您老别走！我告诉您是怎么回事，麻烦您帮我分析分析！"

接着，季世方就把情况一五一十向马麒麟和盘托出——

季世方的老爸季定飞是开机修厂的，以维修汽车、摩托车等机动车为主，因为是以修理摩托车起家的，业内给其起个名号叫作"摩托阿飞"——阿飞是昵称，并不是说他是花花公子。

季世方要说的是民国二十年、也就是 1931 年的事儿。那年他虚岁十五，因为小时候患过"奶痨"，发育不良，所以还没长个儿，十五岁的少年看上去也就不过十一二岁样子。季世方有个表哥，其母与季世方的妈妈是嫡亲姐妹，名叫吉家贵，长其十岁，那年二十五了，已经娶妻，那是家里给他张罗的。但他似乎对家庭生活并无多大兴趣，喜好的是结交朋友，舞枪弄棍，还演过话剧，在明星公司做过一阵三流演员。1931 年 9 月底，吉家贵从仙乐斯舞厅辞去那份不过干了三个多月的"抱台脚"（保镖）差使，说要考察市场，改行做生意了。

季世方年少体弱，却好动调皮，平时在外面玩耍，免不了会受人家的欺负。他吃了亏，就告诉吉家贵，让表哥替他出头。吉家贵是会国术的，又有一帮子朋友，只要他出面，别说对方也是少年了，就是把老爸抬出来，人家也得服帖。而吉家贵呢，贡献也不是白白做的，他的家境远不如表弟，就时不时到阿姨家来蹭饭，有时一住就是十天半月，还经常怂恿表弟向家里要钱买这买那，买的自然都是他需要的东西。季世方是独生子，娇生惯养，家里谁都顺着他。反正只要表哥同意带着他折腾，随便叫他干什么都是愿意的。

1931 年 10 月 16 日，是季世方的十五岁生日，家里自要好好庆贺一番。早在前几天就开始筹备了，刚从舞厅辞职的无业人员吉家贵自然要来帮忙，遂住进了季家。这一住，就是一个多月。对于季世方来说，那是极表欢迎之事——这个表哥太会玩了，而且还邀请他的结拜兄弟祁菊生一起玩。祁菊生比吉家贵小两岁，两人是国术馆练武的师兄弟，本行是唱小热昏的艺人，可以把江浙沪三地的方言说得惟妙惟肖。

季世方记得那段时间表哥经常玩的就是拉黄包车。季世方的老爸"摩托阿飞"六七年前置办了一辆私家黄包车，那是一辆二手车，用到去年就换了一辆崭新的日本进口的新车。"摩托阿飞"的财运似乎很好，仅仅过了一年，他就又有了一辆七成新的轿车，那是人家作为债务抵押给他的。小轿车进门后，那辆黄包车按照通常人家的处理方式，就要"出送"（沪语，送出门去处理掉）了。可是，由于季世方跟着表哥他们把黄包车作为玩具在拉着玩，家里就同意他的要求，先把车子留着，等他们玩厌了再"出送"。

这样玩了两个来月，吉家贵、祁菊生两个已经能把车拉得像模像样了，特别是祁菊生，一招一式活脱就像职业车夫。而季世方呢，渐渐就玩厌了，他不拉车，当乘客。坐黄包车对于季少爷来说并不新鲜，以前想去哪里，让车夫拉他去兜一圈就是，早就不当一回事了。再说，天气冷了，坐车有风，还不如坐在家里怀里抱着个手炉舒服。况且他还要上学，级任老师对功课抓得很紧，常常是作业稍有差错就罚站壁角。这样，他也就不大热心了。而吉家贵和祁菊生还是乐此不疲，最后干脆把黄包车拉回自己家去玩了。季家这边呢，一来对方是自己亲戚，二来这车闲着也是闲着，还不是搁在后院角落里，他们喜欢拉着玩就让他们玩吧。

这样，这辆黄包车一直给吉家贵拉到这年的 12 月上旬。有一天，吉家贵忽然把车擦拭得光洁一新送回来了。从此，吉家贵对黄包车就不感兴趣了，而且人也不大过来了。整个寒假，季世方一直盼望着表哥过来带他出去玩玩，或者叫几个朋友到家里玩玩扑克打打康乐球也好，可是，吉家贵除了过年时和其父母来拜年以外，整个寒假影子都不见。后来听说吉家贵去做生意了，在公共租界开了一家洋货批发行。

马麒麟听季世方如此这般说下来，寻思听上去倒是有点儿像，不过以他的办案经验，这种举报的准确率是比较低的，尤其是举报人在知晓案情后的举报内容，往往容易有意无意地朝案情方向靠。究竟是真是假，还得由"悬办"三组调查。他对季世方说，这个案子太大了，如果情况属实，你可以要求直接向看守所长报告。

庄敬天接到"二看"打来的电话，并未觉得如何激动，这些天的无用功做得太多了，他的神经基本麻木。但毕竟是涉案线索，不论有没有效果，都必须认真对待。

钟梦白刚刚跟庄敬天学会了开三轮摩托，正处于对驾驶摩托非常有热情的阶段，马上奔出办公室，到车库先把摩托开出来，又抓了把回丝把三个车座都擦拭干净。庄敬天很满意，说要是知道你这样勤快，我早就把驾驶技术传授给你了，也让我尝尝当师父的滋味。

到了"二看"，所方给他们找了间无人的办公室，让他们先看材料。庄敬天这些日子天天奔各个看守所看材料，对所方递上的材料已经有了一种近似于条件反射般的抵触。他把材料交给彭倩俪："你来念吧。"

彭倩俪直翻白眼："这不是把自己当首长了？"

钟梦白说："小彭你嗓子好，说话让人听着受用，有助于鼓舞革命干劲儿，所以大庄才请你念。"

彭倩俪眉毛一扬："这还差不多！"

刚开口念了没两句，庄敬天忽然叫停，伸手一把抢过彭倩俪手中的材料，只扫了一眼，就失声叫道："哎——是老马！"迅速看完了材料，他对凑过身来一起看的钟梦白说，"老马这是立功行为啊！"

钟梦白恍然："原来老马就关在这儿啊！"

彭倩俪倒抽一口冷气："这……这么说，老马犯的是比较严重的……事儿？"

庄敬天说："也许只是涉及重要案件……"

钟梦白翻着材料："大庄，这份材料很有价值啊！"

"对！之前哪份材料都没有说到具体的人、具体的时间，这个人犯说到了……不过，我现在想的是，咱们借这个机会跟老马见个面怎么样？"

彭倩俪惊叫一声："大庄！"

庄敬天侧脸看着她："嗯，有何见教？"

"小心犯错误！"

钟梦白说："犯什么错误？这份材料里写得明明白白，这个名叫季世方的检举人是先向653号在押人犯，也就是马麒麟，征询了一应政策后，在653的鼓励下向所方检举的。我们奉命调查该案，凡是被认为是知情人的，都有权调查，为什么就不能跟老马见面呢？"

庄敬天一拍桌子："有道理！也符合办案规定。小钟，你先让所方把653从监房开出来，小彭备好纸笔，要制作一份笔录的。"说着，从公文包里取出一沓介绍信，撕下一页递给钟梦白，"写上：调查需要，提审653人犯。"

钟梦白出门后，彭倩俪手抚胸口，用饱含忧虑的眼神看着庄敬天："大庄，我真的很害怕，老马是政保处重点审查的对象啊！"

"害怕什么？我们又不问他犯了什么事儿，至于他自己要说，我们听着就是——注意，这跟我们的调查无关，你不必记录！我们的领导是'悬办'，'悬办'从来没有规定过即使案情需要也不能向谁谁调查，是不是？小彭你别担心，不会有事的；即使有事，也是我的事，你是奉命办事，不问长短。"

"什么你呀我呀的，我俩不是一样的吗？"

钟梦白推门而入："我刚刚试探了一下，所方说并未发现653人犯本人犯了什么事，是向他调查别人的情况，好像是怀疑他包庇。"

庄敬天长吁了一口气："这就行了！我就说嘛，凡是被抽调到'悬办'参加办案的，肯定都是经过组织上再三审查的，老马他一个刑警，历史上还会有什么了不得的事儿？"

片刻，看守员把马麒麟带到。马麒麟已经估计到他很有可能会跟庄敬天他们见面，进来后很是平静，看着三位昔日的同事，一声不吭。倒是庄敬天、钟梦白话多一些，问了问他的身体情况，还问是否跟家里通过信了，在看守所是否有什么生活上的需求，等等。马麒麟没有说到自己的案情，庄敬天、钟梦白也没问，这使彭倩俪稍稍放心。不过她一直没敢开口说话，直到听马麒麟说那个提供"特费"案线索的人犯就是被庄敬天拿下的流氓的同伙时，才惊叫着问"是吗"。

庄敬天提审马麒麟，除了想跟老马见个面，还有一个他没透露的目的——听听老马对季世方提供的这条线索的评估。他在开口前特地关照彭倩俪："下面我和老马的对话，你要一字不漏地记录下来，这是要保存进案卷的，将来组织上处理老马的事情时，也可以作为参考。"

马麒麟笑道："大庄，这个线索不是十有八九，而是百分之百！"

庄、钟、彭三位都愣了。老马为什么这么有把握？

接下来老马说了一组数字："300196，大牌照。"

"300196？"庄敬天一脸疑惑，"我们查到的那个牌照不是300169吗？"继而一拍脑袋，"我明白了！"

季世方听了马麒麟的建议，向看守员报告说有重大线索，要求看守所长直接提审。看守员随即向上级汇报。在"二看"这种级别的单位，在押人犯要求所长直接提审的情况极为少见。所长听说后，让副所长代表他提审了季世方，派了一个看守员做了一份笔录。所长看了笔录内容，认为季世方提供的线索似乎靠谱，就亲自跟这个人犯聊了几句。季世方返回监房后，向马麒麟一五一十说了说情况。马麒麟就让季世方再想想，还有什么内容可以补充的，比如，贵府当年那辆黄包车的牌照号码。季世方说是大牌照，不过号码我一时想不起来了。

牌照号码非常关键，马麒麟让他好好回忆。今天上午，季世方告诉马麒麟他想起来了——300196。马麒麟一听，心里一阵激动，他已经断定季世方提供的这条线索绝对是准确的。原"曹家渡大旅社"的伙计回忆，那辆用来作案的黄包车是大牌照，号码是300169。后来查到了当年的车主，证实该车并不涉案，线索就此中断。现在，季世方说他家那辆黄包车的号码是大牌照300196，跟前述之300169非常接近，只是最后两个数字颠倒了。看来，原"曹家渡大旅社"伙计所说的号码并非空穴来风，他确实是有印象的，不过时隔久远，他把末二位数字弄混淆了。

如此，已无须再作任何分析了，破案在即！

二十三、让子弹飞

三组的另一路人马，这几天一直由萧顺德、康今敏指挥着在沐家桥地区查摸当初可能向沙九阳提供了"沐有金"线索的阿鑫根的下落。

阿鑫根姓范，漆匠出身，浦东花木人氏。他的漆工技艺系祖传，传到他手上已是第六代，其祖上曾被清廷派往江南为皇家采购漆器的工部钦差看中，召往南京两江总督衙门设置的专为内廷制作贡品漆器的工场，做过三年技师。这等资历，可以想见范家的漆工技艺水平之高。不过，到阿鑫根手里就不行了，他既懒惰，又对漆匠这一行不感兴趣，学得不专心，活儿做得也毛糙，渐渐就少有人登门相邀了。

不过，阿鑫根混世界的功夫却远超其祖，他没有参加任何帮会道门，可是跟浦东地区甚至上海市区所有活跃在江湖上的大大小小势力中人都熟识。有了这种基础，他索性放弃祖传的漆匠手艺，另觅出路。"曹家渡黄金大劫案"发生那年，他刚从浦东三县中心保安团杨团总那里讨得了一个"沐家桥保安队队长"的差使。这个保安队的职能是负责维护沐家桥地区的治安，白天定时巡街，晚上把守沐家桥镇通往外界的那四座吊桥兼水面警戒。隔行如隔山，从漆匠到保安队长，这个行改得大了，阿鑫根干得了吗？据说这人竟是无师自通，不但干得了，而且还做得很好。

那么，阿鑫根后来如何呢？侦查员四处奔波，多方打听，还去县公安局查阅了敌伪警察局留下的档案资料，最后终于弄清，阿鑫根已于1945年5月患病身亡。

康今敏自有一股狠劲，面对着这个结果毫不沮丧，说阿鑫根死了，他的家属应该还在，找他的家属去调查！

这个思路没错，可实施起来难度极大，而且大得使人看不到希望。怎么呢？侦查员调查下来，得知阿鑫根死后不久，他的遗孀就带着两个儿子跟着一个操山东口音的商人去了北方。这个商人姓甚名谁、老家何处等情况谁也不知道，阿鑫根的线索就这样断了。

萧顺德和康今敏交换了意见，认为阿鑫根这条线索虽然断了，但当年他担任队长的那支保安队的成员应该还能找到，那就顺着这条线索往下调查吧。于是，侦查员二赴县公安局查阅当年的保安团档案，找到了保存完整的沐家桥保安队的花名册，上面对该队二十名成员的姓名、籍贯、家庭住址等都有记录。

这些团丁大多是浦东当地人，侦查员一番打听下来，找到了九人。其中住在西门屯区的前保安团团丁富涛向侦查员提供了一条线索——

大约在民国二十年底或者二十一年初那个时段，他曾被一个平时关系处得很好的金山籍团丁胡锁金拉到沐家桥镇上的"德兴馆"吃过一顿饭，以那时的标准来说，算是相当丰盛了。席间，胡锁金说他发了一点儿小财。三天前的晚上，他和队长阿鑫根划了条快船进行夜间水面例行巡逻时，遇到了一条夜晚违禁行驶的小船，发现有点儿问题。不过，对方跟阿鑫根认识，上岸后把阿鑫根扯到旁边嘀咕了一阵，最后阿鑫根让把人、船都放行了。过了一天，阿鑫根把他叫去，给了他十枚银元。

当时富涛出于好奇，问那条小船上究竟装了什么东西，船上是什么人。胡锁金却只是摇头，说阿鑫根关照过，既然收了人家的封口钱，就不该把人家的秘密透露出来，这件事就到此为止了，老兄你也必须守口如瓶，否则我不好向阿鑫根交代；阿鑫根的脾气你是知道的，到时候只怕你吃不了兜着走，找个茬子报复一下，就不是关几天禁闭扣几元薪饷的事了，弄得不好，要了你的小命也难说啊！富涛觉得不无道理，也就抑制住了那份好奇心。

康今敏听着双目闪光，立刻向富涛递去第二支香烟："那个胡锁金现在在哪里？"

"他后来回金山老家啦——抗战爆发前回去的。"

康今敏拿笔在手，翻开工作手册："金山哪里？"

"好像是廊下吧。"

这个说法跟康今敏从县公安局敌伪档案里抄录的情况相同。于是，叫上侦查员邹乐淳、吴天帆连夜出发前往金山找胡锁金调查。可是，在金山县廊下乡一番查访的结果却是：确有胡锁金其人，抗战时他参加了"军统"别动队，跟日本鬼子作战时阵亡了。

这条让萧顺德、康今敏寄予着满腔希望的线索就此断了。

调查工作进行到这一步，即使是康今敏这样意志坚定的老公安、经验丰富老到的老侦探李岳梁也难免气馁，更别说邹乐淳、吴天帆、贾木扣三个了。只有萧顺德依旧保持着冷静，他意识到，这时候不能把自己弄得像个被针戳破的气球似的，否则这个摊子往下的局面就不可收拾了。他叫来区政府食堂的大师傅，掏钱让他给整几个好菜，打两斤烧酒，他要犒劳大家。

开席伊始，萧顺德给众人敬酒："我这个人酒精过敏，向来滴酒不沾，只能以茶代酒敬同志们了。大家最近工作非常辛苦，伙食营养也跟不上，今天我私人掏钱请大家吃一餐饭，不为别的，就是为了感谢大家！我已关照过食堂，菜不够，添；酒喝光，上！大家一定要吃饱喝足。我只有一个要求：席间一律不许谈工作，谁谈谁退席！干杯！"

这顿饭吃下来，除了萧顺德之外，其他人都醉了。

众人休息时，萧顺德在专案组待的那座偏院里散步。从这时到康今敏他们酒醒，只有他一个人承受线索中断的巨大压力了，他得好好用自己那外行脑子想一想，往下应该怎么进行。一边琢磨着，他信步走出偏院，来到前院，想去门口的小店买包香烟。在前院，他遇到了殷富元。这个原本就脸带病容的公安助理，协助专案组在沙家渡负责保护沙九阳家属又折腾了三天，现在更是满脸憔悴，哑着嗓子道："萧政委，我正要去找您呢！"

萧顺德问："老殷你的嗓子怎么哑了？这几天辛苦啦！找我有什么事吗？"

殷富元说沙家渡那边的差使已经完成了，他根据命令撤回了负责保护任务的民兵，问是不是需要写一个报告交给专案组备案。萧顺德想了想，说这个差使是老康同志向你下达的，回头你跟他沟通一下吧，不瞒老殷你说，我对这方面的程序还真不大清楚哩。

殷富元点头答应，又问："萧政委，我听见群众中对沙九阳被害的情况有些议论，不知道是否该向您汇报一下？"

"老殷，你这话说得太客气了。专案组和区政府没有组织关系，你我之间也没有上下级之分，大家都是革命队伍中的同志，你是协助我们工作，专案组应该感谢你，有什么要说的，直接说就是，千万不要用'汇报'这样的词汇，那我可不敢当。"

殷富元点头称是，遂把他听到的相关议论说了说，主要是有人认为康今敏对沙九阳之死负有责任，如果他在刚开始决定对沙九阳进行调查时就对其采取保护措施，那沙九阳就不至于被害了。萧顺德一声不吭地听着，听完后刚想开口说什么，忽见殷富元脸色骤变。萧顺德马上意识到，对方一定是冷不防看见了什么使他吃惊的情景，连忙一个转身，呈现在眼前的一幕，连他这个久经战阵、跟日本鬼子、汪伪汉奸、国民党军队面对面厮杀过的新四军老战士也禁不住心惊肉跳——

一个看上去也就不过十岁的少年，双手端着一支手枪，正对着萧、殷站立的位置瞄准！从手枪枪身上的烧蓝光泽判断，这不但是真家伙，而且还是一支新枪！

说时迟，那时快，萧顺德仿佛又回到了战场上，那当口儿是根本来不及思考的，立刻本能似的做出了反应，把旁边的殷富元用力推了一下，自己在就地下蹲的同时往旁边奋力一滚。枪声响了，子弹从萧顺德、殷富元刚才站立的位置飞过，击中了身后七八米处的那棵大树！

几乎是同时，萧顺德已经从地上跃起，一个箭步冲到呆若木鸡的少年面前，从他手里夺下了手枪。回过神来的殷富元当即跟进，像匹老豹样窜到少年面前，狠狠抽了少年一个耳光。他还要继续打，被萧顺德拦住。这时，萧顺德听见背后传来了老女人的哭骂声。

区政府其他工作人员听见枪声，纷纷跑出办公室，有人拿来了麻绳要把少年绑上，被萧顺德阻止。这时，一个五十多岁的老妇冲进人群，对着他和殷富元就地跪下："长官！富元弟弟！你们饶了他吧，他还小，不懂事……"

萧顺德急忙搀扶："老人家您起来！有话起来说嘛！"

殷富元定定神，方才认出老妇是他熟悉的郭家嬢嬢，这个少年乃是她的孙子，便说："到底是怎么回事，到我办公室去说吧。"

殷富元把萧顺德和郭家祖孙俩引到公安助理办公室，萧顺德检查手枪，枪膛里已经没有子弹了。老妇从怀里掏出两个压满了子弹的弹夹放在桌上："我以为子弹都在这里，他要拿枪，我就给他拿着了，哪知……唉！差点儿出了人命啊！"

这件事本该由殷富元以区政府公安助理的名义出面了解的，可是，由于连日劳累，刚刚又着实受了惊吓，老殷脸色惨白，呼吸急促，双手颤抖。萧顺德一搭他的脉搏，觉得他血压可能升高了不少，就问平时是否有高血压症。老殷点头，说这一阵每天都服药。萧顺德就让他临时加服了一粒降压片，在旁边的躺椅上靠一会儿，询问祖孙俩的事，就由萧顺德代劳了。

郭家是沐家桥镇上的老住户，被殷富元称作"郭家嬢嬢"的郭老太已故的丈夫原是镇上轧米厂的技师，是远近闻名技艺精湛的"外国铜匠"（旧时沪上对钳工的称谓），老板为留住他，每月发给双份薪水。郭技师凭着这份经济实力，把儿子培养成大学生，交大毕业后供职于铁路局，又娶了镇上茶叶店老板的女儿为妻，生下了一个儿子，小名源源——就是刚才冲萧顺德、殷富元开枪的那个少年。

可能是遗传因子在起作用，源源从小动手能力就很强，三岁就能拆装玩具，六七岁已经能用小刀削制逼真的木头手枪了。这天，祖母在家里打扫卫生，清理阁楼上的陈旧物品时，竟从丈夫装书籍的一口樟木箱里发现了一把勃朗宁手枪和两个装满了子弹的弹夹。她吓了一跳，想了一会儿，恍然记得抗战时丈夫似乎提及过如今兵荒马乱，手边得备一样防身家伙，次日，家里墙上就挂上了一把开过刃的宝剑。她以为这就是丈夫准备的防身家伙了，现在看来，丈夫还另备了一支手枪。

郭老太当下就犯了愁，寻思前一阵儿区政府早就在沐家桥全镇张贴了布告，让家家户户上交私藏的武器弹药，过期不交者，一旦查出来，那就要受到国法处置。现在那布告早已风吹雨淋不见影踪了，想来政府规定的期限已经过了，这把手枪是上交呢，还是偷偷扔掉？郭老太一时吃不准。正在这时，居委会主任等人登门检查卫生，她就向人家试探性询问，说我这两天忽然想起以前老头子在世时好像说起过家里有一把枪的，前一阵儿政府贴布告让老百姓上交枪支弹药，那时我就找过，没有找到；如果以后找到了交给政府，算不算主动上交？会不会受处罚？居委会主任说郭家嬢嬢你家是全镇人都知道的好人，如果发现有枪，随时交给政府就是了，政府哪会处罚你呢，这个，我可以给你打包票的。

郭老太是把居委会当政府看的，对居委会主任的说法深信不疑，就把手枪上的牛油擦去，正想找块旧布包起来送区政府，孙子源源放学回来了，见奶奶手里有一支真枪，喜得一蹦三尺，扔下书包就过来抢。郭老太不给他，说这是你爷爷以前准备打日本人买回家留着的，现在政府号召老百姓上交武器弹药，我要交到区政府去。

源源要跟着奶奶一起去，祖孙俩遂来到区政府门口，向门卫问了问，得知枪支是交给公安助理的。源源说公安助理就是隔壁的殷伯伯，我认识，上次区里捉人，我跟着来看过，他是在里面院子办公的。于是，祖孙俩就往里走，快到公安助理办公室时，源源向奶奶提出了一个要求：爷爷留下的这支手枪我还没摸过一下，奶奶你让我摸一摸吧。

郭老太不假思索就同意了。她从来没有接触过枪支，寻思装子弹的梭子在她手里，把手枪给孙子摸一摸、拿一拿是不会闯祸的。哪知，手枪甫一离手，源源拿了就往里面奔，伶俐敏捷得就像猢狲。郭老太大急，尾随急追，她是缠过足后又放开的半小脚，哪里跑得过孙子？源源自认为跟殷伯伯很熟，拿着手枪奔进来，见殷富元正站着跟萧顺德说话，当下就举枪对准殷伯伯想开个玩笑——如若不是萧顺德眼疾手快，只怕就要闯下大祸了！

萧顺德听郭老太哭天抹泪地把情况叙述了一遍，看看殷富元，已经恢复了正常，遂说老殷同志，这件事你也听清楚了，这是地方上的事情，还是你全权处置吧。殷富元想了想说好，遂唤来助手，把郭老太祖孙俩带到外面院子一角去待着，给萧顺德沏了杯茶，说请萧政委喝着坐一会儿，他出去一下就回来。萧顺德本来是不想坐的，因为刚才那惊险一幕跟三组无关，但想起还没看当天的《解放日报》，就找过报纸来翻看。三组这一拨侦查员在沐家桥区政府临时办公，没有订阅报纸，也没有收音机可以听广播，之前萧顺德都是到殷富元这里借报纸看。

萧顺德刚看了当天《解放日报》上的一篇文章，殷富元就返回了。他告诉萧顺德，刚刚是去找居委会主任和区政府门卫核实郭老太所说的情况，完全属实，这件事也就算了，问萧政委有没有什么意见。萧顺德说我刚才已经说过，那是地方上的事，专案组无权过问，老殷你按照自己的想法处理吧，我没有意见。

殷富元就把郭老太祖孙叫过来，给予了一番训诫，然后出具了一纸盖有沐家桥区政府公章的收缴武器的收条，把祖孙俩打发走了。殷富元把那支勃朗宁手枪检查了一遍，发现枪膛里确实没有子弹了，就连枪带子弹往抽斗里一放，掏出手帕擦拭着额头上沁出的细汗，长长地吁了一口气："呵——今天是鬼门关上转了一遭！萧政委，多亏您啊，否则，我这条性命就没啦！"遂起身向萧顺德鞠躬，"改日，我请您和专案组同志吃个便饭，以表谢意。"

萧顺德微微一笑："老殷同志不必客气，这种紧急之下推一把的情形，当过兵上过战场的同志中不少人都经历过。刚才没把你摔痛吧？紧急关头，出手就没有轻重了。"他接过对方递过的香烟，没有抽，放在一旁，欲言又止，起身告辞，"报纸我借过去看看，一会儿送回。"

"没关系，您只管拿去看。"殷富元用充满感激的眼神目送萧顺德离开，他不知道，老萧其实是兜着一个疑问离去的。

庄敬天、钟梦白、彭倩俪三人正准备迎接胜利。他们在"二看"跟马麒麟交谈并讯问过提供曹家渡大劫案线索的季世方后，经过两天调查，终于掌握了两名疑犯吉家贵和祁菊生的住址。通过两处派出所出面进行外围查摸后发现，这两人最近经常在外面奔波，互相之间频频来往，还去过浦东，可能在做生意。

"去过浦东"这条信息引起了庄敬天三个的注意。之前的"沐有金"线索、醉春楼案件、沙九阳案件表明，案犯与浦东沐家桥方面肯定是有密切关系的，因此，他们就不敢把已经查获了两名案犯线索的消息通过电话向三组组长萧顺德汇报——对手如若在沐家桥那里的电话总机或者线路上做过什么手脚，那这个电话打过去也就等于直接向案犯通风报信了。庄敬天决定，直接去沐家桥当面向萧顺德汇报情况，然后，就是由"悬办"布置收网了。

庄敬天驾着三轮摩托载着钟梦白、彭倩俪出了北站分局大门时，还不知道他们这一趟去浦东其实就是收网了。为什么这么说呢？此刻，两名案犯吉家贵和祁菊生就在沐家桥，而且就在区政府公安助理殷富元的办公室坐着，距正在开会研究案情的萧顺德、康今敏他们待的专案组临时办公室，直线距离不过几十米。

吉家贵、祁菊生两人是昨晚来浦东的，下榻于沐家桥附近苗巷镇上的一家旅馆。他们两个最近确实正在合伙做生意——西药走私，获利颇丰。这次来浦东，就是给他们的铁哥们儿、十八年前曹家渡大劫案的第三名案犯、现在的沐家桥区公安助理殷富元送钞票来的，他们得为沙九阳谋杀案中殷富元雇佣杀手买单。

二十年前，两个青年在闸北"振华国术社"学习国术时相识，觉得甚为投缘，遂按照当时社会上流行的方式结为异姓兄弟。这两个青年，就是吉家贵和祁菊生。

祁菊生有个表哥，就是现在的沐家桥区政府公安助理殷富元。当时，出生于沐家桥的殷富元尚未参加地下党，还是浦东高桥镇上"大东营造行"的一名职员。别看只是个小职员，殷富元却有着一个了不得的社会关系——杜月笙。

1930 年，杜月笙在老家高桥镇购置土地十余亩，兴建杜家祠堂，把该工程委托上海有名的"创新建筑厂"厂主、高桥同乡谢秉衡承建。谢秉衡深谙江湖规矩和行业潜规则，在委派得意高足沈志南常驻工地负责看工打样的同时，又邀请本镇"大东营造行"派员予以协助。"大东营造行"委派年轻、活络、擅长交际的殷富元作为本行代表应邀前往。一年多后，杜家祠堂落成，杜月笙亲自来高桥验收，设宴答谢施工方。殷富元被安排在杜先生的主桌上，得到了杜月笙当场签名的一张特制的烫金名片。杜月笙向当时获赠名片的十位"有功之臣"说了一句话：以后，大家就是朋友了，各位日后如果有什么难处，可以来找我。

杜月笙的这张名片，被殷富元视为无价之宝、超级护身符，从此寸身不离。民国二十年夏，殷富元去上海市区办事，顺便去了趟祁菊生家。当晚，祁菊生让其母烧了几个菜款待表哥，并邀盟兄吉家贵来作陪。上海人中向来不乏妄自尊大之辈，吉家贵就是其中的一位。席间，他明显表现出看不起乡下人殷富元的做派，这使殷富元很是反感。平时殷富元还是比较内敛低调的，但此刻喝了几杯老酒，情绪有点儿控制不住，为了反击，就出示了杜月笙的那张名片。吉家贵当时喝得有点儿晕晕乎乎，但杜先生的名片似乎具有醒酒作用，他乍见之下就是一个激灵，拿在手里横看竖看辨别真伪时，殷富元把名片的来龙去脉说了一遍，他的脑子立马清醒了，双手奉还名片，冲殷富元又是鞠躬又是作揖，连声道歉。

从此，殷富元就成了吉家贵的好友。他还曾想拜殷富元为兄，被殷富元婉拒。之后一个月里，吉家贵拉着祁菊生三上高桥镇拜访殷富元，三人的关系迅速升温。然后，就策划起黄包车作案来了。

这个主意，最初是祁菊生提出的。当然，这并非他的创意，当时上海滩正流行利用人力车抢劫作案的犯罪模式，祁菊生受了启发，就跟吉家贵嘀咕说咱们不妨也试试，搞上几次，发点儿横财，也不枉来世间走了一遭。吉家贵具有寻求刺激渴望冒险的性格特征，听着便来了劲儿，竭力支持。两人嘀咕下来，觉得干此类活儿还非得拉上殷富元参与不可，他有杜月笙那张亲笔签名的名片，如果作案时遇上什么麻烦，只要一出示，基本上就能化解了。

两人遂去游说殷富元。殷富元当时正缺钱，还欠了一笔债务——他嗜赌，最近手气不佳，不但输光了自己的钱，还把别人托他购买建筑材料的一笔钞票也输了个精光。当他听说有这么一桩活儿时，只略微考虑一下就点了头。不过，殷富元提出了一个条件：届时他可以去上海市区他们的作案地远远待着，如果惹了麻烦，他就出来用杜先生的名片给他们解围，没有麻烦，他就不露面。其他所有一应事情，包括筹措作案经费、准备作案工具、踩点什么的，他一概不参与。作案所得钱财，三人平分。满足上述条件，他就参与；不行的，那就当这事没发生过。但有一点他可以保证，不管事前事后，他绝对不会坏他们的事儿。

殷富元的这些条件，吉家贵、祁菊生连个隔顿都没打就答应了。然后，就进入策划阶段。吉家贵没有想到，殷富元这个无论从哪个角度看都是浑身土气、满口浦东话的乡下佬，竟然是这方面的高手，也就半天时间，就把一个事后证明堪称天衣无缝完美无缺的方案制订出来了。吉家贵、祁菊生按照这个方案去执行，首先搞定了作案工具黄包车的筹措以及拉车技能的培训等头等大事，其他如踩点、看旅馆什么的，那就是小事了，阿猫阿狗都做得了的。

之前，包括策划高手殷富元在内，谁也没有妄想过能够一次下手就可劫得一百二十两黄金。那天的作案地点曹家渡内河轮船码头是他们预先看好了的，但作案对象却是随机选择的。中共地下交通员梁壁瀚不幸被吉家贵、祁菊生看中，于是，这起十八年后被中共最高保卫机关列为"特案"的黄金抢劫巨案就这样发生了。

抢劫成功后，他们三人在吉家贵家里撬开那口褐色小皮箱，发现里面竟然装着十二根"大黄鱼"，不禁狂喜。吉家贵想就地分赃，被殷富元阻止。他担心吉家贵、祁菊生拿到黄金后立马吃喝赌嫖大肆挥霍，那很快就会露出破绽。这等巨案，到那时别说杜月笙的名片了，就是加上沪上另外二位大亨黄金荣、张啸林的名片也不起作用。殷富元说黄金交由他携往浦东乡下先藏匿一阵，看看风声如何再决定是否动用。吉家贵、祁菊生虽然不情愿，但想了想还是同意了，毕竟安全第一。

这样，殷富元当天就拿着黄金去了高桥。想想放在供职的营造行不稳当，还是送回沐家桥家里存放着牢靠，遂于当天深夜划了条小船返回沐家桥。不料，在进入沐家桥镇口的水关时撞上了巡夜的保安队长阿鑫根和一个团丁。阿鑫根和殷富元属于"面熟陌生"——就是平时看到过，眼熟，可是从来没有说过话，互无交往，当下自是要公事公办。那个团丁从殷富元携带的旅行包里拎出装黄金的小皮箱，被显然跟皮箱体积不符的沉甸甸的分量惊得"咦"了一声。阿鑫根看着觉得不对，接过皮箱正要开口问里面装的是什么，殷富元已经把杜月笙的名片亮出来了。阿鑫根虽然不是青帮中人，可是对杜先生的威名当然是如雷贯耳，当下一看，立表歉意，挥手放行。

次日，殷富元为了缓解紧张，放松情绪，以口袋里仅有的五角银洋作为赌资去跟人赌博，到晚上竟然赢得了七十七枚银元。见好就收，他从此就洗手了。他从赢得的钱中拿出三十枚银元送给阿鑫根表示感激，然后，就返回高桥镇上自己供职的那家营造行，一直待到阴历年底过年时才回沐家桥。这段时间，殷富元一直在留意曹家渡大劫案的消息，奇怪的是，竟然没有任何报纸、电台报道，也听不到片言只语关于该案的传说。春节时，祁菊生借拜年之机来了趟沐家桥，也说没有任何风声；还说他曾大着胆子骑了辆自行车在晚上路过"曹家渡大旅社"，那家旅社竟然关门了。

殷富元由此断定，他们抢劫的那些黄金的来路可能有问题，事主心虚，不敢报案。那就行了，他决定分赃。那年元宵节，祁菊生和吉家贵来沐家桥"游玩"，回去时每人带上了分得的四十两黄金。分赃时，殷富元反复叮嘱他们，事主没有报案，不代表不予追究，对方可能走的是另一条追究之路，通过江湖人士进行秘密访查，因此，千万不能挥霍，以及犯任何案子，交友须谨慎，喝酒要有分寸，时时处处记得管住自己的嘴巴，不要胡言乱语。我们三个人的性命就系在每个人的嘴上，只要一人暴露，那就是一锅端，一道死！

吉家贵、祁菊生听从了殷富元的叮嘱，没把赃金胡乱挥霍，而是作为本钱合伙开了一家洋货批发行，从此做起了本分的生意人，江湖上什么事都不去打听不去管，连国术也不练了。殷富元从此也不敢赌博，甚至改掉了以往偶尔去逛一逛妓院的嗜好。他在营造行的收入，在一般拿薪水的劳动阶层中算是比较高的，养家糊口足够，还有些积余，因此那四十两赃金一直没有动用过。抗战全面爆发后，"大东营造行"关门，殷富元就回到了沐家桥。

这些年里，殷富元时时担心东窗事发，很留心自己与外界的关系，从而总结出了一条经验——凡事随大溜。殷富元从高桥回到沐家桥后没几天，沐家桥就被日伪势力占领，找当地人出任伪职。县城的汉奸官员陪同一个腰挎东洋战刀的鬼子来找殷富元，让他参加维持会。殷富元认为这是"大溜"，一口答应，就成为沐家桥镇的维持会副会长。不久，中共朱亚民抗日部队组建起来了，受到浦东民众的普遍支持。殷富元意识到这是真正的"大溜"，于是偷偷跟中共方面取得联系，成为"白皮红心"人员，表面上是维持会副会长，在日伪军队下乡时出面应酬，其实却当着中共方面的地下税收员，负责向沐家桥地区的工商业户征收税款。凭着他那份机灵劲，殷富元两方面都应付得很好，还被中共发展为地下党员。

抗战胜利后，"大东营造行"复业，老板请殷富元复职。他去高桥后，地下党的关系就转到了那里。直到解放前夕，他才重新回到沐家桥。浦东一解放，殷富元就被组织上任命为区政府公安助理。这十余年里，殷富元几乎忘记了民国二十年冬天的那桩由他一手策划的曹家渡黄金大劫案。而每年要跟他聚会喝几顿老酒的吉家贵、祁菊生两人，都是做了十多年生意的老板，也把那桩巨案归入了陈谷子烂芝麻一类的旧档库，他们三人聚会时，从来不提该案，就好像从来没有发生过一样。

可是，该来的总归要来。终于有一天，专案人员来到了沐家桥区政府。殷富元庆幸自己当着公安助理，在第一时间知道了他们在调查一起什么案件。当时，殷富元的震惊是可想而知的，他绝对没有想到，曹家渡大劫案的受害方竟然是如今已经执掌大权的中共，更没有料到自己要算慎而又慎了，竟然还有破绽留下，侦查员怎么一下子就直扑沐家桥这边来了?!

殷富元在和其他六个区的公安助理一起听专案人员介绍案情时，就已经开始考虑应该如何破解这个生死难题了。听完介绍，殷富元才知道原来当初抢劫的这些黄金是从松江那里运到曹家渡的，专案组将派人前往松江调查。一个念头倏地掠过他的脑海——让吉家贵、祁菊生去松江暗杀前往调查的侦查员，从而使专案组认为对手在松江，让他们把精力耗在松江那边吧。

随即，殷富元往市区吉家贵的公司去电话，让他或者祁菊生速来沐家桥一趟。匆匆赶来的是表弟祁菊生，因为殷富元在电话里说得很急，他是乘出租车直接到沐家桥附近下车后再步行进镇，赶往区政府的。殷富元把情况跟祁菊生说了说，给了他四颗从收缴武器弹药保管室里擅自取出的 M24 手榴弹，嘱其与吉家贵须如此如此行动。殷富元跟祁菊生反复强调，回去跟吉家贵讲清楚，这个案子如果破获，我们三个必死无疑! 现在只有一个法子——想尽一切办法、用尽所有手段，不让专案组把案子侦破，我等方有活路!

祁菊生速来速回，连夜向吉家贵说了这个几乎等同于噩耗的消息。吉家贵还保持着青年时代的那副胆大妄为、敢冲敢打的禀性，说殷兄说得对，一旦破案，必死无疑; 现在只有作鱼死网破之搏了。松江这活儿，我们必须去做!

吉家贵连夜做准备。他年轻时演过话剧，学过化妆，又会英语，次日就装扮成外国神父前往北站候车室，与唱小热昏出身善操江南诸地方言的祁菊生会合后，候得庄敬天一行抵达，尾随对方前往松江，两人互相配合着作下了醉春楼案件。

两人还没返回市区，沐家桥那里殷富元已经得知松江谋刺失利的消息，大惊，却也无奈。一时无法可想，只有干着急。稍后，总算想出了另一个法子：把当年"曹家渡大旅社"的老板干掉，使专案组没法儿往下调查，最后让这个案子变成"死案"。

他又召来祁菊生交代了一番，让他和吉家贵两个去实施。两人打听下来，得知"曹家渡大旅社"的老板谢知礼已经改行开了家车行，就由祁菊生出面，以谈生意为名诱至咖啡馆下了手。哪知，祁菊生头回杀人，手艺太潮，弄成了夹生饭。殷富元只好又从保管室里拿出两颗手榴弹，让吉家贵去返工，总算把谢知礼灭口了。

之后，专案组再盯着沐家桥这边使劲查，殷富元就觉得没啥可怕的了。哪知，也真不得不佩服这班专业人员，他们东查西查，不知怎么的竟然查到了沙九阳头上。幸亏殷富元是公安助理，专案组先来向他打听沙九阳其人，殷富元顿觉不妙！他想起沙九阳与当年那个保安队长阿鑫根的亲戚关系，寻思阿鑫根虽已死，可谁敢保证当年他们没有聊到过他殷富元夜闯水关，被阿鑫根截获，还是靠着杜月笙的名片方才得以解脱，后来又赠送了三十枚大洋的情节？

殷富元不禁疑惑，浦东这么大，专案组凭什么不疑其他乡镇，一下子就把侦查的触角伸到沐家桥来了？看来，只有从阿鑫根之前曾泄露消息这一点上去考虑了。现在专案组要去调查沙九阳，在调查沙九阳之前，又去高桥镇上找了沙九阳的青帮老头子朱庆达的女管家韩秀芳，这不明摆着是韩秀芳向侦查员提供了沙九阳那条线索嘛。想到这里，殷富元顿觉情势危急，当下也来不及跟吉家贵、祁菊生两个联系了，决定先把住在县城医院的沙九阳干掉再说。

殷富元自己不可能去干杀人的活儿，他纵有智力、胆量，却无体力，想来想去，只好去找沐家桥镇外小莲庄的村民罗桂根、罗杏根兄弟。这两人是泥水匠，以前曾有一段时间被殷富元供职的"大东营造行"雇佣，因同是沐家桥人，殷富元对他们比较关照。抗战期间，兄弟俩在民众自发组织的抗日游击队干过一阵。解放后，有群众向殷富元检举称，罗氏兄弟在"野鸡游击队"期间曾参与过打家劫舍、杀人放火、奸淫妇女的勾当，要求政府查办。区委书记遂下令逮捕法办，殷富元率人前往小莲庄把两人抓获，关押于区政府。

审查期间所获的材料属于"鸭蛋在缸口上——滚出滚进"，就是可以认定确有检举信中所说的犯罪行为，那就枪毙；也可以说"查无实据"，那就放人。殷富元反复考虑下来，决定放两人一马。他向罗氏兄弟说明情况后，那二位当时就跪下冲殷富元频频磕头，称不杀之恩终生不忘，日后殷先生有任何差遣，纵然上刀山下火海，赴汤蹈火在所不惜！现在，殷富元在万般无奈情势极为危急之时，只好差罗氏兄弟下手了。先过了这个难关，日后再考虑如何料理这二位吧。

罗氏兄弟完成了殷富元的委托后，殷富元才给祁菊生去电，让给他送一些钱钞来，他要给罗氏兄弟封口费。祁菊生接到电话后，叫上吉家贵前来沐家桥。这二位当然不可能料到，他们这一去，也就算是走到头了！

二十四、决战沐家桥

吉家贵、祁菊生昨天下午处理了些生意上的事儿，动身晚，就在与沐家桥相距七里地的苗巷镇上的旅馆住下了。作出这个决定的另一原因，是他们对殷富元的安全并不是很放心，听说上海市公安局的专案组驻扎在沐家桥镇上，盯牢了沐家桥这块弹丸之地，摆出一副"不获全胜决不收兵"的架势在破案，这种情势下，公安助理殷富元突然出事的可能性也是存在的。哥儿俩当晚在旅馆跟伙计聊了聊，没有关于沐家桥区政府公安助理出事的传闻；今天一早，两人去旅馆附近的茶馆喝茶吃早点，伸长了耳朵听了又听，也没有殷富元被捕的消息。这样，他们就放心了。

然后，退掉了旅馆，步行七里到了沐家桥。在街上转了一圈，特地还在殷富元家门前经过，也是一副太平景象，这才去了区政府，在公安助理办公室见到了殷富元。

殷富元的神情有些忧郁，这使两位上海来客觉得意外。熟悉这位表哥性格的祁菊生甚至觉得，殷富元的眼神里还透着一丝恐惧，尽管他竭力想掩饰，却未能如愿。乍见之下，祁菊生心里便"咯噔"一下，寻思难道遇上倒霉事了？

殷富元的情绪确实不好，这倒不是昨天让邻居小子源源开了一枪受了惊吓的缘故，而是因为那件事而派生出来的下文。

昨天，萧顺德离开公安助理办公室时，声色不露地带走了一个疑团：殷富元作为区政府的公安助理，负责收缴民间的武器弹药，这桩工作打自一解放就开始做了，收缴的武器弹药存放于区政府院内的那个保管库里。浦东地区散落于民间的武器弹药不少，想来沐家桥区颇收缴了一些，这些武器中肯定有手榴弹，如果保管不善，不是一个流出去的漏洞吗？康今敏他们曾经在沐家桥大张旗鼓地搞过清查民间私藏武器弹药的举动，并未见成效，不知是否想到过也应该清查一下区政府的这个库房？

萧顺德回到办公室，看完了当天的《解放日报》，康今敏进来了。老康中午喝了不少酒，按照萧顺德的严令必须好好睡上一觉，可是心里兜着破案，终究睡不踏实，也就迷糊了个把小时就醒了，说想跟老萧聊聊。萧顺德说你来得正好，我也想跟你聊聊呢，遂把心头悬着的那个疑点说了说。

康今敏倒抽一口冷气："呵 ——我在沐家桥折腾了这么久，怎么就没有想到这一点呢？这个漏洞得补上，立刻清查武器库！"

说着，一跃而起就要往外走，被萧顺德唤住："清查武器也就是对沐家桥区政府公安助理的审查，这不是我们专案组一家能决定的，按照组织原则，先得跟区委沟通，我俩去拜访一下倪书记吧。哦，他那里人员进出多，不便谈话，还是请他过来吧。"

倪书记是山东南下干部，二十多岁的一个精干小伙子，待人很客气，进门就跟萧顺德、康今敏握手敬烟。他听康今敏介绍了情况后，立刻拍板："区委绝对全力配合专案组的工作，你们想怎么查就怎么查！我这就跟张区长通个气，宣布清查武器库的决定。武器弹药确实要管好，这次查过后，看来要直接由区委管那个库房了，我和张区长每人一把钥匙，严格予以控制！"

一个小时后，公安助理殷富元就接到了清查武器库房的通知，那是倪书记、张区长把他召去当面宣布的。二位领导问了问收缴武器以及保管的一应手续，发现确实有些不正规，肯定有收缴后忘记登记的情况，不过还是可以查得清是否短缺的，因为根据收缴布告公布的规定，群众上缴武器弹药后，经办人应当当场出具收缴凭条。殷富元这时已经意识到，肯定是先前萧顺德目睹他收缴郭家嬢嬢交来的那支手枪一幕后产生了疑问。这个漏洞如果不补上的话，那就会招来灭顶之灾。

殷富元的反应很快，张区长话音刚落，他强抑住内心的惊恐，看似淡定地把武器库的钥匙从自己的钥匙圈上摘下来，放在张区长桌上："我是经办人，组织上清查武器期间，我不应当还拿着钥匙。"

之前，萧顺德、康今敏跟倪、张二位区领导谈话时，没有涉及对殷富元的任何评论，而倪、张对殷富元的印象一直不错——沐家桥区党龄最长的党员，工作勤奋，为人低调，分管着全区公安工作，从未有过营私舞弊、滥用职权等劣行。这当口儿两位领导也根本没有怀疑过这个老同志，张区长说："清查武器的工作还是由你老殷负责，给你派一个临时助手——姜杰同志，钥匙仍由你保管，不过在清查期间，如果要进武器库，应该你和小姜同时进去。"

殷富元说："感谢组织上对我的信任，这项工作还得出一份公告，要让全区上缴过武器弹药的群众拿着当初我出具的凭条来登记复核，布告上还应盖区政府的公章，不知领导认为是否可行？"

张区长点头："老殷你想得很周到，用印肯定没问题，反正公章就在小姜那里，你对他说一下就是。"

殷富元心里已经有了一个应对清查的主意：他从武器库里偷拿过六颗手榴弹，回头把登记本重新抄写一下，把那六颗手榴弹的账目改一改，这个漏洞就可以补上了。至于开出去的上交武器弹药的凭据，登记本上已经抹去了上交者的姓名，登门查验的名单上也就没有那户人家了，他和小姜也就不会上门去查对。回头等这事儿过了，专案组撤了，他悄悄找人家把凭据收回毁了就是。

当然，想是这样想，做也能做下来，问题是如果专案组方面突然插手清查武器工作的话，那就可能露馅儿。因此，殷富元昨晚一夜没有睡好，直到上午来区政府上班后，还在考虑应该找一个更好的法子，比如针对上交过手榴弹的人家策划一起偷窃案甚至纵火案，彻底毁灭证据。

吉家贵、祁菊生就是在殷富元考虑上述问题时抵达他的办公室的。殷富元是一个很讲究"未雨绸缪"的人，他在向吉家贵、祁菊生介绍新冒出来的险情时，说了他的化解策略，也谈了万一运气差命中该有这一劫的话应该怎么办的预案——那就只有从武器库房里盗取一些武器弹药，开汽艇出海逃往舟山。那里是国民党的地盘，有一个叫封鑫清的国军上校，是沐家桥人，可以去投奔他。至于汽艇，那倒是现成的。沐家桥四周都是水，日伪时期就配备了一条日本制造的"吉特"汽艇，后来由国民党政权接收，解放后落到了区政府手里，是归公安助理管的，殷富元经常驾着汽艇在沐家桥周边的江河里转悠。

三人正议论着，电话铃响了，是康今敏打来的，说老殷你这会儿有空吗？请过来一下好吗？殷富元让吉家贵、祁菊生待着别走，说老康找我估计没什么大事，片刻就回。

康今敏请殷富元去专案组办公室，是跟他商量清查武器的情况，说专案组前一阵一直在沐家桥调查民间武器问题，现在区委、区政府决定清查武器库，那正好一并参加调查，这事已跟张区长沟通过。专案组这边决定派李岳梁、吴天帆参加清查，问这件事今天下午是否可以开始着手进行。殷富元说没问题，下午请老李、小吴过来吧，我叫上小姜，四个人一起商量一下。

殷富元离开时，庄敬天、钟梦白、彭倩俪三人正好赶到。庄敬天激动地说："老萧，老康，案子可以说已经破了……"

这时，钟梦白忽然打断道："大庄，不对啊！"

"怎么啦？"

"刚才这个殷助理出门时和我擦身而过，我闻到了一股'骆驼'牌的烟味儿！"

庄敬天一个激灵："'骆驼'牌？"两道炯炯目光朝屋里几人略一扫视，停留在李岳梁脸上，"老李，你在沐家桥待的时间最长，这镇上有'骆驼'牌？"

李岳梁摇头："没有。那种美国香烟解放后市区都断销了，除非搞走私货的夹带进来，沐家桥这种乡村小镇，哪里会有出售？再说，凭老殷的经济条件，他也买不起。"

庄敬天不无得意地甩了个响指："看来，我不往这里打电话还是有先见之明的！老萧、老康，我先把情况向您俩汇报一下……"遂把侦破曹家渡大劫案的过程说了说,又说了"'骆驼'牌"香烟,那是他们化装税务局工作人员去吉家贵、祁菊生合开的公司访查时,看见两人办公室的桌上放有这种牌子的香烟,临末道,"吉家贵、祁菊生两人目前去向不明,我已报告杨主任由'悬办'安排布控;现在闻到'骆驼'牌香烟味儿,是不是那俩主儿跑沐家桥来了?莫非他们跟殷助理是哥们儿?刚才正好在一起呢?"

这时,区政府秘书小姜过来了,见侦查员正在议事,站在门口迟疑着,一副不知进退的微窘神情。萧顺德说:"小姜你来得正好,抓你个差,麻烦你去殷助理屋里看一下,那里是否有客人来了。"

小姜说:"我刚从那里来,殷助理屋里来了两个市区的客人。"

康今敏冷笑:"如此看来,岂止哥们儿,只怕是同伙吧!怪不得沐家桥出了这么些怪事儿!"说着,也不征求萧顺德的意见,指着贾木扣,"你,立刻奔大门口,把门关上,牢牢把守,任何人不许进出!"

萧顺德说:"小姜,你去跟倪书记、张区长说一下,发生了特殊情况,专案组要采取行动,请区委区政府的同志不要靠近公安助理殷富元的那间屋子,有枪的同志准备配合,没枪的同志听见外面有什么动静,关紧门窗,不要出门,以防误伤。"

小姜刚走,萧顺德吩咐众人:"大家检查一下武器,准备抓捕案犯。注意,这是特案,要抓活口!"

专案组侦查员包括彭倩俪在内都是有手枪的,当下都掏枪检查,屋里无形之中增添了一股杀气。庄敬天说:"待会儿下手时,我打头阵。没上过战场的同志经验不足,尽可能往后面靠点儿,也不要乱开枪!"

萧顺德点头,刚张嘴说了个"是",外面忽然响起了枪声!萧顺德一惊:"出事啦?!"

出事的是小姜——他奉命去向书记、区长传达萧顺德的通知,公安助理办公室是必经之路。经过那间屋子的时候，殷富元从窗口探头出来唤住他。殷富元这时还不知道专案组已经锁定他了，正准备采取抓捕行动，此刻喊住小姜不过是想与其说一声，下午别外出，要就清查武器库之事碰个头，商议一下具体事项。可是，十九岁的小姜没有经验，心里已经明白公安助理这边有问题，最起码他那两个客人有事儿，专案组立马要来逮人了。他一则急着去给倪书记、张区长捎话，二则心里对这间屋子也确实感到发憷，寻思自己进去了，一会儿专案组来拿人了，双方发生枪战的话，弄得不好我就一命呜呼啦！于是，神情就有些异样，支支吾吾地说他有急事，一会儿再过来。

殷富元看在眼里就觉得奇怪，他本生性多疑，此刻更是杯弓蛇影，便有心弄明白小姜这是怎么回事，说小姜你进来说。小姜哪里肯，拔腿欲走。这是大大的反常了。殷富元"唔"了一声，朝吉家贵使个眼色，吉家贵便像头豹子样从屋里窜出来，朝小姜扑去，说话却是客气，说这位同志进来坐坐，我们聊聊嘛。

惊慌之下，小姜拔枪在手，却不敢冲对方射击，遂朝天鸣枪示警。枪响之后，他便被吉家贵擒住。那位是习练过武术的，当下便下了小姜的手枪，单臂把人挟持进屋。

庄敬天一行奔到公安助理室前，只见门窗紧闭。大庄一个手势示意众人闪至两侧，自己上前猛地一脚，把那扇厚厚的木门踢开的同时，魁梧的身子已经闪至门外墙边。这时，从屋里传来瓮声瓮气的声音："外面的人听着，小姜在我们手里，只要你们敢进屋子一步，他的性命就不保了！"

庄敬天贴身墙边，借着屋里墙上的那面镜子观察里面的动静，不禁暗吃一惊：殷富元等人已经劫持了小姜逃进里间——武器库房。区政府所在地原系寺庙，日伪时期被作为浦东五个"清乡临时驻署"中的一处，这间与公安助理室相连的屋子是当时为临时关押"清乡"时抓捕的重要抗日分子而特建的，墙壁以水磨青砖敷以糯米灰浆砌就，坚固无比，有门无窗，门是用一公分厚的钢板焊制的，一般子弹根本打不穿。再说，库房里那么多武器弹药，即使打得穿，是否敢打也还是个问题。

庄敬天朝康今敏打个手势示意靠拢，询问之下得知武器库里手枪、驳壳枪、步枪、冲锋枪甚至机枪以及子弹、手榴弹、手雷、炸药、雷管等应有尽有，不禁吓了一跳：幸亏殷富元三人没有当过兵，不懂军事，否则朝外面掷一颗手雷出来，那还得了！

这时，萧顺德也靠拢过来了，听庄敬天一说，也是心惊肉跳："赶紧先设法把那铁门挡住！大庄，这事你负责去办，越快越好！"

康今敏说："这里我让邹乐淳来守着，他是侦察兵出身，有战斗经验。"

殷富元在库房里听见外面没有动静，料想先前的威胁起作用了，便又喊道："姓萧的、姓康的两个头儿给我听着，这里面有的是枪支弹药，还有雷管炸药，识时务的，放我们一条生路，两厢无事；否则，我们就引爆库房，大家同归于尽！"

康今敏正待开腔，被萧顺德扯住："我来应付——老殷，我是萧顺德，跟你们说几句，你在里面听得清楚吗？"

殷富元对萧顺德到这当口儿还保持着平和的语气颇感奇怪："老萧，我听得清，你倒还真挺沉得住气的！你要说什么？说吧！"

"我先要知道小姜是否安全！"

"他好着呢，不过已经被绑起来了，身上还拴了两颗手榴弹。"

"你让他跟我说话！"

小姜的嘴巴大概给堵上了，稍停才边清嗓子边开口："萧政委你们别管我，该干吗就干吗，我为革命……"话没说完，又被堵住了嘴。

殷富元喊道："老萧，听见了吗，小姜好好的，毫毛未损。"

这时，倪书记、张区长闻讯率人赶到。殷富元冷笑道："援兵来了吧，哼哼，人来得越多，到时候死得也越多，我这里面都准备好了！"

双方僵持时，庄敬天在区政府院子里转了一圈，看到树上拴着晾衣服的绳子，心里一动，解下两根后返回，对萧顺德附耳悄言："你跟他谈着，我先把铁门拴上！"说着，蹑足悄行进入外间，把绳子系住了铁门上的门环，另一头拴在对面窗口的铁栅栏上。

阻止匪徒往外面扔手榴弹、手雷的目的达到了，但这只是暂时措施。如果武器库里单单只有三个匪徒，那倒也罢，最坏的结局是人员撤离区政府，外围严密封锁，大不了匪徒引爆库房。虽然没抓到活口，但"特费"案好歹也算是侦破了。可是，眼下的难题是三匪徒劫持了人质小姜，当务之急是把小姜救出来，这个难题应该如何破解？

萧顺德已经跟殷富元进行了一轮对话，对方提出的条件是：允许他们开了汽艇离开沐家桥，到了他们认为安全的地带后，把小姜放掉。

萧顺德想跟康今敏、庄敬天二位副组长商量，而且发生了这么严重的情况，还得马上向"悬办"、市局报告，区委、区政府也得向县委报告，这都需要时间。他决定先把匪徒稳住，于是接过区政府民政助理递上的白铁皮喇叭筒对着库房继续喊话："老殷啊，你们的这个要求已经超出了我的权限……"

"老萧，我没有废话，不答应，那就四个字：同归于尽！"

"老殷，你别急嘛，听我把话说完——沐家桥区政府的干部里，只有你老殷最知道我们专案组有些什么权限，是不是？像今天这样的情况，你说我有权拍板吗？我得请示上级呀！"

"你是'悬办'政委！"

"呵呵，你以为这事'悬办'能说了算？得向市局请示的！"

殷富元不吭声了，估计是在跟吉家贵、祁菊生商量。萧顺德假装着急："老殷，你听明白了没有啊？我得向上级请示，上级说行，我照办；上级否定，我只好下令全体人员后退至安全地带，火力封锁库房不让你们出来；至于倪书记、张区长他们，就只好准备给小姜开追悼会了。听说你的党龄比我还长，党的组织纪律，你应该比我还清楚，你说我说的对不对？"

稍停，殷富元开口了："老萧，我承认你说的有道理。那好，你请示吧！给你十分钟时间。"

"时间我可说不准，你也知道，电话是人工转接的，从沐家桥打到市区，接得快五六分钟，慢就说不准了，别说十分钟，一个钟头也有过的。再说，我只能把电话打到'悬办'，再由'悬办'杨主任向市局领导请示，如果市局领导要集体讨论一下的话，时间肯定又要延长。我这边只能尽量加快速度，超出我的掌控范围，我就没有办法了。"

"反正要快，我们的耐心是有限度的！"

萧顺德跟殷富元谈判时，庄敬天绕着库房团团打转，寻觅解决难题的法子。倪书记、张区长一左一右好似随从样跟在后面，时不时悄声问一句："这事咋办？有两全其美的法子吗？"

庄敬天看都不看他们，只管紧皱着眉头苦思冥想。这时，他看见萧顺德放下喇叭筒了，便朝邹乐淳等人打了个手势，示意盯着库房铁门，又指着库房墙壁上方那碗口大的透气孔对钟梦白说，须谨防匪徒从那里扔出爆炸物，让区政府干部和民兵退远些。眼睛一扫，见彭倩俪手持手枪要往李岳梁那几人处靠，被他一把扯回，说小姑奶奶你且离远点儿，去那边待命吧。

萧顺德在大院一侧的一株硕大的银杏古树下和康今敏、庄敬天、倪书记、张区长商量如何解决这个头号难题，说首先要保证小姜同志的安全，其次必须把三匪徒生擒活捉，这两个要素一个也不能缺！

张区长提出了一个建议：库房墙壁牢固难破，可上部却是寻常民居的瓦房屋顶，是否可以攀爬上去，揭开瓦片往下泼水，使雷管炸药失效，然后再实施进攻？

康今敏说你这个法子如果管用的话，也不必冒着挨枪子的风险上屋顶揭瓦片什么的了，只消拿几根长竹竿，在地面上就能把瓦片捅破，然后用农民浇菜地的长柄木勺把水一勺勺往屋顶泼就成。问题是，这个意思只要被匪徒察觉，他们就会作出反应，绝望之下，肯定会引爆炸药搞同归于尽；再者，军用弹药不比做炮仗用的黑火药，不是浇点儿水就能解决问题的，里面成箱的手榴弹，你以为浇点儿水它就不炸了？手榴弹扔水里都能炸鱼，前些天那个淹死的小孩儿，不就是用手榴弹炸鱼吗？

萧顺德说老康说得对，首先我们不能惊动他们，二是动作要快，必须在他们反应过来之前制服他们。倪书记听了，苦着脸连连点头，张区长则是不住摇头，意思当然是一样的。

萧顺德把目光盯向庄敬天："大庄，我记得你刚参军就赶上进军大别山，部队在大别山活动时曾多次打过当地恶霸的寨子，那时采取的手段是否对解决眼前的难题有启发？"

庄敬天说："那时使用过火攻烟熏甚至放胡蜂的法子，都是管用的，可是对付眼前这三个龟孙却用不上，只要一动，他们就会察觉。我刚才围着武器库绕圈子，想到了一个法子，可不知是否有实施的条件，因为得做准备工作，而匪徒给我们的时间却很短。"

庄敬天的法子是这样的：搞一架救火水龙来，把掺了辣椒粉、胡椒粉、辣椒酱的水装进水箱，旁边再用容器装好备货，抬一副竹梯架设于库房一侧墙上，派一壮汉拎着水枪上去，下面安排四人按压抬杠，水枪伸进墙壁上的透气孔，对准库房内冷不防猛灌；水枪出水可喷三十来米，足够把库房里的匪徒喷倒呛迷糊，使他们在瞬间失去反抗能力；与此同时，外面的侦查员就可趁机突入库房，料想必可拿下匪徒，救出人质。

萧顺德几个听着，不住点头。康今敏问张区长沐家桥镇上是否有救火水龙，张区长连声说"有"。萧顺德说那就请张区长陪同老康带人去把水龙抬来，区政府食堂的辣椒粉什么的肯定不够，要把镇上商号里的存货多运些过来。

庄敬天说："浦东人好像不大吃辣的，如果辣椒粉、辣椒酱什么的不够，多搞些醋来也行，醋不够，酱油甚至盐也可以，反正水里料一定要加足。另外，一定要注意不能搞出动静来。老萧你还得去跟里面'谈判'，拖延时间，分散他们的注意力。你们看这样好不好？"

那几位当然说好，接下来就是分工：萧顺德负责拖住匪徒，张区长、康今敏、钟梦白、彭倩俪负责准备水龙和佐料，庄敬天、邹乐淳带上一些有武器的区干部和民兵准备逮人救人，倪书记和民政助理老崔负责联系镇上的几个中西医生准备救护。

分工完毕，庄敬天便凑着萧顺德的耳朵悄言了一句什么，老萧马上原地跑步，让周围几位大惑不解，看庄敬天，已经若无其事地走开了。萧顺德原地奋力跑了一阵，然后向库房走去。那里守伏着的邹乐淳、吴天帆等人见了，也都向他们的领导投以惊奇的目光。萧顺德马上冲他们摇手示意嗓声，又指着那个刚才放在台阶上的白铁皮喇叭筒向李岳梁一伸手，李岳梁连忙抓起来递给他。

萧顺德在库房门口驻步的同时，喇叭筒已经贴上了嘴边，急促而沉重的喘气声通过喇叭筒清晰地传到了库房内，殷富元那公鸭嗓子顿时重新响起："是老萧吧？你请示得怎么样？"

萧顺德一边喘气一边告诉对方："老殷啊，我们'悬办'的那个杨主任你也见过吧，没见过？哦，杨主任去过三官镇，没到过沐家桥，我把电话打到'悬办'……"

殷富元打断道："你打到'悬办'干吗？你应该打到市局领导那里去呀！"

"老殷啊，你那二位兄弟可能不明白，你在党内多年，难道还不知道规矩？我是'悬办'政治委员，按照分工，业务上的事情是由杨主任管的，我怎么可以不告诉他一声就自说自话地绕过他直接往市局打电话呢？回头他如果在党内民主生活会上轰我一炮，那我怎么办？再说，我即便不管这个顾虑，真的直接把电话打到市局领导那里了，领导百分之百会问一声，这事'悬办'领导班子讨论过了？杨宗俊同志、黄祥明同志是什么意见？那时候我该怎么说？"

库房里传出吉家贵的一声暴喝："别啰唆了！到底怎么说？是否答应我们的条件？"

萧顺德说："别着急，听我说嘛！鉴于这种情况，我当然按照组织原则先往'悬办'打电话嘛。电话打过去，是黄副主任接听的，说杨主任还没到办公室，我就先把情况跟黄副主任通气。还没说完，杨主任回来了。我知道你们等得着急，尽可能简短地把情况说了说，强调小姜同志被你们劫持了，如果不答应你们的条件，人质的性命就有危险。杨主任一听就破口大骂，说他妈的这种条件老子干革命十多年还闻所未闻，你们三个太嚣张了。不过，他最后还是勉强点了头，说那就由我向市局领导请示。杨主任还说，有一点要你们说清楚，答应你们的条件放你们离开后，你们什么时候放了小姜？他说这个问题市局领导肯定要问的，所以得先说清楚。所以，我急急忙忙就奔过来问你们了。杨主任还等着我的消息呢！"

殷富元说："刚才不是说过的吗，到了安全地带就放人。"

"'安全地带'是一个什么概念？不说清楚具体位置，你让领导怎么放心？再说，让我们怎么去接小姜？"

"小姜在我们手里又没损伤一根毫毛，接什么接？具体位置？是不是想在那里设埋伏啊？"

"老殷，我已经把情况跟你说清楚了，你们考虑一下吧？"

库房里安静了片刻，料是在商量。很快，殷富元的声音响起："老萧，我们离开后，把小姜放在苗巷镇外的大神桥堍——哼哼，那里都是田野，一片空旷，你们根本别想埋伏！"

其实，据三人落网后交代，他们是打算往相反方向走，从高桥镇去长江口往舟山逃逸。

殷富元继续说："老萧你听好了，汽艇上要备足柴油，除了加满油箱，另外还得备好一桶，以及灌油的皮管。这个，我们上船时要检查的，办不到，小姜当场就死！"

"知道了。我去给老杨回话，你们等我的消息。"

这番对话让萧顺德出了一头大汗，退到十几米开外，刚接过民兵队长递过来的毛巾擦脸时，便见彭倩俪领着七八个男女民兵，每人手捧肩搭，都是花花绿绿各种颜色的棉被。正纳闷儿间，庄敬天已经迎上去，抓过彭倩俪抱着的那两条被子，走到库房东侧的墙下，直接放在地上。彭倩俪指挥后面的民兵把十几条被子全部放在那里，摊开铺平。萧顺德明白了，那是为消除水龙跟地面接触时可能发出的声音，避免库房里的匪徒察觉。

这时，十六个壮汉用粗大的竹杠扛着沉重的水龙进了区政府大院，一步一挪地来到指定位置，把水龙放在被子上。随同一起过来的两个救火会成员在进行操作准备时，钟梦白带着区政府食堂的师傅送来了临时征集的各色佐料。接着，梯子也送来了。全镇的七八个中西医生也带着药箱跟着倪书记到了现场。

萧顺德重新出场，继续忽悠殷富元："老殷啊，市局领导已经同意你们的条件，希望你们说话算数！"

吉家贵抢先开口了，听语气，他被这个虚假消息忽悠得颇有些激动："我吉某人在江湖上混了二三十年，从来没有说话不算数的时候，这个，你们完全可以放心！"

"算数就好。我在想，你们这一去，可是亡命天涯，再也不可能回上海、回浦东，跟你们的家人只怕就是永别了！是否需要给各自的家人留几句话？如果要留的话，现在就说，我们当场记录下来，我保证可以派人转达到。"

殷富元警惕地问："老萧，这是让我们留遗言吗？"

"你这样说就没劲了，我是出于好意嘛。好吧，不说也罢！那我们就说正事，一会儿你们想在哪里上汽艇？我让他们按照你们的要求把汽艇挪过去。"

吉家贵又开口了，声音特别大："等等！我有话要给家主婆、儿子、女儿留下，你说得对，这一走，只怕今生今世就不可能再跟他们见面了。"

祁菊生说："我也有话要留下！"

"好吧，谁先说？小彭，你准备记录！"

吉家贵大叫："我先说！先对家主婆说几句……"

猝然吹响的哨声打断了他的话，随着四条壮汉奋力按压水龙杠杆发出的金属声响，站在东墙上架着的梯子顶端的救火会员把水枪迅速伸进透气孔，一股散发着刺鼻辛辣、酸涩气味的水流从水枪里倏地喷射而出……

几乎是同时，庄敬天一枪打断了拴住库房铁门的绳子："冲！"

库房起初是作为牢房用的，里面没有门闩，领头突击的庄敬天第一个冲进去，里面已经没有站立着的人影了，全都被水枪射出的激流撂倒在地，动弹不得。

水枪已经停止喷射，但空气中的刺激性水雾还是熏得人睁不开眼睛，庄敬天二话不说，摸着一个躯体就往外拖。到了外面一看，方知是吉家贵，遂往地上一扔，一脚踩住，大叫"小钟"。钟梦白就在旁边，应声上前。

庄敬天说："这个案犯该由你给他上铐子！"

钟梦白一怔，随即点头，掏出手铐铐住了吉家贵的双腕。彭倩俪又递上一副手铐："这人会武术，该铐双铐！"

庄敬天竖起大拇指："没错！"

尾声

讯问，结案。

钟梦白一连忙碌了三天，这天傍晚，总算消停下来。他推说家里有事，没有参加"悬办"举行的庆功宴，一个人待在明天就要撤离的北站分局三组驻地办公室，给俞毓梅写了一封长长的信。

钟梦白在信里说了曹家渡大劫案的始末，像写通讯稿那样描述了沐家桥区政府内惊心动魄的一幕，特别提到庄敬天把吉家贵像死狗那样从库房里拖出来，让他亲手铐上，还加了双铐。他告诉俞毓梅："这个案犯，就是十八年前在曹家渡桥上直接动手袭击那位中共地下交通员的主犯！我知道，大庄、小彭让我亲手铐上这个罪大恶极的案犯，是有特别意义的。这个特别意义，毓梅你一定清楚！"

钟梦白把信笺整齐地折叠起来，装入信封，封口，贴上邮票。走到窗前，夜空如洗，没有一丝云雾，幽蓝高远；一轮明月挂在天上，银白色的月光把院子里的树影投射在甬道上，斑驳摇曳。小钟对着窗外深深地吸了一口气，又长长地呼出，一双眼睛凝然不动地望着三官镇方向，心里默默地念叨：毓梅啊！此刻，你睡了吗……

夜已深，电车早已停驶了，他今晚只好睡在办公室了。这一夜，是钟梦白自接到俞毓梅的断交函后睡得最安逸、香甜的一觉。

次日，钟梦白刚漱洗完毕，庄敬天来了。大庄告诉钟梦白："根据'悬办'命令，第三专案组的任务圆满完成，即日撤销，今天大家把东西整理一下，跟北站分局办理移交。一会儿小彭、老马要过来一起整理的。"

钟梦白问："老马出来啦？他没事了吧？"

"昨天下午出来的，有没有事我还没来得及问。昨天晚上他也参加了庆功宴，他确实是侦办'特费'案的功臣。小钟，你也是！"

"我们大家都是！为了这个案子，可以说是倾注了我们的所有，差点儿还搭上了性命。"

庄敬天看见了桌上的那封信："嗯，是要把情况告诉小俞，上次她说过，等着我们破案的好消息。她省吃俭用给我们寄来那么多美食，不就盼望着我们早日侦破这个案件吗！这个案件，对于小俞来说，具有特殊意义啊！哎，小钟，为什么不直接去一趟三官镇，当面跟小俞说呢？"

"这几天这么忙，我怎么好意思开口请假？还是先把信给她寄去，过两天闲下来再去三官镇。"

"今天这里的移交又不算什么重要工作，干脆我俩一起去一趟三官镇吧，我也正好要把破案的消息告诉我师父。摩托打个来回很快的，可以回来吃午饭，下午再跟分局办理移交好了。"庄敬天也不征求钟梦白的意见，指着桌上的纸笔说，"你给小彭、老马留个条，就说我们去一趟三官镇，中午回来；让他们上午把这里的东西整理一下，下午办移交。"

一路上很顺利，连过黄浦江等摆渡也没等几分钟，轮渡就来了。进三官镇后，庄敬天说小钟你看这样好不好，我们先去小俞家，你留下跟她说话，我去三友观看我师父。中午前我过来，接你回市区。

俞家的院门关着，钟梦白上前推了推，门虚掩着，叫了两声"毓梅"，却不见俞毓梅露脸，也没回应。这时，庄敬天停好摩托车过来了，扯开嗓门儿叫着"小俞"就往里走。可是，各个屋子都不见俞毓梅的影子。钟梦白说她可能去邻居家了吧，我们去院里坐着，等她回来。

两人来到院子里，钟梦白去厨房看了看，发现热水瓶里的水是才烧不久的，就拿了两个杯子，找出茶叶罐沏了两杯茶。两人坐在葡萄架下喝着茶，环顾四周熟悉的水井、石桌，不约而同想起了去年深秋刚到"悬办"参加"特费"案侦查时第一次来俞家的那一幕，想想这里的老主人已经永远离去，心里难免感慨。

这时，院门被推开了，是邻居大嫂来找俞毓梅。钟梦白说她不在，我们也是来找她的，已经等了十来分钟了。大嫂说："哎！刚才她就在我家串门呢，跟我说当年抢劫她爹爹的强盗已经在沐家桥被捉了，她心上的一块石头落下来了。昨天，她已经去爹爹坟前烧过纸说了这事。听见摩托车声响，她凑到窗前往外看了看，说大概是来找我的，我得回去一下。她走得匆匆忙忙，把我还给她的鞋楦都忘记拿上了。"

钟梦白诧异："可是她没回来啊……"

庄敬天觉得不对头，倏地站起来："快找！小俞！"

钟梦白的脸色也变了。两人每间屋子又找了一遍，最后来到后院的小天井，发现后门没关上。钟梦白抢先一步拉开后门："毓梅——"

后门外，是一条宽约二十来米水流湍急的河流，河埠上有五六级自上而下的石头阶梯——江南人称作"滩渡"。现在，滩渡最上面的石级上并排放着两双布鞋，一双是俞毓梅平时穿在脚上的女式布鞋；另一双是崭新的男式布鞋，布鞋下面，压着一沓用粉红色蝴蝶结系着的信札。钟梦白一眼就认出，那是他以往写给俞毓梅的情书！

钟梦白的眼泪禁不住夺眶而出。他捧着鞋子和信札，对着奔流不息的河水连声叫着："毓梅——"

远处，传来一声声凄婉哀伤的回音……

子夜惊魂

一、子夜惊魂

邹大道刚从省公安厅刑侦领导岗位上退下来，儿子小邹即将完成警校的学业，实现邹家父子俩的薪火相传。在儿子入职刑警队前夕，老邹跟他讲述了三十多年前自己刚刚参加公安工作时参与侦破的第一起刑事案件。稍后，小邹将老爸的经历向一个略有文学功底的同学小萧作了转述。小萧决定将其撰写成文，于是就有了下面这个故事——

那年我二十一岁，刚从公安学院大专班毕业。别小看如今到处遭人白眼的"大专"，那个年月你要是有个大专文凭，不管你是哪所学校哪个专业，哪怕是函授的，都是香饽饽。我就是被市公安局作为"人才"引进的，如愿以偿分配到刑警队。报到那天，火车晚点，一位名叫司徒铁的同志从后半夜一直等到清晨六点，在站台上整整等了我五个多小时。我刚下车，他一手抢过我的行李，另一只手老虎钳似的紧紧攥住我的胳膊，像是生怕我突然反悔，冒出另攀高枝的念头。

司徒铁那年二十八岁，是局领导专门给我指派的带教老师。我按规矩叫他师父，他说咱就不搞客套了，我也大不了你几岁，工作场合是同志，私下就是哥们儿。再说了，老弟你是公安院校大专班毕业的（当时还有中专班），在咱这里算是独一份了，我只是初中毕业，可不敢当你师父。

其实，司徒铁这个说法还是给自己脸上贴金了。后来我才知道，他初中都没念完，就去了另一所学校——当时被称为"革命大学"的部队。当的是侦察兵，超期服役，在军营锤炼了五年。转业回地方后分配到公安局，直接就进了刑警队，1985 年我入警时，他已有六年警龄，担任刑警队第四组组长，这个职位相当于后来的中队长或探长。

从火车站去市局的途中，司徒铁跟我说了当天的安排：早餐、报到、去宿舍休息，下午由他陪同去省城几处名胜古迹转转，晚上放一部香港侦探片给我看——他特别强调，是彩色的！没有夸张，那时候彩电、彩照都是稀罕东西，录像放映厅也是刚刚冒出来的新鲜事物，至于家用录像机，那就更别提了，普通人家想都别想。我就读的那所公安学院清一色的黑白电视，跟录像机自然无缘。说实话，我长这么大，只是在大商场里看见过彩电，拍张彩照都属于难得的奢侈。不仅是我，那时家家户户基本都是这样的条件。

香港侦探片的诱惑让我十分激动——名胜古迹就在省城，早晚都有机会去，香港片就不一样了，我恨不得转眼天就黑下来。可是，计划赶不上变化，我俩刚在市局食堂坐下吃早餐，司徒铁就接到通知，说是领导召见。估计这种情况是常事，临走他歉意地对我说，吃完早餐自己去政治处报到，如果他还没返回，就去行政后勤处取宿舍钥匙。

我领了钥匙来到宿舍，刚准备收拾行李，门卫大爷匆匆赶来，说司徒铁来电，让我立刻去他办公室，有活儿要干——也就是说，之前的安排泡汤了。不过，我不仅没失望，反而有点儿兴奋：新手入警第一天就给安排任务，这样的好运气竟然被我撞上了！

司徒铁担任四组组长，有自己的办公室。说是办公室，其实是楼梯间改造的，只有五六个平方，阴暗潮湿，通风不佳，混合着霉味和浓重的烟味儿，一个人窝在这里实在憋屈。可司徒铁对此很满足，说这是分管局长破例给他特配的。

司徒铁坐在刻痕遍布的写字台前——估计是从哪儿捡来的破烂，低头在一张纸上划拉着什么。见我入内，他一跃而起："小邹，实在抱歉，今天的安排都没戏了，领导给咱们派活儿了。"说着，他把我让到他坐的椅子上，他自己则坐在靠墙角的一把没靠背还断了一条腿的方凳上，他也真是能凑合，从食堂淘来一根柴火棍，接在断腿上。

接着，他就开始介绍案情——

9月11日，也就是今晨一点半之后，省第一人民医院发生了一起十分古怪的案件。受害人丁奇博，二十七岁，省一院外科医生。昨晚丁值夜班，一点零五分，外科病房一入院十小时的工伤病人因伤势过重死亡，丁按照规定填发了死亡证明，并在值班记录本上作了详细记录。之后，丁奇博离开值班室，不知去向。

凌晨三点前后，有护士向丁医生报告病人情况，不见其影踪，只好打电话给医院总值班室。总值班室估计丁医生去了实验大楼——实验大楼303室是医院领导专门配给丁奇博作为研究场所的，电话打去，无人接听，遂派护士去实验大楼看看到底是怎么回事。实验大楼毗邻太平间，深更半夜的，护士独自过去觉得憷头，便叫上一个护工同往。303室的窗户亮着灯，两人在楼下喊丁医生，没有应答。白天电梯发生故障暂停运行，尚未修好，两人只得步行上楼，三楼楼门却从里面给锁上了。两人意识到情况不对头，急报总值班室。

总值班室安排保卫科、医务科值班员火速前往，先后砸开楼门和303室房门，发现了业已陷入昏迷的丁奇博，他手腕上的那块表已经摔坏，时针指在三点零二分上。医院方面立刻组织抢救，丁奇博苏醒过来后，二话不说，冲着一位参加抢救的医生劈面就是一拳；随后翻身下地，一头钻进床下，全身颤抖，表情惊恐，无论旁人如何劝说也不肯出来。经医院精神病科专家会诊，认为丁受到严重惊吓，导致"突发性精神分裂症"。院领导指示立即将丁奇博送往市精神病院监护治疗。

随即，医院保卫科向市公安局报案。刑警队值班的三组组长大老张率队出动，驱车前往省一院勘查现场。

303室位于实验大楼三楼，面积约十六平米，南面四扇钢窗紧闭，墙壁右上角有一个直径不超过二十厘米的烟道口；房门在北侧，镶有乳白色毛玻璃窗，门外是走廊。这个房间是医院分配给丁奇博的工作室，屋内有两个装满中外医学著作的书橱，还有一个柜子专门放置丁奇博用来进行医学研究的器械……

说到这里，司徒铁从口袋里掏出一支香烟点燃。我作为一枚菜鸟，本着向前辈学习的态度，在工作手册上对上述内容作了记录，这时不见了下文，禁不住催问："往下呢？什么情况？"

司徒铁嘿嘿一笑："这往下嘛，暂时就没有了。大老张带着三组一番折腾，结果一无所获。他是市局里有名的'霹雳火'，带着一肚子窝囊离开现场，下楼梯时没留神一脚踩空……一百八的体重，脚踝骨伤成什么样你去想吧。好在就在医院里，就地检查——骨折！然后就是夹板、拐杖伺候。所以呢，这桩活儿就从大老张的三组转到咱们四组来了。领导刚才把我叫去，就交代了以上情况，三组的勘查报告还没来得及写呢，当然，也不用他们写了，往下都是咱们四组的活儿了。咱们四组原本有五位，三个去外埠办案，家里就剩我和内勤小张姑娘两个，你老弟来了，那正好咱俩搭伴，劲儿往一处使，把这桩活儿尽快拿下！"

刚到刑警队就上案子，而且还是个扑朔迷离的案子，我既激动又忐忑："我……我是新手……"

"新手也比没手要强嘛，你跟着我干就是了。这个案子像是个'密室案'，在好多侦探小说里都看过，本来以为是胡编乱造，没想到，不但真的发生了，还让咱俩碰上了，你说这是不是好运气？几十年后咱退休了，还可以跟孙子辈吹吹牛……"说着，司徒铁话锋一转，"闲话少说，咱这就开张了，你说说看，这个案子，我们从哪里入手呢？"

我觉得他有考我的意思，认真思索片刻，提出了一个设想："这位丁医生有没有健康方面的问题？比如精神病家族史什么的？"

"大老张他们勘查现场时就向医院方面询问过，人家否定了。"

线索几乎等于没有，我想出个精神病家族史，已经是竭尽所能，再没其他思路了，只好坐在那里干瞪眼。没想到司徒铁的话还没说完："你这一说，倒提醒我了……"他一把抓起桌上的电话，拨了个号码，"市精神病院保卫科吗？您是哪位……老于啊，我是市局的司徒铁……麻烦你给打听个事，今晨你们那里有个入院的病人……对对，姓丁，是省一院的大夫……麻烦你问问主治医生，这个病人有没有服用过什么致幻药物……不用回电话，我们这就要出去，到时我联系你……"

放下电话，司徒铁一跃而起："走！我们去省一院看看现场。"

我们驾着摩托车赶到省一院，看了实验大楼303室现场，无甚发现。医院保卫科给我们在同一楼层安排了一间临时办公室，司徒铁一进门，就给市精神病医院保卫科于科长拨了电话。对方的回复是：排除了病人摄入致幻药物的可能。

司徒铁微叹一口气："唉，我想走捷径，却没这个运气！看来真得花些力气了。"

我说："有没有这种可能，丁奇博是被别人故意吓昏的？"

司徒铁点点头："我也有这样的怀疑。问题是，昨天晚上整栋大楼只有丁奇博一个人进去，他进去后还把三楼的楼门上了锁，303室门窗紧闭，只有一个排烟的通风口，那是进不去人的，作案者是怎么把他吓昏的呢？"

对此，我也是百思不得其解。

司徒铁拍拍我的肩膀："行了，想不通先不想了，我们该去食堂填肚子了，我都饿得前胸贴后背了。"

离开临时办公室，我俩沿着走廊往楼梯口方向走。司徒铁突然停住脚步："这里号称实验大楼，应当是有电梯的，怎么没见？"

我指着走廊另一头："好像在那边呢。"

"那我们坐电梯下去吧。"

于是我们向后转，来到走廊西侧尽头的电梯前。我抬手按了一下红色按钮，等了一会儿却不见动静，又按了一下，依然如故。

背后突然传来清脆的女声："你们就是按到天黑，电梯也上不来！"

我转身一看，说话的是一位二十三四岁的姑娘，身材颀长，皮肤白皙，一张娃娃脸，月牙眉下一双乌黑的丹凤眼显得有些调皮；白大褂没系扣子，能看到里面的红色特利纶衬衫、米色直筒裤，白大褂左胸上印着"医078"字样。这身打扮，加上她手里拿着的一本外文医学杂志，显然是医院里的一位正牌医生，而非护士。

我向她讨教："怎么？电梯坏了？"

姑娘抿嘴一笑："可不是嘛，你们还是走楼梯吧。"

司徒铁眨眨眼睛："坏多久啦？"

"上星期就坏了，行政科说已经报修了。你们就辛苦一下吧，你看栋居刑警（日本电影《人证》中的角色，是那个年代女观众心目中的帅哥），爬四十二层楼都不带歇气儿的。"说这话时，姑娘嘴角带着笑意，那是在调侃我们了。

"那倒是。请问你是……"

"我叫袁云莺，外科的。"

司徒铁明知故问："医生还是护士？"

"当然是医生啰！"袁云莺挺挺胸脯，口气颇为自豪，"本姑娘省医大本科毕业，五年里完成了外科和伤科学业，获得双学士学位，现在在本院外科工作。"

"哦，了不起！"司徒铁肃然起敬，"以后我要是不幸受伤，知道该找谁了。"

"作为省一院的一名外科医生，非常乐意为阁下提供医疗服务……"袁云莺从白大褂口袋里取出一张名片，双手奉上。

司徒铁也努力装出一副绅士派头，稍稍欠身，双手接过看了看，把名片夹在随身带着的塑料封面笔记本里。

"袁医生，再见啦！"司徒铁转脸对我说，"那好吧，我们今天得学学日本同行栋居警官了，走吧。"

下楼的时候，我悄声说："这位袁医生不简单啊，医科大学五年学下来就很不容易了，她居然还是双学位，厉害！"

司徒铁其实是知道袁云莺的，他告诉我，袁出身于中医伤科世家，其已故父亲就是曾经闻名全省的伤科名医袁逸石。袁家祖传气功、武术和伤科，司徒铁入警伊始，袁先生曾受省公安厅之邀，担任擒拿格斗训练班的业余教练。司徒铁是侦察兵出身，在部队是擒拿格斗科目的尖子，身体素质又好，当时被袁先生看中，准备收其为入室弟子。可惜的是，这期训练班还没结束，袁先生就不幸遭遇车祸身亡。说着，司徒铁叹息一声。

我俩默默下楼，司徒铁一路无语，想必是陷入对恩师的回忆中了。出了实验大楼，司徒铁忽然开腔："小邹，我刚刚在想，要是电梯没坏，就可以直接进入三楼的楼道，丁奇博把楼门锁住就没用了。这电梯坏得还真是时候啊……"

二、准名医和杂务工

在食堂，我们刚放下饭碗，医院保卫科牛科长匆匆赶到。他告诉我们，昨晚在丁奇博班上死掉的那个姓叶的工伤病人，这会儿家属来拉遗体了，正在太平间闹呢，问我们要不要过去看看。

司徒铁一扬下巴："走，看看去！"

医院太平间在住院病区和实验大楼之间，门口有一条可供一辆小卡车通行的甬道，直通连接门诊、实验两栋大楼的水泥路。我们过去时，那里已经聚了不少人，正围着一辆南京牌2吨卡车看热闹。这些人大部分是陪诊的病人家属，小部分是医院的医生护士，刚才我们在电梯口碰到的那位袁云莺医生也在。

"劳驾。"司徒铁边说边往人群里挤。司徒铁虽然身着便服，但脖颈上挂着照相机，人们寻思八成是新闻记者（那年头儿记者是比较受尊重的，还真有点儿"无冕之王"的味道），于是纷纷侧身让道。

我们上前一看，尸体还没抬出来，人们围观的是坐在卡车上的活人——两个中年男子和一个肤色黝黑、身材粗壮的青年妇女。两个男人神色悲戚，有一个眼圈有点儿红肿，而女人那张满是横肉的脸上却只有愤怒。他们脚边有一个半人高的木桶，里面的冰块冒着白色的雾气。我上下打量着这三位，他们就是死者的家属吗？

这时，两个身穿胸口印有"二建公司"字样工作服的男子从太平间里抬出一副草绿色帆布担架，担架上的尸体盖着白布。黑胖女人一声令下："快铺冰！"

身边两个男人连忙在车厢上平铺了一层冰块，几个人小心翼翼将担架抬上车，放在冰块上，还在担架周围用冰块堆起两道二十厘米高的屏障。显然，这些措施都是为了降温，以防尸体腐烂。我估计死者家在外地，要运回去安葬。

那个眼圈红肿的中年男子忽然抽泣起来，口中唤着"三弟"，俯身揭开蒙在死者身上的白被单……

在场众人不约而同发出惊叫——死者叶某的面容实在太吓人了，头上裹着渗血的纱布，眼睛半睁着，眼球突出，脸颊、下巴上几道刚刚缝合的伤口因肿胀几乎崩裂，露出深红色的肌肉……

黑胖女人见状，更是嚎啕大哭。从她断断续续的哭诉中，我大概其听明白了：这个女人是死者的嫂子，系城郊玉溪村农民。死者叶某是泥水匠，省第二建筑公司临时工，昨天下午快收工时，不慎从脚手架上坠下，送入医院，抢救到午夜，终是不治身亡。

建筑公司的同志重新盖上白布，劝女人节哀。那胖女人倒也真听话，立刻停止哭泣，用袖子拭去眼泪，冲先前揭开白布的那个男子厉声喝道："当家的，人是为他们建筑公司死的，就这么白死了吗？"

建筑公司的代表好言相劝："有什么要求，回头都可以商量，天热，遗体搁不起啊！"

"哼！我们买这些冰干吗？就是冰死人的！"胖女人大声嚷道，"告诉你们，咱提出的条件一天不答应，这人就一天不下葬，就搁在你们单位大门口！"

司徒铁扯扯我的衣袖："走吧，往下的谈判旷日持久，我们欣赏不到底的。"

下午，我们和牛科长及另外两个保卫干部一起开会，请他们介绍相关情况——

这个案子的受害人丁奇博，在省一院乃至整个省城医务界，可以说是大名鼎鼎。他是 1977 年恢复高考后第一批大学生，读的是省医科大学外科专业。由于这届高考是拨乱反正后的一个紧急措施，不但考试和录取及入学时间各省（市）可以自行决定，不搞全国统一，连个别学科比如医学院校的本科学制也允许适当灵活一些。丁奇博就读的省医大本科比同类医大少一个学期，四年半即可。

丁奇博是这一届医大毕业生中的佼佼者，全省各大医院争着要他，据说个别医院竟然组织专班进行公关，派人一天二十四小时守候在医大校长、书记的住所门口，弄得那二位老八路出身的领导半个多月没敢回家，也不敢老是待在学校，只好像当年打游击那样，打一枪换一个地方。眼见得丁奇博如此抢手，两位领导商量来商量去，干脆不伤脑筋了，让丁奇博自己决定算了。

从外表看，丁奇博就是个斯文书生，白白净净，戴着副褐色秀郎架近视镜，平素沉默寡言，看人的眼神总有点儿畏畏缩缩的，加之身材瘦弱，若是早生些年，活脱一个人们印象中"右派"分子的模样。周围人对他的印象如出一辙：读书强，处世弱，遇事缺乏主张。

不料，他面对择业的反应，让所有人大跌眼镜——在接到"自作主张"通知的第一时间，他几乎是不假思索，即刻作出决定，告诉二位领导说，他选择去省第一人民医院。像是担心领导反悔，他当场拿起领导桌上的电话打给省一院时任院长龚镜伯，把情况作了说明。龚院长当时的那份惊喜可想而知，二话不说，立刻前往省医大领人。不过，丁奇博是有条件的，他向龚院长提出，进入省一院后，绕过新手入行必经的"坐门诊"环节，直接进手术室！

龚院长毫不犹豫：准了！

医界有规矩，但凡新入行的外科医生，进手术室相当于旧时的"学生意"，得有带教老师。想直接操手术刀可不行，先得"拉钩"——在整个手术过程中，用特制的金属钩子把病人的腔膛扩张到一定程度，主刀医生才好进行手术。这个入门程序时间比较长，业内人士戏言："拉钩"十年！

这当然不是为了折磨新手，而是给入行新人一个观摩的机会，同时也让他对开刀手术的"鲜血淋漓"有一个从陌生到熟悉，再到司空见惯的过程。即便丁奇博是全省各大医院争抢的对象，也不能在这方面搞特殊违反行规——"坐门诊"的环节省略就省略了，因为这是让新人熟悉医院环境和各部门运转的过程，但"拉钩"关系到一个人是否具备外科医生的基本素质，更关系到病人的生死，那是绝对不能省略的。

不过，这小伙子似乎注定是个创造"例外"的角色，他"拉钩"的时间远远没有十年那么夸张，仅仅三个月零三天，他就获得了解脱——

医生都要轮流值夜班的，新医生更是如此。一天午夜，正是丁奇博值班，救护车送来了一位急诊患者。这个患者的身份有些特殊，是省政府的一个什么主任，正厅级。当晚跟外商进行招商引资的谈判，回家途中突然发病，随即送医。省一院急诊室值班医生诊断为"心脏主动脉夹层破裂"，即主动脉内膜与中膜撕裂，形成壁间血肿。这种症状非常凶险，患者的生命危在旦夕。

急诊医生随即通知外科准备手术。当时国内医院的外科还没有像后来那样把专业科室分得那么细，省一院倒是有心脏外科，可如果按现在的分工，"心脏主动脉夹层破裂"应该是血管外科的业务。别说那时候一院没有血管外科，就算是北京、上海，也没有哪家医院有正规的血管外科。

那晚外科值班的有三个医生，除了丁奇博这个新手，还有两个是已经工作了七八年的工农兵大学毕业生，他们都没有做这种手术的经验。丁奇博当然也没有，但他在之前的实习阶段曾全程目睹过一次成功抢救这种病例的手术，事后还向主刀教授反复请教，是有一些心得的。见那二位医生互相推诿，谁也不敢拍板施行手术，丁奇博有点儿着急，向二位指出情况紧急，再拖下去，可能要拖出人命了。

这时，当晚在医院总值班室当班的副院长赶到了，那是一位眼科专家，由于"隔科"，医术再精湛也没用。省一院能做这种手术的专家只有一位，可他一天前到北京参加学术会议去了，如果从其他医院临时借调专家，时间上恐怕也来不及。这位副院长急得团团转，但也并未六神无主，冷不防问待在旁边始终没吭声的新人丁奇博是否知道这个手术该怎么做。丁奇博根据自己所知说了说，副院长寻思不如让丁奇博上手术台试试，遂问小丁你敢不敢。丁奇博竟然毫无惧色："敢！"

于是，双管齐下，一边急电外院借调专家，一边由丁奇博主刀手术。待到外院专家匆匆抵达时，丁奇博已经把一只脚踏入鬼门关的患者扯回了人间。

此事被业内称为"奇迹",而丁奇博则是创造这个奇迹的"奇人",副院长临场作出的决定,使他成为发现这个"奇人"的伯乐。接下来,组织上自有嘉奖:丁奇博当然不用再"拉钩"了,破格晋级,担任正在筹备中的心外科二组副组长;不久,老院长龚镜伯退休,那位眼科专家副院长由副转正,就是现在的黄院长。

丁奇博成为心外科专职医生后,刻苦钻研业务,三年多来没回过距省城不到百里地的老家,吃住都在医院,真正做到了"全年无休"。除了做手术,他还革新了几样医疗器械。最近这段时间,丁奇博的主攻方向是"左心转流人造心脏血泵"。"左心转流"是国外刚开始研究的一种抢救心脏手术后濒死患者的先进医学手段,在进行这种抢救时,以往使用的人工心肺机功能落后,不能满足患者重要器官的受血需要,往往会导致组织损伤、坏死或其他并发症,急需人造心脏血泵来代替。

那么,丁奇博在这方面的研究有无进展呢?人们则无从知晓。丁奇博向来对自己的技术研究情况守口如瓶,即使是面对发现他的那个伯乐黄院长,也不会和盘托出。

不过,丁奇博也并非不食人间烟火,在工作以外的时间里,他也是肉体凡胎,也有喜怒哀乐。他和牛大贵之间的冲突最能说明这一点——

牛大贵1980年中学毕业,1983年秋天分配到医院工作。其父是省城一家专门接待外宾、华侨的大饭店的厨师长,医院人事劳资科长以为他也必定会点儿烹调技艺,便安排他去食堂工作,指望他用祖传技艺为全院医务人员服务。

谁知这个想法大错特错。这牛大贵自幼娇生惯养,二十余年过的都是衣来伸手饭来张口的生活,是个油瓶跌倒也不肯扶的角色,哪里肯向老了学手艺?头天进食堂上班,让他上灶炒大锅菜,这家伙跳上灶台,长柄菜铲当煤锹，使的又是装卸工铲煤块的力道，一铲下去，把铁锅戳了个拳头大的窟窿。食堂司务长看他不是这块料，便打发他做杂务工，上三班，兼卖饭菜。从此，省一院医务人员食堂在卫生方面揭开了新的一页——

牛大贵不讲卫生，不守规矩，上班随心所欲，为所欲为，卖饭菜时嘴上叼根香烟不说，偶有伤风感冒，不仅不戴口罩，还在岗位上吐痰擦鼻涕。这也实在是太恶心了，何况是医院的食堂。医生护士忍无可忍，屡次向领导反映，要求将其调离，可不知什么原因，这家伙依旧每天站在窗口卖饭，时不时油腔滑调，调侃那些向领导告状的医务人员。

大家没有办法，只得采取抵制手段——不去他的窗口买饭菜。于是，每当开饭，别的窗口前门庭若市，人头济济，牛大贵的窗口却门可罗雀，只有不知就里的外来就餐人员光顾。

丁奇博自然也要到医务人员食堂用餐。他是个大忙人，最宝贵的就是时间，到食堂窗口排队买饭也恨不得以分秒计算。开头几天，丁奇博没留心牛大贵的七号窗口，后来发觉这个窗口人少，心里一阵喜欢，马上光顾。他虽然刚来不久，却是全院瞩目的人物，他不认识牛大贵，对方可认识他，主动招呼："哦！丁医生，你要什么？"

"四个肉包子，一碗榨菜肉丝蛋汤。"

"好嘞！"

应该说，牛大贵如果愿意，手脚还是挺利索的，一眨眼间，就舀了满满一碗汤放在窗台上，随后大手朝笼格里一伸，抓了四个肉包子放在丁奇博的碗里。

"四两饭票，五毛三分菜票。"

丁奇博看着肉包子上那几个清晰到连指纹都辨得出的指头印，懵了半晌才愤然质问："你怎么用手抓？"

"不用手用什么，用脚？"

"应该用夹子！"

"呸！你小子也配来教训我？撒泡尿去照照，自己是个什么东西……"牛大贵身强力壮，心脏健康得很，用不着动手术，不怕得罪丁奇博，此刻正闲得无聊，干脆破口大骂，拿丁奇博解闷儿。

丁奇博气得两眼发黑，汤也不要了，拿了装肉包子的饭盆就走。去哪里？直奔院长办公室，进门奉上肉包子，让黄院长查验指头印，然后表决心：不处理牛大贵，他就不离开院长室！

这场纠纷的结局是，牛大贵写了份检查，贴在食堂墙壁上，丢人现眼；三天后，他被调去当杂务工了。

但丁奇博还不肯罢休，最近医院评议加浮动工资，他上院长室跑了一趟。很快，本来榜上有名的牛大贵接到通知，因为之前那份检查，这股财水流不到他脚下，工资"浮"不起来了。牛大贵气得一蹦三丈，跺着脚把丁奇博的十八代祖宗骂了个遍，甩下一张病假单，一病就是七天，昨天晚上刚来上班……

自然，这位由于不讲卫生失去涨工资机会的牛大贵成了嫌疑对象。

会议结束已是下午五点半，司徒铁从口袋里掏出钱包看了看："尚有余款，这会儿赶回局里也吃不上饭了，咱们干脆下馆子。"

下馆子我自是求之不得。问他去哪里吃，他一摆手："目标鸿云楼，出发！"

我们离开医院，步行穿过一条横马路，来到12路公交车站。正赶上下班高峰，候车的人不少，足有百十人，又不排队，乱哄哄地拥在一起。司徒铁皱起眉头："聚了这么些人，来一辆车只怕也挤不下，咱们干脆多等一会儿吧，好饭不怕晚！"

这倒也是，饭馆不是食堂，不会那么早就打烊，我们干脆离开站台，到马路边等待高峰过去。路边有报栏，其中有一个格子专门供人们张贴各种告示、通知、启事一类的"豆腐块文字"，调房的，找工作的，招聘的，什么都有。我们闲着无聊，就浏览着打发时间。其中一张十六开粉红色道林纸引起了我的注意，打头是四个铅印字"重要启事"，我正想往下看，司徒铁笑着提醒我："这张启事可不能看！一看，你的晚饭是否吃得下都成问题了。"

我认为他在胡扯，不予理睬，只见那张启事上写的是——

亲爱的中国朋友：

　　日本富士福电气设施贸易有限公司驻中国分公司向诸位紧急求援——

　　本分公司经理富士泽田先生患晚期肝硬化，生命危在旦夕！医学专家建议对其施行肝脏移植手术，现急需一具人体肝脏，供体性别不限，应排除疾病、药物等死因，年龄宜在18至30岁之间，生前身体健康，家属无遗传性疾病，死亡时间宜在六小时内，并进行符合移植需要的处置，保存状态完好。凡有符合上述条件的死者，其家属如愿意发扬人道主义精神，尽拯救海外朋友之爱心者，速与本分公司联系。肝脏一经取用，不论效果如何，本分公司即以重金酬谢。如不拟接受酬金者，亦可商量其他方式。

　　本分公司地址：省城五光路233号

　　电话……

　　　　　　　　　　　　　　　　　　　一九八五年九月九日

乖乖！这可真是一篇奇文。

公交车终于进站了。之前左等右等不到，现在一下子来了三辆。在车上一颠腾，我有点儿反胃的感觉。司徒铁的警告不无道理，我真后悔没听他的话，只有自嘲："真是自讨苦吃啊！"

三、这个对象不能排除

往下，就该和牛大贵聊聊了。次日上午，我跟着司徒铁再次去了市一院。

医院实验大楼后面的围墙边有一间简陋的青砖平房，以前是用来堆放扫帚、拖把、痰盂一类杂物的小仓库，牛大贵由炊事员调做杂务工后，便占据了这里，先是作为偷懒打瞌睡时的休息室，后来因为要上夜班，来来往往不方便，干脆找几块木板搭了张简易床，又抱来被褥。从此，这屋子就成了他的"行宫"。

牛大贵昨晚上夜班，此刻刚下班回来，顺路从食堂打了早饭，正坐在门口边吃边抽烟。我俩走到他跟前，他才从饭盆上抬起头："二位，你们找哪个？"

司徒铁朝他上下打量一番："你是牛大贵？"

"你们是……"我们都穿着便装，他没认出我们的身份。

"市公安局刑警队。"

"呵——向警察同志致敬！"他夸张地做了个敬礼的动作，"人民卫士嘛，没有你们，我能在这儿安安静静吃早饭吗？"

这家伙是个油嘴儿，开口就淌油。司徒铁跟这类人打交道有经验，扔了支香烟过去："过奖了。"

对方手里的烟还没抽完，顺手接过夹在耳朵上："二位登门有何见教?"

"久仰大名,特来拜访。欢迎吗?"

牛大贵做了个"请"的手势,起身往屋里走,我们尾随而入。

刚跨过门槛,一条黑影蓦地出现在眼前,吓了我一跳。定睛一看,原来是一只悍猫,正凶狠地盯着我和司徒铁两个陌生人。牛大贵挥挥手,悍猫才不甘心地摇着尾巴让开了道路。

待眼睛适应了屋里的光线,我的妈!如果不是工作需要,我差点儿就向后转了——这家伙大约是世界上最不讲卫生的角色了,屋里脏乱得像狗窝……不,比狗窝还不如,简直就是一口巨大的垃圾箱。地面上烟头遍布,酒瓶盖、糖果纸也随处可见,在有些地方甚至堆成了堆儿,看样子他"进驻"以来从没打扫过;桌上堆着好几个没洗的饭盆,里面尽是肉骨头、鸡爪子、鱼脑壳,空气中充斥着酸溜溜的异味;天花板、墙角挂着蜘蛛网,还有蜒蚰爬过留下的闪着光亮的痕迹……

万万没料到,作为全省重点卫生单位的省一院里面还有这样一块地方。倘若省卫生厅领导来视察,看到这一幕,没准儿会当场昏倒。

牛大贵还跟我们客气:"二位随便坐。"

我四下看看,哪里有我们坐的地方?

司徒铁淡淡地说:"这里不错,够得上插旗了。"

这家伙明明听出司徒铁在嘲讽他,却不以为忤:"我还要继续努力。呵呵,二位,屋里地方太挤,对付着在床上坐坐吧。"

我扭头看了看,床上又是一个世界——草席上积着厚厚一层污垢;那条本来是红颜色的棉毛毯,一个夏天用下来,就像在染缸里浸了几天几夜,已变成皂褐色,尤其是经常和脸部、下巴摩擦的部位,油光锃亮,假如给理发师傅看见,肯定会觅去当磨刀布。床边柜子上摆着热水瓶、杯子和一个老式闹钟,这个闹钟的确有些年头了,外面广播喇叭里刚"嘟嘟嘟"地报过八点钟，它却已经走到八点二十分了。柜子后面的墙上贴着一幅电影女明星的彩色剧照，那位漂亮姑娘尽管微笑着，表情里却有一丝淡淡的忧伤，估计正因不幸误入这样一个环境后悔莫及。剧照下方挂着一排大大小小的钥匙，钥匙下面，就是那只好斗的悍猫了，此刻，它那双闪着绿光的眼睛正好奇地打量着我。

司徒铁似乎毫不介意，一屁股在床沿上坐下。我目光四下一扫，屋里实在没有比床铺再干净的位置了，只好硬着头皮坐在司徒铁身边。

"二位，有话就快说吧。"牛大贵的语气里明显带着不耐烦的情绪。

司徒铁抽着香烟，不紧不慢："就是随便聊聊，好不好？"

"不好。"牛大贵摇头，"你们上日班，昨夜睡过了；我上夜班，还没睡觉呢，这一'随便'，要'随便'到几时？"

司徒铁通情达理地点点头："此话有理。"

"哈，我看你是个爽快人，我也是爽快人，干脆开门见山。你们听着不中意，那就看着办。我知道你们是为那个姓丁的来的，实话说吧，昨天早上听到这消息，我比涨了两级工资还高兴！这小子是我的克星，是该吃点儿苦头。当然，我要声明：丁奇博死也好，活也好，完全与本人无关！"

司徒铁边听边点头，不过，这并不是通常含有"赞成"意思的点头，完全是一种调节气氛的习惯动作——对方明明已经住口了，他点头的动作还没停止呢。片刻，他也意识到自己这个点头的动作有点儿多余了，开口道："那么，是否可以向你了解一下昨夜你本人值班时的情况？话先说在头里，这完全是出于自愿，你如果不愿回答，我也不勉强。"

"遇上你这样一个警察，没说的！我愿意回答。不但回答，我还要提供线索！"

我心下疑惑，难道这家伙不是嫌疑对象，而是知情人？真是小看他了。以后可不能仅凭讲不讲个人卫生来衡量一个人。

司徒铁坐稳："洗耳恭听。"

牛大贵说："我这次因为没涨工资，病休了一周，前天傍晚六点钟方才回到医院上班。我们杂务工跟他们医生护士的班头不同，夜班从晚上六点到早上七点，整整十三个钟头。接班以后，我先到我包干的病区兜了一圈，收了几个空热水瓶，给老爷小姐们（指的是医生护士）灌了几瓶开水，然后回到屋里听半导体。八点钟，我上床睡觉……"

司徒铁打断他："上夜班可以睡觉？"

"按规定是不可以的，可我管他什么规定不规定！你不知道，没给我涨工资，我每月只拿四十九元钱，干那么多活儿干吗？这一觉，你知道我睡到几时？"

说到这儿，牛大贵瞪大眼睛看着我，好像是在等我回答。我只有摇头。

"睡到下半夜一点多钟，刚睁开眼睛，外科护士小刘在门外大叫，说她们那里死了个病人，让我送到太平间去。送完尸体，我去洗澡，然后回来吃宵夜，弄了二两喝喝，完了就迷糊过去啦。等到醒来，天已经亮了。就这些，结束！"

说罢，牛大贵从柜子里拿出包"三五"洋烟，每人发了一支。

司徒铁抽着烟，似是在思考牛大贵上述那番话，半晌不吭声。我在一旁忍不住了，提醒牛大贵："你刚才说，你还要提供线索……"

"哦！"牛大贵使劲儿拍了一下大腿，"差点儿忘记说了——喝完酒迷迷糊糊的时候，我好像听见前面实验大楼里有电梯刹车的声音。嘿嘿，这说明有人在开电梯，明白吗？"

"电梯？"司徒铁的两条长眉向上耸了耸，"你没听错吧？"

"怎么会听错呢？"牛大贵脸上流露出"被人小看了"的不悦神色，

"我又不是七老八十，耳朵没毛病。"

司徒铁没有继续揪着这个话题不放："其他还有什么吗？你刚才说丁医生是你的克星，你跟丁医生有过节？"

牛大贵纠正："是姓丁的跟我有过节……"

接着，他就把自己被丁医生投诉，从轻松的食堂岗位上被调来打杂，以及涨工资的好事被丁医生搅黄两桩事说了说，和我们之前掌握的情况差不多。

这家伙倒也坦率，对自己在食堂窗口卖饭时的违规操作毫不掩饰，也没有为自己辩护。临末，他又把话题延伸到他对丁奇博的"反击"上："这小子故意跟我过不去，他是不知道我牛某人的厉害！我当年在南关那一带可是有点儿名气的，那帮哥们儿送我两个名号，一个叫'赛石秀'——打架敢拼命，另一个叫'小诸葛'——遇事会动脑筋，讲究斗争策略！"

司徒铁尽量憋住笑："这不是文武双全？"

"就是这个意思。"

"所以，你对丁医生……"

"他给我使绊子，我就给他穿小鞋呀！"

"怎么穿法？"

"人不犯我，我不犯人；人若犯我，我必犯人！他损我，我也损他。怎么损？有段时间，这小子看上了袁医生，就是普外科那娃娃脸女医生，暗地里使劲儿追。袁医生大概也动了心，开始跟这小子约会。我看不过去了，袁医生长得好看，性格好，家境也不错，如果这事儿成了，那不是一朵鲜花插在牛屎上吗？美了姓丁的，损了袁医生这朵鲜花嘛！我就瞅个空子向袁医生进言：袁医生啊，听说你在跟丁医生处朋友啊，这事儿你得细掂量啊。我听人说过，丁医生家里上辈人可是出过两个神经病的，您是医生，应该知道这神经病会遗传啊……袁医生问我怎么知道的，我说我一个哥们儿以前就在丁奇博老家那边插队，是他告诉我的。袁医生听了没说啥，不过，往下两人就吹了。丁奇博没辙，女医生里再没合适的，只好找护士谈对象，现在他跟内科护士荣佳鸣好上了。"

"嗯，听上去袁医生跟你挺熟的？"

"七八年前我就认识她了。她姐姐嫁的丈夫金老师跟我家住一个大院，结婚宴就是我爸给掌的勺。袁医生常去姐姐家，见得多了，就熟了，我还给她修过自行车呢！"

"哦，是这样。你还损过丁医生什么？"

"另一桩事儿是去年5月，丁奇博一直想出国深造，可是，省里没给下面公派生名额，自费吧，自家得掏很多钱，别说他一个农村娃，就是袁医生出身名医的家底也掏不起——您二位可能不知道，她爸活着的时候，可是全省著名的伤科名医、武术大家。您二位别看丁奇博外表像个书呆子似的，其实一点儿都不傻！他以前不是救过一个省政府的厅官儿嘛，他就在人家身上动心思，也不知他怎么鼓捣的，竟然让他搞到了一个公派生名额。我听说后当然不乐意了，这心情您二位可以理解，是不是？可是，这方面的内幕我不了解，没法儿损他。那些日子，我那个着急呀……思来想去，最后决定写一封匿名信举报到省里，不提丁奇博，就说那个厅官是腐败分子，收了外商多少多少好处。当然了，我没任何证据。可总不能眼睁睁看着姓丁的那小子风风光光出国不是？不管有用没有，至少出口恶气。你说这是诬告？我不管他！反正是匿名的，人家找不着我。你问为什么我现在告诉你，而且你还是警察？那是因为我歪打正着，没多久，新闻里就播报了那个厅官被抓起来的消息，罪名真是受贿。厅官一出事，丁奇博公派出国的事就没下文了。您说，这是不是老天有眼？不过，匿名信这事，还请二位务必守口如瓶给我保密……"

回到实验大楼的临时办公室，司徒铁和我反复分析牛大贵的话，都觉得吃不太准——牛大贵毫不掩饰对丁奇博遭厄运的幸灾乐祸，这是真实情感，还是有意为之，以迷惑我们？他在值夜班的十余个钟头里，除了把工伤死者叶某的尸体送往太平间时有人证明，其他时间都是他一个人，没有旁证，尤其是案发时段。至于他提供的"线索"，也让人难以相信。是不是他休息了一个星期才来上班，不知道电梯已经坏了，所以才这样说，以转移警方的视线？

我说："此人疑点很大。"

司徒铁说："目前尚不能把他从嫌疑对象中排除。这样吧，下午我们去趟精神病院，看看那位立志医学研究的丁医生是不是清醒了。他要是恢复了神志，不是什么问题都解决了？"

四、探访准名医

下午，我俩驾着摩托车前往精神病院。刚停好车子走进住院区，一个姑娘迎上前来："你们是公安局的吧？来看丁奇博医生？我叫荣佳鸣，是一院的护士，请跟我来。"

从昨天下午保卫科同志的介绍中我们已经知道，荣佳鸣是丁奇博的未婚妻，上午牛大贵也提到了这一点。司徒铁跟荣佳鸣握手："我是司徒铁，这是小邹。小荣同志，丁医生情况怎样？好点儿了吗？"

"好些了，感谢你们的关心。"

丁奇博昨天入院后，省一院领导考虑到需要有人照顾，便派人通知正在家里休息的小荣，让她来这儿陪伴护理。她在这里已经将近二十四小时了。

我们随荣佳鸣上了二楼，进入一间单人病房。屋里一桌二椅一床，床上一个身穿白蓝条病号服的青年男子半躺半坐，那模样、气质、神态，加上鼻梁上那副近视镜，果然是个十足的书呆子。听见脚步声，他的眼皮向上抬了抬，朝司徒铁瞟了一眼，却并不开口，自顾搓他那双手。

荣佳鸣走到病床前柔声说："奇博，公安局的同志来看你了。"

丁奇博搓着手，嘴唇动了动，半晌终于开腔，却是驴唇不对马嘴："《405谋杀案》（当时一部国产侦破故事片）！"

"唉——"荣佳鸣叹了一口气，招呼我们坐下，"他昨天刚入院时更糟糕，发狂、打人，一个疗程之后，倒是不动武了，就是不大开口，开口也是文不对题。"

"他开口时都说些什么？"司徒铁问。

"说得最多的一句是，'请注意，是我发明了心电图描记法'，这句话大约每隔一小时就要说一遍。另外就是念叨一些电影的名字，什么《红衣少女》、《黄英姑》、《蓝色档案》、《白玫瑰》、《黑面人》……有时念叨着，忽然就大喊大叫，怪吓人的。上午医院的同事来看望他，他大叫一声'红衣少女'，把袁医生吓得脸都白了。"

我插话问："医院上午来人看过丁医生啦？"

"是啊，党委、团委、工会、保卫科都派人来了，要不，我怎么知道你俩下午会来呢？组织上挺关心奇博的，这些东西就是他们拿来的。"荣佳鸣指指桌上的罐头、水果、奶粉和乐口福。

司徒铁又问："小荣同志，除了这些，丁医生还说了些什么？"

"别的他没说。不知道昨天晚上他说过什么没有，你们可以去问问这里保卫科的同志。为了奇博的安全……"荣佳鸣顿了顿，"他们说也是为了我的安全，晚上由他们派人来护理。"

其实不用问那么多，就凭刚刚那句"405 谋杀案"，我们今天指定是白跑一趟了。丁奇博的神志尚未恢复，从这个胸怀大志的患者口中得到案子的情况，压根儿不可能。我朝司徒铁瞥了一眼，他也正无奈地看着我。屋里一时冷场，只有丁奇博不停搓手掌发出的"沙沙"声。我不由得有点儿担心，照他这样搓下去，用不着到明天，手掌心就要搓掉皮了。

片刻，司徒铁又开腔了："小荣同志，案子发生前几天，你在和丁医生的接触中是否注意到什么异样迹象？"

"没有啊。"荣佳鸣不假思索，"他和以往一样，几乎把所有业余时间都扑在'左心转流人造心脏血泵'的研究上。为了查阅资料方便，他还要我帮忙，到新华书店买了好几册不同版本的《中英对照词典》、《日汉对照词典》。"

"他的情绪怎么样？"

"兴奋，信心十足。"

司徒铁从口袋里掏出烟盒（那个年代，医院里禁止吸烟的规定执行得不是很严格，多数情况下都是睁一眼闭一眼），问荣佳鸣："这里允许抽烟吗？你要是不介意，我们……"

"给我一支！"搓手掌的声音停止了。

"奇博！"荣佳鸣惊喜地扑到病床前。病人要烟抽，这是神志趋向正常的反应，作为恋人，她自然激动。

司徒铁把香烟盒递到丁奇博面前："很高兴为一位准名医兼准发明家服务。"

丁奇博自己取了一支香烟，荣佳鸣帮他点上火，他深深吸了一口，脸上露出舒心的微笑。

这是病情好转的开端，我们自然不会放过这样的机会，那么多疑问的答案都藏在他脑子里呢。待他抽了几口烟，司徒铁和颜悦色地问："丁医生，我们可以谈谈吗？"

"《阿里巴巴和四十大盗》！"丁奇博再次怪声大叫，那声音凄楚、尖厉，还有点儿阴森森的。

由于猝不及防，不但是我，就是侦察兵出身的司徒铁也吓了一跳，怪不得上午来探望的那几位之一、团干部袁云莺的脸都给吓白了。

"丁医生，你可真会出其不意。"司徒铁叹口气，摇摇头。

丁奇博这一声怪叫，无疑打消了他想和对方"谈谈"的打算。一支香烟还没抽完，他忽然掉头征求我的意见："我们告辞吧？"

这样干坐着确实也没啥意思，我自然同意。随即，我们和荣佳鸣告别，离开了丁奇博的病房。

跨进摩托车车斗时，我忍不住嘀咕："简直是个无头案子！"

司徒铁语气淡定："刚才他说了那么多电影名字，对我有点儿启发。原来生活和艺术不尽相同，电影中出现的情节，我们侦查过程中多半会遇到；而侦查过程中出现的情况，影片里却未必能反映出来。这几年刑警干下来，我经手的疑难案子往往都是这样开头的，但这难不倒我们……"

说着，他发动引擎，摩托车像脱缰的烈马一样蹿了出去……

五、他没有作案时间

第三天上午，我比司徒铁晚到医院。上到实验大楼三楼时，我看见司徒铁正在走廊尽头的电梯那里和一个穿工作服的中年男子聊天。我们那间临时办公室的钥匙在司徒铁手里，他不开门我进不去，只得过去奉陪。

司徒铁招呼我："来啦？给你介绍一下，这是医院请来修电梯的老周师傅，已经有二十多年工龄了，经验丰富，技艺精湛，小毛小病手到病除。周师傅，这是我师弟，也是三零一五厂搞机修的。呵呵，您老别笑话，他那点儿手艺连我都不如。"

我懵了，司徒铁这是怎么了？吹牛啊？我们明明是市公安局的刑警，怎么突然就变成三零一五厂的机修工了？

不容我细想，司徒铁用胳膊肘碰碰我："老弟，咱们趁这机会向周师傅学着点儿，平时有什么搞不明白的，赶紧请教。"说着，他掏出香烟恭恭敬敬递给对方，再划燃火柴点上。

周师傅吸了一口烟，满意地点点头："有什么问题尽管问，电梯方面什么都难不倒我。不是吹，只要给我材料，造一架都行！"

司徒铁递给我一支烟，自己也叼了一支："咱想向您老请教，这电梯通常最容易发生什么故障？"

"刹车失灵。这'失灵'指的有两种情况：一种是刹车无效，电梯不能停，一停就往下掉；另一种是刹车太松或太紧，这种毛病电梯可以停，但和楼位相差半尺一尺，太松是低，太紧是高。比如我现在修的这架电梯，就是刹车太松的毛病，停下来电梯比楼面低半尺。这种毛病修起来容易，快点儿只需一支烟的工夫，慢点儿也不过喝一壶茶的时间。"

"还有呢？"

"还有就是钢丝绳被绞住。这可不能小看，一旦发生这种情况，必须立刻关掉电动机，否则钢丝绳会被绞断，电梯往下摔，那就闯大祸哩！"

"哦！"司徒铁摆出一副十分虚心好学的样子，掏出本子把对方的话记下来。

此举使周师傅大为高兴，主动提出要带他上楼顶电梯机房去看看，当场传授调试刹车的方法。直到这时，我才想起牛大贵昨天提供的那条线索，司徒铁这是在核实啊！我本来也要跟着一起去，司徒铁冲我使了个眼色，我立刻会意，他那意思是，有他一个人去机房就可以了，我留在这里，以防万一医院方面有什么情况找不到人。

这座建筑号称"实验大楼"，其实有点儿名不副实。省一院虽然是重点医院（那时国内医院还没分级），但自己并没有研究机构。此楼名称据说是沿袭而来——省一院过去是医科大学附属医院，这栋楼是大学的实验大楼。后来医大搬迁，一院划出来，这栋大楼归一院，一部分房间用来堆放药品、器械、书籍、医疗档案等，另一部分房间则分给拔尖青年医生当工作室，让他们有地方悉心学习和研究医疗技术。由于选拔条件苛刻，偌大一所省一院仅有三人获得这份资格，丁奇博便是其中之一。不过，另两位医生似乎不像丁奇博那样勤奋，反正这一阵儿都没来过实验大楼。当然，也有可能他们的科研方向与丁奇博不同，没必要天天泡在实验大楼里也未可知。

我在走廊里来回踱了几圈，碰着几个来借阅书刊的医生，他们似乎知道我的身份，都朝我点头致意。我闲着无聊，很想拉住一个跟他们闲扯，说不定能了解到什么情况，可这几位都是来去匆匆，看上去挺忙的，我不敢冒昧打扰。

楼梯方向传来一阵清脆的笑声。转脸一看，袁云莺打头，领着五六个穿红着绿、肩披白大褂的姑娘，手里还拿着拖把、扫帚、抹布，看样子是来打扫卫生的。可是，这似乎应当是勤杂工干的活儿，身为医生的袁云莺怎么也干起这个来了，而且还首当其冲？

"怎么样，我说三楼光线好吧？拍这种灯光型的柯达彩色胶卷，光线要特别讲究，这个闪光灯功率低，穿透力不强，非得借助自然光不可。"袁云莺对女伴们说。

这时我才注意到袁云莺手里的照相机，原来她们是来照相的。袁云莺也看见了我，冲我调皮地眨眨眼："哦！这儿还有一位警官先生哩，不用问，准是摄影专家，咱们请他给拍几张吧！"

我没闹明白她们这是搞的哪一出："袁医生，你们这是……"

旁边一个拿拖把的胖姑娘快嘴快舌："国庆节快到了，团委举办摄影展览，咱们这是做个样子，拍几张，到时候选两张好的送去。这是团总支书记袁云莺同志一手操办的，胶卷还是她掏钱买的呢！"

倒看不出，长着一张娃娃脸的袁云莺还是当"官"的哩，看她那副样子，哪里像个领导？昨天去看望丁奇博，还给一声"红衣少女"吓得脸色发白呢。这情形眼前几位姑娘准不晓得，否则肯定会晒笑她的。想着，我对袁云莺说："你的点子不错啊。"

"闲话少说，肯帮忙吗？"

我自然点头。

她马上把照相机递给我，回身招呼大家："姑娘们，开始！先来一张集体照，全体打扫走廊，作品题目叫《大家动手》。"

姑娘们嘻嘻哈哈一阵，各自摆出一副"认真打扫"的架势，袁云莺在一旁指挥，我则选角度对镜头，一连按了两下快门。接着，根据袁云莺的安排，我又给她们拍了几张集体照，然后给她们分开照，两人一张，三人一张。

最后拍摄个人照，每人两张，排队。胖姑娘似有表现欲，争着要第一个拍摄。她手里捏着一块抹布："我摆一个什么姿势好？"

"这个……"我转脸四顾，想在这单调的环境里选一个有新意的角度。

"有了！"袁云莺指着304室的毛玻璃，"你把外面的白大褂脱了，就穿衬衫，站在这里揩窗，他在里面拍摄，通过乳白色的毛玻璃，你这件大红衬衫会显出一种隐隐约约的朦胧美；你的大半张脸从门框边上探出来，眼睛别看镜头，自顾看玻璃，眼神专注一点儿。这幅作品就叫《一尘不染》。”

“匠心独运！”有人在我们背后评论。

我回头一看，是司徒铁回来了。

袁云莺嘻嘻一笑：“栋居警官过奖了！”

“这幅作品没准儿能获奖，让我来扬扬名。”没等我同意，司徒铁已经从我手里接过照相机走进304室，招呼胖姑娘“准备”……

给姑娘们拍好照片，回到我们的临时办公室，刚在椅子上坐下，袁云莺出现在门口：“栋居警官，我可以跨进东京警视厅的大门吗？”

司徒铁做了个“请”的手势：“欢迎！”

姑娘进门，在司徒铁对面坐下，我要给她倒水，她看看手表，谢绝了：“不啦，我马上要跟尹主任去三院参加会诊，那边有一位外国专家患了疑难病症。我是无事不登三宝殿，想跟你们反映个情况……”

“洗耳恭听。”

“听说你们去找过牛大贵了？我猜也许是为了丁奇博的事儿，因为你们不可能没听说过这对冤家的故事。我要说的是，如果你们怀疑牛大贵，那我要为他说句话——丁奇博出事的时间是三点五十二分，当时他的表停了，这一点大家都知道。那天凌晨的这个时间，我正在牛大贵那里，所以我认为牛大贵不可能是作案者。”

凌晨时分，袁医生居然在牛大贵那里，这实在是有点儿不可思议。而且，这个情况，牛大贵昨天为什么不说呢？我扭脸看着司徒铁，他也睁大了眼睛，眼光里兜着一个问号。稍一停顿，司徒铁开腔了：“袁医生，谢谢你提供的旁证。我想再耽误你几分钟，这不会影响你的会诊吧？"

"不会，请说。"

"你是否可以稍微解释一下？"司徒铁的这句问话，实际上包含着两层意思：第一，你为何在那个时间点去牛大贵那里？第二，这个时间你怎么记得这样清楚？

拥有双学位的袁云莺自然是个聪明姑娘，马上领会，她的回答言简意赅："我是叫他帮我带个口信儿。我姐姐跟他家住一个大院，眼看就是我妈妈的六十大寿，我想和她商量一下，叮嘱她星期天别出门，在家等着我。起初我也记不得这个确切时间，后来翻了值班记录才推出来的：那天晚上我上夜班，零点接班，查病房到零点四十分；一点十分来了个急诊病号，处理到两点一刻；两点二十五分病房里有病人急性腹痛，处理完已经过三点了。我坐了一会儿就去找牛大贵了，那时他在喝酒。"

司徒铁一副沉思的表情，待袁云莺说完，他微微一笑："袁医生，谢谢你了，耽误了你的宝贵时间，真过意不去。"

"没啥的。如果还有什么疑问，等我下午回来，随时找我。"

袁云莺离开后，我对司徒铁说："这样一来，牛大贵就没有作案时间了，这个嫌疑对象是不是可以排除了？"

司徒铁自言自语："这一点牛大贵自己为什么没说？也许……哦，他当时在喝酒，也许根本没放在心上？如果是这样的话……他没有先见之明，当然不可能知道此时会发生没准儿会把自己牵连进去的案件，根本不会去注意时间，袁云莺也是事后倒推出来的……"他的目光转向我，"小邹，本来我想再去找牛大贵谈谈，现在看来，要先把他往旁边搁一搁了。可是，接下来我们该把目光投向谁呢？"

该把目光投向谁？这个问题，我当然没有答案，更不知道何时才能有答案。不料，下午发生的一桩意外，让我们找到了关注的目标……

六、医闹事件

这个意外事件的序曲是：丁奇博恢复正常，回省一院了。

据说，让丁奇博回来，是双方单位保卫科、患者本人及女友小荣的一致主张，因为患者接下来是巩固期，两个环境相比，省一院显然更适合他的巩固。

我们一听说这个消息，立刻去内科病房看望丁奇博。这个青年准名医手里捧着一本医学杂志，口中念念有词，不过内容已不再是一连串的电影片名，而是杂志上的医学专用术语。这种术语对于我们来说，相当于听天书。而他那个忠心耿耿的女友小荣正坐在床边结毛衣，看见我们，她连忙起身招呼。

司徒铁彬彬有礼地冲她点头致意，扭头对半躺在床上的那位孜孜不倦的研究者说："丁医生，听说你恢复了健康，现在感觉怎么样？"

小荣在一旁说："奇博，他们是市公安局的。"

"哦？"丁奇博一愣，抬眼望着我们。让我松口气的是，接下来他说的不再是什么"405谋杀案"了，"你们……来找我？"

为了缓解对方的紧张情绪，司徒铁尽量委婉："丁医生，我们是顺道经过，听说你出了点儿事，引起了我们的兴趣，所以来看一下。"

丁奇博一脸不解之色，自言自语："出事？我……出了什么事？"

"这正是我们想知道的。请你回想一下，前天，也就是9月11日凌晨三点到四点之间，你在实验大楼303室看到或听到了什么？"

丁奇博放下手里的杂志，看看我们，又看看小荣，摇摇头，闭上了眼睛。那副神态似乎是在回忆，但也可能是表示不想跟我们说话。

正尴尬时，门"吱呀"一声被推开了，出现在门口的是一个气度不凡的老头儿——省医院黄院长。他客气地和我们握手，然后轻手轻脚走到床边。他显然以为丁奇博在睡觉，怕惊醒了这个得意下属。司徒铁跟过去，悄声告诉黄院长："他没睡觉，正在配合我们回忆一些情况。"

话音没落，丁奇博的眼睛突然睁开了。这人的确有些表演才能，他刚才明明听见黄院长进来了（我不相信他的"回想"会专注到两耳不闻身边事的程度），却仿佛才知道似的，先揉揉眼睛，才迟疑地问："是黄院长？"

"是我。小丁，怎么样，你感觉好点儿了吗？"黄院长的语调十分亲切，显示出他对面前这个医学奇才的特殊关怀。

"我好了！"丁奇博郑重回答。不过，他的声音、语调、神色却明明白白告诉我们，他还未完全恢复。

我虽然不是医生，但也懂得精神疾病的恢复不是一蹴而就的，得有个过程。丁奇博明显不是这么想的，他可能认为自己的存在本身就是一个奇迹，那么，奇迹之上再发生一个奇迹，也不是不可能。何以见得？因为他说过"我好了"之后，便立刻和黄院长谈起了他那尚在襁褓中的宠儿——左心转流人造心脏血泵。黄院长也很配合，听到"人造心脏血泵"这几个字，精神立马亢奋起来，干脆拉把椅子坐到床边，和丁奇博一起研讨。

两位医学工作者聊得那么投入，一时间似乎忘记了他们身边还有两个特地前来拜访的刑警。这显然有点儿不妥，抛开礼貌不说，我们又不是闲着没事干，案子在手，谁有耐心听他俩说这些没人听得懂的医学术语？等了一会儿，我实在忍不住了，假装喉咙痒痒咳嗽了几声，然而，这种干扰对他们根本起不了什么作用。

司徒铁的想法和我一样，眼见我一计不成，干脆拿起桌上的热水瓶，倒了杯水端给黄院长。那老先生正说得口渴，道了声"谢谢"，边吹边小口抿着。

趁此机会，司徒铁赶紧提醒丁奇博："丁医生，刚才我们请你回想的那件事……"

丁奇博似乎刚刚意识到我们俩的存在，愣怔片刻："哦，让我想想——那天晚上我值班，赶上一个工伤患者医治无效身亡，我处理完一应事宜，去实验大楼303室拿杂志，进门后刚走到书橱前……"

说到这里，他突然打住。

司徒铁追问："往下怎么了？"

"突然，我听见外面传来什么声音，好像是有人经过的脚步声，不过……"

这时，门外真的传来一阵急促的脚步声，紧接着，病房门被"咣"地一下推开了，上午我在实验大楼遇见过的那个胖姑娘气喘吁吁地闯进来："黄院长，快！快去院长室！前天死掉的那个姓叶的工伤病人的家属来闹事，吵着要找您，说有人割掉了死者的肝脏……"

"啊？！"黄院长惊得差点儿把手中的水杯掉在地上。

与此同时，丁奇博也是一声惊叫，猛地从病床上跳将起来，瞪着眼睛朝胖姑娘扑去，胖姑娘顿时吓傻了，两条腿像灌了铅，一动也动不了。幸亏司徒铁眼疾手快，上前一步拦住丁奇博，顺势把他按倒在床上，扭头对小荣说："赶快去叫医生，他又犯病了。小邹，过来帮忙看着点儿。"

我赶紧过去帮忙按住丁奇博，小荣慌慌张张出去找医生。片刻，几个医护人员赶到病房，我终于腾出手来。司徒铁对呆愣在一旁的黄院长说："院长同志，如果不妨碍的话，我想陪您一起去见见那个死者的家属。"

黄院长求之不得，连声说："好！好……"

所谓闹事的家属，就是前文曾经提到过的那个黑胖女人——工伤死亡病人叶某的大嫂宋秀芳。

可惜，我受司徒铁的差遣，打电话向市局值班员交代一桩事情（具体是什么事，稍后会有交代），没能看到她撒泼的一幕。当我打完电话赶到院长室时，宋秀芳的情绪已经平静下来，正舒舒服服地坐在沙发上，享受着最高规格的待遇——年迈的院长自己动手给她沏了一杯香气扑鼻的安溪珠兰茶。

司徒铁坐在离她三米远的椅子上，用一种俨然是院长代理人的口气对她说："如果你反映的情况属实，毫无疑问应该得到适当的经济补偿，对此，我们公安机关会调查的；但你若是以此要挟医院，提出无理要求，那你的算盘就打错了，打人摔东西更是法律不允许的，你明白吗？"

说到最后，司徒铁已是声色俱厉——事后我听说，这女人提出的要求有二，一是医院方面赔偿三千元，二是把她从乡下调入省医院，月薪不少于六十元。

"明白……"宋秀芳心虚地垂下了眼皮，看样子她已知晓司徒铁的身份了。

接着，司徒铁拿起电话，拨通了市局刑警队的号码，要求速派法医前往郊外市建二公司验尸。放下话筒，他的眼睛不住往门外瞟，显然是在等待我和市局值班室通话后的结果。

没多会儿，窗外传来一阵摩托车引擎声。司徒铁随即离开院长办公室，等他回来时，手里多了一份折成十六开大小的报纸。他把报纸往桌上一放，开口问黑胖女人："宋秀芳同志，我想跟你打听一下——小叶抢救无效死亡是大前天清晨的事，当天中午你们就来卡车把遗体拉走了，当时也没说什么。据你说，和建筑公司还没谈好条件，遗体仍旧冰在那里。一般情况下，在火葬之前，应该是不会去动遗体的，那你是怎么知道遗体的内脏器官被偷走了的?"

宋秀芳翻了翻眼皮，讷讷地说："我看到马路边贴着日本人的广告，说要收购死人的肝脏，就和他大哥商量……"

她的声音越来越低，脸涨得通红，看样子她也知道这个馊主意是见不得光的。

司徒铁又问："那个收购死人肝脏的广告，是你亲眼所见?"

"是啊。你们可以去看看，马路边上多着呢，车站上也有。"

"你识字?"

"嗯……"

"请问您的文化程度是……"

"我读到初二辍学的。"

"那就不错了。这里有一张刚刚拍摄的日本富士福公司的启事，就是你说的贴在马路边的广告，麻烦你给我们念一段。字比较小，不过，负责拍照的同志技术不错，照得很清晰……"司徒铁边说边打开报纸，取出那张启事的照片——是我刚才通知市局值班室派人赶拍的，加急冲印了出来。

宋秀芳对着照片傻眼了，只得实话实说："我……我不识字……"

司徒铁微微一笑："没关系，我早就料到了，所以准备了这样一张照片，否则的话，不知要费多少口舌才能绕到眼下这一步。那就说说吧，日本人收购人体肝脏的事，你到底是怎么知道的?"

宋秀芳咽了一口唾沫："是有人打电话告诉我的……"

"什么人打的电话? 什么时间? 你在哪里接到的?"

"是一个女人。时间嘛，大概是今天上午十点半，那时我在建筑公司的办公室里跟他们谈赔偿的事，电话打来说找我，我就接了。"

"这个女人的声音有什么特征吗？"

"这个……就是个女的呗，说话声音比较轻。"

"她把你骗了。富士福公司需要人体肝脏这回事倒是不假，但他们要求'死亡时间宜在六小时内，并进行符合移植需要的处置，保存状态完好'。也就是说，不但要求死亡后立刻提取，提取的肝脏还得保存在医用保温箱里，保温箱的温度在摄氏 2 到 8 度之间，在满足上述条件的前提下，可以保存四十八小时。问题是，你接到这个电话的时候，小叶的死亡时间已经超过四十八小时了，你说这个移植手术还能做吗？"

"真的？"宋秀芳半信半疑。

司徒铁指指桌上的电话机："如果你不信，可以给富士福公司打个电话咨询一下，相信他们会详细告诉你的。"

宋秀芳一听大怒，抬手在自己大腿上拍了一下："这个杀千刀的，她耍我！若是让我碰上她，非甩她两个嘴巴子！"

"打人可不行！"司徒铁继续问，"那个女人在电话里还说了些什么？"

"她让我赶快来找院长，可以提条件；还说如果院长不在，找小叶出事那天晚上值班的丁医生也行。"

"你没问她是谁？"

"她没说，还叮嘱我不要把她打电话的事告诉别人，说回头给我寄五十元钱来……"

七、真相大白

下午三点半，去建筑公司对工伤死者叶某进行尸检的法医赶到省一院，向司徒铁通报了初步鉴定结论：解剖表明，死者肝脏在死亡后两小时内被割去，腹部创口当即用羊肠线缝合。

司徒铁闻讯顿时兴奋起来，拍着我的肩膀说："小邹，这个案件的转机终于来了！黄院长，麻烦您派人把9月11日前后几天各科死亡病人的死亡证明副本找出来。"

从中午开始，我就觉得身体有点儿不对劲，头痛筋骨酸，这会儿更严重了，说什么也打不起精神来，但我还是硬撑着协助司徒铁把保卫科长送来的十七份《死亡证明书》整理了一遍。

司徒铁冲我呵呵一笑："看出来没有？叶某肝脏被窃，一定同富士福公司的那个广告有关！为什么？根据那份启事的要求，这十七个死者中只有叶某一人符合条件：二十岁；身体健康；无遗传疾病。"

我提议："是不是去那家公司调查一下，是谁把那副肝脏送上门去的？"

司徒铁摇头："现在还不能肯定肝脏是不是送过去了。如果双方事先联系好，在约定时间由富士福公司派人去取呢？目前最要紧的是弄清楚肝脏在哪里。假设我们这里是富士福公司，一旦我们急需的肝脏到手之后该怎么做？这是有时限的，首先当然得尽快进行移植手术……"

往下他说了什么，我已经完全没印象了。因为那个时候我头晕眼花，不知不觉就迷迷糊糊进入了瞌睡状态。蒙眬中，我好像听见脚步声，似乎是司徒铁在来回踱步，然后是拨电话的声音，司徒铁在跟什么人通话……

被人推醒的时候，司徒铁已不在屋里了。推我的是黄院长和保卫科长，前者大约看我脸色不对，伸手摸摸我的额头："小邹，你在发烧啊！昨晚降温，你是不是着凉啦？小牛，你带他去内科看看。"

牛科长陪我去了内科，医生开了点儿药，让我先吃了，然后安排我在一间空病房里休息，我很快就睡着了。这一觉睡得真沉，待司徒铁把我唤醒时，已是第二天早上七点多钟了。

司徒铁大概一夜没睡，脸色疲惫，但眼睛却熠熠放光。"小邹，感觉怎么样？哎，你病得也真不是时候，害得我忙了一夜，没人帮忙，累得够呛！"

我歉意地说："辛苦你了，我已经没事了……"

"好啦？真的好啦？那我可要通报案情了——窃取叶某肝脏的人已经查清了。"

"谁？"

"丁奇博。"

"丁奇博?! 他不是这个案件的受害人吗？"

"螳螂捕蝉，黄雀在后。他窃取了肝脏，却被别人算计了。这人是谁，至今还是个谜，能不能把这个家伙揪出来，今明两天是关键。走，先去食堂吃早点。"

在食堂里，我们碰到了袁云莺，她一见我们就兴高采烈地说："栋居警官，昨天拍的照片冲出来了，每张都很棒！"

司徒铁说："是吗？那一定要让我欣赏欣赏！"

这时，食堂的广播喇叭里传出一个清脆的女声："请注意，失物招领，失物招领——昨天下午，外单位电梯修理工在修理实验大楼电梯时捡到本院食堂饭菜票若干和一块手绢，现存放于失物招领箱内，请遗失者尽快前往认领……"

袁云莺正和司徒铁说话，听喇叭里一遍又一遍地广播那个通知，显然对那位专职广播员感到厌烦："她这人就是这样，老怕人家说她闲着没事干，一个通知也要播个十遍八遍的……"

吃罢早饭，我和司徒铁回到实验大楼里的临时办公室。一进屋，我禁不住一愣：地面上满是烟蒂，室内的烟雾还没散尽；临时架起的行军床上，毛毯叠放得整整齐齐，显然没用过；桌上放着一台袖珍录音机、一部带长焦镜头的照相机和一大沓纸张……这情景表明，司徒铁整夜没睡，一直在动脑筋，苦思破案良方。

司徒铁打开窗子，用扫帚把地下的烟蒂扫掉，然后动手沏了两杯茶："今天我们不出去，就在这屋里待着。你如果觉得闷，可以听听磁带，是邓丽君的歌，一个广州战友帮我搞到的。要是困了，可以在行军床上睡一会儿。我嘛，要在窗口守着，拍几张照片。"

说着，他走到窗前，搬来几个花盆放到窗台上，把照相机的长镜头架在花盆之间，弯腰调试一阵，满意地说："这个角度不错。"

我有点儿糊涂，他这是打算干啥？正要询问，司徒铁又开口了："哦，忘记告诉你了，割下来的肝脏已经找到了。你猜在哪里？真是意想不到，就在楼下的花圃里。昨天半夜我一个人在那里蹲了好长时间，总算找到了那个装肝脏的塑料袋，那股味儿啊……难闻得没法儿形容！之前那顿晚饭白吃了，全都给我吐出来了。现在那玩意儿已经处理掉了，技术员照了相，法医做了切片鉴定。"

没想到，我迷糊了一个晚上，竟然发生了这么多事。我问："你怎么知道那东西藏在花圃里？"

司徒铁盯着镜头："昨天你坐在椅子上打盹儿的时候，我给全市唯一能做人体器官移植手术的三院打了电话，询问这两天是否有人做过肝脏移植手术，那边说没有，也没人去联系过。由此可以推断，从叶某体内取下的肝脏并没有送到富士福公司，否则，他们肯定立刻要去做移植手术的。那么，会不会他们拿到肝脏后，连人带器官一起护送到日本做手术呢？如果他们真打算这么做，只有坐飞机回去这条途径。于是，我又给机场公安打电话了解情况，他们查了登机记录，并未发现名叫富士泽田的乘客。移植手术需要的脏器，即使保存条件完美无缺，也只能维持四十八小时，所以我断定富士福公司并未拿到叶某的肝脏。

"确定这一点后，我马上骑摩托车赶到那家公司，向他们询问9月11日以前是否有人和他们洽谈过捐献肝脏一类的事情。回到医院，我立刻去了丁奇博在实验大楼的那间办公室，试着复原案发当晚的情况——

"丁医生签署了叶某的死亡证明书之后，立刻赶到太平间把尸体的肝脏割下，草草缝合伤口，回到实验大楼303室。仅仅把肝脏割下来还不够，他要继续进行医学处理，放进保温箱里保存好。保温箱倒是现成的，303室的冰柜里就有。不过呢，他毕竟不是职业罪犯，这种事是第一次做，整个过程一定非常紧张。就在这时候，他忽然听见外面走廊里有异样的响动，下意识往门口一看，毛玻璃上面居然紧贴着一张脸——这张脸他不陌生，就是死者叶某！可想而知丁医生受到的惊吓，当场就把他吓昏了。你问是谁把叶某的尸体弄上三楼的？这个嘛，到现在我还不能最后确定，待会儿再说吧……"

说这番话期间，司徒铁的目光就没离开过照相机镜头。

"丁奇博当场昏迷，303室门窗紧闭，没人进去过，那么，他割下的肝脏去哪儿了？难道长翅膀飞走了？我在303室里苦苦思索，却是百思不得其解。正准备离开，忽然听见一阵轻微的窸窸窣窣的响动。当时整幢大楼里就我一个人，医学实验室那个环境你是知道的，冷不丁儿听见响动，确实有点儿让人心惊肉跳，我当时一阵紧张，差点儿就拔枪了。最后终于看清楚……你猜是什么？居然是一只猫！是牛大贵养的那只悍猫！那猫身手不凡，飞檐走壁，顺着屋外的水落管子爬上来，通过墙上的那个烟道口钻进来拜访了！尽管给吓了一跳，但这只猫的出现解释了一直困扰着我们的疑问——正是它把肝脏叼走了！不过，这畜牲才多大的个儿，不可能一口气把一副肝脏都吃掉吧，我就到下面花圃里去找……"

司徒铁忽然住口，迅速按了一下照相机的快门。接着是一阵细微的"哒哒"声，待自动装置卷过一幅胶片，他又按了一下快门。

"行了，我的照片拍好了。"司徒铁直起腰。

"拍到了什么？"我问。

"冲出来第一个让你看就是。"他居然卖起了关子。

我还要追问，他却抄起桌上的电话开始拨号："小张，我是司徒铁，你马上来省一院门口，把我刚拍摄的底片拿去，即刻冲印出来！"

放下话筒，他从相机里取出胶卷。我解不开这道谜题，但也没有再问。稍微动动脑子，就知道他拍的是什么了。我凑到照相机前，通过长焦镜头看到的是挂在对面门诊大楼后门口的失物招领箱，箱门上装着透明玻璃，上书"拾金不昧"四个红字。看来，谜底跟失物招领箱有关。

司徒铁任我摆弄照相机，他自己拿着胶卷出了门。片刻返回，拍拍我的肩膀，语气轻松："老弟，这几天的辛苦总算要有结果了。"

我连忙问："究竟是谁把叶某的尸体弄上三楼吓唬丁奇博的？他为什么要这样做？"

"我起初怀疑的是牛大贵，但我错了，其实，是那位美女大夫袁云莺。"

啊?! 我蒙了。怎么会是袁云莺？丁奇博昏倒的时候，她正在牛大贵屋里呀！再说，如果真是她，为什么主动上门洗脱牛大贵的嫌疑？还有，她为什么要吓唬丁奇博？他们之间有矛盾吗？之前的调查没查到这方面的情况呀……

司徒铁猜透了我的心思，不紧不慢地说："昨天我去富士福公司调查关于肝脏的事，他们说9月10日下午五时许，先后有两人与公司联系捐献肝脏之事。一个是丁奇博，上门去的，他的条件是不要钱，而是要该公司担保他出国留学；另一个是女性，打电话联系的，提出了同样的要求，但没有报姓名，不过那边录了音，这个打电话的女人，正是袁云莺。"

"可她为什么……"

司徒铁抬手示意我少安毋躁："且听咱细细道来。我们先回忆一下案子发生后的情况——头天勘查现场结束准备下楼时，袁云莺故意跟在我们后面，巧妙地提醒我们'电梯坏了'，显然是想把我们往歧路上引，使我们放弃作案者通过电梯搬运尸体的推测。丁奇博住院后，袁云莺以团组织的名义前去探望，实际上是想看看丁是不是真的精神失常了，是否发现是她搞的鬼。丁奇博其实未曾怀疑到袁云莺，但他无意中说出的那个电影片名《红衣少女》却让袁非常紧张，认为对方可能留下了印象，因为作案当晚她穿的就是一件红色衬衫。为了判明在屋内透过乳白色毛玻璃能否看清红衣服，她精心设计了一次拍照活动，不巧我们在场，为了避免引起我们的怀疑，她故意发表了一通'朦胧美'的高论。

"当年曾听袁老先生说过，袁云莺自幼跟他习练武术，能打善摔，对付寻常小伙儿一敌二不成问题。不过，女孩子练功夫，用的多是巧劲儿，让她把这样一具尸体扛上三楼，做完手脚再搬回太平间，还是勉为其难了。况且，三楼楼门让丁奇博锁住了，她根本没法儿进出。这个袁医生的确很聪明，想出了一个一举两得的方法——电梯。按说电梯已经坏了，不能使用，但她知道电梯的毛病仅仅是刹车松动，用还是可以用的，于是就以捎口信为借口到牛大贵那里窃取了电梯钥匙，还顺手把牛大贵的闹钟拨快了一刻钟——这个动作很重要，我们把牛大贵列为怀疑对象时，她便主动作证，同时，牛大贵也就成了她'不在现场'的证人。

"本来，她这一番手脚做得几乎是天衣无缝，我根本没怀疑到她头上，谁知丁奇博突然好转出院了。事先她已通过照相证实，透过毛玻璃可以看到紧贴在外面的红衣服，担心丁奇博向我们提供线索，于是设法引诱丁奇博再次发病。什么办法？就是给死者叶某的嫂子宋秀芳打电话。那天运尸体时宋秀芳的一番表演袁是亲眼目睹的，知道宋贪财，又相当泼辣，果然，这个电话打完，宋就到医院来吵闹了，而且袁几乎就成功了，因为这个举动果真诱使丁奇博再次发病了……

"当然，以上这些，都是我推断出来的，不能算直接证据。正巧昨天修理工在电梯里拾到了手绢和饭菜票，经辨认，确系袁云莺遗失的。我和保卫科长商量，让医院广播室广播一则失物招领通知。袁云莺一听就犯愁了——最近这几天，只有她进过那部电梯。电梯是本案的关键，一旦沾上边就不容易甩掉，没别的选择，她必须把手绢和饭菜票秘密搞到手。刚才，我通过长焦镜头拍到一个漂亮的白衣女郎用老虎钳扭开失物招领箱的精彩画面。凭这张照片，我们就可以让这个白衣女郎自己交代了。"

司徒铁的一番推理让我佩服得五体投地，同时也感到意犹未尽："完了？"

"大体上就是这些了。"司徒铁点上一支烟，"真的很可惜，丁奇博、袁云莺都是年轻人中的精英，本可以大有作为，可他们为了达到目的，竟然不择手段，亲手把自己毁了啊……"

一阵敲门声打断了司徒铁的感慨。

"请进！"

进来的是两位，一个是刑警小张，她是送冲印好的照片来的；一个是美女医生袁云莺，她是来让我们欣赏昨天拍摄的照片的。

司徒铁站起身："袁医生，真巧啊，这样吧，我们先欣赏你的照片，然后，我也有两张照片请你看看，刚拍的……"

图书在版编目（CIP）数据

命运如丝 / 东方明，魏迟婴著. -- 北京：群众出

版社，2025.01. --（啄木鸟）. -- ISBN 978-7-5014

-6437-1

Ⅰ. I247. 5

中国国家版本馆 CIP 数据核字第 202470VV49 号

命运如丝

东方明　魏迟婴　著

策划编辑：杨桂峰

责任编辑：季伟

文字编辑：杨玉洁

装帧设计/封面插图：王紫华

责任印制：周振东

出版发行：群众出版社

地　　址：北京市丰台区方庄芳星园三区 15 号楼

邮政编码：100078

经　　销：新华书店

印　　刷：天津盛辉印刷有限公司

版　　次：2025 年 1 月第 1 版

印　　次：2025 年 1 月第 1 次

印　　张：24

开　　本：787 毫米×1092 毫米　1/16

字　　数：294 千字

书　　号：ISBN 978-7-5014-6437-1

定　　价：68. 00 元

网　　址：www. qzcbs. com

电子邮箱：qzcbs@ sohu. com

营销中心电话：010-83903991

读者服务部电话（门市）：010-83903257

警官读者俱乐部电话（网购、邮购）：010-83901775

啄木鸟杂志社电话：010-83904972